이름 없는 여자들

이름 없는 여자들

DYBT AT FALDE

아나 그루에 장편소설

송경은 옮김

북로드

일러두기

이 책은 소설 작품입니다. 여기 나오는 인물이나 사건, 단체나 기관 등은 실제와는 아무런 관련이 없습니다. 소설 속의 모든 인물, 사건, 대화 등은 모두 작가의 상상력을 토대로 창작된 것임을 밝힙니다.

* 저자의 설명이 아닌 옮긴이 주는 괄호 안에 별도로 표기하였습니다.
** 원문에서 이탤릭체 혹은 대문자로 강조된 부분은 고딕체 혹은 작은따옴표로 구분하여 표기하였습니다.
*** 이 책은 독일어판본 《Die guten Frauen von Christianssund》(Ulrich Sonnenberg 번역, Atrium Verlag)를 중역한 것입니다.

나의 첫 아이 루네에게

혼잣말

세 시간쯤 뒤면 나는 살인자가 된다. 죽음이란 생각만으로도 까무러칠 일이지만 솔직히 말해 지금 이 순간 내 신경은 오른쪽 다리가 저린 것에 더 쏠려 있다. 몇 분 전부터 발이 저리기 시작해 오른쪽 다리의 감각을 잃어버렸다. 곧이어 아주 작은 바늘 수천 개가 콕콕 찌르듯 근질거렸다. 문제는 내가 좁은 수납장 안에서 기다리는 상황이라는 것. 수납장 안이 얼마나 좁은지 말 그대로 옴짝달싹 못 한다. 조금이라도 몸을 움직였다가는 수납장에 부딪힌다. 누군가 내 소리를 들을 위험이 있다. 건물 안에 아직 퇴근하지 않은 직원이 있다. 확실하다. 어디선가 음악 소리가 들린다. 청소 도구를 넣는 수납장을 선택했더라면 여기보다는 자리가 좀 넓었겠지만 그곳에 숨지 못할 명백한 이유가 있다. 발을 좀 움직여 스트레칭이라도 해볼까 했는데 오히려 바늘이 더 깊이 살 속에 파고드는 느낌이다. 비명이 나오려는 것을 억누르기 위해 당장 손으로 입을 막아야 했다. 나는 소리 내지 않고 자신에게 욕을 퍼부었다. 이런 조건을 더 세심하게 예측했어야 했다. 물론 내가 훨씬 이전부터 더 꼼꼼하게 고민했더라면 이런 상황에 빠지지도 않았겠지만. 그랬더라면 오늘 저녁 다른 사람의 생명을 앗아가는 짓 따위는 하지 않고 편안하게 잠자리에 들 수 있었겠지. 그리고 릴리아나는 그야말로 천만다행이었다는 것도 모른 채 계속 살아 있었을 텐데.

거의 눈물이 날 뻔했다. 6시 10분이다. 이제 다들 곧 퇴근할 때가 아닌가? 아니 어쩌면 아까부터 건물 안에 사람이 없던 것이었나? 혹시 그래픽디자이너가 라디오 끄는 걸 잊어버렸나? 이제 행동을 개시해볼까? 이런 상황에서 누군가에게 발각되면 게임은 끝이다. 그러면 처음부터 다시 시작해야 한다. 다른 날을 잡아야 한다. 다른 방법으로, 새롭게 알리바이도 만들어야 하고. 조심스럽게 팔을 안쪽으로 구부려본다. 비닐 소재 오버올이 태풍에 흔들리는 대형천막이 낼 법한 소리를 냈다. 게다가 신발 위에 신은 파란색 비닐 덧신도 잡음 없는 소재가 아니다. 머리에 쓴 헤어캡이나 라텍스 장갑은 아무 소리도 내지 않을 것이다. 그러나 정말이지 착용하고 싶지 않았다! 끈적끈적한 땀방울이 이마의 헤어라인에, 겨드랑이에, 등에 잔뜩 맺혔다. 그리고 여기서 적어도 세 시간은 더 기다려야 한다.

다시 자세를 고쳐보려 했다. 종이상자 모서리에 조심스럽게 기대 가만히 숨을 들이쉬었다. 시간이 흘렀다. 갑자기 누군가 주방으로 들어와 내가 들어와 있는 수납장 몇 미터 앞에 섰다. 마치 심장이 목에서 고동치는 느낌, 아니 바로 후두 아래 들러붙은 느낌이었다. 나는 최대한 숨소리를 내지 않으면서 호흡했다. 수납장 문틈으로 안데르스 K.가 분주하게 움직이는 모습이 보였다. 그는 냉장고를 들여다보며 나지막이 멜로디 없는 휘파람을 불었다. 호밀빵 한 조각과 초콜릿 몇 개를 들고 그는 방을 나갔다. 빵이 들어 있던 봉투도 닫지 않은 채. 아마도 릴리아나에게 그 일을 떠넘긴 것이리라. 릴리아나가 할 일이 너무 없을까 봐 걱정이라도 하는지. 늘 허세만 가득한 개자식들! 그러다 퍼뜩 다른 생각이 들었다. 빵 봉지를 정리하게 하는 것보다 곧 내가 릴리아나에게 개시할 행동이 훨씬 가혹하지 않은가. 나는 뒤로 몸을 기대 긴장을 풀려고 노력했다. 다행히도 이제 다리에 감각이 돌아왔다. 한쪽 발에 힘을 줬다가 다른 발로 무게중심을 옮겼다. 발을 계속 까딱거렸다. 다시 저려오지 않게.

한 시간쯤 지나 음악 소리가 멎었다. 빠르고 둔탁한 발소리가 점점 가까이 다가왔다. 안데르스 K.가 돌아왔다. 이번에는 스케이트 점퍼 차림이다. 점퍼가 안데르스 K.의 나이에 비해 너무 어려 보였다. 나이가 몇이더라? 서른여덟이나 서른아홉일 텐데. 십 대들이나 걸칠 옷을 입고 다니다니. 인간아, 철 좀 들어라. 나잇값을 해야지. 그는 커다란 맥주잔을 꺼내 정수기 물을 가득 받아 몇 모금 벌컥 마시더니 빈 잔을 싱크대에 내려놓고 사라졌다. 잠시 후 메인 스위치가 꺼졌다. 조명이 모두 꺼졌고 주변이 칠흑처럼 어두워졌다. 현관문이 닫혔다. 보안 시스템을 작동시키는 걸 잊었는지 소리가 들리지 않았다. 청소부들이 들어오기까지 한 시간 이상 걸릴 것이다. 누군가 내일 아침 제일 먼저 출근한 사람이 보안 시스템이 꺼져 있는 걸 보고 투덜댈지도 모르겠지만…… 그건 아니겠다. 내일 아침은 평범한 날이 아닐 거라는 생각이 뇌리를 스쳤다. 어쨌거나 아침 회의는 취소되겠지. 일을 많이 할 수도 없을 테고. 직원들 대부분은 이번 주 남은 기간 동안 집중적으로 심리적 지원을 받을 것이고 앞으로 몇 개월간 집단 치료가 이어질 것이다. 릴리아나의 죽음이 그들에게 분명 트라우마가 될 테니까. 나약한 인간들. 그들 중 한 사람이라도 평상시에 청소부 생각을 해봤다면 모를까. 직원들 가운데 벤야민과 릴리아나가 어떻게 생겼는지 아는 사람도 거의 없을 텐데 하물며 이름까지 알 사람이 있을까. 밤 9시까

11

지 회사에 남아야 하는 사람은 극소수다. 비록 회사 전 직원이 업무량이 많다고 끊임없이 불평하고 심지어…… 지금 혈압이 오르는 게 느껴진다. 생각을 억제한다. 이래선 안 된다. 과제를 끝내야 한다. 나는 마음을 가라앉히기로 한다. 대체로 실수는 흥분하다 일어나는 법이니. 넌 할 수 있어. 너도 알잖아. 나는 계속 자신에게 말한다. 얼음장처럼 냉정함을 유지하자. 혈압이 안정되게.

나는 호흡이 일정한 리듬을 타도록 애썼다. 코로 숨을 들이마시고 입으로 내쉬었다. 서서히 들이마시고 서서히 내쉬고, 천천히…… 어느새 호흡이 나아졌다. 조심스레 수납장 문을 열고 한 치 앞이 안 보이는 깜깜한 주방을 걸었다. 몸을 숙여 손가락 끝으로 바닥을 짚어보고 몸을 일으켰다가 다시 왼쪽 오른쪽으로 위아래로 몸을 움직였다. 텐트 천으로 만든 오버올이 바스락거리는 소리를 냈다. 몸의 순환이 서서히 활동태세가 되어가는 느낌이 들었다. 뻣뻣하게 굳었던 관절도 부드러워졌다. 휴대폰 플래시를 켜 싱크대 아래쪽에서 일회용 컵을 꺼내 수돗물을 가득 받은 뒤 두 모금에 다 마셨다. 갈증이 해소되자 컵을 수납장 안에 놔둔 비닐봉투에 넣었다. 임무를 완수하고 나면 그 안에 장갑과 헤어캡, 오버올, 덧신도 집어넣을 작정이다. 물론 범행도구도 당연히 넣어야겠지. 이 모든 걸 담은 비닐봉투는 집으로 돌아가는 밤길에 버릴 생각이다. 외스테르가데에 있는 커다란 건축폐기물 컨테이너에.

8시 52분. 누군가 비밀번호를 누르고 현관문을 여는 소리가 들렸다. 나는 얼른 다시 수납장 안으로 들어갔다. 사무실 전체에 불이 들어왔다. 자, 이제 상황이 진척되고 있다. 벤야민이 주방에 들어왔다. 수납장 문틈으로 내 모습이 보일지 몰라 몇 센티미터 뒤로 물러났다. 키가 크고 홀쭉한 벤야민의 모습이 보였다. 검은 티셔츠에 해진 청바지, 방금 새로 산 것처럼 하얀 운동화를 신고 있었다. 어깨까지 내려오는 검은 레게머리가 고개를 움직일 때마다 얼굴에 드리워졌다. 피부는 창백하고 깔끔치 못했다. 코엔 거뭇한 여드름이 가득했고. 눈썹 피어싱은 밥맛 떨어지는 모습에 정점을 찍었다. 나는 고개를 절레절레 흔들었다. 그의 얼굴을 며칠 견뎌야 하는 게 아니니 그나마 다행이다. 그는 냉장고를 열어 익숙한 동작으로 5백 밀리리터짜리 콜라병을 꺼냈다. 매일 저녁 반복되는 일상이다. 회사에서 월간, 연간 그가 마시는 콜라 비용을 얼마나 지불하는가 잠시 머릿속으로 계산해봤다. 적지 않은 돈이다. 내가 숨어 있는 곳에서 그가 콜라를 절반쯤 마시는 모습이 보였다. 그는 큰 소리로 트림하고는 테이블 모서리에 몸을 기댔다. 점점 더 구역질 나는 꼬락서니하고는! 그러다 경찰이 유력한 용의자로 처음부터 그를 지목할 가능성이 높으리라는 생각이 들자 기분전환이 되었다.

릴리아나가 문을 열고 들어올 때 벤야민이 한 번 더 트림했다. 그녀는 눈썹만 찡그렸을 뿐 아무 말도 하지 않았다. 릴리아나는 벤야민을 흘긋 보고는 곧바로 검은 쓰레기봉투가 있는 서랍 쪽으로 갔다. 그녀는 쓰레기봉투 두 개를 꺼내 주방에서 나갔다. 종이 쓰레기가 담긴 바구니를 비우는 일은 그의 몫이었다. 그 일을 끝내고 나면 그는 설거지할 그릇과 레모네이드 병을 사무실에서 가져올 것이다. 그런 다음 쓰레기를 밖으로 내다 버리는 것도 그가 할 일이다. 나는 두 사람의 업무에 관해 내 일처럼 잘 알고 있다. 그동안 그들이 하는 일을 잘 관찰했으니. 며칠 저녁에 걸쳐서. 아니, 내가 이런 우스꽝스러운 수납장에 매일 저녁 숨어서 두 사람이 일하는 걸 바라본 것은 아니다. 그러기엔 내 시간이 너무 소중하니까. 여러 개의 카메라가 나 대신 지켜보았다. 미국에선 내니 캠(Nanny Cam)이라고 부른다지. 보모가 아이 돌보는 장면을 담는 몰래카메라라고나 할까. 인터넷으로 이런 것까지 살 수 있다니 놀랄 일이다. 나는 몇 시간 동안 녹화할 수 있는 좋은 카메라를 구입했다. 일정 간격으로 동영상을 전송받을 수도 있다. 스스로 훌륭한 기획자라는 생각이 들자 싱긋 미소를 지었다. 나는 괜찮은 사람이다. 모든 일이 잘되리라는 것에 의심의 여지가 없다.

릴리아나는 꽃무늬 두건을 머리에 두르고 있었다. 소젖 짜는 사람들이 두르는 것처럼. 머리카락 몇 가닥이 두건 아래로 삐져나와 그녀의 매끄럽고 환한 이마에 부드러운 곡선을 그리고 있었다. 뒤통수에 걸쳐진 삼각형 두건의 꼭짓점 아래로 머리가 삐죽 나와 있었다. 광대뼈가 튀어나와 그녀의 두 눈이 약간 올라가 보였다. 눈 아래에는 다크서클이 진하게 드리워 있었다. 아마도 밤에 이런저런 생각이 많아 잠을 못 잔 듯했다. 한 시간 반 뒤면 내가 너를 모든 것으로부터 자유롭게 해줄 거야, 릴리아나. 나도 좀 더 빨리 일을 끝냈으면 좋겠어. 그럼 네가 다시 청소하지 않아도 될 텐데. 그러나 안타깝지만 네가 인내심을 갖고 기다려야겠어. 릴리아나가 내 시야에서 사라졌다. 커다란 업소용 청소기를 수납장에서 꺼내는 소리가 들렸다. 잠시 후 그녀가 진공청소기를 돌리는 소리가 났다. 나는 몸을 뒤로 기대고 기다렸다. 살인의 시간이 점점 다가옴에 따라 동작이 더 세심해지고 제어되면서 감각도 예리해지는 게 느껴졌다. 아주 작은 소리도 들려왔고, 온몸의 작은 근육 하나하나까지 준비되고 있는 듯했다. 다리가 저려 뻣뻣했던 느낌이 없어지고 땀방울도 사라졌다. 이제 모든 기능이 잘 작동되는 몸만 있을 뿐이다. 내 몸이 해야 할 일이 어떤 것인지, 내가 내 몸에 기대하는 게 무엇인지 내 몸은 잘 알고 있다. 몸이 다른 곳에 집중하기 위해 특정 신경 경로를 차단하라는 경고 시스템이 가동된 것 같았다.

만일 모든 게 평상시처럼 진행된다면 앞으로 정확히 55분 남았다. 나는 팔을 뻗어 내가 직접 만든 가로테(Garotte, 쇠 목조르개—옮긴이)를 다시 한 번

점검했다. 대략 50센티미터 길이의 튼튼한 빨랫줄로 만들었고 양쪽에 손잡이가 달려 있다. 길이는 내가 정확하게 예측해서 만들었다. 목둘레 길이에 몇 센티미터 더한 것이다. 볼펜으로 줄을 감아 돌리려면 어느 정도 여유가 있어야 하니까. 여러 차례 연습해본 결과 볼펜이 가장 적합하다고 판단했다. 나는 집에서 쿠션을 들고 모든 동작이 최적화될 때까지 연습했다. 그리고 확실하게 하기 위해 볼펜을 두 개 가져왔다. 볼펜을 한 개만 가져왔는데 혹시 부러지면…… 생각만으로도 끔찍하다. 진공청소기 돌아가는 소리가 들렸다. 릴리아나가 사무실 어느 곳을 청소하느냐에 따라 진공청소기 소리가 가까이 들리기도 멀어지기도 했다. 벤야민이 주방에 들어왔다. 그는 사무실에서 모아온 접시에 남은 음식을 냅킨으로 닦아내고 다시 주방에서 사라졌다.

이제 릴리아나가 주방으로 들어왔다. 나는 그녀가 진공청소기로 바닥 구석구석을 청소하는 모습을 지켜보았다. 헐렁한 운동복 차림이라 몸의 형태가 드러나지 않았다. 허리 부분은 특히 더 퍼져 보여서 그녀를 늙어 보이게 했다. 릴리아나가 복도로 나갔다. 진공청소기 소리도 멈췄다. 그녀는 청소기를 원래 자리에 넣었다. 벤야민이 움직이는 소리가 들렸다. 보이지는 않았다. 그는 사무실 바닥을 닦을 것이다. 적어도 오늘 청소일정표에는 그렇게 예정되어 있었다. 내가 알아본 바에 따르면 사무실 바닥은 일주일에 한 번 걸레질한다. 주방과 화장실은 물론 예외다. 그 두 곳은 매일 걸레질한다.

아직 28분 남았다. 릴리아나가 다시 주방에 들어왔다. 파란색 양동이에 세제를 풀어놓고 다시 나갔다. 책상과 책장을 청소할 차례다. 모든 책상과 책장을 닦지는 않는다. 지나가다 필요한 곳만 청소한다. 사무실을 반짝반짝하게 다 닦지는 않는다. 대부분의 다른 사무실도 그런 식으로 필요한 정도만 청소할 것이다. 커다란 대걸레로 주방 바닥을 닦았다. 슥슥슥. 번개처럼 빠르게 이제 벤야민이 걸레 빤 물을 화장실에 버릴 것이다. 내 작업타이밍이 되었다는 신호다. 앞으로 10분 동안 벤야민이 쓰레기봉투를 모아서 내다 버릴 것이다. 버리는 일은 1분밖에 안 걸리지만 돌아오는 길에 언제나처럼 담배를 피울 것이다. 내 작업에 필요한 시간은 7분이다. 릴리아나가 평상시 이 시간에 머무는 장소에 있을 것이라면 내게 주어진 시간은 충분하다.

이윽고 릴리아나가 주방에 와서 양동이 안에 있는 물을 쏟아버린 뒤 원래 자리에 가져다 놓고는 마지막 청소를 시작했다. 그녀는 파란 행주로 테이블과 전자레인지, 커피 머신을 닦았다. 이것이 너의 인생에서 마지막 일이 될 거야, 릴리아나. 이 순간 릴리아나가 좀 좋은 생각을 하고 있기를 바랐다. 내 몸의 모든 근육이 긴장했다. 광기에 번득이는 사람처럼 모든 소리에 귀를 바짝 기울였다. 이제 됐다. 사무실 바깥 어디에선가 쓰레기 자루가 바스락거리는 소리가 났다. 현관으로 향하는 벤야민의 발소리가 울렸다. 현관문 닫히는 소리가 났다. 바로 그때 릴리아나가 식기세척기 문을 열고 세제를 넣기 위해 몸을 웅크렸다. 그 순간 나는 양손으로 가로테를 잡고 어깨로 수납장 문을 열었다. 릴리아나는 내가 있는 쪽에서 등을 돌린 자세였다. 그녀는 고개를 아래로 향했다. 아직 내 소리를 듣지 못했다. 쪼그리고 있는 그녀의 네이비블루 운동복 바지 엉덩이 부분이 팽팽하게 당겨졌고 하나로 묶은 머리채가 앞으로 쏠렸다.

내가 그녀를 향해 첫걸음을 옮기자 오버올 소리가 더 크게 났다. 그녀가 일어나 뒤돌았다. 다음 몇 초간 그녀의 얼굴 표정이 시리즈처럼 전개되었다. 누군가 뒤에 있다는 걸 발견하자 눈을 동그랗게 떴고, 나를 알아보자 조심스럽고 어색한 미소가 나타났고, 내 머리에 씌운 헤어캡과 라텍스 장갑, 빨랫줄 조각을 보자 깜짝 놀라며 미간을 찡그렸다. 그녀의 눈에서 이 모든 퍼즐 조각이 갑자기 선명한 그림으로 맞춰지는 것을 나는 읽어냈다. 그녀가 뒤돌아 주방 문으로 뛰어가려 했다. 릴리아나는 빨랐다. 하지만 다행히도 충분히 빠르진 않았다. 릴리아나가 첫걸음을 떼기도 전에 나는 가로테로 그녀의 목을 감았고 그 순간부터 내가 계획했던 대로 이루어졌다. 나는 빨랫줄 양쪽에 있는 손잡이를 한데 모아 재빨리 비틀었다. 릴리아나가 내 손을 잡기 위해 몸을 돌리려고 팔다리를 버둥댔지만 나는 그런 패닉 상태에 조금도 개의치 않았다. 나는 내 계획에만 백 퍼센트 집중했다. 두 개의 손잡이 사이에 볼펜을 끼워놓고 나자 일이 더 쉬워졌다. 나는 계속 돌아가는 부위를 한 손으로 고정하고 다른 손으로 볼펜을 계속 돌려 줄을 점점 팽팽해지게 했다. 빨랫줄이 그녀의 피부와 살에서 제대로 작동되고 있다는 것이 느껴졌다. 그녀의 움직임이 점점 느려지고 힘이 빠져갔다. 마치 어마어마하게 깊은 물속에서 수면으로 나가려 시도하는 것처럼 무모한 움직임이다. 마침내 그녀의 두 팔이 툭 떨어졌다. 나는 그녀를 똑바로 세울 힘이 없다. 식기세척기 앞에서 나는 그녀의 몸을 천천히 바닥에 미끄러지게 했다. 그녀의 진갈색 눈동자가 열렸으나 초점이 없었다. 그녀는 확실하게 죽었다. 그럼에도 나는 무기를 그대로 쥐고 있었다. 2분 동안 힘껏. 가로테를 목에서 떼자 목 여러 군데의 피부가 벗겨져 있었고 피가 약간 흘렀다. 나는 릴리아나를 바닥에 떨어지게 놔두었다. 무기를 비닐봉투에 담고 회의실로 갔다. 테라스 문을 열고 백 미터쯤 달려 부두로 갔다. 그곳엔 숨겨둔 자전거가 있었다. 컨테이너 뒤에 멈춰 서서 호흡을 가다듬었다. 내 심장은 망치질 소리처럼 큰 소리를 내며 뛰고 있었다. 다른 사람이 듣지 않도록 조심해야 할 만큼. 단, 이 근처에 사람이 있다고 가정한다면 말이다. 천만다행으로 그럴 일은 없다. 나는 옷 위에 걸친 오버올에서 빠져나왔다. 오버올과 장갑에 핏자국이 묻어 있었다. 전부 비닐 봉투에 담았다. 모두 소각되어야 한다. 나는 이 증거물을 그냥 컨테이너에 던져버리고 얼른 폐기되길 바랄 수밖에 없다. 평정을 되찾아야 한다고 신중해야 한다고 자신을 다그쳤다. 나는 가능한 한 천천히 호흡했다.

2분 뒤 자전거를 타고 부두를 따라 시내로 가는 길에 내 맥박은 거의 정상으로 돌아왔다.

월요일
이름 없는 한 여자

덴마크에서 어느 정도 규모가 있는 지방 도시들은 피오르(절벽에 에워싸인 좁은 만—옮긴이) 근처에 있는 경우가 많다. 피오르가 바다 가까이 있어도 해안가 바로 앞에 도사리는 태풍으로부터 보호받을 수 있는 곳이기 때문이다. 피오르 도시들은 그래서 대부분 괜찮은 주변 환경에 좋은 집이 많고, 도로가 넓으며 상가도 활성화되어 있다. 요즘 바로 이런 도시들의 부동산 가격이 폭발적으로 오른다. 덴마크 사람들은 바다만 원하는 것이 아니다. 덴마크 사람들은 바다와 더불어 바람을 막아줄 장소를 원한다!

피오르 도시인 크리스티안순은 이런 이유로 작은 파라다이스 같은 곳이다. 코펜하겐에서 자동차로 40분 정도 떨어진 곳이라 주민의 백 퍼센트가 코펜하겐으로 출퇴근하는 이들이리라고 짐작할 만하지만, 그렇게 될 운명을 이 도시는 운 좋게 피해갔다. 지방 행정 자치기관이 이곳에 젊은 기업이 활동하기 좋은 환경을 조성한 것이다. 좋은 사례로 이곳의 옛 조선소를 들 수 있다. 1990년대에 폐업한 조선소를 시에서 매입해 매력적인 사무공간으로 멋지게 개조했다. 그러고서 이곳을 순베르케라 이름 짓고 임대했다. 모든 회사가 다 순베르케에 들어갈 수 있는 건 아니었다. 신청자들을 시 규정에 따라 분류해서 확실한 콘셉트가 있는 이들에게만 입주를 허가했다. 우선 광고대행사, 건축회사, IT 컨설턴트 회사, 라디오 방송국이 리노베이션을 마친 조선소 건물에 입주했다.

동시에 시에서는 야심 찬 주택건설 프로젝트로서 젊은이의 라이프스타일에 맞는 개인 주택, 다세대 주택, 아파트 등을 건설했다. 상량식 날은 지역 신문뿐 아니라 덴마크 전국 단위의 신문사에서도 대대적으로 보도했다. 건설 프로젝트는 대단히 성공적이었다. 배가 지나간 장소에서 새로이 크리스티안순 주민이 된 사람들은 상당수 수도 코펜하겐의 비싼 구역에서 넘어와 부두와 시내 도로에 카페, 고급 부티크, 스시 바를 개업했다. 시 행정 담당자들은 지금까지도 이에 대한 열광으로 입을 다물지 못한다.

이런 혁신적인 정책 덕분에 3만 4천여 명의 시민들에게 실업은 다른 도시에 비해 큰 문제가 되지 않았다. 대부분의 크리스티안순 시민들은 누가 순베르케에서 일하는지 누가 새로운 지역에 거주하는지 전혀 상관하지 않았다. 일자리는 대체로 변하지 않았다. 학교에 근무하는 교사나 지역 병원에 근무하는 간호 인력, 지역 세무서나 경찰서 직원들에게 크리스티안순은 특별할 게 없었다. 그냥 사람이 살고 일하는 지역일 따름이었다. 코펜하겐의 학교에서 공부하러 떠나는 학생들도 있기는 하지만 대부분은 고향에 머물며 살거나 언젠가 돌아온다. 이곳이 세상에서 가장 좋은 도시인지 아니면 가장 나쁜 도시인지 생각해보는 사람은 없다. 그냥 돌아온다.

행정관청이 얼마나 앞을 내다볼 줄 알고 얼마나 진취적인지와 상관없이 크리스티안순은 지방 도시였다. 이곳에 오래전부터 살던 사람들은 물론 관대했고 젊은 사람들에게도 예의를 지켰다. 새로 이사 온 사람들은 따뜻한 환영에 감사의 미소를 지어 보냈다. 성숙한 시민들이었다. 그러나 원주민들은 마음속 깊은 곳에 이주민들이 천박하고 피상적인 줏대 없는 이들이라는 생각을 품고 있었다. 주제넘게 설치는 짓을 이제 그만해야 한다고 말이다. 반면 이주민들은 원주민들이 만족하리라고 믿는 것이 지배적이었다. 그들의 제한적이었던 지평선이 좀 더 확장된 것에 대해서 말이다.

단 소메르달의 가족은 양쪽 편에 각각 다리 한쪽을 걸치고 있었다. 단 소메르달은 크리스티안순에서 태어나고 성장했다. 그는 자신의 경력 대부분을 코펜하겐에서 쌓았다. 코펜하겐에서 수년간 거주하기도 했다. 단의 부인 마리아네는 원래 란데르스(유틀란트 반도 동부의 항구 도시—옮긴이) 출신이다. 그녀 자신이 지방 출신이라 그런지 새로 이주한 사람이 해서는 안 될 행동과 말이 어떤 것인지 본능적으로 알았다. 어쩌면 단과 마리아네가 처음으로 부모가 되어 단의 고향으로 이주하면서 원주민의 입장에도 곧바로 적응해야 했기 때문인지도 모른다. 두 사람은 갈망하던 괴르틀레르가데의 19세기 타운하우스 한 채를 구입했다. 크리스티안순 주도로인 알가데의 한 골목에 자리한 주택이었다. 단은 거의 10년간 가족이 사는 괴르틀레르가데의 집에서 코펜하겐 중심가의 광고대행사로 출퇴근하는 생활을 이어갔다. 그는 광고대행사에서 카피라이터로 일했다. 의사인 마리아네도 마찬가지로 병원을 옮겨 다녔다. 올보르, 에스비에르, 심지어 노르웨이에서도 근무했다. 전문의 자격증을 따기 위해 어쩔 수 없었다. 최고의 육아도우미를 만나는 행운이 없었더라면 그들 가족의 삶은 제대로 굴러가지 못했을 것이다. 그들과 가까이 살고 아이들을 좋아하는 단의 어머니를 돕던 도우미였다.

다행히도 그 시기는 지나갔다. 7, 8년 전에 단은 순베르케에 있는 쿠르트&코 광고대행사의 광고기획부 부장, 이른바 크리에이티브디렉터가 되었다. 마리아네는 시내에서 가장 규모가 크고 최신시설을 갖춘 크리스티안순 클리닉센터를 열었다. 클리닉센터에는 마리아네 외에도 산부인과, 이비인후과, 정신건강의학과 전문의 세 명이 파트너로 입주했다. 클리닉센터는 시청 앞 시장과 인접했고 항구와 보행로 사이의 최고 중심지라 위치만으로도 도시의 심장부로 불릴 만했다. 시청은 물론이고 시장, 경찰서, 크리스티안순에서 가장 오래된 숙박시설인 마리나 호텔도 그곳에 있었다.

핵가족이 흔히 그렇듯 이들 부부에게도 위치 문제와 관련하여 직장 생활에 새롭고도 흡족한 상황이 전개되었고, 더불어 아이들이 더 이상 부모의 돌봄을 필요로 하지 않는 시기가 되자 여가 시간도 생겨났다. 이제 막 스물한 살이 된 아들 라스무스는 마른 체형에 금발, 그리고 아마도 세계에서 가장 듬성듬성하다 할 턱수염을 지녔다. 영화 마니아인 그는 최근에 코펜하겐 시내 뇌레브로에 아파트를 얻었다. 열일곱 살 먹은 딸 라우라는 셸란섬 서쪽에 위치한 기숙사 학교에 다닌다.

오랜 시간 정신없이 북적대던 집안이 처음으로 조금 조용해졌다.

부부가 평생 일을 놓지 않고 달려왔던 터라 두 사람 모두 고소득자였다. 아이들과 시간을 보내지 못한다고 더 이상 양심에 가책을 느낄 필요도 없었다. 집값은 거의 다 갚았다. 반려견과도 아주 잘 지냈다. 누런색 래브라도인 루페는 어느새 열한 살이 되어 멍청한 짓을 하는 횟수가 급격히 줄어드는 나이에 이르렀다. 방귀를 점점 더 자주 뀐다는 것만 제외한다면.

단과 마리아네는 그러니까 행복의 조건을 다 갖추었다고 할 수도 있었다. 그럼에도 두 사람은 행복하지 않았다. 그것이 문제였다. 특히 단이 그러했다. 얼마 전엔 심한 스트레스성 우울증으로 한 달 내내 침대에서 이불을 뒤집어쓰고 웅크리며 보냈다. 마리아네의 클리닉센터에서 근무하는 정신건강의학과 전문의의 도움으로 많이 회복되었다. 단은 다시 여러 사람과의 대화에 참여할 정도가 됐고 반려견 루페와 더 오랜 시간을 산책할 수 있게 됐다. 지나치게 비판적인 TV 프로그램은 시청하지 않았다. 그는 다시 조깅을 시작했으며, 이런 움직임만으로도 우울증을 다 떨쳐낸 것처럼 보였다.

단 소메르달이 몇 주 안에 크리스티안순 피오르 위 철교가 보이는 사무실의 이탈리아 명품 책상 앞에 다시 앉게 되리라고 모두가 철석같이 믿었다. 그가 승승장구해서 최고의 자리까지 오르리라는 걸 의심하는 사람은 없었다. 지금 타고 있는 검은색 아우디 A6는 더 비싼 차로 교체될 거라고, 또한 지금 그의 책장에 모여 있는 그렇고 그런 크리스털 상패들보다 훨씬 더 많은 대가와 영예를 얻게 되리라고 다들 믿었다. 단이야말로 그에 대한 확신이 별로 없었다.

디렉터라는 타이틀을 얻기까지의 길은 우여곡절이 있었으며 행운과 우연이란 두 단어로 압축된다. 대학입시를 앞둔 단의 학교 성적이 최상위였던 시점에서 이야기가 시작된다. 그가 '근사한 무엇'을 안 한다고 어머니가 인상 쓴 적은 한 번도 없었다. 근사한 무엇이란 예를 들면 의대에 가거나 정치인이 되는 것 따위를 말한다. 경찰 대학에 가면 어떨까 하고 아주 잠깐 생각했었다. 가장 친한 친구 플레밍이 경찰 대학을 생각하고 있었으니까. 단은 군 복무를 마치고 스물한 살이 되었을 때 코펜하겐 시내에 있는 꽤 큰 규모의 광고 대행사에 카피라이터 인턴사원으로 들어가기로 했다. 광고대행사에서 그의 지적 능력은 천부적인 재능과 만나 무한대로 발전하여 수년간 광고대행사 몇 군데를 옮겨 다니면서 직책도 수직상승했다. 단은 자신의 일을 좋아했다. 능력을 인정받는 것도, 초과근무하는 것도, 자유로운 분위기도 좋았다. 젊고 아름다운 여성들이 야릇한 추파를 던지며 부서를 활보하는 것도 좋았다. 잠시 자신의 책상 위(혹은 아래)로 여행을 다녀오는 일도 있었다. 바람을 피웠어도 대개 오래가지 않아 여자를 잊는 데 성공했다. 모두 과거의 일이고 크리스티안순으로 옮긴 뒤로는 더 이상 다른 여자를 그의 삶에 끌어들이지 않았다. 그는 마리아네에게 자신이 바람피운 사실을 한 번도 말하지 않은 걸 다행이라 여겼다.

그러다 그의 고향에서 마침내 꿈꾸던 일을 시작했다. 새로이 시작할 기회가 온 것이다. 부서에서 가장 높은 직책을 맡으면서 동시에 모범적인 남편이자 아버지가 될 기회가. 쿠르트&코의 크리에이티브디렉터가 되었을 때 그의 나이는 서른일곱 살이었다. 그는 산전수전 다 겪은 아트디렉터와 카피라이터들을 총괄하는 책임을 떠맡았다. 직원의 대부분을 그가 채용했다. 모든 것이 잘되어가는 듯했다. 그러나 심각한 문제가 있었다. 리더 자리가 단의 적성에 맞지 않았던 것이다. 그는 뛰어난 기획자에, 기막힌 카피를 쓰는 카피라이터이고, 그에게 비용을 지불할 클라이언트에게 절대로 패하지 않는 말 상대였다. 하지만 그의 직원이 찾아와 오늘 저녁 일찍 퇴근해야만 하는 피치 못할 사정을 얘기할 때 그는 짜증이 치솟는 것을 억누를 수 없었다. 그 직원이 혹시라도 내일 일을 제대로 해내지 못할지도 모른다는 생각은 단에게 편두통을 가져왔다. 물론 그는 이런 생각을 무시하려고 애썼다. 돈을 더 벌고 싶지 않은 사람이 어디 있겠으며, 승진해서 더 넓은 사무실에서 일하고 싶지 않은 사람이 어디 있겠는가 자문하면서. 처음 몇 년간 단은 불쾌한 생각을 떨쳐버렸고 자신의 지위를 잘 누려보자는 쪽으로 생각을 바꿨다. 진실을 말하자면 이랬다. 그는 이 시기에 자신의 직함에 맞는 역할을 더 잘 수행하기 위해 진지하게 노력했다. 그는 코칭을 받고, 강좌를 듣고, 자기 최면을 걸고, 자신이 어떻게든 해낼 것이라고 확신하는 데 안간힘을 썼다. 그럼에도 그의 몸과 마음은 자신이 확장시키고 있는 잘못에 점점 더 반응했다. 그 분야의 전문가라고 저절로 훌륭한 리더가 되지는 않는다. 경력이 많아지고 지위가 높아질수록 자신이 잘하는 숙련 기술에서 점점 멀어지게 되는 법이다. 단의 경우는 관리 능력이 점점 떨어지면서도 직원들에게 과제를 맡기지 못하는 딜레마에 빠졌다. 단의 관점에서 따져보면 절대로 자신만큼 제대로 일하는 직원들이 아니었으니 말이다. 어쩌다 한번은 무방비로 지나칠 수 있다. 어쩌면 두 번 세 번도. 이런 생각이 일상이 되어버리니 좌절이라는 세포가 암세포처럼 그의 몸의 기관들을 먹어 삼켜버렸다.

두 가지 방법밖에 없었다. 단이 직원들을 신임하는 방법을 배우며 그들과 함께 문제를 해결하고 허영심을 채우면서 부하직원을 통치하거나, 아니면 모든 것을 통치하는 자가 되어 전부 개입하고 직원들에게 제안하면서 끊임없이 자신을 혹사하거나. 물론 후자의 방법은 그에게 당연히 필요한 여가 시간까지 반납하게 했다. 단 소메르달이 이 방법을 택했으리라는 건 어떻게 보면 자연스러웠다. 자신의 직업을 사랑하지만 훌륭한 리더는 아닌 사람들은 그렇게 하게 마련이니까. 이런 결정을 내리면서 단은 탈진으로 가는 길에 확실하게 안착했다. 처음 나타난 증상을 그는 무시했다. 매일 아침 출근하러 가는 길에 위에 통증을 느꼈는데도. 낮에는 회사 건물 앞에 똑바로 서서 미소를 짓고 농담도 했지만 내면에선 다시 집에 돌아가 이불 속으로 들어가기만을 고대했다. 그러다 전에는 그렇게 좋아했던 자기 일에 무관심이 무지막지하게 증가하는 게 분명해지면서 경고의 종소리가 더 크게 울리기 시작했다. 이때까지도 그는 문제를 자기 눈으로 확인하길 거부했다. 새 클라이언트가 도와주겠거니, 새 업무가 생기겠거니, 직원들이 도와주겠거니……. 그는 점점 더 많은 영역을 섭렵하고자 했다. 전 세계에서 열리는 콘퍼런스에 참가했고, 야심 찬 광고캠페인을 계획했고, 전문가들이 나와 소비와 라이프스타일에 대해 조언하는 〈당신의 스타일을 보여줘〉라는 TV 프로그램에 고정 패널로 출연했다.

단은 할 일이 점차 많아졌지만 도화선은 날이 갈수록 짧아졌다. 사업상 연결된 별로 중요하지 않은 사람들에겐 언제나 미소 짓고 기분 좋은 얼굴이었지만 정작 자신과 함께 일하는 직원들 사이에선 인기가 확 떨어졌다. 직원들에게 단은 항상 우울한 얼굴에 기분 나쁜 표정, 성난 상사에 다름 아니었다. "부장님, 의욕이 없으시다는 건 알겠는데 그래도 이 서체에 무슨 의견이라도 내주셔야죠." 아트디렉터가 중얼거렸다. "누가 부장님 막대 초콜릿에 오줌이라도 쌌나요?" 미소라곤 한 점도 없는 단의 표정에 미디어컨설턴트가 비꼬는 농담을 던졌다. "차라리 휴가라도 가시면 어때요?" 단의 모니터에 오래전부터 찌들어 있던 얼룩을 티슈에 세제를 묻혀 닦으면서 그래픽디자이너가 단도직입적으로 물었다.

그렇다. 그에겐 휴가가 필요했다. 하지만 휴가란 자신에게 허락할 수 있는 최후의 방책이었다. 자신이 자리를 비워 산더미같이 많은 업무를 처리하지 못하면 덜떨어진 직원들이 그 일을 떠맡아야 하는데 그들은 전혀 그럴 능력이 없다. 단은 그렇게 믿었다. 그리고 자기 일을 감당하기가 점점 힘들어진다고 느낄수록 자신이 동료들의 고약한 모함의 희생자라는 확신이 분명해졌다. 직원들이 의식적으로 자기 의견에 반대로만 가고 있었다.

그는 이제 꼭 필요한 장소에만 갔다. 사무실에서는 몸을 똑바로 일으켜 세우고 있지만 집에서는 리모컨을 들고 침대에 누웠다. 점점 더 많이 잤다. 하루에 열 시간, 열한 시간, 열두 시간씩 자도 피로가 풀리지 않았다. 정반대였다. 마침내 근무 시간 빼고는 다른 활동을 전혀 할 수 없는 지경에 이르렀다. 아내와 자녀들, 어머니하고도 거의 접촉하지 않았다.

그는 끔찍했다. 9월이 끝나가는 어느 날 아침 눈을 뜬 순간 단은 자신이 자리에서 일어나 출근할 수 있는 상태가 아님을 알아챘다. 출근하는 것이 실제로 불가능했다. 침대에서 다리를 뺄 수도 없었다. 고개를 들어보려 했지만 베개가 목 뒤에 딱 붙기라도 한 듯 머리를 움직일 수 없었다. 어쩌지 못한 채 그냥 자리에 누워 있었다. 마리아네가 30분 뒤 침실 문을 열고 이제 일어나야 하지 않냐고 묻자 갑자기 그의 눈에서 눈물이 쏟아졌다. 그는 아무것도 말할 수 없었다. 그저 천장만 바라봤다. 눈물이 양쪽 뺨을 타고 내려와 이불까지 적셨다.

마리아네는 냉철하고 프로페셔널하게 대응했다. 정신건강의학과 응급환자 담당의처럼 처치했다. 단의 맥박을 체크하고 잠시 그 옆에 앉아 단의 손을 잡았다. 그녀는 단의 눈물이 멈추지 않으리라는 걸 알았다. 그에게 이성적인 접촉이 불가능하다는 것도. 그녀는 구급상자를 들고 와 주사기를 꺼내고 투명 앰풀도 꺼냈다. 주사액을 주사에 집어넣고 피스톤을 눌러 몇 방울을 내보내 주사기 안의 공기를 빼냈다. 곧바로 단을 옆으로 눕히고 속옷을 내려 오른쪽 엉덩이에 주사를 놓았다. 이윽고 방에서 나온 마리아네는 단의 회사에 전화해 최소 3주는 병가를 내야겠다고 전했다. 이어 자신이 근무하는 클리닉센터에 전화해 오늘 오후에야 출근할 수 있겠다고 전했다. 응급환자가 오면 클리닉센터의 다른 의사에게 보내라고 일러두었다.

다시 침실로 돌아간 마리아네는 남편 옆에 누워 그의 손을 잡고 조용히 이야기했다. 진정제가 효과를 발휘할 때까지 조곤조곤 이야기를 계속했다. 단이 눈물을 멈추고 화장실에 가려 하자 남편을 부축해주었다. 그리고 침대 안으로 함께 돌아왔다. 그날 오전 두 사람은 그렇게 별말 없이 나란히 누워만 있었다. 몇 시간 뒤에 단이 깊은 잠에 빠져들자 마리아네는 괴르틀레르가데를 달려 알가데에서 왼쪽으로 돌아 시장 모퉁이까지 가서 아름다운 저층 건물 안에 자리한 자신의 클리닉센터로 향했다. 진료실에 들어가기 전에 접수처에 들러 정신건강의학과 전문의 키르스텐 로프트에게 메모를 전해달라고 부탁했다. 그녀는 단에게 전문가가 투입되어야 하는 상황임을 알았다.

단이 무너지고서 7주가 지난 11월 중순 어느 저녁이었다. 그의 가장 친한 친구 플레밍 토로프가 단의 집을 방문해 저녁 식사를 함께 하고 벽난로 앞에서 아이리시커피를 마셨다. 플레밍이 이혼한 지 얼마 안 된 시점이라 단과 마리아네, 플레밍 이렇게 세 사람만의 자리는 아직 어색하고 익숙하지 않았다. 오랜 세월 동안 언제나 네 사람이 함께했기 때문이다. 휴가도 같이 가고 크리스마스 파티도 배드민턴 게임도 같이했다. 아이들도 다 같이 성장했다. 20년 이상 적어도 일주일에 한 번은 저녁 시간을 함께 보냈다. 플레밍의 아내 카린이 남긴 빈자리가 당분간 크게 느껴질 테지만 곧 괜찮아질 것이다.

"다시 출근할 생각 하니까 설레?" 플레밍이 질문을 던지며 커피를 한 모금 마셨다. 크림이 입술에 조금 묻자 마리아네가 그에게 냅킨을 건넸다.

단은 어깨를 으쓱했다. "그렇진 않아."

"왜, 다시 일하고 싶지 않아?" 플레밍이 입술을 닦으며 다시 물었다.

"아주 솔직히 말하면, 아니. 내가 쿠르트&코에서 다시 일한다면 그건 다름 아닌 돈 때문이지."

단의 대답에 마리아네가 끼어들었다. "그건 또 무슨 말도 안 되는 소리! 당신이 일하기 싫으면 그냥 그만둬. 내가 버는 걸로 살면 되지."

"당신이 버는 걸로 산다고? 그래도 되긴 하지. 그럼 지금 이만큼은 못 누릴 텐데? 그건 아니야." 단은 답하면서 루페의 목을 쓸어주었다. 늙은 래브라도 리트리버는 주인의 무릎에 기대, 약간 자존심이 상한 표정이었다. 오늘은 소파에 오르면 안 되는 날이기 때문이다. 손님이 오는 날, 개는 바닥에 있어야 한다고 마리아네가 규칙을 정해놓았다.

"그럼 프리랜서로 일해도 되잖아. 언제라도 그런 자리를 구할 수 있을 텐데. 당신도 잘 알면서. 프리랜서로 일하면 당신이 일을 알아서 분배할 수 있고 심각하게 스트레스 받지 않을 거야. 그럼 지난번 같은 일은 다시 일어나지 않을 거고."

"그럼 회사 차는 어쩌고? 연금은? 프리랜서로 버는 돈으로 그런 걸 어떻게 감당해?"

"우리 집에 어마어마한 차가 한 대 있지. 대개 차고에 처박혀 있어 먼지가 뽀얗게 묻어 있는 차 말이야. 그리고 맞아. 당신 연금도 입을 못 다물 정도로 많지." 마리아네가 비꼬며 플레밍의 담배를 집었다. "한 대 피워도 돼?"

"끊지 않았어?" 플레밍이 그녀에게 라이터를 건넸다.

"나야 뭐 그냥 파티 흡연자잖아." 마리아네가 웃으며 담배 연기를 길게 내뿜었다.

"맞아, 매일매일 파티지." 단이 말했다. 그는 또박또박 말하려 애썼다. "누굴 바보로 만들려는 거야?"

"그만해! 그런 것쯤 스스로 조절할 수 있다고." 마리아네가 성난 얼굴로 단을 쏘아봤다. 그녀의 뒤로 질끈 묶은 연갈색 곱슬머리가 폭풍 한가운데 초가지붕처럼 쭈뼛 세워졌다. 집요함이 적절히 살아 있는 짙은색 눈동자가 그 아래에서 번쩍였다. 이 시선의 무언가가 단에게 자그맣고도 길들여지지 않는 셰틀랜드 포니를 연상시켰다. 그러나 그는 쓰라린 경험을 통해 잘 알았다. 그런 시선을 보일 때는 어떤 일이 있어도 그녀를 건드리면 안 된다는 것을.

"자, 그럼. 이제 집에 가봐야겠어." 플레밍이 입을 열고는 마지막 남은 커피 한 모금을 들이켰다.

"차 가져왔어?" 마리아네가 자리에서 일어났다.

"걸어왔어. 걷는 게 좋잖아." 플레밍은 지난 몇 년간 어느새 벨트 위로 툭 불거진 살을 톡톡 치며 말했다. "식사에 초대해줘서 고마워, 마리아네. 늘 그렇듯 오늘도 아주 맛있었어." 그가 그녀의 이마에 입맞춤했고, 그녀는 복도까지 그를 배웅했다.

"단, 곧 나와서 배드민턴 코트에서 한 방 먹일 수 있게 해줄 거지? 예전처럼 아침 일찍 그 자리 잡을 수 있을 거야." 플레밍이 뒤돌아 말했다.

단이 막 미안하다고 말하려는 참에 플레밍의 전화벨이 울렸다. 플레밍이 번호를 보자마자 내뱉었다. "이런 젠장! 오늘 업무가 아직 끝나지 않은 모양이군." 그는 전화기를 귀에 갖다 댔다. "여보세요? 그래, 지금 어디라고?" 그는 단에게 시선을 던졌다. "말도 안 돼! 기르싱 박사가 가는 길이야?" 마리아네가 건네는 외투를 받아 들면서도 그의 시선은 움직이지 않았다. "당연하지. 바로 갈게. 아 참, 지금 내가 차를 안 가져왔는데. 이리로 데리러 와줘야겠어. 괴르틀레르가데 8번지. 이따 봐."

그는 전화기를 주머니에 집어넣고는, 담뱃갑에 담배가 몇 개비 있는지 확인한 뒤에야, 문에 기댄 채 기다리고 있는 집주인에게 시선을 주었다.

"단, 너희 회사에서 시신이 발견됐다는데." 드디어 플레밍이 말문을 열었다. "여자래."

"누구?" 단이 자리에서 벌떡 일어났다.

"아직 신원확인은 안 했대. 옷차림으로 봐선 청소하는 여자 같다는데."

단은 이마를 찡그렸다. "릴리아나?" 그는 고개를 저었다. "젊고 건강한 사람인데, 왜? 실수로 넘어지기라도 했나……?"

"살해됐대."

마리아네는 아무 말 없이 단을 바라보고 그의 손을 잡았다.

단은 황망한 표정이었다. "세상에, 누가 릴리아나를 죽일 생각을 했다는 거야? 죽은 게 그 여자라는 게 확실해?"

"너도 같이 가서 신원확인을 해주면 되겠네. 신원을 빨리 확인할수록 좋으니까." 플레밍이 문을 열고 경찰차가 도착했는지 쳐다봤다.

"그런데 릴리아나 말고 다른 사람은 거기 없대?" 단이 물었다.

"다른 사람이라니, 누구?"

"릴리아나랑 같이 일하는 파트너가 있어. 젠장, 그 사람 이름이 뭐더라. 아, 벤야민! 벤야민은 거기 없대?"

플레밍은 어깨를 으쓱했다. "처음 발견한 사람 이름이 크리스티안 헬비외른이라던데. 벤야민이란 사람 얘기는 안 하던걸." 바로 그때 경찰차가 집 앞에 멈췄다. 플레밍은 발걸음을 뗐다. "같이 갈래?"

단과 마리아네는 동시에 서로 바라봤다. 그녀가 그의 손을 놓더니 말했다. "잠깐 기다려. 당신 코트 가져올게."

광고대행사 쿠르트&코로 가려면 먼저 드높은 구식 대문을 통과해야 했다. 화려한 무늬로 장식된 주철 대문은 항상 열려 있어 바로 마당을 통과하면 옛날 조선소 지하주차장으로 들어갈 수 있었다. 순베르케의 몇몇 회사는 예전에 조선소의 엔지니어 사무실과 회계 사무실이 있었던 다층 건물에 들어왔고, 다른 회사들의 사무실은 부두에 설치된 건물에 자리를 잡았다.

쿠르트&코는 그 부두 건물에 위치했고 450평이 넘는 그 층 전체 공간을 사용했다. 전체가 목조건물이고 수백 년도 넘은 거대한 떡갈나무 들보가 건물을 지탱하고 있었다. 넓은 테라스는 바다로 이어져 길게 펼쳐진 부두 길을 따라가면 시내 중심가까지 다다랐다. 경광등이 번쩍거리는 경찰차 한 대가 건물 앞에 서 있었다. 경광등 불빛이 빗물에 젖은 도로에 반사되어, 역사에 오른 건물의 창문을 차갑게 빛나게 했다. 현관 앞에 젊은 남자가 서서 담배를 피우고 있었다. 그 옆에는 은색 운동화에 검은 스키파카를 입은 남자가 서 있었다. 그는 회색 곱슬머리였고 40대로 보였다.

플레밍은 흰색과 빨간색 줄이 그어진 폴리스라인을 뛰어넘어 동료들이 모여 있는 곳으로 갔다. 단은 몇 걸음 떨어져 플레밍이 40대 남자와 인사하는 모습을 지켜봤다. 단은 왠지 모르게 자신이 환영받지 못하는 존재, 아니면 엄청난 사건을 구경하러 따라온 측근처럼 어색하게 느껴져 '경찰이 나한테 여기 와달라고 부탁했다니까요'라고 적힌 표지판이라도 들어 보이고 싶은 심정이었다. 문득 플레밍이 이곳 책임자라는 사실이 떠올랐다. 제복 차림의 형사나 제임스 본드 클론쯤으로 뵈는 저 젊은이가 수사과장의 동행을 쫓아낼 위험은 거의 없다고 봐도 되리라.

몇 분이 지나자 당혹감이 사라지고 오히려 호기심이 발동했다. 단은 몇 걸음 다가갔다. 크리스티안 헬비외른이 시신을 발견한 경위를 설명하고 있었다. "야간 순찰을 교대하고 곧바로 건물을 지나는데 테라스 문이 열려 있어 이상하다는 생각이 들었어요. 그래서 다가 가서……."

"말씀을 중단시켜 죄송합니다만……." 플레밍이 말했다. "건물 안으로 들어가 얘기하는 게 어떨까요? 밖이 춥네요." 그는 안으로 들어가면서 단에게 들어오라고 고갯짓을 했다. 제임스 본드는 다른 볼일이 있는지 주방 쪽으로 사라졌다. 그곳에 흰색 오버올을 차려입은 사람들 몇몇이 왔다 갔다 하는 게 보였다. 과학수사팀이겠다는 생각이 단의 머리를 스쳤다.

쿠르트&코는 몇 톤은 될 커다란 떡갈나무 들보 하나로 이뤄진 공간이었다. 그 안에 작은 섬들처럼 화장실과 주방과 식당이 한가운데 있었고 접대실과 창고도 있었다. 이곳을 중심으로 주변에 사무공간이 있었으며 통유리 창으로 바다가 보이는 공간에는 회의실과 개인 사무실이 있었다. 회사 소유자는 세바스티안 쿠르트로 광고대행사의 대표이사를 맡고 있다. 회사 임원들은 넓은 공간에서 직원들이 일하는 모습을 직접 지켜보면서도 자기 자신은 사방이 벽으로 둘러싸이고 문을 닫을 수 있는 공간에서 일하고 싶어 한다. 현대적인 회사에서 근무하려면 다른 사람들 소리에 귀를 닫고 일에 집중하는 법을 익혀야 한다. 단은 회사 건물에 들어서면서 횡격막에 통증을 느꼈다. 이토록 오랜 기간 자리를 비웠는데도 다시 그런 통증을 느끼리라고는 상상도 하지 못했으나 그의 몸은 분명하게 반응했다. 그는 다른 생각을 하려고 의식적으로 노력했다. 플레밍과 현장 목격자를 따라 접대실로 향했다. 핑크색 가죽소파가 있는 곳이었다.

플레밍은 다시 크리스티안 헬비외른 쪽으로 몸을 돌렸다. "아까 말씀하시길, 선생님께서 야간 순찰 근무를 교대하셨다고 했죠. 그게 뭔가요?"

헬비외른은 양털 장갑을 벗고 두 손을 비볐다. 그는 당혹스럽다는 표정을 짓더니 겸연쩍은 듯 미소 지었다. "아, 그건…… 야간 순찰은 좀 과한 표현이고요." 그는 플레밍의 시선을 느꼈는지 얼굴이 벌게 졌다. "그냥 우리 이웃들끼리 늦은 밤에 번갈아 동네를 한 바퀴 순찰 하는 겁니다. 최근에 강도와 도둑 사건이 꽤 많았거든요. 게다가 외 국인들도 주변에 많고……."

"순베르케에 직장이 있나요?"

"아닙니다. 저는 저쪽에 살아요." 그는 장갑을 흔들며 동쪽을 가리 켰다. "펜트하우스에 살아요. 그래도 이쪽으로 자주 오죠."

"혹시 무기를 소지하고 계시는지?"

남자의 고개가 일 센티미터 뒤로 움찔했다.

"아니요, 아…… 어쩌면…… 제 말은……." 그의 얼굴 전체가 새빨 갛게 변했다. "이걸 가지고 있습니다만." 그는 주머니에서 스프레이 캔을 꺼내 플레밍에게 건넸다. "호신을 위한 안전장치랄까요."

"최루가스 스프레이군요." 플레밍은 고개를 저으며 캔을 집어넣 었다. "헬비외른 씨, 지금 이 순간 저희한테는 당신이 시신을 발견한 경위를 듣는 것만큼 중요한 일은 없으니 아무 걱정 마시고 자세하게 상황 설명을 부탁드립니다." 플레밍은 수첩과 볼펜을 꺼냈다. "그러 니까…… 이곳에 왔을 때 몇 시였는지 기억하십니까?"

"11시 직전이었습니다." 크리스티안 헬비외른은 상황을 설명했다. 테라스 문이 열려 있는 걸 발견하고 건물 안으로 들어가기 전에 문 앞에서 안을 향해 소리쳤다고 했다. "건물 전체에 불빛이 환하게 들 어와 있었어요. 청소하는 사람들이 있나 보다 생각했죠. 그런데 안 에서 아무 소리가 안 났어요……." 그는 헛기침하더니 장갑을 이마에 잠시 갖다 댔다. 갑작스레 심기가 불편해진 모양이었다. "기분이 굉장히 이상했어요."

"안으로 들어가셨을 때 문손잡이를 잡으셨나요?"

"안 잡았던 것 같아요. 문이 활짝 열려 있었으니까."

"그래서요?"

"일단 건물 안으로 들어가 '여보세요?', '안에 누구 계신가요?', 뭐 이렇게 물었던 것 같습니다." 그는 바닥으로 시선을 떨구었다. "주방으로 들어가 여자를 보고 처음엔 몸이 안 좋은 줄 알았습니다. 그런데 다가가 여자 눈을 보니……." 그는 검지를 그의 목젖에 가로지르며 숨을 멈칫했다.

"만지거나 어디 손을 대셨나요, 헬비외른 씨?"

"아니에요. 여자가 죽어 있는 걸 보곤 아무 데도 손대지 않았죠." 그는 마른침을 꿀꺽 삼켰다. "제가 안으로 들어가고 나왔으니 바닥에 당연히 제 신발 자국은 남았겠죠……."

"신고는 어떤 전화기로 하셨나요?"

크리스티안 헬비외른은 작은 휴대전화를 번쩍 들어 올렸다. 그의 커다란 손안에서 전화기는 거의 안 보이다시피 했다. 그가 입을 열었다. "저는 곧장 밖으로 나갔어요. 솔직히 말씀드리면, 그 순간 약간…… 살인범이 아직 건물 안에 있는지 없는지 몰랐으니까요."

플레밍은 자리에서 일어나 그에게 악수를 청했다. "수사에 도움을 주셔서 감사합니다, 헬비외른 씨. 저쪽에 있는 형사한테 가서 성함과 연락처를 남겨주신 뒤 귀가하시면 됩니다." 그는 사복 차림의 젊은 형사를 향해 고갯짓하고는 뒤돌아보지도 않고 주방으로 향했다. 단이 이 자리에 함께 있다는 사실을 잊은 걸까? 플레밍이 일하는 현장을 보게 되다니, 단은 자신이 정말 특별한 경험을 하고 있음을 깨달았다. 플레밍은 사적인 자리에서 보는 것보다 훨씬 더 논리적이고 권위적으로 보였다. 평상시 그의 모습은 소극적이고 조용한 데다 좀 부드럽기까지 했다. 일하는 자리에서 플레밍을 본 소감에 따르면 부드럽다는 말은 조금도 어울리지 않았다. 아까 전화를 받고 난 뒤 마치 키가 4, 5센티미터 더 커진 것만 같았다. 말이 많아졌고 말하는 속도도 빨라졌으며 더 힘이 들어가 있었다. 걸음걸이도 평상시보다 빨랐다. 플레밍을 따라가려면 아주 급하게 움직여야 했다.

주방 문 앞에 연회색 눈동자에 적갈색 머리 남자가 서 있었다. 그는 혼자 욕을 퍼붓고 있었다. 신발을 신은 채 오버올을 벗으려니 잘 안 되는 모양이었다. 겨우 오버올을 벗고 나서야 그는 고개를 들었다. "토르프 과장이에요? 빠르게 진행됐군요." 그는 숨이 찬지 헉헉거렸다.

"끝내셨어요?"

"네, 끝났어요." 남자가 흰색 오버올을 접어 주방 문 옆에 있는 커다란 봉투에 던져 넣었다. "이십 대 초반 여자로 보여요. 3밀리미터 두께의 가로테에 목이 졸려 사망했습니다. 사망 시각은…… 한 시간 반 전쯤. 그러니까 대략 10시 30분경이겠군요." 그는 시계를 보며 말했다.

"성폭행 흔적은요?"

"성폭행은 없었던 것 같은데요. 내일 부검할 거니까 더 많은 내용이 밝혀지겠지요." 그는 짙은 갈색 왕진가방을 들고 출입문으로 향했다. "내일 뵙겠습니다."

플레밍은 그의 뒷모습을 바라봤다. 그러다가 단에게로 시선을 돌렸다. "스벤 기르싱 박사야. 노친네 법의학자인데 일 하나는 끝내주게 잘해. 수십 년간 대학에서 법의학 교수로 일했지. 그러다 연구에만 몰두하겠다고 가르치는 일을 그만뒀는데 우리하고 계약을 맺었어. 이 지역에서 살인사건이 일어나면 와서 도와주기로 말이야." 그는 주방 문 앞에 섰다. "얼마나 진행됐나? 들어가도 되겠어?"

제임스 본드가 주방에서 나와 마스크를 벗었다. "들어오려면 덧신을 신으셔야 합니다. 과학수사팀이 아직 일하는 중이니까요." 흰 오버올 안에 연미복 재킷이 가려져 있고 짧게 자른 갈색 머리칼도 헤어캡 안에 들어가 한 올도 보이지 않았다. 양손 모두 라텍스 장갑을 끼고 있었고 신발 역시 덧신이 씌워져 있었다.

플레밍이 단을 향해 고개를 돌렸다. "단, 이 친구는 우리 팀 형사 프랑크 얀센이야. 얀센 형사, 여긴 내 친구 단 소메르달이고 우연의 일치로 여기서 일하고 있어. 단이 피해자 신원을 확인해줄 수 있을 거야."

젊은 형사는 단에게 손을 내밀어 악수를 청하면서 탐색하는 눈으로 단을 쳐다봤다. 그러고는 플레밍에게 시선을 돌렸다.

플레밍이 부하직원의 무언의 질문에 답했다. "자네 생각이 맞아, 얀센. 그런데 내가 오늘 저녁 6시부터 단과 함께 있었으니 단은 최고의 알리바이가 있는 셈이지."

프랑크 얀센은 그제야 긴장이 풀린 듯 미소 짓더니 단과 플레밍에게 줄 오버올과 장갑을 가져왔다.

믿을 수 없다고 단은 생각했다. 살인 현장 한가운데에 있다니! 아이리시커피 냄새를 풍기는 경찰에 또 다른 경찰은 연미복을 입고 있다. 이제 이 사람들과 다 같이 인사도 한다. 이런 일이 일어날 줄이야……. 순간 그의 시선이 주방의 열린 문으로 보이는 릴리아나의 시신으로 떨어졌다. 시신을 보자마자 그는 모든 것을 잊어버렸다. 잠시 동안 느낀 아이러니한 상황도, 신체적 불편함도. 비로소 목격자 크리스티안 헬비외른이, 처음에 릴리아나가 몸이 안 좋은 줄 알았다고 말한 것이 이해됐다. 그녀는 고개를 돌린 채 옆으로 비스듬히 누워 있었다. 왼팔은 귀 위에 놓여, 마치 시끄러운 음악을 차단하고 잠들려고 자세를 취한 것처럼 보였다. 진갈색 긴 머리는 어깨 위로 펼쳐져 있었고 머리엔 꽃무늬 두건이 둘리어 있었다.

시신 주위로 다가가자 더 이상 의심의 여지가 없었다. 사망한 릴리아나의 눈은 여전히 짙은 갈색이었고 보랏빛에 가까웠다. 그러나 이 눈동자를 이제는 아름답다고 할 수 없으리라. 그것들은 마치 가자미처럼 머리에서 부풀어 있었고, 입은 기괴하게 뒤틀려 벌어져 있었다. 이 사이로는 두꺼운 혀가 회색을 띤 채 두드러져 보였다. 피가 맺힌 골이 목 주변을 따라 선명했고, 색바랜 군청색 운동복 깃에도 피가 묻어 있었다. 바지와 상의 사이가 벌어져 그녀의 하얀 속살이 마치 흰 끈처럼 드러나 있었다. 단은 위로 치켜진 릴리아나의 상의를 끌어내려 배를 덮어주고 싶다는 충동을 억눌렀다. 그러다 갑자기 자신이 이 방에 들어와 단 한 번도 숨을 쉬지 않았다는 사실을 깨달았다. 급하게 숨을 들이켜려다 기침이 나왔다. 의도하지 않았지만 기침 소리가 아주 크게 울렸다.

"이 사람 맞아?" 플레밍이 물었다.

"응." 단은 시신 옆에 쪼그리고 앉아 조심스럽게 그녀의 뺨에 손을 갖다 댔다. 플레밍이 손쓸 틈이 없었다. 싸늘하긴 해도 얼음장처럼 차가운 정도는 아니었다. 게다가 피부는 아직 부드러웠다. 여태까지 단은 시신이라면 얼음장처럼 싸늘하고 뻣뻣하게 굳어 있으리라고 여겨왔다. 그러나 아마도 몸이 굳는 데까지 몇 시간쯤 지나야 하는 모양이었다. 그는 플레밍을 올려다봤다. "맞아, 이 사람이 릴리아나야."

"릴리아나 성이 뭔지 알아?"

"몰라." 단은 고개를 젓다 플레밍을 바라봤다. "도무지 이해가 안 되네……. 벤야민은 어디 있지?"

플레밍이 의아한 눈빛으로 단을 바라봤다.

"내가 아까 말했던 사람 말이야. 벤야민은 릴리아나의 동료야. 두 사람은 항상 같이 일해. 둘 중 한 사람이 아프기라도 하면 다른 사람이 대신 와. 어쨌거나 늘 두 사람이 팀으로 일하지." 그가 개수대로 가서 수도꼭지를 잡으려 하자 이번엔 플레밍이 선수 쳐 그를 제지했다.

"단, 아무것도 손대지 마. 화장실이나 배수구도. 먼저 모든 걸 조사부터 해야 하거든." 그는 단의 팔을 놔주며 물었다. "그럼 벤야민의 성도 모르겠네?"

단은 고개를 저었다. 그는 매일 밤 9시에 두 사람이 청소하러 회사에 온다는 사실 말고는 아무것도 몰랐다. 솔직히 단은 자신이 그나마 두 사람의 이름이라도 안다는 데 약간의 자부심마저 느꼈다. 대부분의 직원들은 두 사람의 이름도 몰랐으니까. "청소용역업체에선 알고 있겠지. 거기에 물어보면 도움을 받을 수 있을 거야. 수세미 컴퍼니라는 회사야. 안내데스크 어딘가에 전화번호가 있을걸."

"네가 번호 좀 알아봐줄래?"

단은 잔혹하게 학살된 릴리아나의 시신을 떠날 수 있게 된 것에 안도했다. 그는 안내데스크로 가 데스크 뒤편 페르닐레의 의자에 앉았다. 컴퓨터 로그인 아이디는 몰랐지만 페르닐레가 어딘가에 메모해놨길 기대하며 자리를 둘러봤다. 빙고! 첫 시도에서 바로 행운을 찾았다. 안내데스크 안쪽 칠판에 메모지가 잔뜩 붙어 있었고 모두 조지 클루니 화보 사진 주위를 빈틈없이 장식하고 있었다. 제일 위 메모지에 일부러 위트 있게 이름 붙인 청소용역업체 전화번호가 또 렷한 글씨로 적혀 있었다. 단은 플레밍에게 메모지를 건네며 말했다. "난 이제 집에 갈게."

플레밍은 메모지를 프랑크 얀센에게 건네며 단에게 말했다. "피곤해 보인다. 내일 아침 일찍 전화할게, 단."

"내일 아침 배드민턴 약속은 보장 못 하겠는걸."

플레밍은 단의 어깨에 손을 얹으며 말을 이었다. "배드민턴 때문에 전화하겠다는 게 아니야. 여기 일하는 직원들에 대한 정보가 필요해. 네가 좀 도와줬으면 해."

누가 거짓말하고 있는가

루페는 이제 더 이상 어린 녀석이 아니었지만 단과 숲을 산책할 때면 영락없는 귀여운 강아지처럼 행동한다. 주둥이를 바닥에 대고 코를 킁킁거리며 긴 꼬리를 멋대로 움직이는 메트로놈처럼 흔들어 댄다. 오늘은 동네에서 가장 경사가 심한 언덕을 올랐는데 루페가 어찌나 빨리 달려가던지 단이 따라가느라 헉헉대야 했다. 언덕 꼭대기에 오른 단은 그 자리에 멈춰서 주변 풍경을 만끽했다. 그 자리에 서면 크리스티안순 시내 전체가 다 보였다. 11월의 은회색 하늘에 검푸른 피오르, 항구 서쪽 요트 정박장에 있는 다양한 색상의 요트들까지 보였다. 특이한 탑이 있는 시청사도 보였다. 시청까지 이어지는 보행자 전용도로도, 시내의 좁고 긴 골목들 사이로 늘어선 알록달록한 집들도. 자신의 집도 찾을 수 있었다. 비스듬한 경사의 지붕에 최근 밝은 노란색 페인트를 새로 칠한 담장이 꽤 먼 거리인 이곳에서도 보였다. 지붕 뒤편엔 사자 조각이 있었다. 느닷없이 바람이 획 불어와 단은 잠시 균형 감각을 잃었다. 즉시 경사지 주변에서 몇 미터 뒤로 물러났다. 그는 아주 심각한 고소공포증이 있었고 아주 가까운 이들만 그 사실을 알았다. 동료나 클라이언트 앞에서는 절대 알리고 싶지 않지만, 뉴욕의 고층 건물 옥상 같은 곳에서 격투 장면이 벌어지는 영화를 보면 눈을 감아야 했다. 너무 어지러워 눈 뜨고는 볼 수 없었으니까.

단 뒤에서 루페가 짖어댔다. 이제 기다리는 데 한계가 왔다는 신호였다. 단은 루페와 같이 아우디가 주차된 곳까지 조깅을 했다. 운전석에 앉자마자 전화벨이 울렸다.

"시간 좀 내줄 수 있어?" 플레밍 토르프였다.

"10분이면 집에 가."

플레밍이 즉시 답했다. "오케이. 직원들한테 업무를 분담시켜야 하는데 그것만 끝내고 집으로 갈게. 이따 봐."

단은 시동을 켠 채 기어를 바꾸지 않고 늘 그렇듯 몇 초간 자동차 엔진 소리를 감상했다. 아우디 엔진 소리는, 모터가 돌아가는 일 따윈 마치 세상에서 가장 쉬운 일이라는 듯 울렸다. 마치 아우디가 비상 에너지도 충분히 있다는 걸 아는 듯했고, 단에게 도전장을 내밀어달라고 속삭이는 듯했다. 그래서 단은 회사 차인 하이글로시한 검은색 아우디를 특히 좋아했다. 마리아네에게는 도무지 설명하기 어려운, 자신만이 아는 그런 느낌이 있었다. 마리아네는 자동차는 단지 이곳에서 저곳으로 장소 이동을 위해 필요한 것일 뿐 그 이상도 이하도 아니라고 단호하게 주장하는 사람이다. 아우디는 다른 사람이 듣기에 우스울지는 몰라도 단이 쿠르트&코 회사에 아직 사표를 던지지 못하는 본질적인 이유이기도 했다. 푸른 메탈 색상의 포드 포커스, 그것도 망할 콤비를 타고 이리저리 다닐 것을 생각만 해도 견디기 힘들었다. 혹시라도 이 아우디를 회사에 돈을 내고 살 순 없을까? 그는 의식적으로 이 생각을 머릿속에서 몰아냈다. 그가 이토록 좋아하는 아우디 A6 리무진 2.8 FSI V6는 1년도 안 되었고 새 차 가격은 7만 유로 가까이 된다. 쿠르트 회장이 기분만 좋다면 5만 5천 유로에 팔 수 있지 않을까? 꿈이라도 꿔보자. 단은 이 결의를 다시 한 번 밀어냈다.

집에 도착해 단이 주방에 들어가 창문으로 우편함을 보니 루페가 기록적인 시간 만에 우편물을 꺼내 들고 거실로 들어와 문 앞에 앉았다. 단과 소파에 앉고 싶다는 신호였다. 그러나 오늘은 루페를 실망시킬 수밖에 없었다. "오늘은 안 돼. 이제 커피 끓여야 해."

늙은 개 루페는 잔뜩 실망하여 진갈색 눈동자로 잠시 주인을 애원하듯 바라보다 뒤돌아 혼자 소파로 가더니 몸을 웅크려 깊은 한숨을 한번 내쉬고 잠들었다. 단은 그 모습을 보며 미소 지었다.

플레밍은 30분 정도 지나 도착했다. 얼굴이 창백했다. 면도도 안 하고 뿌연 안경은 당장에라도 닦아주지 않으면 아무것도 안 보일 지경이었다.

"잠은 좀 잤어?" 단이 식탁에서 커피가 담긴 보온병을 들고 오며 물었다.

"서너 시간." 플레밍은 담배에 불을 붙이고 수납장에서 재떨이를 꺼내왔다. "영 기분 나쁜 사건이야."

"얘기해봐."

플레밍은 소파에 앉았다. "먼저, 피해자 성이 뭔지도 아직 몰라. 출신도 모르고, 어디 사는지, 결혼은 했는지, 아이는⋯⋯."

"이봐, 잠깐!" 단이 손을 번쩍 들었다. "아이라니?"

"부검의 말로는 임신했었고 자연 분만 흔적이 있다던데. 반년은 넘었대. 정확한 시기는 몰라도."

"전혀 몰랐는데." 단이 허공을 바라봤다. "이상하군. 벤야민은 어떻게 됐어? 연락해봤나?"

"응, 벤야민 말로는 자기는 아무것도 모른대. 어제저녁 10시경에 어쩐지 몸이 좀 이상해서 먼저 갔다는군. 장에 탈이 났다나."

"됐어. 자세한 얘긴 제발 하지 말아줘." 단의 얼굴에 주름이 잡혔다.

"오늘 아침 8시에 수세미컴퍼니에 출동했지. 사장은 메레테 핀센이란 여성이야. 프레데릭스베르에 산다더군." 플레밍은 커피를 한 모금 마셨다. "사장은 우리가 무슨 얘기 하는지 금방 알더라고. 네가 말한 벤야민에 대해 물어봤지. 벤야민 성은 빈테르, 나이는 스물셋이고, 종합병원 뒤편 주택가에 어머니와 둘이 살아. 주소를 받자마자 그리로 가봤지. 벤야민과 어머니 둘 다 집에 있더라고. 아들이 얘기하는 게 모두 맞다고 어머니가 확인해줬어."

"벤야민을 보면 어머니랑 사는 청년 같지 않던데. 어쩐지 소년원에서 성장했거나 베를린 같은 곳에 있는 무법지대 공동체에서 누구랑 싸우고 나온 사람 같다 할까. 어머니는 어때?"

"금발이고 키가 커. 자기 아들에게 문제가 생길까 봐 겁먹었더라고."

"어머니니까 당연히 그렇겠지." 단이 말했다. "배고파?"

플레밍은 고개를 저었다. "돌아가는 길에 핫도그 먹을 생각이야. 내 얘기 듣고 혹시 떠오르는 거 없어?"

단은 눈썹을 찡그렸다. "응, 네가 물으니 지금 막 궁금해지네. 벤야민에 대한 자료는 그렇게 쉽게 얻었는데 왜 릴리아나에 대한 자료가 아무것도 없어?"

"바로 그거야!" 플레밍은 소파 뒤로 몸을 기댔다. "네가 그 생각 할 줄 알았어. 메레테 핀센 말로 자기는 릴리아나에 대해 들은 적이 없다는 거야. 게다가 전부 벤야민 혼자 청소하는 걸로 알고 있더라니까."

"전부라고? 벤야민이 다른 곳에서도 일하나?"

"당연하지. 하루에 한 군데만 일해서 먹고살겠어?" 플레밍이 고개를 저었다. "벤야민은 아마도 릴리아나와 함께였겠지만 청소 일정이 저녁에만 세 곳이야. 오후 5시부터 7시 30분까지는 클로스테르바켄의 유치원에서, 밤 9시부터 10시까지는 너희 회사에서, 밤 10시 30분부터 0시 30분까지는 알가데에 있는 빵집에서 일해."

"그런데 릴리아나는 계속 같이 일했잖아. 수당 지급 명세서를 보면 될 것 아냐."

"그게 안 돼. 월별 지급 명세서에는 장소와 지급 금액만 적혔더라고. 누가 청소에 가담했는지는 나와 있지 않아."

"이해가 안 되는걸."

"당연히 이해가 안 되지. 그 청구서도 겨우 확인된 거야. 핀센 사장은 내용 바꿀 시간이 있을 거라고 생각했던 것 같아. 프레데릭스베르 경찰차가 집으로 출동해서 그녀가 출근하기 전에 문 앞에 대기하고 있었지. 그렇게 빨리 경찰이 노트북을 압수해서 깜짝 놀랐을 거야." 그는 고개를 저었다. "불법 취업 냄새가 풍겨. 노트북에서 수사에 도움 될 게 없다 해도 세무서엔 좋은 일을 하게 될 게 분명해."

"벤야민은 뭐라던가?"

"아무것도 모른다던데. 자기가 아는 건 같이 일했던 동료 이름이 릴리아나였고 덴마크어를 잘 못 했다는 게 다라고. 일 년 반 정도 같이 일했다더군." 플레밍은 어깨를 으쓱했다. "아직 그와 얘기가 끝난 건 아니야. 그런데 자기 어머니와 미리 입을 맞춘 것 같다는 느낌을 받았어."

"그가 범인이라고 생각해?"

"나도 모르겠어. 너한테 말해줄 수는 없어. 우리한테 뭔가 숨긴다는 느낌을 받았어."

단은 소파 위에서 몸을 흔들었다. 시선은 허공을 향했다. "경찰이 알고 있을지 모르겠는데……."

"뭔데? 말해봐!"

"응, 그러니까 일 년 전에 회사 경보 시스템을 교체했어. 새 시스템에 특별한 기능이 있는데 각각의 출입카드가 언제 사용되었는지 확인할 수 있다는 거야."

플레밍은 고개를 번쩍 들었다. "그러니까 직원들 한 명 한 명이 언제 들어오고 나갔는지 알아볼 수 있다는 건가?"

"거의 그렇지. 나갈 때는 출입문 버튼만 누르면 되니까 누가 나갔는지는 당연히 못 봐. 그래도 언제 문이 열렸는지는 정확히 조사해볼 수 있어. 그전에 들어갔던 사람들 리스트는 뽑아볼 수 있는 거지. 아니면 최소한 어떤 사람의 출입카드가 사용되었는지는."

"그러니까 벤야민이 몸이 안 좋아 귀가했다는 그 시간에 누군가 건물을 나갔는지 아닌지는 알아볼 수 있단 말이지?"

"맞아."

"회사 전 직원이 그 사실을 알고 있나?"

"아니, 간부급만 알지." 단의 얼굴에 미소가 번졌다. "쿠르트 사장은 스파이 같은 희한한 습성이 있어. 오랫동안 야근했다고 말하는 직원이 거짓말하는 순간을 포착할 수 있으리라 생각한 거지. 그런데 내가 알기로 쿠르트 사장이 실제로 그걸 사용해 알아본 적은 한 번도 없어. 비싼 시스템을 들여놓고 사용하지도 않는다고 우리끼리 뒤에서 놀린 적도 있었지."

"잠깐만." 플레밍은 거실로 나가 전화통화를 하더니 잠시 후 다시 주방으로 들어왔다. "얀센이 보안 출입 목록을 체크할 거야."

"얀센이라면, 그…… 제임스 본드 타입?"

플레밍이 웃었다. "가능하면 빨리 현장으로 가려 하는데, 지금 마리나 호텔에서 자기 아버지 65세 생일 파티 중이라는군. 곧바로 집에 가서 옷 갈아입겠다고 했어. 얀센은 아주 괜찮은 사람이야." 플레밍은 전화기를 주머니에 넣었다. "어떤 리스트가 나올지 기대되는군."

"너무 큰 기대는 하지 마. 회의실 테라스 문이 언제 열렸는지도 모르잖아. 알람 시스템이 켜져 있지 않았다면 그 문이 언제부터 열려 있었는지 아무도 몰라. 저녁 내내 문이 열리고 닫히면서 수많은 이들이 들락날락했을 텐데."

"당연하지. 그래도 확인은 해봐야 해."

플레밍은 팔을 긁었다. "한 가지 더 말할 게 있어. 주방 수납장 안에 분명한 발자국이 있는 걸 발견했어. 누군가 거기서 몇 시간 숨어 있었던 것 같아. 신발에 비닐 커버를 씌운 채. 다시 말하면, 낮에 누군가 몰래 안으로 들어가서 피해자를 기다렸다는 의미도 되는 거지. 그래도 내부 사람들 먼저 조사해봐야 해. 릴리아나에 대해서 아무런 정보가 없으니 쿠르트&코 회사나 청소용역업체 직원들 말고는 우리가 물어볼 사람들이 없어."

두 사람은 한동안 침묵을 지켰다.

"그럼 시작하자고. 나한테 원하는 게 뭔가, 플레밍?" 단은 다리를 의자에 올려놓고 두 손을 목 뒤로 깍지 꼈다. "너같이 바쁜 사람이 나한테 살인사건 경과를 보고하러 오지는 않았을 테고. 커피가 없어서 온 것도 아닐 테니."

"그럼, 당연하지. 네 말이 맞아." 플레밍은 담배에 불을 붙였다. "내가 여기 온 건 부탁이 있어서야. 평상시 같으면 부탁 같은 건 안 할 테지만 알다시피 이번 상황이 예사롭지가 않아서. 이번 사건의 피해자는 이름과 주소를 아는 사람이 아무도 없어. 게다가 범행 장소도 하루 종일 사람들이 비교적 많이 드나드는 곳이야. 그런데 이 사람들에 대해 많이 알고 있는 소식통이 우리한테 있잖아. 회사 내부 외부 사정에도 훤하고 심지어 출입문 시스템이 어떻게 돌아가는지까지도 다 아는. 게다가 확실한 알리바이까지 있는. 단, 네가 우릴 도와줄 수 있겠다는 생각이 제일 먼저 떠올랐어. 네가 직원들에 대해 얘기해주면 수사 시간을 엄청나게 단축시킬 수 있을 거야. 직원들이 어떤 사람들인지, 누가 누구와 잠자리를 갖는지, 누가 누굴 싫어하는지 등등. 물론 며칠 뒤에 다 조사되겠지만 우선 네가 아는 기본적인 정보를 주면 엄청난 도움이 될 거야. 어쨌든 시도해볼 가치가 있어. 안 그래?"

단은 아랫입술을 깨물었다. "쿠르트&코에 직원이 52명이나 된다는 건 너도 알지? 게다가 프리랜서들까지 추가돼."

"당연히 알지." 플레밍이 말하고는 볼펜과 작은 수첩을 꺼냈다. 볼펜이 제대로 나오나 확인하기 위해 수첩에 대고 이리저리 그어보면서 그는 말을 이었다. "간부급 사람들, 청소팀과 접촉하는 사람들부터 시작해봐. 야근을 자주 하는 사람들도. 아무래도 늦게까지 일하면 청소하는 사람을 만날 기회가 많지 않겠어? 그런 사람이 전부 몇 명이나 될까?"

"행정부장, 재무부장, 광고기획부장, 그건 크리에이티브디렉터인 내 직함이고, 그리고 제작부장, 간부급은 이쯤 될 거고. 매일 청소업체와 연락하는 사람은 안내데스크 직원, 가끔 비서도 연락할 거야." 그의 이마에 주름이 잡혔다. "그다음에 야근을 많이 하는 직원들이라면, 행정부나 재무부 직원들은 염두에 두지 않아도 될 거야. 저녁 6시 이후 회사에 남는 경우는 거의 없으니까. 아주 가끔 야근한다 해도 집에서 노트북으로 일하지. 광고기획부 직원들 대부분은 늦게까지 야근하는 경우가 많아. 특히 중요한 프레젠테이션이 있을 때. 아트디렉터 세 사람, 카피라이터 두 사람, 회사 정직원인 광고제작감독과 IT지원부 팀장. 그리고 그래픽디자이너도 세 명 있어. 그럼 전부 몇 명이지?"

"열다섯 명. 엄청 많군."

"하나하나 따져보면 그렇게 많은 건 아니야. 휴가 갔거나 해외 출장 중이라 그날 아예 회사에 출근하지 않은 직원이 있을 수도 있어. 그런 정보는 아직 모르잖아."

"이제 한 사람씩 시작해봐." 플레밍이 다그쳤다.

"거실로 갈까? 여기 계속 앉아 있으면 허리가 아파서."

단이 먼저 주방을 나갔고 플레밍은 재떨이를 비운 뒤 창문을 닫았다. 플레밍이 거실에 와보니 단이 심히 불편한 자세로 앉아 있는데, 반려견 루페가 소파를 거의 다 차지하고 있어서였다. "이제 인정사정없이 이 녀석을 바닥으로 몰아내야겠군." 단이 플레밍을 보며 겸연쩍게 씩 웃었다. "그래도 쉽지 않은 일이야."

플레밍은 미소로 화답하며 소파에 앉았다. 그는 단과 마리아네가 냄새나는 누런 개한테 이토록 무한한 사랑을 쏟아붓는 이유를 전혀 이해하지 못했다. 25년 전 단이라면 이런 커다란 개를 방해하지 않으려고 저토록 불편하게 앉은 자세를 절대로 상상할 수 없었다. 단은 당시 코펜하겐에서 학창시절을 함께한 친구들 가운데 가장 콧대 높고 매력적이고 재치 넘쳤다. 그때만 해도 숱 많은 밝은 갈색 머리를 항상 완벽하게 손질하곤 했다. 이제 단은 대머리다. 처음 머리칼이 빠지기 시작할 때 머리를 밀었다. 풍성한 숱이 없어진 건 단이 겪어낸 긴 세월에서 하나의 전환기를 드러낼 따름이었다. 1980년대 초반 마리아네와 단이 커플이었을 때부터 단은 이미 많은 걸 이루었다. 단은 그즈음 광고계에 만연했던 독주, 코카인, 파티 등에 있어 혼자 까다로운 척하진 않았지만, 목표 지향적이고 신중한 사람이었다. 그는 고향으로 돌아와 직장을 다니고부터는 건강하지 못한 습관을 모조리 끊었고 진지하고 책임감 있는 남편과 직장인으로 살아왔다. 플레밍이 아는 한 단은 이곳에 온 뒤로 수년이 지나도록 술에 취한 적도 없었고, 바람을 피우거나 부부간의 신뢰를 깬 적도 없었다. 예전에 반항적 기질을 지녔던 단이 공동체를 튼튼히 지지하는 역할을 감당하기가 쉽지만은 않았을 것이다. 게다가 지난 몇 년간 엄청난 변화가 빠른 속도로 진행되었다.

과거에 그렇게도 활발하고 자신감 넘치던 남자가 서서히 움츠러드는 자신을 보기란 견디기 힘든 일이었을 것이다. 자기가 아내에게 점점 더 자주 짜증 내는 것을 보는 것도, 아내의 눈에서 불꽃이 점점 사그라드는 것을 보는 것도. 7주 전 결국 몸에 이상이 왔을 때 마리아네도 플레밍도 전혀 놀라지 않았다. 단의 우울증은 더 이상 버틸 수 없다는 적신호였다.

이제 7주가 지나 단은 증세가 좋아졌지만 과거의 모습으로 돌아가는 것은 여전히 요원했다. 단이 쿠르트&코의 살인사건 수사에 조금이라도 관여하면 집과 회사만 쳇바퀴 돌듯 반복하던 그의 삶에 뭔가 특별한 활력을 주게 되지 않을까? 나아가 우울증 치료에도 도움이 되지 않을까? 플레밍은 속으로 생각해봤다.

"플레밍?" 단이 손을 내저으며 플레밍의 상상을 깼다. "무슨 생각을 그리 해?"

"아, 미안해." 플레밍은 소파에서 몸을 세우고 고쳐 앉았다. 그는 볼펜을 들었다. "맨 윗자리부터 시작할까, 세바스티안 쿠르트?"

"사장을 성 대신 이름으로 부르는 사람은 아무도 없어." 단이 말했다. "우리보다 몇 살 나이가 많아. 사십 대 후반일 거야. 쉰 살이 안 됐다는 건 분명해." 단은 미소 지었다. "쿠르트 사장이 날 고용하기 전에 같이 일해본 적은 없어. 물론 그전에 서로에 대해 얘기 들은 적은 있고 행사장 같은 데서 몇 번 만나기는 했지. 꽤 능력 있는 사람이야. 경영학 분야 학위가 있을 거야. 수년 동안 세계 최고 광고대행사에서 덴마크 담당 행정팀장을 맡았지. 그러다 10년 전 쿠르트&코를 설립하면서 예전에 거래하던 거물 클라이언트들을 자기 회사로 데려왔어."

"이력은 그렇군. 대체 어떤 사람이야?"

"인간적인 면으로? 아주 정상적이긴 한데 아주 자기 세계에 갇혀 있기도 해. 자신에 관한 얘기가 나오는 대화를 싫어해." 단은 잠시 쉬었다가 말을 이었다. "직원들은 쿠르트 사장을 싫어해. 광고기획부 직원들도 그렇고. 우리 부서 직원들한테 물어보면 전부 소심한 파리 같은 인간이라 대답할걸? 아니면 매출액에만 관심 있는, 상상력이라곤 전혀 없는 무감각한 인간이라고 입을 모아 말할 거야."

"그럼 네 생각은?" 플레밍은 열심히 받아 적었지만 단이 말하는 걸 다 따라가지는 못했다.

"내가 쿠르트 사장을 어떻게 생각하냐고? 난 좀 다른 면을 알고 있긴 해. 아니, 솔직히 말하면 나도 다른 직원들 생각에 동의하긴 해. 그 사람 정말 상상력이라곤 전혀 없어. 회계장부만 보러 가. 하지만 그것도 그 사람 일의 하나지, 안 그래? 52명의 직원을 거느리려면 그렇게 해야겠지. 그 많은 직원들 통장에 매달 월급이 들어가야 하는데 신경 쓰이겠지."

"결혼은 했나?"

"두 번이나 했어. 부인 이름은 헨리에테, 삼십 대 중반이야. 부동산중개업 쪽 교육을 받았다고 들었는데 가족을 돌보느라 그 일은 못하는 것 같아. 숲 위쪽 뵈게바켄 끄트머리에 궁전 같은 대저택 있잖아. 너도 봤을 거야. 거기에 살아."

플레밍은 고개를 끄덕였다. "아, 알지. 엄청나게 큰 궁전이잖아. 자녀는?"

"쌍둥이가 있어. 여자아이들인데 여섯 살인가 일곱 살쯤 됐어."

"너희랑 사적으로도 만나?"

"그건 아니야." 단은 큰 소리로 웃었다. "한번 저녁 식사를 같이한 적이 있어. 마리아네와 헨리에테가 곧바로 신경을 곤두세우더라고. 물론 예의를 갖추고 목소리 톤만 조금 높아진 거였지만, 그 뒤론 누구도 그 드라마를 다시 보고 싶어 하지 않았지. 더구나 여자들이 원하지 않는다면야……."

"마리아네가 그랬다는 건 의외네. 내가 아는 마리아네는 그런 싸움하고는 거리가 먼데. 대체 뭣 때문에 싸웠는데?"

"나도 기억이 가물가물해. 외국인 가사도우미였던가, 아무튼 외국인 법률에 관한 내용이었던 것 같아. 외국인 문제라면 마리아네가 어떤 의견인지 너도 알잖아."

플레밍이 고개를 끄덕였다.

"쿠르트 사장 얘기하니 그게 떠오르네." 단이 말했다. "이제 사라 켈레루프 얘기로 가보자고. 재무부장을 맡고 있고 정확하게 뭘 하는 직책인지는 나도 몰라. 사실상 회사 재정에 관한 일은 전부 쿠르트 사장이 직접 결정하니까. 다른 회사였더라면 사라가 재정 업무를 도맡는 책임자였겠지."

"사라 켈레루프가 자신이 재정 담당 최고라는 걸 내세우는 편이야?"

"아니, 쿠르트 사장이라면 모르지만 사라는 안 그래. 쿠르트 사장은 직원들한테 그럴싸한 간부급 직함을 부여하고는 스스로 뿌듯해하고 감격하지." 단은 고개를 저었다. "아니, 사라는 괜찮은 사람이야. 굉장히 차분해. 삼십 대 초반, 미혼이고 아이도 없어. 아주 이성적이고 자기 조절도 잘하고. 맡은 일도 잘 수행하고. 안내데스크 직원의 베스트프렌드인데 그 안내데스크야말로 네가 조심할 사람이야!"

"어떤데 그래?"

"그 얘긴 나중에 다시 하자. 페르닐레는 별도로 다룰 장이야! 제작부로 가보자고. 부장 이름은 크리스토페르 비스트루프, 우리 또래야. 일정 짜기에 있어 이런 천재를 본 적이 없어. 수없이 많은 광고대행사에 근무했었지. 덴마크 말고 다른 나라에서도. 한마디로 그 사람이 못하는 건 없다고 보면 돼. 기술 분야의 조직을 맡고 있지. 예를 들어 우리 회사에 가장 적합한 소프트웨어를 찾는다거나 그래 픽디자이너에게 필요한 교육의 기회를 제공하는 일을 챙기고, 우리 마감에 맞춰 모든 작업이 완수되도록 인쇄 일정도 챙기고." 단은 두 손을 목 뒤로 갖다 댔다. "크리스토페르는 회사 근처 해안가의 새 아파트에 살아."

"부인은? 자녀는?"

"다 없어. 동성애자야. 내가 알기론 몇 년 전부터 남자친구와 동거해."

"오케이. 또 다른 정보는?"

단은 고개를 저었다. "중요한 건 없어. 아주 괜찮은 사람이야."

"안내데스크와 비서는 어때?"

"……서로 증오하지. 이제 얘기해줄게. 페르닐레와 엘리사베트는 둘 다 4, 5년 전부터 여기에서 근무하고 있어. 그동안 우리는 줄곧 이들의 싸움을 지켜봐왔지. 게다가 두 사람은 각각 다른 여직원들과 동맹을 맺고 있어. 예를 들어 사라 켈레루프는 페르닐레 편이야."

"그 얘기는 아까 했어."

"내가 했던가? 좋아. 어쨌든 우리 회사 여직원들 세계를 상세하게 알고 있다는 데 자부심까지 드는군. 안 그랬더라면 지금 해줄 얘기가 없었을 텐데 말이야. 그 사람들이 왜 그러는지는 몰라. 겉으로 보면 서로 포옹하고 깔깔대고. 제일 친한 친구들 같다니까. 그런데 자기네 편끼리 얘기할 땐 귀가 의심될 정도로 상대방에 대해 나쁘게 얘기해. 십 대들이 소풍 가서 하는 짓처럼 말이지."

"페르닐레 얘기 좀 해봐. 성이 뭐지?"

"클라우센. 페르닐레 클라우센. 글쎄, 뭐라고 표현해야 할까. 아주 전형적인 클리셰 정도? 까맣게 염색한 긴 머리에 인조 머리까지 붙이고 완벽한 메이크업에 하이힐을 신어, 변함없이 매일매일. 유행에서 튀어나온 것만 보여주려고 당근하고 오트밀만 먹는가 봐. 지난여름엔 얼마나 짧은 치마를 입었는지 립스틱을 위에 있는 입술뿐 아니라, 필요하다면 아래 있는 입술에도 바를 수 있을 정도였지."

"단, 젠장!" 플레밍은 웃음이 터지려는 걸 간신히 참았다. "너 대체 못 하는 말이 없구나!"

"직접 만날 때까지 기다려봐. 내 말이 맞는지 틀리는지 보자고." 단은 씩 웃었다. "공식적인 일은 전화 받고, 우편물 정리하고, 손님들을 맞이하는 거지. 청소업체와 연락도 하고."

"비공식적으론?"

"……근무 시간 절반은 싱글 짝짓기 사이트에 접속하고 이베이에 신발도 팔고."

"청소업체와 연락은 어떻게 해?"

"그 업체와 교신하는 게 아주 어렵다는 건 널리 알려져 있어. 안내 데스크 밑에 예쁜 노트가 있어. 거기다 청소업체 직원들에게 메시지를 남기지. '오늘은 창틀 청소 좀 해주세요.' 이런 식으로. 청소업체 직원도 식기세척기가 고장 났다거나 콜라가 떨어졌다거나 그런 메모를 남기고. 페르닐레의 업무는 사실상 노트에서 시작돼. 그걸 보고 수리업체에 전화를 걸고 직원들에게 메일을 쓰고. 그러나 이런 일도 대단히 중요하지."

"그럼 다른 직원, 비서는 어때?"

"책임감 있고 지적이야. 아주 미인이지. 이름은 엘리사베트 룬이야." 단이 대답했다.

"회사 내에서 파가 갈렸다고 했지? 네가 어느 편에 속하는지 확실히 감이 오는걸?"

"엘리사베트를 좋아하긴 해. 엘리사베트가 왜 그렇게 페르닐레와 사라에게 으르렁거리는 데 많은 시간을 쓰는지는 모르겠지만. 그런 것 말고는 나한테 지나칠 정도로 잘해줘." 단의 뺨이 발그레해졌다. "다른 건 없어. 그런 적 없다는 걸 너도 알잖아. 엘리사베트는 그냥 좋은 동료일 뿐이야."

"……그런데도 불쌍한 페르닐레와 싸우는 직원이라. 왠지 모르게 네가 완전히 중립적이지는 않은 것 같은데."

"오케이." 단은 소파에 앉으며 얼굴에 주름을 잡았다. "페르닐레는 이십 대 중반이야. 아이는 없고. 엘리사베트는 서른일곱. 이혼했고 다섯 살 먹은 아들이 있지. 너희 집 근처에 살아."

"낮에 두 사람과 대화해볼게, 단. 그럼 네가 이 문제에 있어 뭔가 어색해하는 이유가 해명되겠지." 플레밍은 고개를 흔들었다. "다른 사람 얘기를 계속해보자."

"좋아. 아트디렉터 세 명이 있지. 리세 살리카트. 서른두 살이고 이혼한 뒤 우리 회사에 들어왔어. 아이는 없고. 그전에 10년간 오슬로에 있는 테드 베이츠에서 근무했어."

"노르웨이 사람인가?"

"응, 전형적인 노르웨이 사람이지. 발그레한 볼에 한 갈래로 땋아 늘인 금발. 괜찮은 사람이야. 직원들도 다 좋아해. 내가 2년 전에 고용했어. 다음엔 안데르스 키일. 곧 마흔 살이 될 어린애 같은 사람이야. 나랑 거의 같은 시기에 입사했어. 일 년 내내 롤러스케이트를 타

고 출퇴근해. 스키광인 것 같고, 일도 기막히게 잘하지." 단은 잠시
쉬었다. "내가 퇴사하기로 결정하면 안데르스 K.가 내 자리에 올 거
야. 거의 확실해." 단은 어깨를 으쓱했다.

"왜 K를 붙여? 안데르스라는 사람이 또 있어?"

"응, 카피라이터 중에도 안데르스가 있어. 빨강 머리 안데르스라
고 부르지." 단은 씩 웃었다. "원래 이름은 안데르스 마센이야. 네가
우리 회사에 가보면 절대 못 알아볼 수 없는 인물이지. 머리카락 색
이 불타오르듯 새빨갛거든. 이십 대 후반이고 미혼인 걸로 알고 있
어."

"아트디렉터 한 사람이 더 있다고 했지."

"응, 피오나 크라우세라고. 우리 회사에 찾아가면 네가 또 놓칠 수
없는 인물이지. 모든 면에서 씩씩하고, 거침없고, 야단 떨고, 일단 시
작하면 회사 전체가 휩쓸려갈 정도로 큰 소리로 웃고. 너도 아주 좋
아할 거야, 플레밍. 마리아네가 우리 회사 직원 중에 제일 좋아하는
사람이고."

"나이는 몇 살이야?"

"우리 회사에서 제일 나이가 많은데 오십 대 후반일 거야. 그 나이
에 광고업에서 일하는 사람이 흔하지는 않지." 단은 얼굴에 주름을
잡았다. "그만큼 능력이 있는 사람이야. 성인이 된 자녀가 셋 있고,
남편과 사별한 뒤 혼자 살아. 남편은 10년 전에 우울증으로 자살했
어. 내가 병가로 쉬고 있을 때 병문안 온 유일한 직장 동료야. 남편
일을 겪고 더 안쓰러워 그랬는지도 모르지. 우울증이 어떤 건지 잘
아니까."

플레밍이 수첩을 뒤적이며 말했다. "이제 몇 명 안 남았어, 단. 카

피라이터 두 명······. 이 사람들은 어때?"

"한 사람은 여자야. 마이 슈베린. 리세보다 조금 일찍 입사했지. 한 팀처럼 붙어 다녀. 동갑내기인 데다 둘이 잘 맞아." 단이 미소 지었다. "솔직히 이 두 사람이 평상시에는 참 성격이 좋은데 페르닐레와 엘리사베트의 싸움에 적극적으로 가담하는 편이야."

"잠깐, 맞혀볼게. 두 사람이 엘리사베트 편이지?" 플레밍이 말을 끊자 단이 웃었다.

"딩동댕! 이제 누가 남았지?"

플레밍이 수첩을 들여다봤다. "광고제작감독이 남았군. 그런데 광고제작감독이 회사에 직원으로 근무한다는 게 좀 특이한 것 같네, 안 그래?"

"그렇지. 아주 특이하지. 그런데 르네 홀게르센은 흔하게 만날 수 있는 감독이 아니야." 단은 소파에 등을 기대고 두 발을 사이드테이블 위에 올렸다. "르네는 우리 회사랑 거래가 많은 광고영상제작사에 근무했었어. 어느 날 대화를 나눠보니 이 사람이 상상을 초월할 정도로 아이디어가 풍부한 거야. 인터넷 동영상으로 시장을 공략하면 충분히 먹히겠더라고. 특히 젊은 층에게 말이야."

플레밍이 손을 들고 끼어들었다. "잠깐만. 내가 혹시 커뮤니케이션 수업을 들을 필요가 있다면 나중에 부탁할게. 이 사람 얘기로 돌아가자고. 네가 감독을 채용했단 말이지?"

"쿠르트 사장과 좀 논쟁이 있긴 했어. 르네가 그 정도 급여를 받을 만한 사람이냐고 따지더라고. 사실 그보다 훨씬 더 줘도 될 뛰어난 연출가인데. 르네는 삼십 대 후반이고 기혼이야."

"이제 IT팀으로 가볼까?"

"세상에, 우리 회사에 직원이 이렇게 많았나?"

"왜 이래, 단. 이제 네 사람 남았어."

"오케이. IT지원부 팀장 이름은 킴. 스물다섯 살이고 조용한 성품이야. 그런데 일단 일만 맡겨놓으면 아주 효율적으로 잘 해내. 머리가 나처럼 벗어졌지." 단은 자신의 대머리를 쓱 문질렀다.

플레밍이 눈썹을 추켜올리고 무슨 말인가 덧붙이려다 말았다.

마지막 세 명에 대해서 그들은 간단히 훑었다. "그래픽디자이너 일을 예전에는 잡무라고 불렀지. 에스페르 블롬, 토마스 켈센, 리케 뷔르츠, 셋 모두 다정하고 따뜻한 사람들이야. 플레밍, 이제 더 이상 못 하겠어. 더 자세한 걸 알고 싶으면 나중에 다시 와."

단은 현관까지 나가 플레밍을 배웅했다. 플레밍은 목도리를 단단히 감고 코트 맨 위 단추까지 채웠다. 2분 뒤 그는 도로로 나와 시계를 바라봤다. 세상에, 벌써 1시가 다 돼갔다. 그는 시청 앞 시장까지 걸어갔다. 광장을 중심으로 시청과 마리나 호텔, 경찰서가 삼면을 이루고 있었고 네 번째 면은 바다였다. 중앙 광장에서는 피오르를 전망할 수 있었다. 여름철이면 호텔 레스토랑이 광장까지 야외 테이블들을 펼쳐놓아 지중해 분위기를 만들어냈다. 하지만 얼음장처럼 차고 매서운 바람으로 눈물이 맺히고 귀가 시뻘게지는 오늘 같은 날이라면 아무리 아름다운 광장이라도 휴가지 분위기는 없다. 눈알을 찌르는 차가운 바람 앞에서 건물은 썰렁해 보였고 환영하지 않는 모양새였다.

플레밍은 계단을 뛰어올라 현관 경비에게 인사하고는 크리스티안순 수사과 사무실이 있는 2층까지 한 번에 세 계단씩 올라갔다. 그는 노크도 없이 문을 확 열어젖혔다.

사무실 안에서 수북이 쌓인 자료를 보고 있던 프랑크 얀센이 화들짝 놀랐다. "아이고 깜짝이야. 간 떨어지는 줄 알았잖아요."

"미안, 난 자네가 현장에 있을 줄 알았는데?"

"빌룸센 계장님이 유틀란트에서 돌아와 저더러 사무실로 가라고 했습니다. 계장님과 페데르센이 심문을 맡아서 한다고요." 프랑크 얀센과 수사계장 로네 빌룸센의 관계가 약간 껄끄럽다는 건 잘 알려진 사실이었다. 이유가 무엇인지 아는 사람은 아무도 없었지만. "제가 없어도 현장이 아무 문제 없다면 전 괜찮습니다." 얀센은 책상 위에 놓인 서류로 시선을 돌렸다.

플레밍은 응답하지 않은 채 꽁꽁 언 손을 라디에이터에 대고 몸을 녹였다. "날씨가 갑자기 왜 추워졌지?"

프랑크는 어깨를 으쓱했다. "보안업체에서 결과물을 받았습니다."

"빠르네."

"네, 사람을 보냈더라고요. 시스템 설치하고 등록된 카드번호를 다시 확인 작업한 게 처음이었나 봐요."

"개별 카드번호가 각각 어느 직원 것인지 명단도 가져왔어?"

"네, 지금까지 살펴본 것만으로도 굉장히 흥미로우실 겁니다." 프랑크는 서류 두 장을 책상 위에 펼쳐놓았다.

플레밍은 라디에이터에서 몸을 떼어 프랑크의 책상 앞에 앉고는, 안경을 벗어 이마 위에 걸치고 툴툴댔다. "번거로운 일이야. 노안이 오면 이렇다니까. 당장 안경부터 다시 해야지, 원. 글씨가 잘 안 보이니 어떤 건지 안내 좀 해줘." 프랑크는 카드번호 두 개에 표시했다. 한 개는 벤야민 빈테르의 번호였고 나머지 하나는 수세미컴퍼니의 번호였다. 릴리아나는 사용자 명단에 등록되지 않았다. 플레밍은 프랑크의 얼굴을 보더니 곧 미간을 찌푸렸다. "자네 말이 맞아, 얀센. 아주 흥미롭군. 누군가 수세미컴퍼니의 카드번호에 서명했을 텐데 말이야. 분명 릴리아나였을 테지. 메레테 핀센의 속셈이 뭐였을지 궁금해지는군. 이건 뭐지?" 그는 다른 종이를 집어 들었다. 그리고 긴 열 가운데 두드러지는 작은 숫자들을 읽기 위해, 종이를 든 팔을 멀리 뻗었다.

"제가 읽어드려요?" 프랑크는 플레밍의 의자 뒤에서 종이 위에 적힌 숫자를 가리켰다. "여기, 20시 52분. 누군가 수세미컴퍼니 카드번호로 문을 열었어요. 이 시간은 릴리아나가 일하러 간 시간과 정확히 일치해요. 벤야민이 같이 있었는지 없었는지 모르지만 아무튼 릴리아나는 들어갔죠. 그러고 나서 한 시간 반가량은 아무 일도 없었어요." 프랑크의 검지가 몇 줄 아래로 내려갔다. "그런데 여기 좀 보세요. 누군가 22시 17분에 밖으로 나갔다가 22시 29분에 들어왔어요. 벤야민 빈테르의 카드로요."

플레밍은 자리에서 일어서며 말했다. "기르싱 박사가 살인이 밤 10시 30분경에 일어났을 거라 했어. 그러니 벤야민이 자기 카드를 도난당한 것이 아니라면, 벤야민은 물론이고 그의 어머니도 거짓말을 했다는 거로군."

"그것 말고 또 있습니다." 프랑크의 손가락이 다음 줄을 가리켰다. "여기 22시 33분에 누가 나갔어요⋯⋯. 벤야민이 들어가고서 4분 뒤에 누군가 문을 열고 밖으로 나간 겁니다."

"자네 말이 맞네. 안으로 들어갔다가 4분 만에 가로테로 사람을 죽이고 현장을 정리한 뒤 다시 밖으로 나갈 수 있을 가능성이 얼마나 될까?"

"높지 않죠."

플레밍은 이마를 찡그렸다. "가능성이 높지 않더라도 벤야민이 거짓말을 한 건 분명해."

"체포하라고 할까요?"

"응, 바로 데려오는 게 낫겠어."

"벤야민 어머니는 어떻게 할까요?"

"어머니는 시간을 두고 지켜보는 게 낫겠어." 플레밍은 창가에 서서, 바람이 진회색 바닷물에 작고 심술궂은 물마루를 만들어내는 피오르를 바라보았다. "아들이 뭐라 하는지 먼저 들어보자고."

"프랑크 얀센한테 무슨 악감정이 있나?"

"대체 왜 제가 프랑크 얀센한테 악감정이 있다고 생각하세요?" 로네 빌룸센의 목소리는 싸늘했다. "프랑크 얀센이 없어도 현장 심문은 충분할 거라 판단했어요. 게다가 사무실에도 할 일이 많다고 봤죠. 과장님한테 연락할 수 있는 상황도 아니었고 저 혼자 결정하느라 그렇게 했는데 잘못되었다면 죄송합니다."

플레밍은 아랫입술을 깨물었다. 지금 논쟁을 벌이는 건 아무 의미가 없었다. 게다가 전화로 길게 말할 일은 아니었다. "그래, 프랑크 얀센이 여기서 수사를 한 단계 진전하는 데 크게 기여했으니 자네한테 감사해야겠네." 플레밍이 말했다. 로네 빌룸센에게 자신의 얼굴을 보여줄 수 없다는 게 갑갑할 뿐이었다. 그는 로네 빌룸센에게 벤야민의 거짓말이 들통났음을 대충 설명했다. "곧바로 취조실로 데려올 계획이야."

"알겠습니다." 그녀는 잠시 쉬었다 말을 이었다. "그렇다면 여러 정황상 벤야민 빈테르가 범인이라는 의미가 아닐까요? 어차피 벤야민이 몇 시간 뒤 훌쩍거리며 자백할 거라면 우리가 여기서 시간 낭비하며 고생할 필요도 없겠네요?"

"벤야민이 범인이란 생각은 안 들어."

"그러시다면 할 수 없고요."

"지금 제일 중요한 건, 자네가 어제 쿠르트&코 회사 직원들이 언제 들어오고 나갔는지 일정을 정확하게 파악하는 거야. 가능하면 빨리 자료를 보내줘. 그 자료를 우리가 갖고 있는 보안업체 자료와 비교해보게."

로네 빌룸센이 대답했다. "알겠습니다. 다 좋은데요, 시스템에도 허점이 있다는 생각은 안 해보셨어요? 이를테면 직원들 두세 사람이 동시에 들어가면서 한 사람 카드만 입력될 수도 있잖아요?"

"그러니 자네들이 직접 직원들한테 물어보는 게 중요해. 출입문으로 들어올 때 혼자 들어왔는지, 회의실 테라스 문을 누가 열었는지, 아니면 낮 동안 문이 열려 있는 걸 봤는지 등등."

"열려 있었을 확률은 거의 없죠." 그녀의 목소리에는 여전히 기분 상한 흔적이 약간 묻어 있었다. "어제 하루 종일 비바람이 불었잖아요."

"우연히 알게 된 사실인데 쿠르트&코 회사 내부는 금연구역이더라고. 담배를 피울 사람은 밖으로 나가야 한다는 거지. 그래서 테라스 문을 여닫는 사람은 대부분 흡연자들이지. 회의실에 사람들이 있으면 담배 피우러 회사 현관문까지 나가는 거고." 플레밍이 설명했다.

"아, 맞다. 과장님이 여기 회사 직원을 잘 아시죠……."

"미리 설명하자면, 단 소메르달은 지금 병가 중이야. 어제저녁 내내 그 친구와 같이 있었어. 저녁 6시부터 시신이 발견되고 몇 시간

뒤까지. 알리바이로는 충분하지. 그러니 여기 직원들 중에서 범인이 아니라는 게 이백 퍼센트 확실한 사람은 단이야. 단에 대해서는 다른 생각으로 시간 낭비하지 말게." 플레밍은 전화를 끊었다. 언젠가 로네 빌룸센과 제대로 얘기해볼 필요가 있겠다 싶었다. 그녀의 근무 태도에 뭔가 문제가 있었다. 그런 일이 꽤 자주 있었다. 문제가 어디에 있는지 알아내면 좋으련만.

플레밍은 프랑크 얀센이 벤야민을 데려오길 기다리는 동안 수첩을 보며 단이 해준 얘기를 정리했다. 쿠르트&코 회사에 근무하는 직원이 이렇게 많단 말인가. 많아도 너무 많았다. 수첩에 적힌 직원 명단 중에 반드시 범인이 있으리란 것도 확실치 않다. 야근이 거의 없다 해도 행정부서 사람들 중 한 명이 주방 수납장에 몇 시간 숨어 있지 말란 법도 없으니, 범인이 이 명단에서 누락되었을 수도 있다. 게다가 근무 시간에 회사에 나타나지 않았던 사람도 범인이 될 수 있다. 피해자에 대한 정보가 좀이라도 더 있었으면 좋았을 텐데. 현관을 들어오고 나간 사람들 명단보다 더 중요한 건 피해자의 신상이라고 플레밍은 확신했다. 그동안 밝혀진 사실은, 성폭행도 없었고 물품을 노린 강도도 아니라는 점이다. 밖에서 건물에 불이 켜진 것을 보고 안으로 들어가 걸레와 진공청소기를 들고 청소하는 여자를 아무 이유 없이 살해하지는 않았을 것이다. 벤야민과 릴리아나가 청소하러 들어오기 전에 범인이 이미 회사 건물에 들어와 있었다면? 그렇다면 무엇 때문에 한 시간 반을 기다렸다가 살해했단 말인가?

벤야민이 범인일 가능성이 높다는 로네 빌룸센의 말은 논리적으로 맞다. 릴리아나의 동료가 살인을 저질렀을 가능성도 없진 않다. 더욱이 어제저녁 사건이 발생한 시간에 대한 그의 진술도 명백한 거짓말이었다. 알리바이도 불분명하고 그의 어머니도 심하게 긴장하고 불안해 보였다. 릴리아나와 유일하게 접촉이 있는 사람은 벤야민이었다. 현재 상황에서 가장 의심해야 할 인물은 벤야민이 맞았다. 하지만 무슨 이유에서인지 플레밍은 그 사실에 의심이 들었다.

플레밍 토르프는 살해된 릴리아나의 삶 그 자체에 살인 동기가 숨겨져 있으리라고 믿었지만 이미 세상을 떠난 자는 말이 없으니 어떻게 조사해야 할지 막막할 따름이었다. 릴리아나의 지문은 어디에서도 일치되는 걸 찾지 못했다. 실종자 데이터베이스에도 없었다. 주소도 없었다. 그녀의 주변 인물 중 누군가가 며칠 뒤 경찰에 실종 신고를 하고 도움을 요청하길 기다리는 수밖에. 신문에 그녀의 사진을 실으면 제보가 들어올 수 있으니 수사가 한 단계 진전될 가능성이 있다. 그러나 플레밍은 이 생각을 바로 접었다. 아무리 시신을 잘 관리해도 릴리아나의 얼굴을 살아 있는 것처럼 보이게 할 수는 없다. 색이 변하고 표정도 없는 죽은 사람의 얼굴을 대중이 보는 신문에 실을 수는 없지 않은가.

"들어가도 됩니까?" 프랑크 얀센이 플레밍의 사무실 문에 얼굴을 들이밀고 물었다.

"들어와." 플레밍이 부하직원에게 손짓하며 물었다. "벤야민 데려왔나?"

"취조실에 있습니다." 프랑크는 검은 마그네틱 선이 있는 흰 플라스틱 카드를 내밀었다. "벤야민이 갖고 있던 카드예요. 우리가 카드에 대해 왜 물어보는지 벤야민은 짐작도 못 하는 것 같습니다. 자기가 이 카드를 줄곧 지니고 있었다고 맹세했고요. 자기 말고는 아무도 이 카드를 사용하지 않았다는군요."

"좋아. 어제처럼 얼굴이 굳었던가?"

"네, 전 아무 눈치도 주지 않았습니다. 과장님께서 알아서 하시는 게 좋을 것 같아서요."

"고마워. 가볼까?" 플레밍이 의자에서 일어났다.

"식사하셨어요?" 프랑크가 물었다.

플레밍은 고개를 저었다.

"저도 아직 안 먹었는데, 핫도그랑 초코우유 좀 사올까요? 삼십 분쯤 생각할 시간을 갖는 게 그 녀석한테도 나쁘지 않을 겁니다. 어차피 심문 전후로 뭔가 먹긴 해야 하잖아요."

15분쯤 지나 마지막 초코우유 한 모금을 들이켠 플레밍이 프랑크에게 물었다. "수세미컴퍼니에서 압류한 회계장부하고 노트북은 어떻게 됐어? 그걸 봐줄 사람을 구했나?"

"네, 엘리세에게 부탁했습니다." 프랑크 얀센은 빈 음료병을 종이 봉투에 넣고 키친타월로 책상을 닦았다.

"엘리세 닐센? 여권과에 근무하는?"

"네, 맞아요. 엘리세가 뛰어난 회계사가 될 수도 있었다는 걸 우연히 알게 됐습니다. 엘리세가 저한테 빚진 일도 하나 있고요. 며칠이면 충분히 검토해볼 수 있겠다던데요. 이제 벤야민한테 갈까요?"

"나중에 자네 여자관계 얘기 좀 들어봐야겠어, 얀센 형사. 굉장히 재미있는 얘기가 많을 것 같아."

취조실에선 경찰서 마당이 보였다. 잘 정돈된 잔디밭과 나무 울타리도 시야에 들어왔다. 창문엔 안전을 위해 두꺼운 철제 창살이 쳐 있었다. 취조실 안에는 책상과 의자 등 기본적인 가구들만 바닥에 고정되어 있어 그다지 아늑한 구조라 할 순 없었다.

취조실 문 유리로 벤야민 빈테르가 책상 앞에 앉아 있는 모습이 보였다. 문을 등지고 앉아 있어 보이지 않았지만 휴지 뭉치가 책상 위에 널브러진 것으로 보아, 울었거나 아니면 심한 감기에 걸린 모양이었다. 두 사람이 다가가 문을 지키고 있던 경찰관에게 고개를 끄덕이자 벤야민 빈테르가 자리에서 일어났다. 플레밍은 벤야민을 보는 순간 가슴이 철렁했다. 하얀 가면을 쓴 듯 파우더를 덕지덕지 바른 얼굴에 시커먼 아이섀도가 번져 있었고 눈동자는 벌겋게 충혈되어 있었다.

"화장실 가서 씻고 오겠어요?" 플레밍이 물었다.

벤야민은 머뭇거리며 서 있다가 잠시 후 중얼거렸다. "네, 고맙습니다." 경찰관이 그를 데리고 문밖으로 나갔다.

"좋습니다, 좋아요. 그럼 오늘 저는 악역을 맡을게요. 과장님은 대화만 하시면 됩니다." 프랑크가 말했다.

"아이고, 그만해. 벤야민이 어젯밤 일을 왜 거짓말했는지 아직 모르잖아. 릴리아나랑 어느 정도 가까웠는지도. 게다가 난 벤야민이 살인범이란 생각은 일 초도 안 해봤어."

"벤야민이야말로 전형적인 연쇄살인범 타입이라고 말하는 이들이 제 주변에도 많습니다. 여기저기 피어싱에 문신까지⋯⋯."

"우리 집 아들도 이제 스물한 살이란 사실을 잊지 마."

플레밍은 책상 앞에 앉아 녹음기 안에 있는 테이프가 새것인지 확인했다. "내 아들이나 걔 친구들도 저 친구와 비슷해. 내 경험상 피어싱하고, 메이크업하고, 문신하고, 머리카락 끝 빗질하는 친구들일수록 부드럽게 대해야 해."

"과장님도 늙으셨군요. 감상적이시고."

플레밍 토르프는 어깨를 으쓱했다. 프랑크의 말이 맞는지도 모른다.

5분쯤 지나자 벤야민이 들어왔다. 얼굴색은 여전히 입맛을 떨어뜨릴 정도지만 그래도 대부분의 메이크업은 지워져 있었다. 벤야민은 두 사람에게 눈길을 주지 않고 의자에 앉았다.

"커피 마시겠어요?" 플레밍이 물었다.

벤야민이 고개를 끄덕였다. 그의 시선은 책상 위에 놓인 쟁반에만 고정되어 있었다.

"커피 곧 갖고 올 테니 조금만 기다려요. 우리가 문제를 해결하는 데 도움만 주면 됩니다."

벤야민은 대답하지 않았다.

"우리를 도와줄 건가요?"

어깨를 한번 으쓱할 뿐 벤야민은 여전히 눈을 맞추지 않았다.

플레밍이 말을 꺼냈다. "좋아요. 이제 시작해봅시다. 어제저녁 무슨 일이 있었는지 다시 한 번 얘기해보죠."

벤야민은 헛기침을 하더니 중얼거리는 목소리로 물었다. "언제부터요?"

"당신들이 유치원 청소를 마치고 나서부터요. 오후 5시부터 7시 30분까지 유치원을 청소했을 테니까. 클로스테르바켄에서." 플레밍은 의자에 등을 기댔다. "청소는 정각에 끝났습니까?"

"좀 일찍 끝났어요."

"클로스테르바켄에서 순베르케까지 어떻게 갔죠?"

"차로 갔어요."

"차를 타고 갔다, 흠." 플레밍은 벤야민이 고개를 들 때까지 기다렸다가 그의 눈을 바라보며 말했다. "벤야민, 이런 식으로 협조하지 않으면 아주 오래 걸릴 겁니다."

벤야민은 미간에 주름 잡힌 얼굴로 고개를 끄덕였다. 여전히 혼란
스러워하는 표정이었다.

"자, 어서 설명해봐요."

벤야민은 등을 의자에서 조금 일으켰다. "수세미컴퍼니 자동차로
갔어요. 제가 운전대를 잡았고요. 릴리아나는 면허증이 없어서, 아니
없었던 것 같아요."

프랑크 얀센이 무슨 말을 하려 했으나 플레밍이 눈빛으로 제지했다.

벤야민은 더듬거리며 중얼중얼 말을 이었다. 릴리아나와 예정보
다 약간 일찍 쿠르트&코에 도착했고, 그가 속이 좋지 않아 콜라를
마셨고, 그래도 나아지지 않자 집으로 갔다고 했다. 밤 10시 15분에
건물을 나갔다고 했다.

"집에는 어떻게 갔습니까?"

"무슨 말씀이신지?"

"차를 타고 갔나요?"

"네."

"그럼 릴리아나는 다음 장소로 어떻게 가요? 다음 청소할 곳이 어
디더라?" 플레밍은 수첩을 확인했다. "알가데에 있는 빵집."

벤야민의 시선이 다시 책상을 향했다. "저도 모르죠. 버스 타고 가
든가 아니면……." 그는 말을 멈췄다.

플레밍은 갑자기 자리에서 벌떡 일어났다. 그는 또박또박 한 마디
한 마디에 힘을 주어 명령했다. "자, 이제 내 눈 똑바로 봐, 벤야민!
날 보라고! 당장!"

벤야민은 깜짝 놀라 고개를 들었다 다시 시선을 낮춰 의자에 맞

추었다.

"전부 다 기짓말이야. 이런 식으로 나온다면 대화를 더는 못 하겠네." 말을 마친 플레밍은 천천히 몸을 돌려 창가로 갔다. 그는 마치 전망이라도 감상하듯 등을 뒤로한 채 그대로 서 있었다.

프랑크가 넘겨받았다. "벤야민, 한 시간 전에 나한테 분명히 얘기했죠. 출입카드를 어제저녁 내내 지니고 있었다고, 안 그래요?"

"네."

"그럼 그 카드로 건물 안에 들어간 사람은 아무도 없다는 말이네요?"

"네, 확실히 없어요." 벤야민은 이제 막 덫에 걸렸다는 걸 알아챘다. 그는 눈을 파르르 떨면서 돌파구를 찾고자 했다.

"그럼 밤 10시 15분에 나갔다가 다시 들어가지 않았다는 거네요?"

벤야민은 고개를 끄덕였다.

"그럼 이걸 설명해줄 수 있겠네……." 프랑크는 주머니에서 접힌 종이를 꺼냈다. "……자, 누가 벤야민 이름의 출입카드를 사용해서 10시 29분에 건물로 들어갔다는 게 어떻게 가능하죠?"

벤야민은 종이에 빼곡하게 적힌 숫자를 바라보더니 나직한 소리로 내뱉었다. "아, 제기랄!"

플레밍은 뒤돌아 창턱에 등을 기댔다. "우리 처음부터 다시 해볼까요, 벤야민? 이번엔 당신이 진실만을 얘기해줬으면 좋겠는데."

벤야민은 검은 레게머리를 찰랑거리며 고개를 끄덕였다.

"그러니까 릴리아나와 당신이 밤 8시 52분 쿠르트&코에 도착했어요. 당신은 콜라를 마셨죠. 그러고서 두 사람은 청소를 했어요. 밤 10시 17분에 당신이 쓰레기를 들고 밖으로 나갔고요."

벤야민은 플레밍을 똑바로 쳐다보며 물었다. "제가 나간 걸 어떻게 아세요?"

"우린 많은 걸 알고 있답니다." 플레밍이 미소 지었다. "담배 피워도 돼요."

미소의 흔적이 젊은이의 창백한 입술을 지나갔다. 그는 블로노르트스테이트 담배에 불을 붙이고 의자 등받이에 등을 기댔다. "아, 쓰레기봉투에서 지문을 발견하셨군요. 대단해요." 그는 연기를 길게 뿜었다. "네, 맞아요. 10시 15분쯤 쓰레기를 가지고 나간 것 같아요. 쓰레기 버리고 돌아오는 길에 담배를 피웠어요. 항상 그랬어요. 그 망할 회사는 실내에서 담배를 못 피우니까요."

"그래, 계속해요."

"다시 안으로 들어가니 너무 조용했어요. 현관문을 닫았는데 어디서 바람이 들어오더라고요. 저는 릴리아나가 테라스 문을 열어놓았다고 생각했어요. 혹시 릴리아나가 몰래 담배를 피운 건 아닐까 상상하니 웃음이 나오더라고요." 그는 잠시 말을 멈추고 아랫입술을 깨물었다. "그래서 진짜로 막 웃었어요. 릴리아나가 담배를 물고 있는 모습이 잘 그려지지 않아서. 릴리아나는 정말……." 그는 담뱃불을 응시했다. "그러다 릴리아나가 어디 있는지 확인하려고 주방으로 들어갔어요. 그리고 그때 본 거예요. 릴리아나는……." 그는 말을 멈추고 다시 담배를 입에 물고 연기를 깊이 들이마셨다.

"이제부터 굉장히 중요해요, 벤야민." 플레밍이 상체를 숙였다. "주방에 들어갔을 때 뭘 봤는지 정확히 기억해봐요."

벤야민은 대답하기 전에 질끈 눈을 감았다. "릴리아나는 식기세척기 옆에 누워 있었어요. 식기세척기 문은 열려 있는데 세제는 안 들어가 있고요." 그는 마지막 한 모금을 들이마시고 프랑크 얀센이 건네는 찻잔 받침대에 담배를 비벼 껐다. "릴리아나는 반쯤 옆으로 누워 있었어요. 팔 하나는 머리 위로 올라가 있었고요. 그녀의 눈은…… 그냥 죽었더라고요. ……목에는 끔찍한 보라색 흉터가 있었고요. 그녀가 살해됐다는 걸 바로 깨달았어요."

"그래서 어떻게 했죠?"

"현관문까지 달려갔어요. 아주 빨리요. 제가 쓰레기 버리러 간 동안에 살인이 벌어진 것 같았어요. 살인범이 어쩌면 이 건물 안에 있을지도 모르겠다고 생각했고. 그래서…… 완전히 공포에 사로잡혔어요." 그는 훌쩍거렸다. "사실 안전한 곳에 도착하자마자 바로 휴대폰으로 경찰에 전화하려고 했어요. 그런데 그냥 멈추지 않고 차를 몰고 집으로 간 거예요. 멈출 자신이 없었어요. 살인범이 차 뒷자리에 숨어서 제가 차를 멈추기를 기다렸다가, 바로 뒤에서 목을 조를지 모른다고 상상했어요." 벤야민은 목소리가 너무 떨려 말을 중단했다.

프랑크가 말했다. "숨을 천천히 깊게 쉬어봐요, 벤야민. 아주 천천히 차분하게. 콜라를 가져올게요."

잠시 후 벤야민은 정신을 차리고 얘기를 이어갔다. "차에서 내리자마자 문도 안 잠그고 집으로 뛰어 들어갔어요. 집에 들어가자마자 경찰에 전화하려고 했어요." 그는 담배 한 개비를 또 꺼내 불을 붙였다. "정말 하려고 했어요. 그런데 어머니가 주무시지 않고 집에 계시기에 전부 얘기했어요." 그는 잠깐 말을 멈췄다.

몇 초 정도 지나 플레밍이 고개를 들었다. "그래서?"

"어머니가 경찰에 알리지 말라고 했어요. 릴리아나의 시신이 몇 시간 일찍 발견되거나 늦게 발견된들 상관없다고 말씀하시면서요."

"세상에, 대체 왜 그런 말도 안 되는 소리를?"

벤야민은 시선을 떨구고 어깨를 으쓱했다.

"직접 어머니한테 물어보긴 했어요? 도대체 왜 그런 바보 같은 생각을 했는지?"

"어머니는 신문에 기사가 나오면 제가 시신을 발견했다는 게 사람들한테 알려질 거라고 하셨어요."

"꼭 그렇진 않아요. 그리고 혹시 그렇다 해도 그게 무슨 문제죠?"

"어머니는 그걸 원치 않으셨어요."

"왜요?"

벤야민은 고개를 들고 플레밍의 얼굴을 쳐다보았다. "그 얘긴 안 할래요."

단이 주차장에 차를 세우고 회사 출입문으로 다가갈 때 크리스토페르 비스트루프는 문 앞에서 담배를 피우고 있었다. 오늘만 벌써 다섯 번째 담배였다. 단을 발견하자마자 크리스토페르가 소리쳤다. "세상에, 정말 반가워요! 이제 괜찮아요?"

"나 말이야? 응, 점점 좋아지고 있어." 단이 대답했다. "그런데 릴리아나가 살해됐다는 사건은 정말……. 그 얘기 듣고 괜찮은 사람은 아무도 없을 거야."

"그렇죠. 너무 끔찍해요."

"경찰이 건물 안에 있어?"

"직원들 전부 다 심문하고 있어요. 과학수사팀 조사는 끝난 것 같아요. 이제 다시 커피도 가져올 수 있으니까요." 그는 단을 바라봤다.

"쿠르트 사장님은 안 계실걸요. 경찰 조사 끝나자마자 밖으로 나갔어요."

"그 사람들이 고자세로 대하나?"

"경찰이요? 아, 아니에요. 전혀요. 그래도 심기가 불편한 건 사실이죠, 안 그래요?"

"그렇겠지. 난 어젯밤에 회사 왔었어. 릴리아나 시신 신원확인하러."

"악, 말도 안 돼! 무시무시하지 않았어요?"

"상상했던 것보다는 나쁘지 않았어."

"릴리아나를 잘 아셨어요?"

단은 고개를 저었다. 두 손을 양쪽 귀로 가져갔다. 추위 때문에 양쪽 귀가 신경 빼고는 전부 딱딱한 판자 같았다. 한 대만 맞아도 그대로 산산조각이 날 것 같았다. "그냥 만나면 인사하는 정도였지. 릴리아나는 항상 따뜻하게 미소 지었거든. 그것 말고는 달리 소통한 적이 없었어."

"저도 그래요." 크리스토페르는 담배 한 모금을 빨고는 꽁초를 배수구에 던졌다.

"그 일 말고라도 쿠르트 사장 만나러 온 건 아니야."

"그럼 누굴 만나러 오신 거예요?"

"이 친구야, 그리운 직장에 방문도 못 하나? 꼭 그렇게 코를 킁킁대고 냄새를 맡아야겠어?" 단은 당혹해하는 크리스토페르의 어깨를 툭 치고 큰 소리로 웃었다. "자, 들어가자고."

단은 휴직할 때 출입카드를 반납했었다. 두 사람은 함께 안으로 들어갔다. 페르닐레가 안내데스크에서 손거울을 들여다보며 마스카라를 칠하고 있었다. "안녕하세요, 부장님." 그녀가 창백한 미소를 띤 채 인사했다. "어떻게 지내세요?"

"잘 지내." 그는 지나가며 답했다. 크리스토페르가 그 뒤를 따랐다. 페르닐레 앞에서 기력을 소모할 필요는 없었다. 이어서 키도 크고 덩치도 큰 피오나 크라우세가 보라색과 오렌지색, 핑크색이 섞인 화려한 옷을 입고 있는 것이 시선에 들어왔다. 멀리서도 중국 신년 카드에 나오는 용 같은 모습이 확 두드러졌다. 뒷모습만 볼 수 있었는데, 빨강 머리 안데르스에게 뭔가 설명하는 모양이었다. 안데르스는 삐딱한 미소를 지은 채 그녀의 말을 경청하고 있었다.

"……이해하겠어? 만일 그 사람이 자기 아내 오빠랑 도망가면 그 불쌍한 오빠 이름은 쿠르트 쿠르트가 되는 거라고!" 피오나는 자기 얘기가 무진장 재미있다고 여기는 듯했다. "그리고 빌 아우구스트 감독이 남자 배우 조엔 빌이랑 결혼하면 그 사람은 자기 이름을 빌 빌이라 불러야 하는 거야." 그녀는 너무 웃은 나머지 눈물이 볼을 적셔 흐를 정도였다.

단은 곧바로 피오나 뒤로 다가가 손으로 그녀의 눈을 가렸다. "누구게?"

"단!" 피오나는 휙 뒤돌아 두 팔로 단을 끌어안았다. 그녀의 검은 머리에서 훈훈한 머스크 향과 바닐라 향이 풍겼다.

"뭐가 그렇게 재미있어요?"

"아, 아무것도 아니에요. 그냥 성과 이름이 같은 사람들 얘기하느라."

"우리 위대한 대장 쿠르트 씨처럼요?"

"맞아요." 그녀는 다시 소리 내 웃었다.

"이봐요, 여긴 죽은 사람에 대한 예의도 없습니까?" 단은 꽤 심각한 목소리로 물음을 던졌다. 피오나는 아주 좋은 사람이지만 가끔 눈치 없이 행동하는 것이 사실이었다.

피오나가 답했다. "분위기 깨는 데 도사라니까. 난 회사 안의 장례식장 같은 분위기를 견딜 수가 없어요. 누가 우리 회사 청소 담당자를 살해한 건 진짜 끔찍한 일이에요. 그렇다고 우리가 하루 종일 통곡하면서 다닐 필요는 없잖아요, 안 그래요?" 그녀는 단을 놓아주었다. "맙소사, 단, 당신을 보다니 정말 반가워요. 당신 빈자리가 어찌나 크던지……."

"왜요?"

"여기 상황을 관리할 파워 있는 사람이 필요하니까요." 그녀는 회의실 쪽을 쳐다보며 고갯짓했다. 유리 안쪽으로, 비서 엘리사베트 룬이 성격 나빠 보이는 금발 여성과 체크무늬 재킷을 입은 키 크고 마른 남성에게 조사받는 광경이 직통으로 보였다. "아주 완곡하게 표현해도, 저 사람들 생각이 개떡 같다니까. 추리가 완전히 비논리적이고." 피오나가 고개를 내저었다. "페르닐레는 저 안에 들어갔다 나와서 쓰러지기 직전이었고, 쿠르트 사장도 조사 끝나자마자 뛰쳐나갔어요. 쿠르트 사장 얼굴이 천둥 칠 때 구름 같았다니까. 단, 당신이 좀 저 사람들한테 얘기하면 안 될까요? 아는 사람이 있으니 말이 통하지 않을까요?"

크리스토페르가 말했다. "쿠르트 사장은 약속이 있었는데 너무 늦어서 화난 거예요. 저 사람들이 쿠르트 사장을 못살게 굴었을 것 같진 않아요."

"어떤 게 비논리적이라는 건지 말해줘요, 피오나." 단이 커다란 떡갈나무 기둥에 몸을 기대며 말했다. 빨강 머리 안데르스는 스리슬쩍 자기 자리로 사라졌다.

피오나가 입을 열었다. "경찰 말로는 성폭행 살해도 아니고 금품을 노린 절도사건도 아니라지만, 둘 중 하나는 해당되어야죠."

"어째서요?"

"경찰은 대인관계에 의한 살인일 가능성이 높다는데, 그건 말이 안 되잖아요. 우연히 길 가던 사람이 저지른 게 분명해요. 그게 아니고서야 대체 누가 릴리아나를 살해하겠냐고요? 릴리아나는 아주 조용하고 눈에 띄지도 않고 거의 존재감이 없는 사람인데, 누가 그런 사람을 죽이겠다고 작정하겠냐는……." 그녀의 갈색 눈동자에 문득 물기가 서렸다. "이런 젠장." 그녀는 혼잣말로 욕하더니 주머니에서 휴지를 꺼냈다. "그렇게 끔찍한 방법으로 죽여야 할 만큼 그녀에게 적대감을 품을 사람이 누가 있겠냐는 거죠."

"릴리아나를 봤습니다. 시신 말이에요. 어젯밤에." 단이 말했다.

피오나의 눈이 휘둥그래졌다. "설마!"

"플레밍 토르프가 어제저녁 우리 집에 식사하러 왔다가 전화를 받았거든요. 당신도 알다시피 플레밍이 경찰이잖습니까. 그 친구가 저한테 현장에 같이 가줄 수 있는지 물어봤죠."

"당신, 릴리아나를 잘 알았어요?"

"아니, 피오나와 마찬가지예요. 이름하고 얼굴만 알았죠. 우리 회사에 정말로 릴리아나에 대해 조금이라도 아는 사람이 아무도 없습니까?"

피오나가 머리를 흔들었다. "경찰이 벤야민이랑 얘기해보지 않겠어요?"

"벤야민도 릴리아나와 대화를 많이 나누는 사이는 아니었던 모양이에요." 단이 말했다.

"경찰이 릴리아나의 친구와도 얘기해봤을까요?" 크리스토페르 비스트루프가 중간에 끼어들었다.

"어떤 친구?" 피오나가 코를 풀고서 휴지를 휴지통에 던졌다. "난 릴리아나가 벤야민과 같이 있는 것만 봤는데."

크리스토페르가 말을 풀어놓았다. "릴리아나가 비슷한 또래 친구와 같이 있는 걸 몇 번 봤어요. 친구는 카페 클린트에서 일하는 것 같더라고요. 그 카페에서 두 사람이 같이 커피 마시는 걸 봤는데, 항상 작업복 차림이었거든요."

"어떤 작업복?"

"허리 라인이 들어간 흰 원피스에 흰 앞치마를 둘렀어요. 챙 없는 하얀 케피 모자를 썼고요." 그는 허공을 바라보면서, 좀 더 자세한 상황을 떠올리려고 애썼다. 그리고 덧붙였다. "아, 그 친구는 흑인이에요. 피부색이 아주 검었어요. 지금까지 그렇게 검은 피부를 가진 사람은 본 적이 없어요. 그리고 머리를 가늘게 여러 갈래로 땋아서 목 뒤에 하나로 묶었어요."

"굉장히 자세히 관찰했네, 크리스토페르. 패션 잡지사에 취직했어야 하는 거 아니야?" 피오나가 대꾸했다.

"경찰에 얘기했어?" 단이 물었다.

"친구 얘기요? 안 했어요. 그땐 그 생각이 떠오르지 않았거든요."

"조사는 이미 받았나?"

크리스토페르는 고개를 끄덕였다. "다시는 저 방에 들어가고 싶지 않아요. 전 못 견뎌요. 안 그래도 집에 가려던 참이었고요."

"그럼 내가 얘기할게." 단이 말하고는 수첩을 꺼내 메모했다. 그 순간 엘리사베트 룬이 임시 조사실에서 나왔다. 두 뺨이 불타듯 벌게져 있었다. 그녀의 하이힐이 또각또각 작고 날카로운 소리로 울렸다. 단은 엘리사베트를 보고는 피오나와 크리스토페르와의 대화를 마쳤다.

단이 엘리사베트의 사무실로 들어가자 그녀의 얼굴에 화사한 빛이 돌았다. "어머, 부장님!" 그녀가 두 손을 활짝 펼치고 다가왔다. "정말 반가워요!"

그는 그녀의 손을 잡고 볼에 입맞춤했다. "조사받을 때 심하게 대하던가?"

엘리사베트는 어깨를 으쓱했다. "아니, 그렇진 않았어요. 그래도 저한테 직원들의 사생활에 대해 물어보니 좀 그렇더라고요. 당신도 알잖아요, 단. 저는 뒷얘기하는 거 싫어요."

"페르닐레 얘기는 예외잖아, 아닌가?"

"저는 뒷얘기 싫어요." 그녀는 대꾸 없이 자기 말만 반복했다.

단은 잠시 앉아 잡담을 나눴다. 그러면서 엘리사베트가 얼마나 아름다운지 다시 한 번 감탄했다. 가냘픈 얼굴형에 길고 오뚝한 코, 선명한 초록색 눈동자와 활처럼 부드러운 곡선의 눈꺼풀. 플레밍 말이 맞았다. 단은 사장 비서에게 혹해 있었다. 하지만 그녀에게 뭔가 어떻게 해본 적은 한 번도 없었다. 엘리사베트 룬은 부정한 행위를 싫어한다는 느낌을 받았다. 그걸 확인해본다는 건 바보 같은 짓이리라. 그런 짓을 이제 그만두었다는 사실을 차치하고라도 말이다. 마지막으로 한눈을 팔았던 것도 아주 오래전이다. 솔직히 말하면 그런 것이 전혀 그립지도 않다. 완전한 비밀 행각, 모든 부정 행각들이 길게 보면 그저 쓸데없는 소모전에 지나지 않았다. 그러면서도 이 순간 그는 엘리사베트의 아름다운 외모를 바라보며 즐기고 있었다. 희고 가지런한 치아와 부드럽고 도톰한 입술…… 그 입술 사이에서 계속 새로운 단어가 쏟아졌다. 만일 누군가 단에게 엘리사베트가 무슨 말을 하고 있는지 묻는다면 단은 아무 대답도 할 수 없었을 것이다.

30분쯤 지나 단은 아우디 운전석에 앉아 릴리아나의 친구를 떠올렸다. 경찰에게 얘기하려던 것을 완전히 까먹고 말았다. 그렇다고 다시 주차장으로 돌아가 차를 세우고 회사로 들어갈 마음은 추호도 없었다. 그는 플레밍 토르프에게 전화했지만 플레밍은 전화를 받지 않았다.

사실 아무 계획이 없었다. 의도한 것이 아니었다. 하지만 단은 카페 클린트를 지나고 있었다. 무엇을 해야 할지 머릿속으로 정리한 것은 아니었지만 어느새 가속페달에서 발을 떼어 클러치를 밟고 공터에 차를 세웠다. 릴리아나의 친구를 찾아봐야 할까? 플레밍이 기분 나쁘게 반응하지는 않을까? 오히려 고마워할까? 단은 몇 초 지나지 않아 후자가 맞으리라 확신하고 주차한 뒤 50미터 정도 지나온 길을 걸어 카페 클린트로 들어갔다.

그는 카페 라테를 주문하고 주방이 보이는 자리에 앉았다. 주방 문이 열릴 때마다 드나드는 사람을 볼 수 있는 자리였다. 그는 천천히 카페 라테를 마셨다. 제대로 만든 카페 라테를 마신 지 아주 오래되었고, 이 카페 라테의 맛은 훌륭했다. 그는 커피잔을 비우고 바로 가져가 커피 맛을 칭찬했다. 카페 직원은 수줍은 미소를 지었다.

"여기 직원 중에 흑인이 있죠?" 방금 전까지 보조개를 지으며 추파라도 던지는 듯했던 직원의 표정이 순식간에 돌변했다.

"그 직원과 얘기를 좀 하고 싶은데요."

"경찰서에서 오셨나요?"

"전혀 아닙니다. 저기 순베르케에 있는 광고대행사에서 왔는데, 아프리카 스타일의 레게머리를 한 흑인 여성을 찾고 있어요. 우리 회사에서 캠페인을 기획하고 있거든요. 아는 사람이 당신 동료를 추천해줬어요." 단은 자신이 이렇게 거짓말에 익숙하다는 것에 약간 당황했다.

그의 거짓말은 성공적으로 통했다. 보조개와 추파가 되돌아왔다. "샐리는 이제 여기서 일 안 해요. 샐리 대신 제가 가는 건 어떠세요?"

"미안하지만 그건 안 돼요." 단은 미소를 띤 채 답했다. 젠장, 나 제법인데, 하고 그는 속으로 생각했다. "샐리가 지금 어디 있는지 혹시 알아요?"

"모르겠어요. 3주인가 4주 전부터 샐리가 출근을 안 하고 있어요. 그때부터 얼굴도 못 봤어요."

"샐리가 어디에 사는지, 성은 뭔지 알아요?"

"성은 몰라요. 몇 주 전까지는 예른바네가데와 윌란스가데 길모퉁이에 있는 붉은 건물에 살았어요. 맨 위층에요." 그녀는 하늘색 행주를 들고 바 위를 닦았다. 단이 보기엔 이미 광이 날 정도로 깨끗했음에도 불구하고.

그는 작은 접시 위에, 추정되는 용도에 맞게 팁을 올려놓고는 문 쪽으로 갔다. 문 앞에 이르기 직전에 갑자기 그가 뒤돌아 물었다. "혹시 샐리의 친구 릴리아나를 압니까?"

"아, 그 친구 이름이 릴리아나였나요? 짙은 색 긴 머리, 갈색 눈, 분필처럼 새하얀 피부, 광대뼈 튀어나오고, 따분해 보이는 옷을 입어서 열다섯 살 정도로 보이는 친구요?"

"맞아요."

"그 친구가 여기 와서, 샐리가 퇴근하고 난 뒤 같이 나간 적이 몇 번 있어요. 아마 둘이 같이 살 거예요." 그녀는 갑자기 동작을 멈췄다. "릴리아나? 어제 살해된 그 여자 아닌가요?"

"맞아요." 단은 문을 열고 밖으로 나왔다. 불쌍한 여직원이 깜짝 놀라 물건을 떨어뜨리기 전에. 그는 휴대전화로 플레밍의 번호를 눌렀다. 이번에는 그가 전화를 받았다.

"릴리아나의 주소를 알아냈어." 단이 말했다.

"대체 어떻게 그걸……?" 플레밍의 목소리가 잘 안 들릴 정도로 주변 소음이 심했다.

"지금 어디야?" 단이 물었다.

"내가 지금 있는 데가……. 회의 중이야……." 전화기 너머로 들리는 소음으로 통화가 어려웠고 대화 내용이 자꾸 끊겼다.

"끝나고 나한테 올 수 있어? 그럼 저녁 식사 하면서 얘기해줄게."

플레밍은 몇 초간 아무 말도 하지 않았다. 단은 전화 연결이 끊겼나 보다 짐작했다. 그러다 소음 소리가 좀 약해지더니 다시 플레밍의 목소리가 들렸다. "이제 좀 나아졌네. 방금 뭐라고 했어?" 단이 저녁 식사에 초대하겠다는 말을 반복하자 플레밍이 웃었다. "이제 몸소 경찰을 후원하시기까지?"

"나를 성가신 사립탐정이라고 생각해. 사사건건 나서고 경찰이 하는 일을 방해하다 마침내 살인범을 잡아내고야 마는."

"……모든 용의자들이 서가 벽난로 앞에 모인 다음에 말이지?" 플레밍이 말을 덧붙였다. "릴리아나의 주소 좀 불러봐. 직원한테 얘기해서 그 집을 조사해보라고 할게. 나는 한 시간 반 정도 후에 너희 집에 도착할 거야, 단."

어느새 오후 4시가 되었다. 석양이 괴르틀레르가데를 비추고 있었다. 창문으로 비치는 노란 불빛은 오늘 누가 먼저 일을 마치고 집에 도착했는지를 말해주었다. 6번지 집 창가엔 크리스마스 분위기를 내는 붉은 초가 불을 밝히고 있었다. 생생하게 춤추는 듯한 불꽃을 바라보노라면 단은 까닭 모르게 마음이 편안해졌다. 그는 현관문을 열고 외투를 벗었다.

마리아네가 복도로 나와 방문을 닫았다. "방금 벤야민 빈테르의 어머니가 왔어. 방에 있어."

"우리 방에?"

"아니, 옆방에!" 그녀는 남편의 가슴을 살짝 건드렸다. "내 말 잘 들어. 당신 친구 플레밍이 그 청년을 경찰서 감방에 가둬놨대. 릴리아나의 시신을 발견하고 곧바로 경찰에 신고하지 않은 이유를 설명하지 않았다고 말이야. 벤야민의 어머니는 여기에 있어. 그녀와 벤야민이 내 환자니까. 난, 그 사람들의 가족사를 아는 몇 안 되는 사람 중 하나야. 그리고 그들의 바보 같은 처신에도 합리적이고 이성적인 이유가 있다는 걸 알고 있고. 지금 막 벤야민 어머니에게 설득하는 중이었어. 경찰에게 모든 걸 다 얘기하라고. 그런데 경찰한테 정말 심하게 분노하고 있어."

"플레밍이 한 시간 뒤에 올 거야." 단이 마리아네의 말 중간에 끼어들었다.

"이리로?"

단은 고개를 끄덕였다.

"아이고! 그 얘기 해줘서 다행이네." 마리아네는 뒤로 질끈 묶은 머리채를 만지작거리며 생각에 잠겼다. "오케이, 그럼 내가 지금 엘

84

리스를 집에 데려다주고 거기 가서 얘기를 계속해야겠어. 앨리스가 플레밍을 신뢰하게 된다면 좋을 텐데. 쉽지는 않겠지만."

"벤야민이 무슨 얘기라도 했어?"

"사건에 대한 얘기 말이야? 아무것도 안 했어." 마리아네는 두 팔로 남편의 목을 안고 입을 맞췄다. 평소보다 아주 조금 길게. "당신이 내가 지켜야 할 환자의 비밀 누설 금지 의무를 깨뜨릴 순 없어. 그런데 말이야. 솔직히 말하자면, 아주 매력적인 사립탐정이 그렇게 부드럽게 물어볼 때 내가 좀 흔들리지." 그녀의 입술이 단의 뺨을 부드럽게 스쳤다. "내 생각에, 셜록 홈스 같은 역할을 해보는 것도 당신한테 좋은 치료법일 듯해." 그가 뭐라 답하기도 전에 그녀는 다시한 번 그에게 입맞춤하고는 거실로 들어가 문을 닫았다.

단은 주방 식탁 앞에 앉아 차를 마시며 마리아네와 앨리스가 집을 떠나는 소리가 들릴 때까지 기다렸다. 두 사람이 나가자마자 그는 옆방으로 들어가 모든 창문을 활짝 열었다. 세상에, 벤야민의 어머니가 남기고 간 담배 연기가 자욱했다. 재떨이 위에 있는 꽁초를 세어보니 여덟 개였다. 그것도 한 줄로 나란히 놓여 있었다. 같은 간격으로 줄지어 놓인 담배꽁초엔 짙은 붉은색 립스틱이 묻어 있었다. 맨 왼쪽 꽁초에 묻은 립스틱 색이 가장 선명했고 오른쪽으로 갈수록점점 옅어졌다. 오른쪽 끝에 있는 꽁초엔 립스틱 흔적이 거의 남지 않았다. 담배를 이렇게 나란히 순서대로 놓는 것으로 보아 벤야민의어머니는 오른손잡이리라는 생각이 단의 머리를 스쳤다. 단은 자신이 잠깐이나마 이 밥맛 떨어지는 담배꽁초들을 모아놓은 모습에 감탄했다는 것을 인정했다. 그는 고개를 내저으며 재떨이를 들고 가휴지통 안에 내용물을 비우고 개수대에서 헹군 다음 세척기에 집어

넣었다. 아내의 말이 맞는지도 모른다. 이런 식으로 계속 가다가 모든 곳에서 증거를 찾는 열정적인 사립탐정으로 끝날 수도 있다. 며칠 안에 그의 가방이 머리카락, 사탕 껍데기, 담배 찌꺼기로 넘쳐나게 될지도 모른다. 주의하지 않으면, 입 한구석에서 해포석 담배파이프가 자라게 될지 모를 일이다.

두 시간쯤 지나 단과 마리아네, 플레밍은 식탁에 둘러앉아 태국 음식을 먹고 있었다. 마리아네가 집에 돌아오는 길에 카레트마게르 가데의 식당에서 사온 음식이었다. 식사하는 동안 마리아네는 앨리스 빈테르의 비밀을 누설하게 만들려는 두 남자의 시도에 저항하면서 점점 과민해졌다. 결국 그들은 포기했다. 그 대신 단은 카페 클린트에서 직원과 나눈 이야기를 자세히 전했다. "직원이 얘기하는 게 릴리아나라는 데 의심의 여지가 없어. 그런데 젊은 여자 둘이 사라졌다는 게 정말 이상하지 않아?" 단이 말했다.

"하고 싶은 얘기가 뭐야? 그러니까 샐리도 살해되었다고 보는 거야?" 플레밍이 페이스트리 상자를 집으며 물었다.

"아무런 말도 없이 갑자기 출근을 안 했다잖아. 카페 직원도 샐리가 그럴 리 없다는데."

"여러 가지 이유가 있을 수 있겠지." 플레밍이 일단 딴지를 걸었다. "그래도 누가 샐리를 찾아볼 수 있을지 한번 볼게." 그는 주머니에서 전화기를 꺼내 거실로 향했고, 마리아네는 식탁을 치우고 커피를 준비했다.

단은 턱을 괴고 마리아네의 뒷모습을 물끄러미 바라보았다. "그래서 어떻게 됐어? 당신, 벤야민 어머니 설득했어?"

"생각해보겠다고 했어."

"벤야민이 비밀을 털어놓지 않았다고 유치장에 앉아 있는 모습을 봤으니 그 어머니 심정이 심란했겠네." 단이 말하며 의자에 등을 기댔다. 그는 긴 다리를 의자 아래로 뻗고 두 손을 목 뒤로 깍지 꼈다.

"내일 석방된다나 봐." 마리아네가 말하며 커피잔 세 개를 식탁에 올려놓았다. 남편에겐 시선을 주지 않았다. "유치장엔 판사 영장 없이 24시간 이상 구금해놓을 수 없으니까. 구금을 연장할 만한 근거도 없고. 설탕 좀 집어줄래? 대나무같이 긴 당신 다리 때문에 길이 막혔어."

"당신, 나한테 약간의 힌트도 안 줄 거야?" 단이 선반에서 파란색 설탕통을 집어 들며 물었다.

"꿈에서라도 그렇겐 안 하지. 내 성격 당신도 잘 알잖아."

단은 어깨를 으쓱했다. "당신이 앨리스를 설득할 수 있기만을 바라야겠네."

마리아네가 동작을 멈췄다. "대체 왜? 그걸로 당신의 호기심을 잠재우려고?" 그녀는 남편의 눈을 똑바로 바라봤다. "앨리스 빈테르의 과거가 살인사건과 조금이라도 연관 있었으면 내가 얘기했을 거야. 그런데 그건 아니거든."

"미안하지만…… 그걸 네가 판단할 수 있을까?" 그녀의 말을 플레밍이 가로막았다. 그들이 알아채지 못한 새 플레밍이 주방에 들어와 있었다. "지금 순간 나한테는 모든 게 살인사건이랑 연관된 것처럼 보이는걸. 살인사건 이후 이렇게 백지장 같은 경우는 처음이야."

마리아네는 뒤돌아섰다. "젠장, 이제 제발 좀 날 가만히 내버려둬. 당신들 둘 다!" 그녀는 옆구리에 두 손을 올려놓고 씩씩거렸고, 눈에는 간과할 수 없는 분노가 이글거렸다. "둘 다 내 말 믿어. 앨리스 빈테

르의 비극적인 가족사는 크리스티안순과도, 릴리아나와도, 쿠르트&
코와도 아무 상관이 없으니까. 내 환자 앨리스는 그 얘기를 하고 싶
어 하지 않아. 경찰을 믿고 얘기했다가 자신과 아들의 인생이 위험
에 처할 수도 있기 때문이야. 이미 그렇게 했다가 비싼 대가를 치른
경험도 있고."

마리아네는 커피를 잔에 따르고는 주방 문을, 찬장 안의 유리들이
흔들리도록 쾅 닫고 나갔다.

"제대로 적중했어." 플레밍이 말하며 의자에 앉았다.

단은 플레밍을 보며 머쓱하게 웃었다. 두 사람은 몇 초간 커피잔
과, 그들이 그 진한 갈색 액체로 삽질하고 있는 설탕만 바라봤다.

단이 물었다. "직원들이 뭐래? 샐리를 찾기 시작한 거야?"

"아직. 한 직원을 크리스토페르 비스트루프에게 보냈어. 샐리의
인상착의를 확실하게 알아내려고. 제발 샐리가 살아서 어딘가에서
발견되었으면 좋겠는데."

"집은 어떻게 됐대?"

"집에 아무도 없더래. 얀센이 릴리아나 옷 주머니에 있던 열쇠로
그 집 문을 열어봤더니 맞더래. 과학수사팀 몇 명이 지금 조사 중이
야." 플레밍은 티스푼으로 커피를 젓고 또 저었다. "프랑크 얀센이
이웃과 얘기해봤대. 샐리하고 릴리아나가 거기 사는 게 맞다고 확인
해줬다네. 그런데 그 이웃 말로는 몇 주 전부터 샐리가 안 보였다는
거야. 릴리아나만 봤다고." 이제 그는 커피를 반대 방향으로 저었다.
뭔가 생각에 잠긴 듯했다. "뭔가 성에 안 차. 과학수사팀이 조사를
끝내면 내가 직접 가봐야겠어."

"나도 같이 가면 안 돼? 내 도움이 없었다면 그 집 못 찾았을 거

아니야."

플레밍의 눈썹이 치켜 올라갔다. "음, 가택 수색에 민간인을 데려가는 건 완전히 규정에 어긋나는 건데. 상사한테 뭐라고 말하라고?"

"잘 생각해봐, 플레밍. 내 특기가 뭐지?" 단은 씩 웃었다.

"무슨 말이야?"

"내가 예전에 TV에 라이프스타일 전문가로도 출연한 아주 특별한 능력자잖아."

"아, 맞다." 이제야 플레밍도 웃었다. "집 안 구조만 보고서 사람들의 프로파일을 만들어낸다는 거잖아. 왜 같이 가자는 건지 이제 이해가 가네."

"어쨌든 난 그쪽 분야의 전문 컨설턴트야. 게다가 공짜로 일해주는 건데. 그럼 네 상사에게 설명하기 어려울 것도 없을걸?"

"어차피 상사는 내일 출근하기 전엔 아무것도 모를 테고. 허가받는 것보다 결정 내리는 게 쉬운 법." 플레밍은 잠시 생각하더니 소리쳤다. "좋아! 같이 가자, 단! 그런데 내가 말하는 것만 해야 해!"

저녁 늦게 과학수사팀이 철수했다는 전화를 받고 난 뒤 단은 거실 문에 고개를 빼꼼 들이밀었다. 마리아네가 소파에 앉아 TV를 보고 있었다. "플레밍이랑 몇 시간 어디 좀 다녀올게."

"그래." 그녀는 뒤돌아보지 않았다.

단은 마리아네의 뒷모습을 물끄러미 바라봤다. 여러 가지 정황상 그가 사과해야 할 시점이라는 신호였다. 그는 소파 뒤로 다가가 마리아네의 어깨를 팔로 감고 그의 뺨을 마리아네의 머리에 댔다. "미안해. 내가 당신을 너무 닦달했어."

마리아네는 그의 팔을 쓰다듬었다. "괜찮아. 나 이제 TV 좀 봤으면 하는데." 그녀가 말했다.

단은 고개를 들었다. TV 화면에는 한 코미디언이 활짝 웃으며 퀴즈왕을 뽑는 프로그램이 방송되고 있었다. 마리아네가 열광할 만한 프로그램은 아니었다. 단은 씩 웃었다. "그래, 재미있게 봐."

그녀는 다시 TV에 시선을 고정했다. 단은 어깨를 으쓱하고 그녀를 가만히 놔두었다.

잠시 후 두 사람은 릴리아나가 살았던 건물에 도착했다. 출입문은 열려 있었고 건물 대부분의 전구가 고장이라도 났는지 1층 전구에만 불이 들어왔다. 계단을 올라갈수록 방향을 감지하기 힘들었다. 고양이 배설물 냄새가 코를 찔렀고 3층에서는 구토물 냄새 같은 것도 났다. 플레밍은 손전등을 들고 맨 꼭대기 집 문을 비췄다. 문 위에 샐리라는 이름이 적혀 있었다. 샐리의 성은 적혀 있지 않았고 릴리아나의 이름은 아예 없었다.

프랑크 얀센이 문을 열어주었다. 그는 자기 상사가 대머리 친구를 가택 수색 현장에 데려온 걸 보고 당황하는 표정이었으나 아무 말도 하지 않았다. "과학수사팀이 신신당부하고 갔어요. 자기들이 바닥에 표시해놓은 선 안에는 누구도 들어가면 안 된다고요. 거긴 아직 확실하게 조사가 끝난 곳이 아니니 가능하면 손대지 말라고 했어요." 마지막 말은 명백히 단을 향한 것이었다.

"알았어, 얀센 형사. 여기 계속 있을 건가, 아니면 귀가할 건가?" 플레밍이 물었다.

"솔직히 말씀드리면, 몇 시간 잠 좀 잤으면 좋겠어요. 어제도 너무 늦었고……."

계단을 내려가는 얀센의 발소리가 완전히 멀어지자 플레밍과 단은 집 안으로 들어갔다. 좁고 어두운 복도가 나왔다. 플레밍이 단에게 얇은 라텍스 장갑을 건넸다. "이거 착용해. 꼭 필요한 경우 아니면 아무것도 손대지 말고."

단이 장갑을 끼며 대답했다. "알았어. 그 말을 앞으로 얼마나 자주 반복할 거야?"

플레밍은 어깨를 으쓱하고 주변을 둘러봤다. 새빨간 부츠가 구석에 놓여 있었다. 벽에는 검은색 레인코트가 걸려 있었다. 갈색으로 칠해진 문을 열자 화장실이 있었다. 단이 지금까지 본 화장실 중 제일 작았다. 작은 변기와 화장지 놓을 공간만 있었다. 세면대는 없었다. 플레밍이 팔꿈치로 문을 밀자 문이 다시 닫혔다. 두 사람은 주방으로 들어갔다. 비누와 샴푸, 줄무늬 수건이 걸려 있었다. 창턱에 칼스버그 로고가 붙은 맥주잔이 있었다. 그 안에 치약과 칫솔 두 개가 꽂혀 있었다. 하나는 노란색, 다른 하나는 흰색과 파란색이 섞인.

단은 칫솔을 가리키며 입을 열었다. "요즘 칫솔이 왜 조깅화처럼 생겨야 하는지 얘기 좀 해줄래? 뭐가 이리 울퉁불퉁하고 색깔도 요란한지, 이 알록달록한 고무판은 혀를 닦는 거야, 뭐야? 도무지 모르겠네. 옛날처럼 그냥 빨간색이나 파란색, 이렇게 단순한 모양의 칫솔을 구하기가 왜 그리 힘들지?"

"그러게 말이지." 플레밍이 한 손을 허공에 대고 멈추라는 손짓을 했다. "단순한 것도 있기야 하지만 많이 팔리지 않는 거겠지. 네 칫솔도 저런 최신 유행 디자인 아니야?"

단은 생각에 잠긴 것처럼 보였다. "응, 맞아. 그래도 저런 복잡한 디자인 말고 정확히 효율적인 게 있다면 난……."

"정말이지, 단. 입 좀 다물어. 지금 칫솔 디자인 얘기는 더 이상 듣고 싶지 않아." 플레밍이 개수대로 향했다.

개수대엔 설거지가 안 된 그릇이 없었다. 플라스틱 쟁반 위에 물컵 한 개와 흰색 접시 몇 개, 그 옆에 포크와 나이프가 몇 개 있었다. 전부 깨끗했고 설거지 후 마른행주로 물기가 말끔히 제거된 상태였다. 플레밍이 냉장고를 열었다. 손잡이에 손이 닿지 않게 조심했다. 냉장고는 거의 비어 있었다. 뚜껑 없는 플라스틱 통 안에 치즈 몇 장, 먹다 남은 오이, 빵 반쪽이 있었고 유리그릇 안에 버터가 있었다. 냉장고 문 쪽에는 케첩과 개봉하지 않은 샴페인 한 병이 있었다.

"이거 보고 떠오르는 거 없어?" 단이 샴페인 병을 잡으며 물었다.

"안 돼!" 플레밍이 단을 옆으로 밀었다. "꼭 필요한 게 아니면 손대지 말라니까! 제발 잊어버리면 안 돼, 단."

"미안." 단은 샴페인 병을 응시했지만 아무 말도 하지 않았다.

플레밍은 주방 싱크대를 전부 살폈다. 이번에도 손잡이는 만지지 않았다. 특별해 보이는 건 없었다. 두 사람은 작은 방으로 들어갔다. 좁은 간이침대 위에 낡은 오렌지색 시트가 씌워져 있었고 그 위에 분홍색 고양이 인형이 있었다. 서랍이 한 칸 달리고 긁힌 자국투성이인 하얀색 플라스틱 미니 책상이 있었고, 그 밑에는 오렌지색 스툴이 있었다.

"가구들이 전부 폐기물 버리는 곳에서 주워온 것 같아." 단이 말했다.

플레밍은 대답하지 않았다. 침대 발치 바닥에 신발 서너 켤레가 있었다. 모두 하이힐이었고 화려한 색상에 발치수는 41로 동일했다. 현관에서 본 부츠와 같은 치수였다.

플레밍은 침대 밑에 있는 박스를 꺼냈다. 박스엔 화려한 색상의

옷이 가득했다. 또 다른 박스에는 도발적인 디자인의 속옷이 들어 있었다. 초록색 자수가 놓인 청록색 브래지어, 선홍색 브래지어, 다양한 색상의 G스트링 십여 개, 실크 캐미솔도 있었다.

"릴리아나 것일까?" 플레밍이 질문을 던지며 코발트블루색 작은 브래지어를 들어 보였다.

"아닌 것 같아. 이리 줘봐." 단은 사이즈가 적힌 라벨을 확인했다. "70A, 절대 아냐. 릴리아나는 내가 기억하기론 가슴이 이보다 커. 몸이 이렇게 마르지도 않았고."

플레밍은 브래지어를 다시 박스에 집어넣었다. "그럼 여기 박스에 있는 옷도 전부 샐리 것이겠군."

"그래, 확실해." 단은 작은 방을 둘러봤다. 카펫엔 얼룩이 많았지만 침대 위 벽을 장식하려고 애쓴 흔적이 보였다. 일러스트와 사진, 영화 포스터 등이 붙어 있었다. 낡은 장화 안에 들어가 있는 어린 고양이, 윌리 웡카 역의 조니 뎁, 야자수가 있는 해안, 최근 오스카 시상식 여배우들 사진이 나온 양면 신문 기사를 볼 수 있었다.

플레밍은 책상 서랍을 열었다. 머리핀과 인조 보석 액세서리들, 피임약 한 상자가 나왔다. 단은 피임약 상자에 붙은 스티커를 봤다. 레기체 융이 처방한 약으로 반드시 병원 내수용으로만 사용되는 약이었다. 샐리가 레기체 융의 환자였나? 레기체 융이라면 마리아네와 같은 병원에 근무하는 여의사인데. 단은 좀 의아했다. 서랍 맨 뒤쪽엔 검은색 종이상자가 있었고 그 안에 3천 크로네 정도 되는 지폐와 약간의 잔돈이 들어 있었다.

두 사람은 마지막 방으로 갔다. 이 집에서 제일 큰 방이다. 식탁과 서로 다른 모양의 의자 두 개가 있었다. 벽에는 유화 한 점이 걸려 있었는데, 벼룩시장 같은 데서 흔히 보이는 그림이었다. 폭풍우 치는 바다에 떠 있는 낚싯배 한 척. 창가에는 보브컷 스타일로 손질한 화초가 있었고, 삼단으로 접히는 창문은 이 방에 난 유일한 창이었다. 구석에는 갈색 소파가 놓여 있었는데 침대 겸용이었다. 한 번도 입지 않은 듯한 하늘색 잠옷과 낡아빠진 파스텔 색상 이불이 침대 위에 올려 있었다. 선반엔 곰 인형 두 개와 검은색 자기 그릇이 놓였고, 그릇 안에 새것으로 보이는 마스카라와 절반쯤 채워진 콘돔 상자, 무좀 연고가 들어 있었다. 방 모퉁이 옷장 안엔 갈색, 베이지색, 진청색, 와인색 옷이 가득했는데, 많이 빨아 색이 바래 있었고 여러 번 수선한 흔적이 역력했다. 쌓인 옷 더미 가운데 회색 슬립 아래에 나일론 재질의 갈색 파우치가 보였다. 플레밍이 파우치를 조심스레 열었다. 그 안에도 현금이 있었는데, 1만 6천 크로네쯤 되는 소액지폐와 고액지폐가 섞여 있었다.

"그래도 몇 가지 공통점은 있군." 단이 입을 열었다.

"무슨 말이야?" 플레밍은 파우치를 다시 옷 더미 안에 넣었다.

"현금 말이야."

"둘 다 불법으로 일했던 것 같아."

단은 옷장을 보며 고갯짓했다. "바로 그거야. 그런데 두 사람이 얼마나 다른지 봤지? 또래 여자 둘이 같이 살면서 이토록 서로 다른 스타일로 옷을 입는 경우는 흔치 않을걸. 한 사람은 눈에 확 띄는 화려한 옷을, 다른 사람은 눈에 되도록 띄지 않는 옷을 입잖아."

플레밍이 말을 받았다. "그렇게 봤구나. 난 그래도 두 사람이 차이점보다는 비슷한 점이 더 많다고 생각해. 현금과 샐리가 오려놓은 신문 조각 빼고 집 전체에 종이 한 장 없잖아. 단 한 장의 편지도, 가

족사진도 없어. 은행 자료나 임대료 영수증, 세례 증명서 등 이름이
나온 서류가 하나도 없단 말이지."

"종이 없는 삶이군."

"맞아. 좀 구린 냄새가 나지 않아?"

"불법 체류자?"

플레밍은 끄덕이면서, 깔끔하면서도 왠지 서글픈 분위기의 방을
다시 둘러보았다.

"이제 나가자!" 단은 두 여자가 사는 집을 뒤지고 있는 상황이 갑
자기 불편해졌다. 너무 좁고 갑갑했다.

"참, 프레데릭스베르 경찰이 수세미컴퍼니 사장 메레테 핀센과 얘
기해봤다는군." 플레밍은 문이 제대로 닫혔는지 확인하면서 말했다.
"릴리아나를 전혀 모르고 벤야민 혼자 일했다고 여전히 주장한다네."

두 사람은 건물 출입문 앞에서 칼날 같은 바람에 머리를 내밀기
전에 잠시 멈췄다. "한데 벤야민은 자신이 항상 릴리아나와 함께 일
했다고 주장하고 있어. 아마도 벤야민은 릴리아나가 회사 직원이라
고 믿는 모양이야."

"릴리아나가 무급으로 일하지는 않았을 거 아냐?"

"사장은 우리가 자기 말을 믿으리라 여겼나 봐." 플레밍이 말했다.
그는 옷깃을 추켜세웠다. "내가 보기엔 두 사람 다 거짓말을 하는 것
같아. 그 설명이 맞든 틀리든 내가 연관 관계를 밝혀내려고. 내일 핀
센 사장과 직접 얘기해볼 참이야."

단은 라텍스 장갑을 주머니에 넣고 모자를 귀밑까지 끌어내렸다.
"내가 네 입장이라면……." 단은 말을 꺼내자마자 멈칫했다. 자신이
수사관에게 조언해도 될지 확신이 서지 않았다. 수사관이 오랜 친구

건 아니건 상관없이. 플레밍이 고개를 끄덕이자 단은 말을 이었던.

"······나라면 벤야민과 릴리아나 조합이 더 자주 나오는지를 오늘 확인해보겠어."

"무슨 말이야?"

"벤야민은 제대로 보수를 받고, 릴리아나는 정산도 고객과의 계약도 없이 불법으로 일했다면 말이야. 청소업체가 결국 돈을 벌려는 것 아니겠어? 그렇지 않다면 불법 근로자를 고용해서 발각될 위험을 감수하면서까지 그렇게 했을 리가 없잖아."

플레밍의 이마에 주름이 잡혔다. "그래서?"

"만일 이런 식으로 돈을 벌었다면 메레테 핀센이 우리 회사에서만 그런 건 아닐 거라는 말이야. 내가 알기로 그 업체는 작지 않은 기업이거든. 두 사람으로 묶어 일하게 한 곳이 얼마나 될까? 열 군데? 서른 군데? 아니, 백 군데?"

"그러니까 네 생각은 모든 곳에서 그런 시스템일 거라고?"

"글쎄, 어떤 식으로 했을까?"

"내일 나랑 같이 가볼래?"

단은 미소를 띤 채 고개를 저었다. "제안해줘서 고맙지만 내가 찾아낸 단서를 해결하고 싶어. 쿠르트&코를 잘 아는 사람만이 해결할 수 있는 문제라서."

"무슨 말이야?"

"흠, 네가 눈치 못 챌 줄 예상했어." 단이 대답하는 목소리에는 승자의 자부심이 약간 숨어 있었다. "릴리아나는 가진 게 없잖아. 쓰던 물건도 전부 해지고. 주방 수납장도 텅 비었고, 침대 시트는 너무 낡아 금방이라도 구멍이 날 지경이고. 그런데도 냉장고에 아주 비싼 프랑스산 샴페인이 있고 잠옷은 완전히 새거야. 한두 번이나 입었을까? 아직 세탁 한 번 안 한 새 제품이더라고."

"릴리아나가 돈 많은 애인이라도 있었다는 말인가?" 플레밍의 목소리엔 빈정거림이 묻어 있었다.

"돈이 많은지 없는지는 모르지만 애인이 있던 건 확실해 보여. 방에 절반 정도 남은 콘돔 상자도 있었고."

"몇 년 전부터 써왔던 것일 수도 있지."

"물론 그럴 수도 있을 테지만, 내가 제조일자를 확인해봤거든. 내일 쿠르트&코에 가서 알아봐야겠어. 릴리아나와 관련 있는 사람이 누군지."

"애인이 반드시 쿠르트&코 직원이란 법은 없잖아, 단? 릴리아나는 다른 곳에서도 청소했어. 그리고 일터 밖의 사적인 생활도 있고 말이야."

단은 비웃음을 흘렸다. "네가 놓친 게 있어. 내가 샴페인 병에 손대자마자 서둘러 그걸 못 만지게 했을 때 말이야."

"뭔데?"

"샴페인 병에 로고가 새겨져 있었지. 못 봤어? K자 두 개가 대칭으로 찍혔고 그 사이에 커다란 부호 '&'가 있었지. 그 로고를 우리 회사 유리문 곳곳에서 너도 봤을 거야. 편지지에서도 내 명함에서도 말이야."

"회사 로고?"

단은 고개를 끄덕였다. "그 샴페인 병은 작년에 회사 창립 10주년 행사 때 제작됐어. 쿠르트&코와 아주 밀접한 관계에 있는 사람 손에만 들어갈 수 있는 제품이야."

누구나 숨겨진 비밀이 있다

다음 날 아침 7시 30분. 수사관 대부분이 회의실에 모였다. 늘 그렇듯 의자가 넉넉하지 않아, 사람이 많아지면 플레밍 토르프는 자진해서 창문턱을 찾았다. 몇 분 뒤 후회가 막심했다. 낡은 주철 라디에이터는 거의 벌겋게 될 만큼 열을 내뿜었다. 반면 방 안 온도는 얼음장같이 차가웠다. 플레밍 토르프는 지금 자신의 처지가, 몸 앞면은 얼음장같이 차가우면서 엉덩이는 뜨거운 게 불에 구워지는 고기와 다를 바 없다고 생각했다. 그 자리를 선택한 게 실수임을 깨달았을 땐 이미 테이블 주변에 빈 의자가 한 개도 없었다. 테이블 끝자리에 로네 빌룸센이 앉아 있었다. 방금 전에 일어났는지 금빛 머리칼을 긁적이더니 소리를 내며 하품했다. 그 앞자리엔 프랑크 얀센이 말끔하게 면도하고 명랑한 얼굴로, 건너편의 잠에서 덜 깬 직속 상사와 대조를 이룬 채 앉아 있었다. 최근에 승진한 클라우스 보세와 키 크고 마른 스벤 페데르센은 빵에 열심히 버터를 바르는 중이었고, 빵 부스러기와 퍼피 시드가 떡갈나무 테이블 위에 날아다녔다. 아담 홀크 형사는 새로 산 휴대전화를 계속 만지작거렸다. 수사관 중 제일 어린 신참 형사 피아 바게는 수첩과 볼펜을 손에 들고 있었다. 이 순간 직원들 모습은 대충 이 정도였다. 플레밍은 전날 이웃 도시의 경찰로부터 필요하면 언제든지 지원을 요청하라는 제안을 받았다.

"이제 시작할까?" 플레밍은 그새 식어버린 커피를 한 모금 마셨다.

나머지 직원들도 각자 다양한 열정의 단계에 따라 플레밍의 말에 동의를 표시했다. 플레밍은 로네 빌룸센에게 시작해보라고 할까 잠시 고민하다가 마음을 바꿨다. 로네 빌룸센이 잠에서 확실하게 깰 때까지 기다리는 편이 나을 것 같았다. 그는 대신 프랑크 얀센을 바라봤다. "벤야민 빈테르 얘기부터 시작해보자고."

프랑크는 전날 벤야민 빈테르를 체포하고 심문했던 과정을 설명했다. 그는 시간이 지날수록 그 청년이 살인과 관계됐으리라는 개연성이 어째서 감소했는지 밝혔다. "어제 오후 벤야민의 어머니와 얘기해봤습니다. 벤야민이 진술을 번복했다는 얘기를 듣자 그의 어머니도 작전을 바꾸더군요. 자기가 벤야민에게 경찰에 전화하지 말라고 설득했다 하더라고요."

"그럼 무슨 빌어먹을 이유로 그렇게 했다는 겁니까?" 로네가 씩씩거렸다. 그녀는 커피잔이 식지 않게 하려는 듯 두 손으로 커피잔을 감쌌다. "아들을 설득했다는 그 부분 말입니다. 너무 이상하고 바보 같은 생각이잖아요."

플레밍은 라디에이터에서 조금 몸을 뗐다. 뜨거워진 엉덩이를 좀 식혀야 했다. "어제저녁에 앨리스와 벤야민의 담당 의사 얘기를 들어보니, 두 사람이 진술을 거부하고 그렇게 행동하는 데는 어떤 각별한 이유가 있다고 하더군. 의사 말로는 릴리아나의 살인사건과 조금도 연관이 없다던데." 그는 잠깐 쉬었다 말을 이었다. "어쨌든 두 사람 다 이름을 바꿨을 거라고 백 퍼센트 확신해. 둘 다 숨기는 게 많고."

"그 의사한테 비밀을 털어놓으라고 압박해볼까요?"

"굉장히 어려운 일이야. 그게 필요한 일인지도 모르겠고. 얀센 형사, 자네가 벤야민 빈테르 가족의 과거를 조사해봐. 예전에 벤야민 빈테르와 어머니가 경찰과 접촉한 적이 있었다면, 지금 이 사람들이 왜 그러는지 이유를 찾을 수 있을 거고, 얼마나 많이 이름을 바꾸고 삶을 위장하면서 숨어왔는지도 알 수 있지 않겠어?"

"벤야민은 풀어줄까요?"

"응, 벤야민을 미행할 필요는 없어. 벤야민 가족의 과거사에서 뭔가 자세한 내용이 드러날 때까지 기다려보자고." 플레밍은 스벤 페데르센 쪽으로 몸을 돌렸다. "자네한테는 아주 특별한 과제를 주겠어. 예른바네가데와 윌란스가데 길모퉁이에 있는 건물들의 주민 정보를 조사해봐. 앞집 뒷집 모두. 당연히 우리의 관심사는 샐리와 릴리아나를 아는 사람들이야. 그 사람들에 대해 전부 알아보라고. 신분증을 확인하고 임대 관련 문서 같은 것도 점검해봐. 집주인이 누구인지 확인하고 임대계약서도 직접 보고. 귀를 쫑긋 세우고 눈을 부릅뜨고 확인하길."

"이유가 뭡니까?" 스벤 페데르센은 미친 사람처럼 빠른 속도로 메모하며 물었다. 셔츠 소매가 한참 모자라 그대로 드러난 그의 손목은 뼈가 보일 정도로 앙상했고, 헐렁거리는 손목시계 금속 줄이 메모하는 동안 테이블에 부딪혔다. 그는 왼손잡이였다. 지금까지 왜 그걸 몰랐을까? 스벤 페데르센이 그제야 플레밍을 올려다봤다. "임대 서류로 뭘 하게요? 그리고 샐리가 누굽니까?"

플레밍은 순간 당황했다. 그러다 씩 웃었다. "맞다, 페데르센. 미안해. 자네가 알 턱이 없지." 그는 벽에 몸을 기댔다. "어제 새로운 제보를 받았어. 릴리아나가 또래 여자와 만나는 걸 몇 차례 봤다는 내용이지. 거기 가보니……."

"말 끊어 죄송한데요, 토르프 과장님." 로네 빌룸센이 피곤해하는 목소리로 말했다. "저희한테 좀 친절하게 말씀해주셨으면 하는데요, 저희를 무슨 공장 견습생처럼 대하지 마시고요."

"무슨 말인가?"

"과장님 친구 단 소메르달이 어떤 이유에서인지 이 수사에 아주 깊숙이 개입되어 있다는 사실을 저희 다 알고 있죠. 릴리아나 친구 얘기를 해준 것도 그분이죠, 안 그런가요?"

플레밍은 숨을 크게 내쉬었다. "맞아. 단 소메르달이 그걸 알아내자마자 우리한테 바로 전달해준 거야. 그런데도 그 친구가 직접 찾아가서 릴리아나의 주소를 알아냈지. 우리가 엉덩이도 들썩하기 전에 말이야. 자네, 뭐 문제 있나?"

"아, 아니에요. 없어요." 로네가 말했다. "과장님 생각에 단 소메르달 씨가 필요하다고 보신다면 계속 그분을 부르셔야겠죠. 과장님이 원하신다면요. 저는 그냥 그분이 우리 수사에 방해가 되지 않기를 바랄 뿐이에요."

플레밍은 얼굴을 찌푸렸다가 다시 스벤 페데르센을 향했다. "자, 그러니까 단 소메르달은 살인사건이 났던 날 저녁 나랑 같이 있다가 시신의 신원확인을 해주었고, 릴리아나가 샐리라는 아프리카계 여성과 같이 살았다는 것도 알아냈어. 그 집에 가봤더니 신분증 비슷한 게 단 한 가지도 없었어. 릴리아나와 샐리가 이 나라에 불법으로 체류하면서 불법 근로를 했다는 데 단과 내 생각이 일치했지. 집주인은 그 사실을 알고 넘어갔을 테고. 그러니 자네가 그 집에 그 두 사람 말고 다른 불법 체류자가 더 거주하는지 알아보라는 거야." 플레밍은 숨을 고른 뒤 다시 말을 이었다. "바게 형사와 함께 가봐. 그 집에 여자들이 많이 산다고 얀센 형사가 그랬으니, 훨씬 나을 거야."

스벤 페데르센과 피아 바게는 고개를 끄덕였다.

"물론 우리는 샐리에 대해 실종신고를 한 상태라네." 플레밍은 크리스토페르 비스트루프와 카페 직원이 전한 샐리의 외모 특징을 추가로 설명했다. "내부 실종 수사로 찾아내지 못하면 언론에 도움을 요청해야지. 누군가는 본 사람이 있을 거야. 크리스토페르의 설명대로라면 샐리는 눈에 띄는 사람이니."

"샐리가 죽었다고 보세요?" 클라우스 보세가 물었다.

"꼭 그런 건 아니야. 그런데 샐리의 실종이 릴리아나의 살인사건과 연관이 있다는 건 확실해." 플레밍은 잔을 비우고 컵을 창턱에 놓았다. "중요한 건 샐리를 찾는 일이야. 빠른 시일 내에."

"청소용역업체 사장을 만나러 코펜하겐엔 누가 가죠?" 프랑크 얀센이 물었다.

"그건 내가 할게. 자네도 같이 가면 좋겠어, 보세 형사." 플레밍이 답했다. "그쪽 담당 형사 말로는 메레테 핀센이 거짓말하는 속도가 말 달리는 것보다 빠르다더군. 나 역시 그 말이 맞다고 확신해. 메레테 핀센이 릴리아나에 대해 틀림없이 뭔가 알고 있을 거야."

"여권과에 근무하는 엘리세가 어제 하루 종일 밤잠도 거의 안 자고 청소용역업체 노트북 자료를 들여다봤나 봅니다. 지금은 수세미 컴퍼니의 다른 고객들하고 얘기하는 중이고요. 메레테 핀센한테 가기 전에 엘리세의 사무실에 들러보시면 지금까지 본 대략적인 내용을 설명해줄 겁니다."

"얀센 형사, 자네 도대체 엘리세하고 무슨 일 있었나?"

프랑크 얀센은 씩 웃었다. "그냥 마법이죠!" 그는 껄껄대며 손을 죽 뻗었다.

플레밍은 시계를 봤다. "오케이, 빌룸센 계장. 쿠르트&코 직원들 알리바이가 어땠는지 간단히 말해주겠나?"

그사이 눈빛이 살아난 로네가 자기 수첩을 들었다. "나중에 다시 정리해야 해요. 페데르센과 제가 어제 종일 너무 바빠서 경황이 없었어요. 어젯밤에 간단히만 정리하고 그냥 쓰러져 잤어요." 그녀는 양해를 구하고는, 수첩을 뒤져 겨우 원하는 페이지를 찾았다. "알리바이가 분명하지 않은 직원의 명단을 만들려고 했는데 어제 하루에 모든 직원을 조사하지는 못했어요. 앞으로 며칠간은 새로 업데이트되는 명단이 계속 나올 겁니다."

"우선 대충 말해보지." 플레밍이 말했다.

"맨 꼭대기부터 시작하겠습니다. 세바스티안 쿠르트는 거의 자정까지 장모와 아내와 같이 있다가 나중에 장모를 집까지 태워다줬어요. 헨리에테 쿠르트와 그녀의 어머니가 그의 진술을 확인해줬고요. 재무부장 사라 켈레루프와 안내데스크 담당 페르닐레 클라우센은 아는 남자 둘과 볼링을 쳤습니다. 이 사실도 확인됐고요." 갑자기 그녀의 얼굴에 비틀린 미소가 번졌다. "두 남자 중 한 명은 쿠르트&코의 IT지원부 팀장이고 나머지 한 명은 우리 직원이더라고요. 오토바이 동호회 회원이라 아는 사이인가 봅니다. 젊은 여자들과 데이트한 내용을 질문당했으니 불편했을 겁니다. 그 사람 부인은 남편이 야간 근무했다고 생각했을 테죠."

여기저기에서 킥킥거리는 소리가 났다. 로네 빌룸센은 보고를 계속했다. "제작부장 크리스토페르 비스트루프와 친구 올레 스벤센은 이른 저녁 개를 데리고 숲으로 산책 다녀왔대요. 8시부터 올레는 《크리스티안순 티덴데》에 있는 자기 작업실에서……."

"그 사람 기자인가?" 플레밍이 겁먹은 표정으로 말을 끊었다.

로네는 고개를 저었다. "아뇨, 다행히 아닙니다. 그래픽디자이너이고 날씨 그림이나 칼럼 삽화를 그려요. 성격도 좋고 믿을 만한 사람 같던데요. 크리스토페르 비스트루프도 그렇고요. 크리스토페르 비스트루프 말을 확인해줄 사람은 아무도 없었습니다. 그 사람 말로는 산책하고 집에 돌아와 개와 편안하게 집에서 쉬었다 하네요. 식탁에 기름칠도 하고 설거지도 하고…… 누구나 할 수 있는 말입니다만."

로네는 그다음 보고로 넘어갔다. "사장 비서 엘리사베트 룬은 아주 매력적인 여자예요. 안 그래, 아담?" 그녀가 아담 홀크를 바라보자 그의 얼굴이 벌게졌다. "엘리사베트 룬의 전남편이 어제 두 사람의 아이를 유치원에서 데려왔고 엘리사베트는 평상시보다 30분쯤 늦게 퇴근했답니다. 퇴근 후엔 집에 가서 밀린 고지서를 정리하고 계좌이체를 했다는군요. 이웃 사람 얘기를 들어보니 저녁 내내 창문에 불빛이 있었대요. 직접적인 알리바이는 증명해주지 못하고 불빛만 확인해준 거죠."

"광고기획부는?"

"리세 살리카트, 노르웨이 출신 아트디렉터죠. 그녀와 카피라이터 마이 슈베린은 시니어 회계 매니저와 오르후스에 있었어요. 그 사람 이름은 크리스티안 폴센이고요. 세 사람 모두 고객과의 저녁 식사 시간에 자리를 뜬 사람은 아무도 없다고 증언했어요." 로네는 수첩을 계속 넘겼다. "안데르스 키일은 그날 저녁 회사에 남아 있었는데 청소하는 사람들이 회사에 왔을 때엔 이미 퇴근하고 없었습니다. 안데르스의 부인이 아이들에게서 종일 지쳐 있다가 8시 조금 넘어 그를 두 팔 벌려 맞이했다고 확인해줬습니다."

플레밍은 다시 시계를 바라보았다. "확실한 알리바이가 있는 사람은 보고에서 제외해주겠어? 명단에서 확실하게 지울 수 없는 사람 얘기만 해줘."

"아이고, 진짜 급하신가 봐요." 로네 빌룸센은 대답하고서 수첩을 뒤적이며 명단에 남겨진 사람들을 간략하게 보고했다. "피오나 크라우세와 빨강 머리 카피라이터 안데르스 마센도 확실한 알리바이는 없어요. 그리고…… 르네 홀게르센 감독과 그래픽디자이너 예스페르 블롬도요. 아까 말씀드렸던 것처럼 내용은 바뀔 수 있어요. 이 사람들 배우자나 친구들하고 얘기를 더 해봐야 합니다."

"모든 사람들한테 다시 물어볼 건가?" 플레밍이 물었다.

"할 수 있습니다." 그녀의 한쪽 눈썹이 올라갔다. "무슨 특별한 이유라도 있습니까?"

플레밍은 전날 밤 단이 발견한 샴페인 병과 값비싼 잠옷, 절반 정도 남은 콘돔 박스에 대해 말했다. "만일 단의 말이 맞다면 그 샴페인은 아주 특별한 사람들만 손에 넣을 수 있는 거야. 그러니 이 문제를 더 파고들 이유가 충분하지." 그가 말을 맺었다.

"릴리아나가 그 샴페인을 선물받았을 수도 있잖아요? 그 회사에서 일했으니까요." 프랑크 얀센이 의문을 제기했다.

"단 말로는 그 샴페인을 아주 특별한 사람들에게만 선물했나 봐. 창사 10주년 기념일에 참석한 간부급 직원이나 회사의 주요 고객들에게만 나눠줬대. 만일 수세미컴퍼니에서 샴페인을 선물받은 사람이 있다면 기껏해야 사장인 메레테 핀센 정도겠지."

"아니면 청소하는 사람들과 접촉하는 마음씨 좋은 직원이 샴페인을 선물했을 가능성도 있지 않을까요? 예를 들면 데스크 담당 직원이라든가……." 아담 홀크는 잠시 말을 멈췄다. "……엘리사베트 룬이라든가."

"그걸로는 잠옷이나 콘돔이 설명되지 않아." 플레밍이 말했다

"그렇긴 한데……."

"이봐, 홀크 형사." 로네가 갑자기 수첩을 탁 소리가 나게 덮으며 큰 소리로 말했다. "책임지고 엘리사베트 룬한테 직접 물어봐. 이제 만족해?"

아담은 고개를 떨구고 테이블을 바라보다 고개를 끄덕였다. 플레밍은 속으로 욕을 했다. 이런, 이 여자 안 되겠군. 부하직원을 저렇게 기죽여서 무슨 소용이 있단 말인가.

"자, 이 정도로 회의를 끝내지." 플레밍이 회의를 마무리했다. "아까 말했듯이 오늘 오전에 난 코펜하겐으로 갈 거야. 무슨 일 있으면 전화로 연락해."

직원들이 하나둘씩 자리에서 일어나 회의실을 나갔다. 플레밍은 로네 빌룸센의 어깨를 가볍게 두드렸다. "잠깐 나랑 얘기 좀 할까?"

그녀는 고개를 끄덕이고 그 자리에 섰다. 직원들이 다 나가자 플

레밍은 회의실 문을 닫았다.

"자네 근무 태도에 문제가 있어, 빌룸센 계장." 플레밍이 말을 꺼냈다. 그녀가 바로 입을 열어 항의할 태세였지만 플레밍이 손을 들어 제지했다. "내가 말할 기회를 빼앗지 마. 자네 근무 태도에 문제가 있어!" 그는 반복해 말했다. "직원들 앞에서 상사의 판단력에 의문을 제기하고, 열심히 일하는 부하직원을 나이가 어리고 여자들 앞에서 긴장한다는 이유만으로 기를 꺾어놓고. 프랑크 얀센이 현장에서 환대받지 못하고 그 자리에 있는 걸 불편하게 만들어 내쫓고 말이야. 앞으로 더 이상 이런 걸 용납하지 않겠어." 그는 로네의 눈을 쳐다봤다.

"저를 해고하시려고요?" 그녀는 자로 사용해도 손색없을 정도로 허리를 꼿꼿하게 세웠다.

"아니." 토르프 과장은 피곤해 보였다. "공식적인 경고도 주지 않을 거야. 하지만 이 자리에서 명령하겠어. 지금부터 제대로 행동해."

"알겠습니다!" 그녀는 꼼짝 않고 서 있었다. 사실 플레밍은 어떤 방식으로든 사과를 기대했다. 잠시 후 그녀가 입을 열었다. "그럼 왜 저를 승진할 때 추천해주셨죠? 수년 동안 저를 봐오셨으니 제가 어떤 사람인지 잘 아실 텐데요."

"자넨 기막히게 훌륭한 능력자야, 빌룸센 계장. 게다가 자넨 그때 한 계단 승진할 차례였어. 사실인즉슨 자네는 승진하기 전의 대인관계가 더 좋았어. 이 정도면 설명되었나?" 그는 그녀를 바라봤다. "한 계급 올라갔다고 모든 걸 마음대로 할 수 있는 재량이 주어지는 건 아니지. 이해했나?"

로네 빌룸센의 표정은 순간 그를 한 대 가격하고픈 욕구가 끓어

오르는 듯했으나 결국 가만히 있었다. "이해했습니다." 그녀는 대답하고서 그가 대화가 끝났다는 고갯짓을 할 때까지 그 자리에 서 있었다.

플레밍은 창가로 가 시청 광장을 바라봤다. 피오르 해안에서 강한 바람이 불어와, 평소 의기양양하게 솟아오르던 광장 분수의 가장 높은 물줄기가 옆으로 휘어 그 옆에 물웅덩이를 만들었다. 어째서 분수대 물을 아무도 안 끄는 거지? 하늘엔 잿빛 구름이 가득해 빛이 빠져나오기 어려워졌다. 어두운 회색 그림자 속에서 피오르의 백조 한 쌍이, 어떤 그림 속 두 개의 흰 점처럼 반짝였다. 플레밍은 겨울이 정말 싫었다.

화해의 섹스는 싸움에서 울타리를 깨뜨려버릴 아주 적절한 동기라는 것이 단의 생각이다. 마리아네와 그가 더 열을 내고 더 심한 말을 하며 싸울수록, 그들의 분노를 뿜어낸 섹스도 더 열정적으로 뒤엉켰다.

단이 플레밍과 몇 시간 동안 릴리아나와 샐리가 살던 집에 다녀왔던 어제저녁에도 그러했다. 마리아네는 곧장 공격해왔고, 단은 그것을 이미 예상했다. 그녀는 단에게 어떻게 그토록 부당하게 굴 수 있냐며 울분을 쏟아냈다. 환자의 비밀을 지킬 의무를 어기라고 의사를 채근하다니 도저히 믿을 수 없다. 심지어 다른 사람들 앞에서! 그녀는 열변을 토했다. 아마도 다른 인간의 사생활의 마지막 시간에 대해 기웃거린 것으로 불편한 상태에 있었던 단의 마음은 마리아네의 공격을 더욱 무방비 상태로 맞게 만들었을 것이다. 어쨌든 두 사람의 이번 싸움은 히스테릭하고 짧았다. 이어서 오는 두 사람의 화해의 동침도 그러했다.

이튿날 아침 두 사람은 여유롭게 아침 식사를 했다. 매주 수요일 마리아네는 낮 12시부터 저녁 6시까지 근무한다. 단이 욕실에 있는 동안 마리아네는 생과일을 짜낸 주스와 스크램블드에그를 준비했고, 냉장고에서 미니 막대빵 한 봉지와 파르마 햄과 멜론을 찾아 꺼냈다. 끓인 물, 네스카페, 따뜻한 우유로 아침 준비를 마쳤다. 두 사람은 고요한 분위기 속에서 조용히 아침 식사 시간을 즐겼고, 《폴리티켄》을 절반씩 나눠 읽었다.

"오늘 회사에 가보려고. 쿠르트 사장과 얘기를 좀 해봐야겠어." 단이 20분 뒤에 주스를 따르면서 말했다.

"당신이 언제부터 다시 일할 수 있는지 얘기해보려고? 아니면 무슨 얘길 하려고?" 마리아네의 목소리는 머리 고무줄을 입에 물고 있느라 약간 불분명하게 울렸다. 그녀의 손은 목 부근에서 인상적일 정도로 확고한 움직임으로 적갈색 갈기를 세 개의 긴 가닥으로 나눠 번개처럼 빠르게 서로 교차시켜, 거의 허리까지 닿는 두꺼운 땋은 머리를 만들어냈다. 그러고는 고무줄이 그 끝에서 돌았다. 한 번, 두 번, 세 번, 완성! 단은 그녀가 자기 손이 만들어내는 것을 보지도 않으면서 무심하게 일하는 그 모습에 완전히 넋을 잃었다. 어쩌면 TV 화면에서 눈을 떼지 않고도 스웨터 하나를 다 짤 수 있을지 모른다. 단의 눈은 여전히 그녀의 손에 고정되어 있었다. 그녀의 손은 그녀의 나머지 부분과 마찬가지로 날렵하고 재주가 많았다. 단이 자기 아내를 조랑말과 비교하곤 하는 것이, 길고 뻣뻣한 앞머리나 반짝거리는 짙은 색 눈동자나 특유의 장난꾸러기 표정 때문만은 아니었다. 그녀는 체형, 단단한 뼈, 두드러지는 근육, 에너지 넘치는 동작을 봐도 그야말로 기운이 폭발할 듯한 작은 조랑말이었다. 언제나 다음 언덕 뒤에 숨겨진 것이 무엇인지 찾고자 하는 열망으로 가득했다.

마리아네는 남편이 자신을 바라보고 있다는 사실을 깨달았다. "여보세요?" 그녀는 단의 얼굴 앞으로 손을 흔들었다.

"아, 미안해. 뭐라고 했어?" 그가 정신이 돌아왔다.

"언제 회사에 복직할지 쿠르트 사장과 얘기할 참이냐고?"

"응."

"언제라고 할 건데?"

"내가 언제부터 다시 일할 거냐고 묻는 거야?"

"응, 당신이, 생각하고, 있는, 복직 시기가, 언제냐고?"

단은 대답하지 않았다. 그의 시선은 무한을 향한 듯 보였다. 마리아네는 커피잔 너머로 남편을 바라보았다.

"설마 당신, 지금 당장 일을 시작할 생각은 아니겠지?"

"말하기 어려워." 그는 젖은 손가락 끝으로 접시 위의 빵부스러기를 톡톡거리기 시작했다. "내가 그렇게 심각하게 아픈 상태는 아니잖아. 플레밍이랑 회사를 활보하는 걸 직원들이 보고 있는데 더 이상 무단결근자로 낙인찍히고 싶지는 않아."

"단." 그녀는 단의 손을 잡았다. 단은 빵부스러기 모으는 걸 그만두어야 했다. "당신 그 정도로 회복된 건 아니야."

"글쎄 그렇긴 한데, 그래도……."

"세바스티안 쿠르트가 당신을 무단결근자로 여기는 건 그 사람 문제야." 그녀는 단의 손을 더 꽉 잡았다. "당신 아직 그렇게까지 회복되지는 않았어."

단은 자리에서 일어났다. "그렇게 간단한 문제가 아니야." 그는 식탁을 정리하고 빈 그릇을 세척기에 넣었다. "문제는, 쿠르트 사장이 내가 농땡이 친다고 생각할 거라는 게 아니야. 내가 그렇게 생각한다는 거야. 무슨 말인지 알겠어?"

"아니, 잘 모르겠어. 설명해줘."

그는 하던 일을 멈추고 빵 칼을 손에 든 채 식탁에 기댔다. "건강했을 때와 비교하면 나 자신도 더 피곤하다는 걸 느껴. 물론 심할 때처럼 하루 종일은 아니지만. 아무튼 내가 백 퍼센트 컨디션이 아니라는 것을 인정하게 돼. 그런데 밖으로 나가 조깅하거나 살인사건에 몰두하거나 플레밍과 찾아낸 자료에 대해 생각할 때면 나 자신이 아주 건강하다고 느껴져. 엄청난 에너지와 일하고 싶은 욕구가 솟아나는 거지. 어이없게도 회사 일을 생각하면 그런 기분이 안 드는데도 말이야. 회사에 발을 들이면 바로 느껴. 당신도 내 말 알 거야."

"어떻게?"

"어떻게 느끼냐고? 전혀 좋지 않다고 느끼지." 단은 천천히 빵 칼을 세척기 안 수저통에 넣었다. "회사 생각만 해도 위통이 느껴져."

"쿠르트 사장이 당신 어디가 아픈지 알아?"

단은 다시 의자에 앉았다. "알기도 하고 모르기도 해. 내가 직접 사장한테 말한 적은 한 번도 없어. 그렇지만 사장 비서도 알고 피오나와 크리스토페르도 알고."

"그럼 쿠르트 사장도 알겠네." 마리아네가 단의 말을 끊었다. "왜 사장한테 직접 얘기 안 했어? 쿠르트 사장도 패나 이성적인 사람이잖아, 안 그래?"

"이건 이성의 문제가 아니야, 마리아네." 단은 한동안 자신의 손을 바라보았다. "내 생각에 남자들과 여자들의 차이점이 문제야."

마리아네는 눈썹을 찡그렸다. "무슨 말인지 모르겠어."

"자, 여직원 한 명이 아프다고 가정해보자고. 예를 들면 피오나가 말이야, 오케이?" 그녀는 고개를 끄덕였다. "그럼 그녀는 자신이 아프다는 것을 친한 동료나 친구들에게뿐 아니라 쿠르트 사장에게도, 나나 다른 사람들에게도 공개적으로 다 이야기할 거야. 그리고 만약 그 병을 다 극복하고 2년 뒤에 다른 회사에서 생전 처음 보는 면접관과 마주 앉는다 쳐도, 그녀는 아주 밝은 얼굴로 거리낌 없이 다 얘기할 거야. 그동안 얼마나 우울증으로 힘들었는지 말이야. 안 그래?"

"아마 그러겠지."

"그러면 대부분의 사람들은 이렇게 생각하겠지. 그녀가 우울증을 잘 견디었고 극복했다고. 그래서 어려움을 딛고 자신의 내면에서 정말 강한 여자로 거듭났음이 틀림없다고 생각하겠지. 그녀가 우울증을 앓고 있었다는 과거는 그녀의 강점으로 밑줄 쫙 긋게 하는 거야."

"그래, 피오나니까."

"당연하지. 피오나니까. 그런데 이 관점에서 중요한 건 환자 당사자가 아니야. 다른 사람들이야." 그는 잠깐 멈췄다가 다시 얘기를 시작했다. "만일 피오나가 2년 뒤에 처음 보는 남자면접관 앞에 앉아서 논리적으로 대화를 잘 이끌어냈다고 치자. 그녀가 이력서와 포트폴리오를 꺼내 면접관에게 자신이 얼마나 그동안 일을 잘했는지, 얼마나 많은 홍보물을 만들었으며 어떤 프로젝트를 성취해냈는지 보여주겠지. 스트레스성 우울증 이야기도 하겠고. 그럼에도 그녀가 채용되지 않았다고 가정해봐. 그 이유가 무엇일까?"

"그녀의 나이?"

단은 잠시 생각에 잠겼다가 천천히 고개를 끄덕였다. "좋아, 아주 참신한 접근이야. 만일 나이가 스무 살 정도 적다면?"

마리아네는 눈을 감았다. 곧바로 답이 나왔다. "그녀의 몸무게."

"바로 그거야. 언제부턴가 우울증은 더 이상 심각한 타부가 아니야. 이제 여자들한테 우울증은 자신들도 인정하고 다른 사람들도 진지하게 받아들일 수 있는 질병이라고 다들 생각하게 됐어. 그런데 과체중은 그에 비해 여자한테 약점이 될 수 있지. 너무 뚱뚱하면 프레젠테이션하기도 힘들고 신체적으로도 건강해 보이지 않잖아. 그런 판단을 내릴 때 남자들과 여자들은 의견이 일치하지."

"그럴 수도 있겠네."

"그런데 남자는 좀 달라. 어느 정도 힘이 있어야 해. 곰 같다는 표현은 남자한테만 쓰잖아. 아주 뚱뚱한 여자한테 곰 같다는 말은 잘 안 쓰지. 아주 착하고 전문적인 능력을 가진 곰이 면접관 앞에서 몇 년 전에 심각한 우울증을 겪었다고 얘기하는 걸 가정해보자고. 그럼 전쟁에서 그냥 패한 거야. 심리적으로 약한 남자를 고용할 사람은 아무도 없거든. 그렇다면 그 남자는 자기 인생의 나머지를 우울증을 앓았다는 사실을 숨기고 살아야 해."

단은 식탁 위에 흩어진 빵부스러기를 닦았다. "그래서 쿠르트 사장한테 그 얘기를 하고 싶지 않은 거야. 나는 우리 회사에서 사람들이 그런 얘기로 웅성거리길 바라지 않아. 차라리 뇌막염 같은 병을 앓았다고 얘기할걸 그랬나 봐."

마리아네는 식탁을 톡톡 두드렸다. "그럴 순 없지, 쯧쯧. 내가 보기엔 당신이 좀 과장하는 것 같아. 담당 의사와 그 얘기 나눠봤어?"

"크리스틴하고? 그럼, 당연하지." 단은 미소 지었다. "크리스틴도 당신하고 같은 생각이야. 그녀는 내가 쿠르트 사장하고 내 문제를 공개적으로 이야기해야 한다고 해."

"그래서?"

"그녀가 4주간 병가를 연장하라는 진단서를 써주겠다고 했어."

"당신 의사 말 잘 들어. 그런 걸 제일 잘 아는 사람이 바로 의사야." 마리아네가 살짝 미소 지었다. "나 역시, 당신이 오늘 회사 갈 거면 쿠르트 사장과 얘기해보는 게 좋겠다고 생각해."

"그런데 나더러 경찰이랑 볼일 보러 다니면서 회사 일을 왜 해낼수 없냐고 물어보면?"

그녀는 잠시 생각에 잠겼다. "그럼 사실대로 말해. 회사 일만 생각하면 아프다고."

"그럼 날 당장 내쫓을걸."

"내쫓으라 해. 우린 괜찮아, 단. 당신 월급이 있거나 없거나 그냥살아갈 수 있잖아."

"당신, 말은 그렇게 쉽게 하지." 그가 쏘아붙였다. "그렇게 간단한문제가 아니야. 난 평생 그 일자리를 얻으려고 노력해왔잖아."

"나도 알아. 나도 그 자리에 같이 있었잖아. 옛날이야기 좀 읊어줄까?"

잠시 침묵이 흘렀다.

그러다 단이 자리에서 일어났다. "동네 한 바퀴 달리고 올게."

마리아네는 이마에 주름을 모았다. "바깥에 날씨가 춥다는 거 알잖아?"

그는 주방 창문 밖에 붙어 있는 온도계를 보았다. "영상 5도. 괜찮아, 이 정도면."

"당신 화났어?"

"아니." 그는 대답하며 그릇을 세척기 안에 집어넣었다. "그냥 잠깐 혼자 있어야겠어."

그는 현관문을 평소보다 조금 세게 닫고 집을 나섰다.

세바스티안 쿠르트는 단을 해고하지 않았다. 어쨌거나 직접 표현하지는 않았다. 그러나 단에게 예전 일자리로 돌아갈 생각이 있는지 심사숙고해보라고 요청했다. "다시 카피라이터로 일하는 것도 생각해볼 수 있지 않겠나, 단. 지금 당장에라도 자네를 채용할 회사도 알고 있다니까!" 쿠르트 사장은 그새 미백 치료를 받아 새하얘진 앞니를 살짝 드러내며 미소를 지었다. "그런데 나도 빠른 시일 안에 자네 대답을 알았으면 좋겠네. 새로운 크리에이티브디렉터를 구해야 하는지 알아야 하니까. 사람들이 나무에서 저절로 자라는 게 아니지 않나."

"제 후임자로는 안데르스 K.가 좋을 것 같습니다." 단이 말했다.

쿠르트 사장은 깜짝 놀란 눈으로 단을 바라보았다. "그래." 그는 약간 머뭇거리며 말했다. "안데르스 K.라면 나쁘진 않겠군. 자네 이미 결정했다는 건가?"

"저한테 몇 주만 시간을 주실 수 있습니까?" 단이 부탁했다.

"당연하지." 쿠르트 사장은 일어나 사무실 구석의 냉장고를 향해 걸어갔다. "팍스 콘디(덴마크의 소다 브랜드—옮긴이), 여기 있네." 그는 뭘 마시겠냐고 묻지 않고 팍스 콘디로 정했다. 적어도 단과의 사이에서는 서로 어떤 음료를 좋아하는지 정도는 알고 있었다. 쿠르트 사장은 단이 뭐라고 반응을 보이기도 전에, 두 병을 꺼내 뚜껑을 열어 한 병을 단에게 건넸다.

"건배!" 몇 초간 침묵이 흘렀다.

두 사람은 밝은 연둣빛 음료를 마시며 피오르를 바라보는 동안 아무 말도 꺼내지 않았다. 수위가 높아져 있어 물이 회사 건물 유리까지 닿을 것만 같았다. 오리 몇 마리가 헤엄치고 있었다. 오리들도 건물이 바람을 막아주는 고요한 곳을 찾아 자리를 잡은 듯했다.

단은 한 모금 더 마시고는 쿠르트의 사무실을 둘러보았다. 냉장고 위 선반에는 은테로 둘린 액자가 놓여 있었다. 그 안에 헨리에테 쿠르트가 쌍둥이 아이들과 찍은 사진이 끼워져 있었다. 언제나 햇빛에 탄 듯한 피부, 맑고 푸른 눈동자, 반짝이는 금발 보브컷 스타일의 헨리에테가 자신의 작은 클론 같은, 해가 갈수록 돈도 더 들어가는 여섯 살짜리 두 아이들에게 둘러싸여 있었다. 단의 기억으로 아이들 이름은 좀 길고 뭔가 장식이 많았다. 아가테-루이세, 니나-아렌세, 뭐 그런 정확히 기억나지 않는 연결된 이름.

"사모님 뵌 지가 굉장히 오래됐습니다." 단이 입을 열었다.

"어제 잠깐 회사에 다녀갔지. 전화기를 집에 두고 와서 헨리에테가 가져다줬어." 쿠르트가 말했다.

단은 쿠르트 사장 쪽으로 몸을 획 돌렸다. "릴리아나를 얼마나 아세요?" 자신의 갑작스러운 질문에 스스로도 깜짝 놀랐다.

세바스티안 쿠르트도 당황한 얼굴이었다. "그냥 몇 번 마주친 정도지. 왜?"

"릴리아나와 얘기해본 적 있으세요?"

"아니, 에스토니아어 실력이 녹슬어서." 쿠르트가 웃었다.

"릴리아나가 에스토니아 출신이에요?"

쿠르트는 입안에서 혀를 깨문 모양이었다. 그는 이 순간 단이 경

116

찰관의 태도를 취하고 있다는 것을 완전히 간과하는 듯했다.

"그런 줄 알았는데." 몇 초 뒤 쿠르트가 말했다.

"그걸 어떻게 아셨어요?"

"기억이 안 나네." 쿠르트는 음료수 병을 비우고 손목시계를 보았다. "글쎄, 릴리아나한테 내가 물어봤든지 그랬겠지."

"에스토니아 말로요?"

"좀 호의를 보이려는 제스처로 그랬을 수도 있고……. 그런데 지금 내가 굉장히 바빠서 얼른 나가야 해." 세바스티안 쿠르트는 팍스콘디 병을 가족사진 앞에 놓았다. 마치 쌍둥이가 엄마 없는 공간에서 각기 양방향에서 병 쪽을 바라보는 모양이 되었다.

"한 시간 뒤에 코펜하겐에서 회의가 있어. 그리고 또……." 그가 단을 의자에서 문 쪽으로 밀어내는 동안에도, 말은 강물처럼 이어졌다. "그러니 2, 3주 후에 다시 만나지. 그때 상황을 보고 더 고민해보자고." 그는 단에게 악수를 청했다. "엘리사베트랑 얘기해서 날을 잡아줘." 분필처럼 하얀 이가 다시 한 번 빛나고 문이 닫히고서, 단은 절반쯤 비운 레모네이드 병을 들고 엘리사베트 책상 옆에 섰다. 손님용 의자에 안데르스 K.가 두 손을 주머니에 넣고 편안한 자세로 앉아 있었다.

"자리에 앉으시지 그래요? 여기 의자 있어요." 엘리사베트가 미소를 띠며 말했다. 짙은 색 머리카락을 하나로 틀어 올렸고 앞머리로 가려진 이마 위로 명품 안경을 걸쳤다.

"고마워." 단은 빈 의자에 앉으며 안데르스를 향해 고개를 끄덕였다. "명중했어." 단은 혼잣말로 중얼거리고 닫힌 유리문 너머로 쿠르트 사장을 지켜보았다. 쿠르트 사장은 서류 몇 장을 챙겨 가방에 넣고 혼잣말을 계속하는 것 같았다. 무선헤드셋이 보이지 않는 각도였지만 단은 사장이 그것을 착용하고 있길 바랐다. 보스가 회까닥 돌아 근무 시간에 상상의 대화를 하기에 적절한 시점은 아니었다. 단은 혼자 히죽이다가 엘리사베트에게로 시선을 돌렸다. 엘리사베트와 안데르스가 자신을 바라보며 한동안 기다리고 있었던 것이 분명했다. "미안해." 오늘 오전만 벌써 두 번째였다. "그런데 나한테 뭐 물어봤었나?"

"뭐예요, 얼마 동안 넋을 놓고 계신 거예요, 대니 보이? 집에 그렇게 오랫동안 있으면 정신을 잃게 되나요?" 안데르스가 얼굴을 찌푸리며 말했다.

엘리사베트가 미소 지으며 단을 놀리듯 말했다. "다시 한 번 말씀드릴게요. 우리 대화에 참여할 기회를 드려야지요? 제가 의자에 앉으시지 않겠냐고 물어봤더니 고맙다고 하셨고 혼잣말로 '명중했어'라고 하셨어요. 그게 무슨 말이냐고 물었더니 그다음부터 부장님이 혼수상태에 빠져들었고요. 제 눈은 피할 수 없어요. 소메르달 선생님! 대체 무슨 말씀이시죠?" 그녀는 고개를 갸우뚱하며 눈을 깜빡거렸다.

"아이고. 얘기하자면 길어. 게다가 당신들한테 그 얘기는 안 하는 게 나아." 단은 그녀의 초록색 고양이 눈을 보고는 포기했다. "우리 회사 직원 누군가가 릴리아나와 연인 관계였던 것 같아. 쿠르트 사장과 지금 잠깐 얘기해봤는데 아무래도 쿠르트 사장이 릴리아나와 관계를 맺었던 것 같아서."

"쿠르트 사장하고 릴리아나가요? 그 청소부 말이에요?" 단의 말이 끝나기도 전에 엘리사베트가 말도 안 된다는 표정으로 물었다.

단은 고개를 끄덕였다.

"도저히 상상할 수 없어요. 당신도 알잖아요. 릴리아나가 어떻게 생겼는지?" 엘리사베트가 말하면서 완벽하게 매니큐어를 칠한 기다란 손가락으로 책상을 두드렸다. "옷도 아무렇게나 입고 화장도 전혀 안 하고 다니잖아요. 낡아빠진 운동화에 펑퍼짐한 엉덩이……."

"제 생각도 똑같아요." 안데르스 K.가 엘리사베트의 말을 지지했다. "릴리아나는 마치 매력적이지 않게 보이려고 일부러 노력하는 듯했어요."

"글쎄, 어쩌면." 단은 어깨를 으쓱했다. 아주 잠깐이지만 죽은 릴리아나의 눈과 대리석같이 창백한 피부를 보고 난 단은 그녀에 대한 이런 피상적인 대화가 불편했다. 마치 그녀를 잘 알았던 사람처럼 그녀의 입장에서 자신이 드러나는 기분이었다. 그녀의 시신에 대한 기억은 단이 살아가는 동안 절대로 지울 수 없을 것이다.

"쿠르트 사장 옆에 누가 있는지 한번 생각해봐요." 엘리사베트가 가라앉은 목소리로 말을 이으면서 유리문 너머를 바라보았다. "헨리에테는 모델처럼 생겼어요. 릴리아나와 비교가 안 되죠."

단은 대답하지 않은 채, 엘리사베트가 헨리에테의 외모를 판단한 것이 맞는지 곰곰 생각해봤다. 작가 톰 울프는 수척한 뉴욕 사회 여성을 '소셜 엑스레이'라고 불렀다. 단은 헨리에테를 볼 때마다 이 표현을 떠올렸다. 헨리에테는 너무 심하게 말라 치아가 얼굴 아랫부분 전체를 차지할 정도였다. 단이 정직하게 자기 의견을 밝히자면, 그런 여자를 어떻게 매력적이라고 할 수 있는지 도무지 이해되지 않았다.

엘리사베트가 그를 처다보면서 물었다. "대체 어떻게 그런 생각을 하게 된 거예요?"

"쿠르트 사장이 릴리아나가 에스토니아 출신이라는 걸 알고 있더라고. 그 사실은 쿠르트 사장 말고는 아는 사람이 없어." 그는 레모네이드 병을 들고 나머지 반을 마셨다. 뚜껑을 연 지 십 년도 넘은 맛이 났다. 무엇보다도, 더 이상 차갑지 않아서겠지.

"저도 알고 있었는데요." 엘리사베트가 말했다. 그녀의 눈가에 미소 주름이 잡혔다. "어쩌면 제가 쿠르트 사장님한테 얘기했는지도 모르죠."

"당신과 쿠르트 사장이 그 사실을 알고 있는데 경찰은 왜 모르지? 게다가 릴리아나의 고용주도 그걸 왜 몰라?" 단은 고개를 저었다.

"그래요?" 엘리사베트가 이렇게 묻는 동시에 시선을 안데르스 K.에게로 돌렸다. 그는 자리에서 일어나 단에게 따라 나오라는 눈짓을 보냈다.

단이 자리에서 일어나며 말했다. "수세미컴퍼니에서는 릴리아나를 고용했다는 사실도 완전히 부정한다던데? 경찰 말로는 그 사장이 거짓말하는 것 같다면서 오늘 거기 장부를 샅샅이 조사할 계획이라더라."

"어디를요?" 미소 주름이 순식간에 사라졌다.

"어디긴, 수세미컴퍼니 말이야. 그 사장이 뭔가 숨기고 있어. 이름이 핀센이라던데."

불현듯 엘리사베트에게 뭔가 떠오른 모양이었다. "어머나! 잠시만요." 그녀는 다급하게 달력을 뒤적였다. "지금 여기서 이렇게 수다떨 시간이 없어요, 부장님. 십 분 안에 회의실 준비를 다 끝내놔야 해요." 그녀는 세바스티안 쿠르트의 스케줄이 담긴 달력을 손에 들었다. "약속 언제로 잡으시겠어요?"

단은 날짜를 지정했지만, 엘리사베트는 그와 헤어지면서 눈빛도 주지 않았다. 그녀는 갑자기 자신이 중요한 걸 잊고 있었다는 듯 일에 몰두했다.

"미치겠네! 부장님 진짜 바보 아니에요?" 엘리사베트 방에서 나와 소리가 들리지 않을 만큼 멀어지자 안데르스 K.가 속삭였다.

"무슨 말이야?"

"수세미컴퍼니 사장이 엘리사베트의 여동생이라는 걸 몰랐어요?"

단은 갑자기 얼어붙었다. "뭐라고?"

"메레테 핀센이 엘리사베트 룬과 자매라고요. 그 업체에서 우리 회사 청소를 맡은 거잖아요. 다들 알고 있는 줄 알았는데."

5분 뒤 단은 수사과장에게 휴대폰으로 접선했다.

"통화 괜찮아?"

플레밍이 답했다. "지금 차 타고 메레테 핀센한테 가는 길이야. 클라우스 보세가 내 옆에 앉아 있는데, 스피커폰으로 해도 될까?"

"그래, 그렇게 해." 단은 건물 동쪽 지점에 바람으로부터 보호되는 지점에 서서 말했다. "자기네들이 알아야 할 사실이 두 가지 있어." 단은 세바스티안 쿠르트와 대화를 나누던 중에 릴리아나의 국적을 알아냈다는 얘기를 전했다.

"쿠르트 사장이 왜 그 얘기를 우리한테 안 했지?"

"그러게. 이상하지. 쿠르트 사장이 릴리아나와 연인 관계였는지는 확실치 않지만 그가 의심 대상 중 한 명인 건 확실해." 단의 눈에 눈물이 맺혔다. 제기랄, 너무 추웠다. "그리고 또 중요한 사실. 엘리사베트 룬과 메레테 핀센이 자매라는군."

"뭐라고!?" 플레밍이 소리쳤다. 단의 고막이 따가울 정도로. "어처구니없군. 그 얘기를 내가 왜 몰랐지?"

"아마도 네가 물어보지 않아서였겠지. 이제는 알잖아."

"아니, 내가 왔다 갔다 하면서 사람들한테 누구랑 누가 친척이냐고 물어보고 다녔어야 한다는 거냐? 넌 그걸 대체 어떻게 알았어?"

"지금 막 들은 얘기야."

"무슨 얘기를 하다가?"

"엘리사베트 룬과 수세미컴퍼니 얘기를 하다가……." 단의 말문이 갑자기 막혔다. 자기가 완벽하게 바보짓을 했다는 걸 즉각 깨달았다. 더 이상 아무 소리도 나오지 않았다.

"다안?" 플레밍의 목소리가 날카로웠다.

"내가…… 아……."

"너 엘리사베트한테 설마 우리가 메레테 핀센한테 가는 길이라고 말한 건 아니겠지?"

"그게 아니고, 그냥…… 그냥 그게, 근데……."

"이런 빌어먹을! 보세 형사, 당장 프레데릭스베르 경찰서에 전화해서 메레테 핀센 집으로 출동하라고 해! 아직 도망치지 않았을지도 모르니까."

단은 아무 말도 하지 않고 두 형사가 다른 경찰에게 지원 요청하는 소리, 아마추어 탐정의 실수에 욕을 퍼붓는 소리를 전화기 너머로 가만히 듣고 있었다. 그들이 단을 위해서 이 상황을 보여주는 건지, 아니면 차 안에서 벌어지는 모든 소동을 단이 듣고 있다는 것을 까맣게 잊어버린 건지 단은 확신이 서지 않았다. 몇 분이 지나는 동안 아무도 단에게 말을 걸지 않았다. 단은 마치 정당한 벌이라도 받는 양 건물 밖에 가만히 서서 매서운 추위를 견뎌내고 있었다. 그러다 얼마 후 클라우스 보세의 목소리가 들렸다. "소메르달 선생님, 이제 긴장을 좀 푸세요. 오늘은 일단 됐습니다."

"메레테 핀센을 잡았나?" 단과 플레밍이 동시에 물었다.

"경찰차가 도착했을 때 막 집을 나서려던 참이었다네요. 여권, 칫솔과 최소한의 짐을 갖고요."

"천만다행이네. 진심으로 사과하네. 눈앞이 그저 캄캄했어. 정말 미안해." 단이 말했다.

"사과는 받아들이지. 그런데, 단?" 플레밍이 말했다.

"응?"

"너와 나, 우리 모두를 생각해서 말이야, 지금 당장 쿠르트&코 건물에서 사라져줄래?"

"아, 그래, 그런데 왜?"

"왜냐하면 몇 분 뒤엔 우리 수사팀이 전부 알게 될 테니까. 메레테 핀센이 네 잘못으로 경고를 받게 되었다는 것을 말이야. 그리고 빌룸센 계장이 오늘 그 회사 직원들 조사하는 책임자인데, 네가 거기서 어슬렁거리는 것에 고마워 열광할 사람은 어쨌거나 결단코 아니야. 만일 이 얘기까지 듣는다면……."

"알겠어, 알겠어." 단은 클라우스 보세의 목소리를 전화기 너머로 들었다.

"오케이, 무슨 말인지 알겠어. 내 차로 가는 길이야."

플레밍이 말했다. "빠르면 빠를수록 좋아. 로네는 화나면 위험하기 짝이 없어."

몇 분 뒤 단은 차 시동을 켜고 히터를 틀었다. 히터 통풍구로 더운 바람이 나왔다. 그는 맥빠진 기분이었다. 좌석 히터를 틀고 등을 뒤로 기댔다. 그는 무시무시한 로네 빌룸센이 회사 안에서 조사를 다 끝낼 때까지 자기가 발을 들여선 안 된다는 사실을 인정했다. 그러나 자신이 계획했던 일을 실행할 수 없다는 것이 안타까웠다. 그는 이어폰을 귀에 꽂고 휴대전화로 전화를 걸었다. 그런 다음 안전벨트를 맸다.

"피오나? 저예요, 단. 아니, 내가 지금 들어갈 수가 없어요. 일이 좀 꼬였거든요. 이상하게 꼬였어요. 나중에 얘기할게요. 있잖아요, 부탁이 있는데…… 아 뭐 좀 조사해달라는 부탁이에요. 피오나, 피오나, 내 말 들려요? 당연히 피오나가 할 수 있는 일이죠. 무슨 내용인지 얘기해도 돼요? 좋아요. 회사 안에서 누가 릴리아나와 연인 관계였는지 알아봐달라는 거예요……. 그래요 남자, 남자예요……. 아니, 그건 내가 알아요. 레즈비언들은 콘돔이 필요 없을 거 아니에요. 아닌가요? 그래요, 맞아요. 그걸 좀 알아봐줬으면 좋겠는데 어떤 경우에도 내 이름은 언급하지 말아줘요. 그냥 피오나가 수다 떨듯이 그렇게 자연스럽게 접근해달라고요. 맞아요. 무슨 생각이에요? 그건 절대로 아니에요. 맹세해요. 오늘 저녁에 전화해줄래요? 그래요, 다시 연락해요."

그는 전화를 끊고 혼자 씩 웃었다. 아우디는 해안도로를 지나 단의 집이 있는 괴르틀레르가데로 향했다.

"내 노트북이랑 문서는 언제 돌려받아요?" 메레테 핀센은 빨갛게 충혈된 눈으로 플레밍을 노려보았다. 며칠간 잠을 못 잔 얼굴이었다. "회사 문을 며칠 동안 닫고만 있을 수는 없잖아요. 그저 당신들 때문에……."

"지금 크리스티안순 경찰에서 당신 회계장부와 근로계약 등에 대해 조사 중입니다." 플레밍은 말하면서 속으로 여권과의 엘리세에게 감사했다. "월요일까지는 모든 자료를 복사할 수 있을 겁니다. 그러면 프레데릭스베르로 보내드리죠."

그와 마주 서 있던 여성이 한 걸음 다가왔다. 마치 심리적으로 그를 공격할 태세가 되었다는 양.

"그리고 그렇지 않습니까." 플레밍은 눈 하나 꿈쩍 않고 차분하게 말을 이었다. "이성적으로 생각해보면 저희가 복사본을 만들어드릴 수도 있다는 걸 아실 텐데요. 그러나 일단 진정하셔야 합니다."

그녀는 손이 떨리는 것을 감추려는 듯 팔짱을 꼈다. "그럼 제 컴퓨터는요? 컴퓨터가 필요한데요."

"컴퓨터는 주말까지 돌려드리겠습니다. 현재 모든 자료를 복사하는 중이에요. 담당자 말로 곧 끝날 거라고 했어요."

플레밍은 벽에 기대어 아담하면서도 고급스럽게 꾸며진 메레테 핀센의 집 안을 둘러보았다. 그녀는 방 한가운데 서 있었고, 너무 불안해 앉지를 못했다. 15분 전까지만 해도 그녀의 모습은 흠잡을 데 없었을 테지만 이제 더 이상 그렇지 않았다. 한쪽 눈 아래 마스카라가 번져 얼굴 반쪽이 너구리처럼 보였고, 짙은 빛깔 고수머리는 머리핀에서 다 삐져나와 있었다. 돌체앤가바나 재킷은 후줄근해 보였다. 플레밍은 미리 듣지 못했더라면 그녀가 누구와 자매인지를 절대 짐작도 못 했을 것이다. 우아하고 다듬어진 엘리사베트의 아름다움과 이 불을 뿜는 용은 한참 거리가 멀어 보였다.

"오, 아주 고맙군요." 그녀가 빈정거리며 대꾸했다. "참 관대하시네요. 그럼 제가 언제 다시 출근할 수 있을까요? 여쭤봐도 된다면요?"

"몇 가지 질문에만 대답해주시면 됩니다. 빨리 답을 주실수록 저희도 빨리 여기에서 사라질 겁니다. 이제 앉아서 시작해볼까요?" 그는 그녀의 시선을 맞받아쳤다.

그녀는 몇 초 정도 그 자리에 서서, 눈을 가늘게 뜨고는 마치 5층 계단을 안 쉬고 올라온 사람처럼 크게 한숨을 내쉬었다. "잠깐만요." 이렇게 말하고 그녀는 욕실로 사라졌다.

클라우스 보세는 눈썹을 치켜세우며 플레밍을 바라보았다. 플레밍은 어깨를 으쓱하고, 집 안을 한번 슬쩍 돌아볼 기회를 이용했다. 그녀의 집은 코펜하겐 시내 프레데릭스베르의 가멜 콩에바이 끝에 있었다. 공간은 그다지 넓지 않았지만 밝았고 거리 쪽으로 난 방 두 개가 시내 호수 전망이었다. 이곳에서는 호수 네 개가 전부 보였고 11월의 희부연 햇살 아래서 일렬로 빛나고 있었다. 규모가 크고 전문적인 청소용역업체를 운영하는 여성의 집이라 당연히 깨끗하겠지만, 정리정돈에 일가견이 있는 플레밍조차 으스스해질 정도로 깨끗한 집이었다. 어디에도 먼지 한 톨 없었고, 모든 광택 표면들이 하나하나 완벽하게 빛났으며 방금 걸레질한 듯했다.

거실엔 밝은색 가죽소파, 어두운 색감의 나무 재질로 된 책상, 책장, 팔걸이 의자가 있었다. 아마도 마호가니로 된. 벽 한쪽에 놓인 커다란 붙박이 책장에는 책이 20~30권 정도만 꽂혀 있었고 나머지 칸은 장식품들이 채우고 있었다. 대부분의 책이 요리책이었고, 거의 펼쳐보지 않은 새 책 같았다. 딱 한 권의 책만 너덜너덜했는데, 책등의 글씨가 거의 보이지 않을 정도였다. 책을 꺼내 제목을 보았다. 플레밍은 메레테 핀센이, 자신을 더 생각하고 다른 사람을 덜 배려하는 법을 배워야 한다는 대중적인 자기계발서를 너덜너덜해질 정도로 읽는 사람이라는 데 놀라지 않았다. 플레밍의 전 부인도 그런 책에 푹 빠져 있었다. 그녀는 천성적으로 그런 사람이었다.

그는 책을 다시 꽂아놓고 침실로 시선을 던졌다가 황급히 고개를 돌렸다. 꽃으로 덮인 지옥 같았다. 사주식 침대 네 모서리의 가느다란 철제 프레임이 거의 천장까지 닿았고 그 프레임 사방으로 화려한 커튼이 내려져 있었다. 침대 위엔 작은 쿠션 여러 개, 침대보, 또 다른 침대보, 담요, 그리고 더 많은 쿠션들이 놓여 있었고, 침구류는 전부 파스텔 색상에 온통 꽃무늬였으며, 단추와 리본이 달려 있었다. 그는 고개를 저었다. 여자와 직물의 관계는 무엇이란 말인가? 마지막 방은 집무실이자 객실인 듯했다. 책상 위에 노트북 한 대가 놓여 있었다. 프레데릭스베르 경찰이 이 컴퓨터는 왜 가져가지 않았을까? 플레밍은 문 뒤에 개봉한 지 얼마 안 되어 보이는 접힌 종이박스와 비닐 포장재를 발견하고는 상황을 파악했다. 메레테 핀셴이 경찰에게 노트북을 빼앗기고서 새로 구입한 컴퓨터인 것이다. 그녀는 인터넷을 사용하고 이메일을 확인하기 위해 분명히 새 컴퓨터가 필요했으리라. 플레밍은 책상 서랍을 소리 없이 재빨리 하나하나 열어봤다. 제일 아래 서랍 뒤편에 A5 사이즈의 검은색 유광 표지로 된 싸구려 수첩이 들어 있었다. 그는 몇 페이지를 넘겨보고 눈썹을 찡그리고는 그것을 자기 주머니에 집어넣었다.

마지막 공간은 주방이었다. 크지는 않았지만 전부 새것으로 보였고 번쩍거렸다. 이 집은 모든 것이 심하게 깨끗했다. 심지어 서랍 안쪽, 주방에 있는 양념통까지. 이렇게 깨끗한 주방에서 몇 번이나 식사를 준비했을지 아무도 모를 일이다. 플레밍은 그 순간 그 자리에 단이 있었으면 좋았을 텐데 싶었다. 단이라면 이 공간에서 몇 가지 생활방식을 파악했을 터였다. 그때 화장실에서 물 내리는 소리가 들렸다. 그는 얼른 거실로 돌아가 소파에 앉았다.

플레밍은 그녀가 욕실에 들어가 시간을 잘 활용했음을 알아차렸다. 완벽한 메이크업, 드라이어로 손질한 머리, 커다란 동공과 번뜩이는 눈. 그는 그녀의 눈동자를 보고서 본능적으로 콧구멍 쪽에 시선을 던졌으나 흰 가루의 흔적은 전혀 없었다. 심지어 자세도 똑발랐다. 연습이라도 한 모양이다. 재킷마저 아까와 달리 말끔했다. 재킷에 마법의 주문이라도 걸었는지 모를 일이다. 웃고 있지는 않았지만 목소리가 한결 또렷해졌고 일할 태세가 되어 있었다. "커피 드시겠어요?" 그녀가 물었다. 완전히 새로운 목소리라고 플레밍은 생각했다. 플레밍과 보세는 자신들이 느끼는 것을 드러내지 않은 채, 감사를 표시하고 자리에 앉았다.

그녀가 종이처럼 얇은 하얀 잔에 커피를 내오자 플레밍은 대화를 재개했다. "이제 시작하죠." 그는 클라우스 보세를 보면서 고갯짓했다. 보세는 대단히 사무적인 표정으로 새 수첩과 파란색 볼펜을 주머니에서 꺼냈다. "이미 말씀드렸다시피 회사 문서와 노트북의 자료 조사가 아직 끝나지 않았습니다만 지금까지 조사한 바로는 거짓이 드러나고 있습니다."

그녀는 아랫입술을 깨물었다.

"우선 수사에 협조해주셔야 하고, 협조가 잘 진행될수록 프레데릭스베르에 있는 경찰에도 긍정적인 보고가 전해질 것입니다. 무슨 말인지 이해하시죠?"

그녀는 고개를 들지 않고 끄덕이기만 했다.

플레밍은 서류철에서 자료를 꺼내 펼쳤다. "저희 측 전문가가 고전하면서 지금까지 조사한 자료를 정리한 것입니다. 이것이 전부라고 말씀드리는 것은 아닙니다만, 저희의 목적을 고려하면 충분합니다. 이것은 당신이 거짓말했다는 것을 대단히 명확하게 즉각적으로 입증하고 있습니다."

그녀의 시선이 서류로 향했다가 클라우스 보세의 수첩으로 갔다가 자신의 손으로 돌아왔다. 그녀는 여전히 아무 말도 하지 않았다.

플레밍이 말을 이었다. "먼저 당신 회사에서 불법 근로자를 고용했다는 내용입니다." 그는 그녀가 반박할지 볼 심산으로 일부러 한 템포 쉬었지만, 그녀는 여전히 아무 소리도 내지 않았다. "예를 들어보죠. 최근에……." 그는 검지로 맨 위 페이지의 몇몇 숫자들을 톡톡 두드렸다. "당신은 매달 1만 크로네 이상을 쿠르트&코에 청구하고 있고, 알가데의 빵집과 클로스테르바켄의 유치원에 9천에서 1만 9천 크로네를 청구하고 있습니다. 벤야민과 파트너로 이루어진 청소팀은 한 달에 3만 8천 크로네의 매출을 올리는 겁니다. 회계장부에 따르면 벤야민은 모든 보조금 포함 2만 크로네를 지급받습니다. 즉, 1만 8천 크로네가 남는다는 건데, 청소용품 구입, 차량 유지비, 월세, 당신 회사 수수료뿐만 아니라 벤야민과 같이 일하는 다른 사람의 월급도 이 돈으로 지불하는 것입니다. 하지만 팀으로 함께 일하는 사람의 이름은 당신 회사 문서에도 고객 회사 문서에도 기재되어 있지 않으니 불법으로 일한다는 거죠."

플레밍은 다시 한 번 의도적으로 말을 멈췄지만 수세미컴퍼니 사장은 한마디도 하지 않았다. 그녀는 떨고 있는지 두 손을 무릎 사이에 두고 있었다.

"이 금액이 맞는지 아닌지 확인하기가 쉽지 않습니다. 그래서 당신 회사의 경쟁 업체에 다양한 규모의 회사들 저녁 시간 청소비 시장가를 문의해봤어요. 그 결과, 유치원은 시장가와 유사한 금액을 지불하고 있지만, 빵집과 쿠르트&코는 상당히 적은 금액을 지불하고 있다는 것을 알았습니다. 그래서 당신 회사에 청소를 맡기는 다른 고객들의 경우도 알아봤어요. 청구액 차이가 대단히 크더군요. 어떤 고객들은 통상적인 시장가대로 지불하는 반면, 어떤 고객들은 시장가의 거의 절반만 지불하더라고요. 말하자면, 여기에 어떤 시스템이 있는 겁니다. 공공기관이나 학교, 유치원, 도서관 같은 곳에서는 정상적인 금액을 지불하고, 사설업체의 70퍼센트는 그렇지 않다는 것이죠." 그는 메레테의 시선이 여전히 자신의 손만 향하고 있는 것을 봤다.

"이 현상을 설명할 이론이 있을 것이고 우리는 당신과 그 이론을 공유하고 싶습니다." 플레밍은 자리에서 일어나 창밖의 전망을 바라보았다. "이런저런 방법을 동원해서 회사가 불법으로 돈을 벌었다는 건 분명합니다. 비교적 작은 규모의 사업체에서는 당신의 제안을 받아들여, 청소 노동의 일부가 불법으로 수행된 것이지요. 그렇게 해서 당신은 불법 근로자에게 임금을 지불할 수 있었던 겁니다. 고객들은 실제 청소비의 절반만 적힌 계산서를 받고 나머지 비용은 뒤로 현금 거래했겠지요. 아무튼 고객 회사들은 일반적인 청소비보다 적은 금액을 지불하고, 당신은 더 많이 벌고, 여러 가지 이유로 일반적인 노동에 종사할 수 없는 수많은 노동자들은 대신 세금이 면제된 돈을 받을 수 있었던 겁니다."

형사를 어두운 실루엣으로 나타나게 하는 빛 속에서 메레테는 눈을 깜빡였다. 그녀는 침묵했다. 플레밍은 말을 이었다. "릴리아나의 경우만 그런 게 아닙니다. 우리 직원이 오늘 아침에 당신 회사의 몇몇 고객들과 통화해봤어요. 두 명 혹은 그 이상이 청소하러 온다는 업체가 쿠르트&코 말고도 여러 군데 있다더군요. 이 정보와 당신네 문서를 비교해본 결과 시스템이 분명히 드러났습니다. 항상 법적으로 문제가 없는, 세금을 지불하는 직원이 있고 그 직원은 적어도 한 사람 이상의 다른 노동자와 팀을 이루어 일하고 있습니다."

메레테는 눈을 질끈 감고 고개를 저었다. 플레밍은 그녀를 바라보며 잠시 시간을 지체해봤지만, 그녀의 입술에선 아무 소리도 나오지 않았다. 그는 한숨을 쉬었다. "메레테, 뭐라도 얘기하셔야 합니다. 당신이 살인사건 수사에 협조했다는 보고서가 제출되어야 당신도 편안한 대우를 받을 수 있을 겁니다." 그는 다시 소파에 앉아 몸을 숙이고 팔꿈치를 무릎 위에 올려놓았다. "아직도 릴리아나를 모른다고 주장하시겠습니까?"

그녀는 몇 초간 아무 말 없이 플레밍의 눈을 바라보았다. 잠시 후 그녀가 입을 열었다. "제가 이 일로 처벌을 받게 되나요?"

플레밍은 아주 미미하나마, 절망하는 콧방귀를 억누를 수 없었다. "당신이 어떻게 하느냐에 달렸습니다."

"제가 체포되나요?"

그는 다시 등을 소파에 기대고 그녀를 바라보았다. 그러다 천천히 고개를 끄덕였다. "네, 안타깝게도요. 당신 회사 장부가 살인사건과 연관이 없다고 드러나지 않는 한 우리와 함께 크리스티안순 경찰서로 가주셔야 합니다. 외국인 담당 부서와 세무서에서도 관심을 보일 테지요."

메레테 핀센은 두 눈을 꼭 감았다.

"아까 말씀드린 대로 저희를 돕겠다는 결정을 빨리할수록 빨리 해결될 것입니다."

"변호사가 오기 전에는 아무 말도 하지 않겠어요."

플레밍 토르프와 클라우스 보세가 서로 눈을 맞추고는 동시에 소파에서 일어났다.

메레테가 눈썹을 찡그렸다. "왜 그러세요?"

"당신은 사건을 변호사와 의논할 권리가 있습니다." 플레밍이 설명했다. "그러나 안타깝게도 우리는 변호사가 올 때까지 기다릴 시간이 없어요."

"그래서요?" 이제 메레테 핀센도 자리에서 일어났다. 그녀의 뺨에 남아 있던 마지막 핏기마저 사라졌다.

"흠, 이제 당신을 크리스티안순 경찰서로 이송해야 합니다. 거기에 당신 변호사가 도착하면 우리가 하던 이야기를 계속해야겠지요." 플레밍이 말하고 나서 코트를 입었다. 그는 단추를 하나씩 잠그다가, 맨 위의 단추를 남겨놓고 메레테의 눈을 바라보았다. "어쩌면 내일이 되어서야 대화를 시작할 수도 있겠네요. 경찰서로 돌아가 급하게 할 일이 있을지도 모르는 일이니까요."

클라우스 보세도 코트를 입었다. "유치장 직원에게 전화해서 방을 준비해놓으라고 할까요, 과장님?" 상상할 수 있는 가장 천진난만한 표정으로 보세가 물었다. 이 자리에서 처음으로 그가 입 밖으로 낸 말이었다. "참, 그리고 핀센 씨를 위해 점심 식사도 좀 남겨놓을 수 있을지 물어봐야겠네요." 보세가 말을 덧붙이며 상냥한 미소로 메레테 핀센을 바라보았다. "운이 좋으면 갈비도 드실 수 있어요. 좀 차

갑긴 하겠지만요."

메레테 핀셴은 자포자기의 표정이었다. 그녀는 두 경찰관을 바라보았다. "거기 안 가려면 제가 뭘 해야 하죠?"

"아, 그렇게 간단하진 않아요." 플레밍은 막 장갑을 낄 참에 답변했다. 그는 나머지 겉옷과 마찬가지로 꼼꼼하고 신중하게 몰두했다. "하지만 우리 모두 만족할 수 있는 접점을 찾아봐야죠." 그가 그녀를 바라보면서 말했다. "함께 일하는 데 약간만 협조해주시면 됩니다."

"융통성 있게 진행하셔야죠."

"그게 바로 제가 하고 싶은 말입니다." 플레밍이 말했다. 보세가 복도로 가는 길을 막아서고 플레밍과 메레테가 서로 아주 가까이 서게 되어, 그녀는 상대방의 표정을 읽기 위해 고개를 목에서 좀 빼야 했다.

잠깐의 고민 끝에 그녀가 입을 열었다. "좋아요. 제가 뭘 어떻게 해야 하죠?"

이 작은 무대에 관객이 한 사람이라도 있었더라면 형사들의 얼굴에 안도감이 몰려든 것을 관찰할 수 있었으리라. 어깨가 1밀리미터쯤 내려오고, 근육의 긴장이 풀리고, 얼굴에 깊었던 주름이 펴진 것을. 하지만 세 사람 중 누구도 이 변화를 알아차리지 못했다. 그러기에 그들은 너무 집중한 상태였다.

두 남자가 코트를 다시 벗었다. 메레테는 새로 내린 커피와 케이크를 들고 왔다. 몇 분 뒤 세 사람은 다시 소파에 앉았다.

플레밍이 말을 꺼냈다. "당신 회사 회계장부에 나온 비용에 일관성이 없는 이유를 자세하게 설명해보시죠. 제가 자리를 뜨면 이 친구 보세한테 얘기해주세요. 아주 자세하게 세부사항까지도 우리에게 알려주셔야 합니다. 당신 고객 회사와 어떤 식으로 계약을 맺었는지, 그리고 불법 근로자가 당신 회사에 몇 명이나 되는지도 말입니다. 보세 형사에게 당신 여권과 출국하지 않겠다는 각서도 주세요. 그래야 우리가 다른 기관에도 보고할 수 있어요. 당신이 제 발로 걸어 들어왔다고요." 그는 그녀를 바라보았다. "하지만 두 가지 조건이 있어요. 우선, 조금도 꾸미지 않은 진실만을 얘기해주셔야 합니다. 당신이 어떻게 릴리아나와 알게 되었는지, 그리고 릴리아나에게 어떤 식으로 월급을 지급했는지도요. 그 밖에도 당신이 릴리아나에 대해 아는 걸 빠짐없이 얘기해주셔야 합니다."

메레테 핀센은 고개를 끄덕였다. 결심했다는 의지를 보여주었다. "다른 하나는 뭐죠?"

플레밍이 검은색 수첩을 주머니에서 꺼내자 그녀가 움찔했다.

"두 번째 조건은, 여기 나온 회계 정보에 대해 당신이 전부 설명해줘야 합니다." 그는 수첩을 테이블 위에 올려놓았다. "이렇게 하면 얘기가 되겠습니까?"

그녀는 잠시 머뭇거리다가 고개를 끄덕였다. 클라우스 보세가 준비해온 녹음기를 테스트했다. "하나, 둘, 하나, 둘." 그는 테스트를 마치고는 녹음 버튼을 눌렀다.

"릴리아나 얘기부터 시작합시다." 플레밍이 말을 꺼냈다. 그는 녹음 날짜와 시간, 참석자들의 이름을 언급했다. "릴리아나를 어떻게 알았습니까?"

"그녀의 친구 샐리를 통해서요. 샐리가 우리 회사에서 일한 적이 있어요. 그러다 몇 년 전에 카페 클린트에 일자리가 생겨서 그리로 갔지요. 그래도 계속 연락하고 지냈어요. 일자리를 찾는 사람이 있으면 샐리가 그 사람에게 제 전화번호를 주었고 소개 대가로 돈을 좀 받았죠."

"카페 일자리도 불법인가요?"

"아마도요."

"샐리의 성을 아십니까?"

"아니요, 샐리의 성도 릴리아나의 성도 몰라요. 그 두 사람 이름도 본명인지 아닌지 모르겠고요." 그녀는 아랫입술을 깨물었다. "그 친구들은 전부 특정 인물이나 어떤 것을 피해 숨어 살아요. 피하는 것의 대부분은 출입국사무소나 외국인 담당 기관이지만 어떤 경우는 가족과 연관이 있기도 하죠. 폭력적인 남편이나 포주 말이에요. 아주 끔찍한 얘기들이 많아요."

"당신이 고용한 여성들과 대화를 많이 합니까?" 클라우스 보세는 더 이상 소극적인 역할에만 머무르지 않았다.

"아니요, 대부분은 채용할 때 면접만 제가 해요. 그들은 셸란섬 전체에 흩어져 살아요."

"그럼 당신이 그들을 돌보나요?"

"물론이죠. 그들이 원한다면요." 그녀는 그를 똑바로 쳐다봤다. "나한테서 일자리를 못 구하면 많은 여자들이 살아갈 방도가 없을 거예요."

"샐리와 계속 연락했다고 하셨죠?"

"네, 종종. 아주 똑똑한 친구예요."

"그 친구와 언제 마지막으로 연락하셨습니까?"

"그다지 오래되지 않았어요. 한 4주 전."

"그때 샐리가 별다른 얘기를 안 하던가요?"

"형사님들은 릴리아나에 대해 알려달라고 하시지 않았나요?"

"제 질문에 답해주십시오." 클라우스 보세가 말했다.

플레밍은 등을 뒤로 기대고 표정 하나 변하지 않은 채 가만히 이 상연을 즐기고 있었다. 보세 형사가 언젠가 뭔가 이루어내리라, 하고 그는 생각했다.

"굉장히 두려워했어요."

"샐리가요?"

"네, 샐리가 그 얘기를 많이 하지는 않았는데……. 전에 일하던 곳의 남자와 관련해서요."

"포주 말이에요?"

"그럴지도 모르죠. 아마 그럴 거예요. 아니면 그 포주가 있는 업소에서 일했던 사람일 수도 있고. 아무튼 그 남자가 여러 차례 샐리를 찾았어요. 그리고 샐리는 다른 곳에서 완전히 새로 시작하거나 숨어 살아야 한다는 이야기도 했어요."

"그럼 당신이 도와줘야 했습니까?"

"처음 있는 일은 아니에요." 메레테는 대답하면서 그와 눈을 맞추었다.

"당신이 전에도 샐리를 도와준 적이 있었다고요?"

"아니요, 그녀를 직접 도와준 적은 없어요. 전에 새로운 삶을 시작해야 하는 여자들을 도와준 적은 있어요."

"지금 샐리가 어디 있는지 아십니까?"

"아니요, 그 만남 이후로는 다시 연락받은 적이 없어요." 갑자기 그녀가 실눈을 떴다. "설마 샐리도?"

클라우스와 플레밍은 마주 보았다.

"아직은 모릅니다." 플레밍이 말했다. "하지만 범죄에 희생되었을 가능성을 우려하고는 있습니다."

한동안 아무도 말을 꺼내지 않았다. 얼마 후 플레밍이 침묵을 깼다. "사건으로 돌아가보죠. 불법 근로자들을 채용할 때 당신이 면접만 하고 그 이후에 만나지 않으면 임금을 어떻게 전합니까?"

"항상 현금으로 줘요."

"좀 자세히 설명해주시면 감사하겠습니다."

메레테는 한숨을 쉬었다. "청소비 일부를 불법으로 지불하는 회사들은 이 금액을 현금으로 준비해둬요. 불법 근로자들이 돈을 받을 수 있게요."

"좀만 더 자세히 설명해주시겠습니까?"

"우리와 접선하는 사람이 쿠르트&코 안에 미리 합의해서 정해둔 장소에 돈 봉투를 넣어놔요. 알가데 빵집도 마찬가지고요." 그녀가 그를 바라보았다. "이 정도면 충분히 자세한가요?"

"위험한 방법이군요."

"지금까지는 문제 된 적이 한 번도 없어요."

"당신이 아는 한도 내에서 그렇겠죠."

"제가 아는 한이라는 건 맞아요. 하지만 문제가 있었더라면 저도 알았겠죠. 그건 확실해요."

"어째서죠?"

"모든 근로자마다 특정 금액을 합의하거든요. 만약 봉투 안에 약속된 금액보다 적게 들어 있었더라면 아마 저한테 전화했을 거예요."

플레밍은 그녀를 바라보았다. 진짜로 이 사람이 순진한 건가?

"협박받아보신 적은 없나요?"

"그건 바로 지금 제가 겪고 있는 거 아닌가요?"

그의 미소는 이가 드러나 거의 으르렁거리는 것처럼 보였다. "릴리아나의 봉투에는 얼마가 들어 있었나요?"

"8천이요."

"한 달에? 그 돈으로 어떻게 삽니까?"

"그 정도면 훌륭한 수준이에요."

"다른 불법 근로자들도 그렇게 적게 받아요?"

"그 정도면 굉장히 잘 받는 거예요." 메레테는 약간 방어하듯 항변했다. "어쨌거나 검은돈이잖아요."

플레밍은 한숨을 쉬었다. 그는 이 문제에 대해 더 이상 질문하고 싶지 않았다. 메레테의 자선 활동이 그녀 자신에게 매달 얼마를 가져다주는지에 대해서 감히 생각하지 않았다. 가멜 콩에바이에 자리한 이 고급스러운 집만 해도 그렇다. 이 집이 그녀의 유일한 재산이 아니라는 데 내기라도 걸 수 있다. 상관없다. 다른 관청에서 알아서 할 문제였다. 그는 검은색 수첩을 톡톡 두드렸다. "이제 이 얘기 좀 해보죠. 어떤 시스템으로 운영되는지 설명해주세요."

메레테는 수첩을 들고 아무 페이지나 펼쳤다. "이걸 보세요. 불법 근로자들은 이쪽에 있어요. 여기 이름 아니면 이니셜이 있고 여기……."

그녀는 손톱에 아무것도 바르지 않은 긴 손가락으로 한 지점을 가리켰다. "여기 제가 각각 얼마를 지불하는지 적혀 있어요. 월별로 다 나와 있어요. 6이라고 쓰인 건 당연히 6천이고요."

"릴리아나 걸 좀 보죠."

메레테는 수첩을 뒤적였다. "릴리아나는 우리 회사에서 상당히 오랫동안 일했어요. 1년 반 정도 될 거예요. 아, 여기 있네요!" 그녀는 수첩을 거꾸로 돌려 플레밍에게 건넸다. "작년 5월 말에 채용되었고 첫해에는 매달 7천5백을, 나중엔 8천을 받았어요. 굉장히 성실했어요."

"그런데 왜 여기엔 4천으로 적혀 있죠?"

"어디 좀 볼까요? 작년 9월? 아, 릴리아나가 14일간 아팠어요. 여기 작은 글씨로 아프다고 표시돼 있어요."

"그럼 그동안에는 돈을 못 받아요?"

"그게 계약 조건이에요." 메레테는 어깨를 으쓱했다. "제가 알기론 대부분 여자들이 아프다고 하면 다른 일이 있다는 거예요."

"릴리아나가 그때 무슨 일이 있었나요?"

메레테는 다시 한 번 어깨를 으쓱했다. "모르죠."

"휴가는 어떻게 되나요?"

그녀는 고개를 숙여 수첩을 바라보았다. "릴리아나는 휴가를 쓴 적이 없었어요. 우리 회사에서 일하는 동안 한 번도." 그녀는 고개를 들고 미소 지었다. "이걸 보면 바로 알 수 있어요. 휴가 가면 제가 수첩에다 작은 태양을 그려놓거든요."

그는 미소에 화답하지 않았다. "2년 동안 한 번도 휴가를 가지 않았다고요? 그걸 어떻게 생각해요?"

그녀는 등을 소파에 기대며 팔을 쭉 뻗었다. "여긴 자유국가잖아요. 휴가를 원하면 그냥 저한테 말만 하면 되는걸요."

"무급으로요?"

"당연하죠. 공짜로 도움만 받을 순 없죠."

플레밍은 다시 편안히 앉아 있기가 힘들어졌다. 그는 갑자기 자리에서 일어나 창가로 갔다. "이제 릴리아나 얘기 좀 해주세요."

"샐리가 릴리아나한테 제 전화번호를 주었어요. 그래서 릴리아나가 저한테 전화했고요." 메레테는 헛기침을 하고서 차가워진 커피를 한 모금 마셨다. "릴리아나는 덴마크어를 몇 마디도 못 했는데 그래도 제가 얘기하는 내용을 잘 알아들은 것 같았어요. 제 주소와 약속 시간을 알려주니 이해했는지 알겠다고 하더라고요."

"여기 주소요?"

"이 집이요?" 그녀가 웃었다. "여기 집으로 직원을 데려온 적은 없어요. 랑엘란스바이에 있는 회사 주소를 알려주죠." 그녀는 식은 커피를 다 마시고 보온병에서 커피를 더 따랐다. "릴리아나는 혼자 왔어요. 저도 릴리아나에 대해서는 거의 아는 게 없어요. 정보가 없다는 건 지극히 자연스러운 일이에요. 쫓기는 신세였죠. 금방 드러난 사실이었어요. 그 이상은 아는 게 없어요. 제가 알기론 예전에 소련에 속했던 발트국가 중 한 나라 출신인 것 같던데. 에스토니아던가. 하지만 덴마크에 온 지는 꽤 오래됐다고 했어요. 굉장히 수줍음을 많이 탔고요."

"릴리아나가 당신 회사에 오기 전에 어떤 일을 했는지 아세요?"

"아까도 말씀드렸지만 저는 잘 몰라요. 아마도 성매매를 하지 않았을까 싶어요."

"왜죠?"

"릴리아나의 덴마크어가 너무 형편없어 보모 일을 했으리라곤 상상할 수 없었어요. 팔려온 여성들은 대부분 태국이나 필리핀 출신이죠. 나이를 봤을 때도 릴리아나는 결혼 상대로 오기엔 너무 상한선에 걸쳐 있었고요. 분명한 건 그 대상이 사람인지 뭔지는 모르지만 굉장히 두려워하고 있었다는 거예요. 제 생각에는 자기 나라에서 노예로 팔려와 사창가에서 일하게 된 게 아니었나, 그러다 도망쳐 나온 게 아닌가 싶어요."

"그렇다면 경찰에 신고하면 되지요."

메레테는 싸늘하게 웃었다. "이보세요, 형사님. 외국인 출입국사무소 관련 사건들을 보세요. 릴리아나가 경찰에 신고했더라면 곧바로 탈린(에스토니아의 수도─옮긴이)이나 자기 고향으로 추방당해서 그쪽에 인도됐겠죠. 선금을 준 포주가 그 사실을 못 알아낼까요? 경찰에 알리는 건 절대로 릴리아나가 선택하지 않았을 옵션이에요." 그녀는 플레밍의 못 미더워하는 표정을 바라보았다. "제 말 믿으세요."

플레밍은 헛기침을 했다. "릴리아나가 당신 언니가 근무하는 회사에서 일했던 건 우연이었나요?"

메레테는 눈썹을 찡그렸다. "대체 어떻게 아셨죠? 엘리사베트가 제……. 아하, 단 소메르달이란 사람이 얘기했겠군요. 그 사람 참 빠르네요."

플레밍은 대꾸하지 않았다. "자, 말씀해보시죠."

"그렇기도 하고 아니기도 해요. 쿠르트&코에서 근무하던 직원 두 명이 동시에 그만뒀고 그때 마침 벤야민 빈테르가 우리 회사에 들어왔어요. 저는 벤야민에 대해 아는 게 많지 않았죠. 아주 젊고 외모가 약간…… 형사님도 벤야민을 보셨으니 아시겠죠. 얼마나 신뢰할 만한 사람인지 외모만 보고는 잘 모르겠더라고요. 그래서 벤야민을 릴리아나와 한 팀으로 일하게 하는 것도 나쁘지 않겠다 생각했죠." 그녀가 씩 웃었다. "믿을 만한 직원을 언니가 일하는 회사에서 일하게 하는 게 그렇게 이상한 건 아니잖아요?"

플레밍은 이번에도 아무 반응을 보이지 않았다. 메레테에게 굳이 엘리사베트 룬과 회사 사장 이야기를 들먹여 부담을 줄 필요는 없었다. 그러다가 터놓고 이야기하는 것까지 갑자기 그만둘지 모를 노릇이었다.

"릴리아나가 쿠르트&코에 근무할 당시 생활이 어땠는지 혹시 아는 게 있나요?"

"거의 없어요. 제가 그녀에 대해 들은 얘기는 좋은 것뿐이었고요. 샐리나 벤야민한테서 들었어요. 릴리아나는 정말 말이 없었어요."

"릴리아나한테 남자친구가 있었나요?"

메레테는 소리 내어 웃었다. "그거 아세요? 릴리아나는 제가 아는 사람 중에 가장 섹스와 무관한 사람이었어요. 과거에 예뻤던 시절이 있었는지 모르겠지만요, 펑퍼짐한 옷으로 다 가리고 다녔고, 고리타분한 디자인에 죽은 색상 옷만 입었지요. 일부러 그러는 게 아닐까 의심하기도 했어요. 눈에 띄지 않게 자기를 완전히 감추려고요." 그녀는 잠시 생각에 잠겼다. "아니에요, 릴리아나한테 남자는 없었어요. 거의 확실해요."

단이 거의 집에 도착할 때쯤 전화벨이 울렸다. 마리아네가 전화기에 대고 속사포처럼 말을 쏟아냈는데, 단이 이전에 마리아네에게서 한 번도 겪어보지 못한 일이었다. 그녀는 그에게 질문이나 토론을 허용하지 않은 채, 그냥 명령을 내렸고 복종하리라 믿었다.

"당장 비올파르켄 54번지로 가서 건물 3층 왼쪽 집을 찾아가. 거기서 앨리스하고 벤야민을 차에 태워. 오는 길에 누가 뒤따라오는지 계속 주시하고. 벤야민한테 라스모스의 방을 주고 앨리스한테는 라우라의 방을 줄 거야. 지금 내가 하는 말은 당장 실행해야 해."

"어? 무슨 일인데?" 단이 떨떠름하게 물었다.

"나중에 알게 될 거야. 지금 그런 얘기를 할 시간이 없어." 마리아 네가 단호하게 말했다. "아 참, 벨 누르기 전에 누가 있는지 복도를 꼭 체크해줘. 계단도 마찬가지야. 엘리베이터도."

"아니 정말, 마리아네, 내가 무슨 특수부대 요원이라도 돼? 갑자기 비밀경찰 업무라도 수행하란 말이야?"

"당신이 플레밍이나 경찰들한테 이 얘기를 하면 난 절대로 당신 을 용서하지 않을 거야." 그녀가 매섭게 퍼부었다. "그러니 출발해, 빨리." 마리아네는 전화를 끊었다. 단은 한숨을 쉬었다. 그는 집에 가 서 컴퓨터 앞에 앉아 몇 시간 휴식을 취하리라고 잔뜩 기대했었다. 이제 진짜로 비밀업무를 해야 할 상황이다. 무장되어 있지도 않고, 무슨 일인지 눈곱만큼도 알지 못한 채.

잠시 후 단은 마리아네가 말한 비올파르켄의 집 앞에 차를 세웠 다. 1970년대식 낡은 건물은 '제비꽃공원'이라는 서정적인 이름과 대조적으로 지옥으로 가는 앞마당을 연상시켰다. 따뜻한 느낌이라 고는 전혀 없는 2미터 높이의 콘크리트 벽이 보기 싫은 그라피티로 뒤덮여 있었는데, 그저 다른 십 대들에게 이 영역은 이미 접수됐다 는 것을 알리기 위해 필사적으로 스프레이를 난사한 것에 불과했다. 유쾌함도, 다채로운 색감도, 활기찬 기운도 전혀 없고, 어떤 식으로 든 낭만적인 것조차 찾아볼 수 없었다. 이곳에 사는 사람들은 완전 히 엉망진창인 이들이거나 미적 감각과 아주 거리가 먼 이들인 듯했 다. 일반적으로 이 두 가지가 조합될 때가 문제였다.

단은 차 안에 몇 분간 앉아서 주변을 둘러보았다. 바로 맞은편에 수세미컴퍼니 로고가 적힌 차가 서 있는 것 말고는, 빈 승용차 몇 대가 주차되어 있었고, 바람으로 헝클어진 가시 달린 나무들이 한 줄을 이뤘는데 아마도 산사나무인 듯싶었다. 마지막 이파리들은 아주 오래전에 가루가 되었을 것이다. 단은 자신이 조심해야 할 대상이 무엇인지 몰랐고 아마도 한 남자겠거니 하고 추측했다. 만일 지역 소녀경비대의 브라스밴드 같은 것이었더라면 마리아네가 진작에 언급하지 않았겠는가.

차 문을 열고 왼쪽 발이 아스팔트에 닿자마자 다시 전화벨이 울렸다. 발신자 정보가 없는 번호였다. 그에게 다음 행동을 개시하게 할 사람일 가능성이 높다. 즉, 그 문제의 인물일 수 있다. 그는 전화를 받았다. "단 소메르달입니다."

"안녕하세요?《엑스트라블라데트》신문의 하이디 포스케 기자입니다." 목소리가 좀 어린 듯했고 가쁜 숨을 들이쉬고 있었다.

"안녕하세요?" 단은 차 문을 다시 닫았다. 설마 몇 분 정도 여기서 지체한다고 문제 될 건 없겠지.

"제가 지금 기사를 준비하고 있는데요. 타이틀 지면에다 몇 쪽 더 할당받을 수 있을 것 같아요." 설명하는 그녀의 목소리는 자신감으로 충만했다.

"아, 그래요?"

"기사는 광고대행사 살인사건에 대한 거예요."

"그런데요?"

"그래서 기사를 선생님과 연관시켜야겠다고 생각했지요."

"나랑? 맙소사, 도대체 왜요?"

"아, 그러니까⋯⋯." 하이디는 당황해하는 듯했다. 아마도 그가 전화를 받고 기뻐하리라 기대했던 모양이었다. "선생님은 TV에도 출연한 유명한 분이고 살인사건은 선생님이 근무하는 회사에서 일어났지 않습니까. 피해자를 잘 아셨습니까?"

"이봐요, 기자님. 나는 전혀 관심 없어요. 그런 살인사건과 유명인사를 엮는 것 말이에요."

하이디는 단의 거절을 쉽게 받아들이지 않았다. "제가 듣기로는 선생님이 수사에 깊이 관여했다고 하던데요."

"아니, 어떻게 그런 생각을 했죠?"

"제가 아는 소식통한테서 들었어요. 사실이 아닌가요?"

"코멘트하지 않겠소."

"수사과장 플레밍 타르프가 선생님 친구 아닌가요? 어려서부터 같이 자란 오랜 친구라고 들었는데요?"

"수사과장 이름은 플레밍 토르프예요. 난 더 이상 얘기하고 싶지 않아요. 사건 내용이 궁금하면 직접 경찰에 전화해서 물어봐요."

"하지만……."

"플레밍 토르프가 이번 사건을 지휘해요, 기자 양반. 내가 알고 있는 건 다 얘기해줬어요. 그럼 좋은 하루 되세요." 그는 전화를 끊고 전화기를 무음으로 조정해놨다. 내일 신문에 어떤 기사가 나올지 상상하니 벌써부터 기분이 나빠졌다. 플레밍에게 전화해서 미리 얘기해주는 게 나을까? 아니다. 바보 같은 짓이다. 하이디 포스케가 기사를 어떻게 작성할지 아직은 알 수 없는 일이다. 하이디에게 말도 안 되는 생각이라고 분명하게 전달했으니 말이다. 이성적이고 판단력 있는 편집장이 그녀의 멍청한 생각을 막아주기를 바랄 뿐이다.

단은 5층까지 걸어 올라가 각 층마다 엘리베이터 버튼을 눌렀다.

이런 방식으로 이 지린내 나는 강철 부스가 비어 있음을 확인했다. 계단에 다른 사람이 없다는 것을 확신한 뒤에야 그는 두 층을 내려가, 칠이 벗겨지고 붉은빛이 드러난 앨리스 빈테르 집 문의 초인종을 눌렀다. 금발의 중년 여자가 곧바로 문을 열었다. 그녀 뒤에는 담배 연기로 만들어진 푸른빛, 흰빛의 벽이 겹겹을 이루었다. 연기 때문에 집 안의 가시거리가 몇 미터 되지 않았다. 이 사람들은 환기도 안 한단 말인가? 그리고 대체 마리아네는 무슨 생각으로, 그를 이런 사람들과 함께 지내게 하겠다는 건가?

"앨리스예요?" 단이 악수를 청하며 말했다. "당신을 모시고 오라는 얘기를 들었어요."

그녀는 대답하지 않고 잠시 후 얼음장처럼 차갑고 축축한 손을 내밀어 악수했다. "저 아래 아무도 없다는 걸 확인하셨나요?" 그녀가 질문하며 나일론 재질의 연갈색 스포츠 가방을 집었다.

"아무도 없습니다. 제가 조심해야 하는 사람이 어떻게 생겼죠?"

벤야민이 앨리스 뒤로 나타났다. 그는 한 손을 자기 어머니 어깨 위에 얹으며 말했다. "키가 큰 남자예요. 덩치도 있고 건장하고요. 갈색 가죽점퍼를 입었어요. 콧수염이 있고 숱 적은 회색 머리를 뒤로 묶었어요."

벤야민도 스포츠 가방을 들고 있었다. 검은색이었다. 검은색 말고 다른 색은 모르는 청년인 듯싶었다. 그가 손을 내밀어 악수를 청했다. "도와주셔서 고맙습니다." 벤야민이 어머니의 가방을 들고 어머니를 계단으로 먼저 내려보낸 뒤 현관문을 잠갔다.

"그 사람한테 자동차가 있는지 혹시 아는가?" 단이 물었다.

"파란색 마츠다 323이요. 10년쯤 된 차예요."

단은 두 사람보다 앞서 계단을 내려왔다. 두 사람을 누군가로부터 보호하는 역할을 맡다니. 벤야민은 그보다 머리 하나는 더 컸고 나이도 스무 살 정도 어린데 말이다. 이 모든 상황이 우스꽝스럽기 짝이 없었다.

"대체 무슨 일인지 언제쯤 나한테 설명해줄 건가?" 아우디 문을 닫으며 단이 물었다. 곁눈질하니 벤야민은 고급차를 탄다는 것에 신난 표정이었다.

"잠깐만 기다려주시겠어요? 지금은 정신 집중하고 주변을 둘러봐야 해서요." 벤야민이 말했다.

앨리스는 문 앞에서 단에게 누군가 뒤따라오는 사람이 있는지 물은 이후로 아무 말도 하지 않았다. 그런데 승차하고서 벤야민이 안전벨트를 매주자마자 그녀가 높은 휘파람 같은 소리로 흐느껴 울기 시작했다. 몇 초도 지나지 않아 단은 미칠 것 같았다. 벤야민이 앨리스와 뒷자리에 앉아 있어 그나마 다행이었다. 벤야민이 팔로 어머니를 감싸 안았다. 앨리스의 얼굴이 아들 어깨에 파묻혀 울음소리가 좀 약해졌다. 단은 이어폰을 꺼내 귀에 꽂았다. 이 역시 도움이 되었다. "벤야민, 자네가 날 도와줘. 뭘 보면 얘기 좀 해달라고."

"네, 그럼요."

집으로 돌아가는 길이 어떻게 보면 꽤나 재미있었다는 걸 단은 마지못해 인정해야 했다. 그는 깜빡이도 켜지 않고 유턴을 한 다음 몇 초 뒤에 출발했다. 집으로 가는 길은 이곳으로 올 때보다 세 배 정도 더 걸렸지만, 단은 앨리스의 울음소리가 들리지 않은 이후로 매 순간을 즐겼다.

그가 벤야민과 주방에서 투보그 클래식 맥주를 한 병씩 앞에 둔 채 앉고, 벤야민이 담뱃불을 붙인 것은 좀 실망스러운 결말이었다. 앨리스는 마리아네와 잠깐 통화하고 안정제를 복용한 뒤 라우라의 방에서 안정을 취했다. 라우라의 방은 연보랏빛 벽에 언제나 기묘한 조합이 장식되는데, 전원에서 뛰어노는 말 그림과 잔뜩 일그러진 얼굴의 마릴린 맨슨이 보는 이를 향해 기다랗고 놀라운 혀를 내민 포스터가 붙어 있었다.

"아직 퇴근 못 해. 대기실에 환자가 꽉 찼어. 지금 나 혼자 일해. 간호사가 아파서 꼼짝 못 하거든. 당신이 앨리스하고 벤야민을 돌봐줘야겠어. 난 8시 15분 정도 돼야 집에 갈 것 같아. 피자 몇 판 시켜 먹자." 마리아네가 말했다.

"이틀 연달아 패스트푸드를 먹자고? 그건 안 되지. 오늘 저녁만큼은 직접 요리한 걸 먹어야겠어." 단이 투덜대며 대꾸했다.

그는 차를 몰고 이르마 슈퍼마켓에 가서 단 몇 분 안에 선반을 싹 쓸이하여 온갖 식료품을 사들고 왔다. 다진 소고기, 감자, 양파, 쌀, 우유, 잡곡빵, 샌드위치용 식빵, 오트밀, 유기농 계란, 간 파테, 누텔라까지. 이제 적어도 뭔가 집에 있다. 그리고 벤야민과 단은 주방에 앉아 서로 마주 보았다. 단은 한숨을 쉬었다.

클라우스 보세 형사는, 플레밍이 이른 오후 메레테 핀센에 대한 나머지 조사를 그에게 넘기자 전혀 행복해 보이지 않았다. 그가 무엇을 말해야 하는가? 다들 살인사건 한가운데 꽂혀 있는데 몇 시간째 회계장부 이야기만 하노라니 어차피 기분은 별로였다.

플레밍은 자동차에 앉자마자 스벤 페데르센에게 전화를 걸었다. 그는 피아와 함께 예른바네가데에 있는 집 주변을 조사 중이었다.

"페데르센입니다." 페데르센이 우물 밑바닥에서 울려 나오는 듯한 목소리로 전화를 받았다.

"그렇게 심각한가?"

"글쎄요, 과장님. 그렇다고 말할 수도 있죠." 페데르센의 목소리가 일순간 주변 도로와 화물차 소음으로 잘 들리지 않았다. "솔직히 말 씀드리면 오늘 종일 거의 아무런 성과가 없었습니다."

"무슨 일인지 한번 얘기해봐."

페데르센이 이야기를 시작했다. "소유권 관계는요, 굉장히 복잡합니다. 앞뒤 건물 모두 '칙 서포트 글로벌'이란 곳에 소속되어 있더라고요."

"이름 한번 거창하네."

"그러게요. 끝내주는 이름이죠?" 스벤 페데르센이 감정 없이 웃었다. "문제는, 더 이상 알아낼 수 있는 게 아무것도 없다는 겁니다. 칙 서포트 글로벌은 두 개의 다른 회사에 속해 있어요. 그리고 그 주인 은 지금까지 찾아내지 못했고요. 외국에 등록되어 있더라고요."

"그래도 덴마크에 대행사라든가 뭐 그런 게 있을 거 아닌가?" 플 레밍이 오늘의 첫 담배에 불을 붙였다.

"그런 것 같지 않습니다." 페데르센이 말했다. "모든 우편물이 전 부 하나의 사서함으로 갑니다. 그래서 저도 전통적인 방법으로 소유 주에게 편지를 보내 연락 달라고 했습니다."

플레밍은 자동차 창문을 내리면서, 소유권 관계와 건물 관리에 대한 몇 가지 질문을 던져야 할지 잠깐 고민했다. 그는 그냥 솔직해지 기로 결심했다. "이봐, 페데르센. 지금 내 머리가 터질 지경이야. 오늘 몇 시간 동안 회계장부와 회사 얘기만 들었거든. 그러니 이제 자네의 서면 보고서를 간절히 원해. 그 집에 사는 주민들하고 얘기 좀 해봤나?"

"바게 형사를 바꿔드리겠습니다. 저보다는 운이 좋았어요." 전화기를 넘기는 동안 주변 잡음이 들려왔다.

"글쎄요, 운이 좋았다고 해야 하나." 피아 바게가 전화를 받았다. "제 코앞에서 수많은 문들이 쾅 닫혔고요, 수많은 사람들이 갑자기 덴마크어를 더 이상 이해하지 못하고, 또 많은 문서들이 어쩐 일인지 사라져버렸어요. 낌새가 수상합니다, 토르프 과장님."

"무슨 말이지?"

"제 느낌상 주민들 대부분이 불법 체류자나 무슨 이유에선지 도망 다니는 사람들 같았어요. 거의 다 외국인이었고요, 모두 두려워하더라고요."

"흠."

"그런데 거기 한 사람……." 갑자기 재채기 소리가 나더니 그녀가 휴지를 꺼내 코 푸는 소리가 들렸다. "죄송해요. 망할 놈의 날씨." 그녀는 다시 한 번 코를 풀었다. "죄송해요. 그러니까 거기 사는 한 여성하고 이야기를 나눠봤는데요, 그럭저럭 영어로 대화가 가능했습니다. 사람들 많은 데서 얘기하긴 좀 곤란하다 해서 내일 오전에 카페에서 만나기로 했어요. 뭔가 알고 있는 것 같더라고요. 릴리아나와 샐리도 안다고 했습니다. 내일 저랑 같이 가시겠습니까?"

"그럼, 당연히 가야지." 그는 창밖으로 담배꽁초를 버렸다. "이름이 뭐라던가?"

"조라고 하던데요. 그리고 본인도 샐리처럼 나이지리아 출신이랍니다."

"뭔가 알고 있는 건 분명하겠군. 몇 시 약속인가?"

"10시 약속이에요."

15분쯤 뒤에 플레밍은 경찰서 본부 뒤에 차를 세우고, 옷깃을 높이 세운 채 건물 정문으로 빠르게 걸었다.

짙은 색 머리에 30대 초반으로 보이는 남자가 머뭇거리며 그에게 다가왔다. "플레밍 토르프 과장님이신가요?" 그가 물었다. 플레밍이 고개를 끄덕이자 남자는 악수를 청했다.

"르네 홀게르센이라고 합니다. 10분만 시간 내주실 수 있습니까?"

"르네 홀게르센이라고요? 쿠르트&코의 광고제작감독 말입니까?"

르네는 깜짝 놀라며 씩 웃었다. "숙제를 아주 잘하셨나 보네요."

플레밍이 말했다. "잘 오셨습니다. 내 방으로 갑시다. 커피 한잔 드릴까요?"

르네 홀게르센은 플레밍의 사무실로 가는 동안 잠시도 시간을 낭비하지 않았다. 그는 호기심 어린 시선을 계단 난간 기둥, 리놀륨 바닥, 기다란 복도로 활보하게 했고, 여권과의 유리문까지 유심히 살폈다. 그는 가는 도중 모든 것을 등록했다. 마치 언젠가 어느 디테일이라도 필요하게 될지 모른다고 생각하는 사람처럼. 가끔 인간을 혐오하기까지 하는 단 소메르달이 왜 그토록 이 젊은 감독에게 열광하는지 플레밍은 아주 잘 이해할 수 있었다. 그러나 젊다고 하기가 좀 애매한 것이, 자세히 보면 30대 후반으로 보였고 몇 미터 떨어져 보면 이제 막 고등학교를 졸업한 사람처럼 보였다.

플레밍과 컵을 들고 마주 앉자마자 르네 홀게르센은 곧바로 본론부터 말했다. "제가 릴리아나의 숨겨진 연인이었습니다. 과장님이 저를 찾고 계시다고……."

"그건 또 무슨 말이죠?"

"회사에 그렇게 소문이 돌고 있습니다." 그의 얼굴에 억지 미소가 번졌다. "소메르달 부장님이 피오나 크라우세에게 부탁했나 봐요. 릴리아나와 사귀었던 남자가 누구인지 찾아달라고요. 피오나가 하루 종일 일은 안 하고 그 얘기만 떠벌리고 다니더라고요."

"다른 사람한테 그 사실을 얘기하셨습니까?"

"아니요, 그래서 제가 여기 온 겁니다. 제가 릴리아나의 비밀 연인이었어요. 중요한 건 몰래 만났다는 겁니다. 그런 얘기를 피오나한테 절대 할 수 없지요. 광고하는 거나 다름없습니다."

"그럼 단한테는요?"

르네는 미소 지었다. "부장님은 사실 제일 먼저 털어놓으려고 했는데요, 전화를 통 안 받더라고요. 그래서 누군가 다른 사람에게 털어놔야겠다고 생각했습니다. 경찰이 전 직원을 이 쑤시듯 조사해서 이 사실을 알아내기 전에." 그는 커피를 한 모금 마시자마자 입안을 데었는지 얼굴을 찡그리고는 컵을 내려놓았다. "그런데 과장님이 우리 회사로 보낸 경찰한테는 말하고 싶지 않았어요. 빌룸센이라던가, 으……. 화난 얼굴에 말투도 어찌나 지독한지……."

"좋아요. 이제 날 찾아왔으니 얘기해보세요."

"할 얘기가 그렇게 많지는 않습니다. 저녁 늦게 회사에 남아 있던 날 우연히 릴리아나와 얘기를 했어요."

"에스토니아 말을 할 줄 아세요?"

"아니요, 릴리아나는 다른 사람들이 생각하는 것보다 덴마크어를 잘해요. 너무 수줍음을 많이 타서 말을 잘 안 할 뿐이죠." 갑자기 르네의 눈에 눈물이 맺혔다. 그가 눈을 깜빡이자 눈물이 두 뺨을 타고 흘러내렸다. 가느다란 두 줄기 눈물은 금방 말랐다. 그의 목소리는 침착했다. "전 릴리아나가 정말 아름답다고 생각했고 사진을 몇 장 찍으려 했습니다. 그녀가 극구 사양했기에 허락을 받기까지 꽤 오랫동안 설득해야 했죠. 굉장히 수줍음을 많이 타요. 그녀가 덴마크에 오기 전에 어떤 삶을 살았을지 종종 생각해보곤 했어요. 그런데도 그녀는 저한테 아무 얘기도 해주지 않았습니다."

"그게 언제였죠?"

"여름이었어요. 전혀 의도했던 것은 아니고요. 그냥 그렇게 됐어요." 그는 어깨를 으쓱했다. "저는 유부남이에요. 혼란스러웠지만 그냥 잠깐 스쳐 지나가는 것이라 생각했습니다."

"릴리아나도 당신처럼 생각했을까요?"

"그럼요, 확실해요." 그는 씩 웃었다. "말로 설명하긴 힘든데, 그녀역시 그런 생각을 했다는 걸 저는 분명히 알았어요. 그녀는 누구와사귀는 걸 원하지 않았어요. 아무튼 저하고는 원하지 않았어요."

"당신 부인은요?"

"아무것도 몰라요." 그는 플레밍의 눈을 바라보았다. "그리고 저는이 상태를 유지했으면 좋겠습니다."

"그렇게 되길 바라겠습니다." 플레밍은 담배에 불을 붙이고 르네쪽으로 담뱃갑을 밀었지만, 르네는 고개를 내저었다. "릴리아나한테선물을 준 적이 있나요, 르네?"

"보석 같은 걸 말씀하시는 겁니까? 저는 비싼 걸 사줄 형편이 못돼요."

"아니, 그냥 일반적인 선물이요. 꽃이라든가 책 같은 것."

"몇 주 전에 잠옷을 선물해줬어요. 하늘색 잠옷이었죠……. 그리고 몇 차례 꽃을 선물한 적은 있어요."

"와인은요? 초콜릿은?"

그는 천천히 고개를 저었다. "아니요, 그런 건 선물한 적 없습니다."

"샴페인도요?"

"릴리아나는 술 안 마셔요."

"혹시 그래도 한 병 정도 선물한 적도 없습니까?"

그는 짜증스러운 듯했다. "아뇨, 제가 기억하는 한 없습니다."

"월요일 저녁에 어디 있었나요, 르네?"

홀게르센이 고개를 들자 눈 주변이 어두워졌다. 마치 내면의 그림자가 눈 쪽에 드리워지기라도 한 것처럼. "그날 저는 자동차에 앉아서 바다를 바라보고 있었어요. 증인은 없어요. 끔찍한 알리바이죠."

"바다에 얼마나 오랫동안 계셨죠?"

"집에서 아내와 저녁 식사를 함께하고서, 7시에 아내를 학교에 데려다줬습니다. 야간 강좌를 수강하거든요. 정확한 강좌 이름까지 알고 싶으시다면 종교사고요. 수업이 끝나는 10시에 제가 다시 데리러 가기로 돼 있었죠. 그런데 갑자기 그냥 편안하게 앉아 자유를 만끽하고 싶어졌습니다. 전화기도 메일도 신경 쓰지 않고. 어둠 속에서 그냥 피오르를 바라보면서, 나머지 세상이 온통 까말 때 백조들이 어떻게 빛나는지를 보고 싶었습니다."

"그럼 10시엔요? 당신 부인이 알리바이를 증명해줄 수 있으면 될 텐데요……"

르네가 다시 고개를 흔들었다. "그게 안 돼요. 안타깝게도 알리바이가 없어요. 10시에 그녀를 데리러 가지 않았거든요. 피오르를 보다 잠들었어요. 그리고 제 전화기가 꺼져 있던 탓에 아내가 저한테 연락도 할 수가 없었습니다."

"그럼?"

"아내는 다른 사람 차를 타고 집으로 돌아왔어요. 저는 11시 30분이 다 돼서야 잠에서 깼고요. 이미 너무 늦었죠. 맙소사, 집에 가는 중에 제가 뭔가에 씌운 게 분명합니다!"

플레밍은 불행한 연인을 출입문까지 동행해주고서 그가 알가데로 사라지는 것을 바라보았다.

플레밍은 사무실로 돌아와 로네 빌룸센에게 전화했다. 그녀는 보고할 내용이 그다지 많지 않았고, 르네가 직접 수사과장을 찾아갔다는 사실에 기분이 상한 것 같았다. 어쨌든 그녀는 하루 종일 릴리아나의 연인을 찾아내기 위해 노력했다. 플레밍은 그녀가 오전에 단이 저지른 실수에 대해 볼멘소리를 늘어놓기 전에 대화를 마무리하고서 프랑크 얀센의 사무실로 갔다.

"얀센 형사, 오늘 벤야민 빈테르에 대해 새롭게 알아낸 사실이 있나?"

프랑크는 등을 보이고 앉아 지난 신문 스크랩 더미에 몰두하는 중이었다. "과장님, 혹시 아셨어요, 크리스티안순 도서관에 추리소설에 빠진 아주 상냥하고 협조적인 사서가 있다는 걸요?" 그는 뒤돌아 씩 웃었다.

플레밍도 미소 지었다. "위스키 한 병을 걸고 내기해도 좋아. 자네가 말하는, 그렇게 업무에 충실한 도서관 사서는 분명 여자일 거야. 그뿐 아니라 굉장히 싹싹하고 멋있겠지, 안 그래?"

프랑크가 얼굴을 찡그렸다. "토르프 과장님 앞에서는 아무 말도 못한다니까요. 맞습니다. 그런데 그 사서가 지난 30년간 덴마크에서 벌어진 특이한 사건이 나온 신문 기사를 전부 모아놨더라니까요."

플레밍은 눈썹을 치켜올렸다. "30년이라고? 사서가 몇 살인데?"

"꼭 젊어야 우아하고 잘 도와주는 건 아니에요. 은퇴할 나이가 가까운 사람도 그럴 수 있어요, 토르프 과장님." 프랑크 얀센은 장난스럽게 웃었다. 아마도 이런 기본태도야말로 프랑크 얀센이 이성에게서 특별한 성취를 거두는 열쇠 중 하나이리라고 플레밍은 생각하면서 새삼 존경하는 마음으로 그의 부하직원을 바라봤다.

그는 낡은 소파에 몸을 던지고는 물었다. "도서관 사서한테 새로 얻어낸 것 있나? 팩트나 가설, 아니면 흥미로운 소식이라도?"

"안타깝게도 아니요. 아직은 아닙니다."

"그 말 정말로 믿기 어려운걸. 지금 자네 모습을 보면, 사람들이 밀어놓은 버터 용기를 방금 찾아낸 고양이 같은 얼굴인데."

"내일까지만 시간을 주세요. 확실히는 모르겠는데 뭔가 있어요."

프랑크 얀센은 기대에 찬 얼굴로 신문 기사를 바라보았고, 플레밍은 자리에서 일어났다.

"내일 아침에 봐. 회의는 8시야."

저녁 식사를 마친 뒤 단, 마리아네, 앨리스, 벤야민 네 사람 모두 거실에 앉아 있었다.

단은 앨리스의 입맛을 고려해 덴마크식 미트볼인 프리카델러를 요리했고 푹 익힌 양파, 그레이비소스, 감자를 곁들여 저녁을 차렸다. 이제 식탁 위에는 커피와 마지막 잔술이 나왔다.

"우리가 처음 사귄 건 중학교 2학년 때였어요." 앨리스가 단조로운 목소리로 이야기를 시작했다. 악센트로 봐서 오르후스나 그 주변에서 자란 듯했다. "스무 살이 되어 결혼했고 아이를 낳았죠." 앨리스는 벤야민을 바라보며 고개를 끄덕였다. 몇 시간 전 단이 앨리스에게 준 진정제가 효과를 발휘하는 것 같았다. 게다가 식사하며 마신 와인과 지금 홀짝이고 있는 베일리스 더블도 진정 효과를 추가했을 것이다. 앨리스는 더 이상 손을 떨지 않고 눈물도 흘리지 않고 말할 수 있었다. 단이 보기에 엄청난 진전이었다. 앨리스와 벤야민이 나란히 앉아 있으니 한 가족이라는 게 그대로 드러났다. 느긋한 태도에, 짧고 넓은 앞니─아들은 회색, 어머니는 거의 자줏빛─에, 밝고 살짝 튀어나온 눈에. 나이와 성별과 몸단장에서만 구별되었다. 벤야민은 전형적인 진한 화장, 어머니는 맨 얼굴이었다. 앨리스의 밝은색 속눈썹과 눈썹은 그녀의 연분홍빛 피부에 묻혀 거의 눈에 띄지 않았다. 단은 앨리스가 마리아네와 같은 나이임을 알고 있었지만, 실제로 앨리스의 얼굴은 나이보다 열 살 이상 더 들어 보였다. 눈 주변 피부는 탄력을 잃었고 코에서 입술 끝까지 팔자 주름이 깊게 패어 있었다. 밝은색 머리칼은 얇고 푸석푸석했고 가장 단순하게 방치한 헤어스타일이라, 긴 앞머리가 시야를 뒤덮을 때마다 귀 뒤로 쓸어넘겼다. 그녀가 입고 있는 청바지는 가장 저렴한 품질이었고, 물이 다 빠졌으며, 너무 큰 사이즈였다. 어쩌면 최근에 살이 빠진 건가? 청재킷 안에는 블라우스와 피부를 더 창백하게 보이게 하는 연노란색 티셔츠를 입었다. 블라우스는 오른손 검지와 중지 사이의 니코틴 자국과 잘 어울린다는 것이 금세 드러났다. 앨리스는 멘톨 담배를 끊임없이 피워댔다. 단은 일정 시간 간격을 두고 창문을 열었다. 담배 연기에 질식될 위협을 느끼면 창문을 열었고, 이가 덜덜 떨리기 시작하면 문을 닫았다. 끝내주는군, 난민센터를 운영하는 것이 많은 노고를 필요로 하리라 생각하면서 단은 기침을 해댔다.

벤야민도 공기 오염에 일조했다. 자기 어머니처럼 쉼 없이 피워대지는 않았지만 역시 만만치 않았다. 그는 이틀 전 동료의 죽음을 발견했을 때 입고 있던 옷을 그대로 입고 입었다. 어쨌든 그에게서 나는 냄새가 그랬다. 그는 새 메이크업이 그가 앉은 어두운 구석에서 흰 가면으로 빛나게 할 기회를 누렸다. 그의 눈은 두 개의 검은 구멍이었다.

마리아네가 소파 위 앨리스 옆에 앉아 그녀의 손을 잡았다.

"첫해는 정말 좋았어요." 앨리스가 이야기를 시작했다. "그 사람이 나한테 위해서라면 못 할 일이 없었어요. 확실히 질투가 많긴 했지만, 사실은 나한테 잘 보이려고 그랬어요. 나한테 좋아해서 그런다고 생각했어요."

'나한테가 아니라 나를!' 단은 속으로 말했다. 그렇게 어려운 것도 아닌데. 그는 마리아네의 시선이 그를 쳐다보며 말하는 것을 느꼈다. '지금은 그냥 입 다물고 가만히 있어. 이 문법 광 같으니!' 단은 한숨을 쉬었다.

"그래요, 그 사람이 가끔 때린 적은 있어요. 그런데 술을 마셨을 때만 그랬어요. 술이 깨고 나면 정말 잘못했다고 사과했어요." 앨리스는 아무에게도 시선을 주지 않고, 두 줄로 나뉘어 떨리는 연기로 타들어 가는 담배를 쥔 자신의 오른손만 바라봤다. "솔직히 말해, 그 정도면 괜찮은 거라고 오랫동안 믿었어요. 십 분간 나한테 두들겨 패고 나서는 십오 분간 섹스했어요. 그런 다음 며칠 동안은 양처럼 순해져요. 아마 그래서 내가 그 사람을 내쫓지 않았을 거예요. 제 담당 정신과 의사가 말하기를 제가 그러고서……" 그녀의 목소리가 더 이상 나오지 않았다. 그녀는 담뱃불이 필터에 닿아 셀룰로오스와 타르 타는 냄새와 함께 꺼져버릴 때까지 같은 자세로 앉아 있었다. 그러다 당혹한 눈빛으로 꽁초를 보고는 재떨이에 던지고서 새 담배에 불을 붙였다.

"앨리스, 벤야민이나 내가 얘기하는 게 낫지 않겠어요?" 마리아네의 목소리가, 평탄하고 지루한 들판을 돌아다니고 난 뒤 시원하게 조잘대는 샘물처럼 울렸다. 단은 유틀란트 동부 란데르스에서 보낸 어린 시절이 마리아네에게 부드러운 음성을 남겼으리라는 생각을 여러 번 했었다. 유틀란트 사람들과 얘기할 때마다 유독 목소리가 조용했다. "앨리스의 가족 이야기는 내가 알고 있으니, 내가 중간에 잘못 말할 경우엔 두 사람이 고쳐주면 되잖아요." 마리아네가 덧붙였다.

앨리스는 고개를 들지 않고 어깨만 으쓱했다. 마리아네가 벤야민을 쳐다보자 그도 어머니의 어깨 제스처를 완벽하게 똑같이 따라 했다. 마리아네는 소파에 기대 처음부터 이야기를 시작했다. "자, 그러니까 단, 사실은 아주 끔찍한 이야기야. 여성과 아동 폭력에 관한 얘기인데 그게 결코 단순하지 않아. 중대한 차이점 한 가지는, 벤야민의 아버지 욘이 비정상적으로 잔인하고 그 탓으로 세 번이나 교도소에 다녀왔다는 거야. 처음에 자기 부인 학대로 3개월 형을 받았는데 여성 보호센터에서 은신하고 있던 앨리스와 아이들을 공격했어."

"아이들이라고? 벤야민, 형제가 있어?"

"남동생이 있었는데 죽었어요."

그 얘기에 앨리스가 움찔하긴 했지만 가만히 있었다. 마리아네는 방해받은 것을 알아차리지 못한 듯 계속 얘기를 이어갔다. "욘이 감옥에서 나올 때 앨리스와 아이들은 이름을 바꾸고 다른 도시로 이사

갔어. 아무 소용 없었지. 욘은 일주일도 안 돼서 이들을 찾아냈고, 후회하고, 울먹이고, 애걸했어. 앨리스—물론 당시에는 앨리스라는 이름이 아니었지—가 그를 다시 받아들일 때까지. 몇 달간은 정말로 변했나 싶었대. 술도 거의 마시지 않았고 가족들도 때리지 않았고. 그러나 당연히 오래가지 않았지. 어느 날 오르후스의 옛 동료들을 만났나 봐. 밤늦게 술에 잔뜩 취해 집에 돌아와 자던 부인을 침대에서 끌어 내렸어. 그날의 구타는 말 그대로 체계적인 고문이나 다름없었어. 억누른 시간만큼 뭔가 쌓였을 테지. 잠에서 깨어난 벤야민이 침실로 와서 아버지가 어머니를 때리는 모습을 목격한 거야. 욘은 그걸 말리려던 벤야민까지 두들겨 팼고."

"그때가 몇 살이었어, 벤야민?" 단이 물었다.

벤야민은 헛기침을 했다. "일곱 살이요."

마리아네는 머리를 숙이고 훌쩍이는 앨리스 쪽으로 키친타월을 밀었다. "앨리스는 몇 주간 병원에 입원해야 했어. 아이들은 종일 돌봐주는 보호소로 보내졌고."

"그냥 보육원이라고 말씀하셔도 돼요." 벤야민이 말했다.

"이번에 욘은 집행유예 없이 3년 형을 받았어. 그리고 가족에게 접근을 금지하는 더 강한 처벌을 받았어. 앨리스와 아이들은 두 번째로 이름을 바꾸고 다른 도시로 떠났어. 이번에는 더 먼 곳으로, 유틀란트 남부로 갔지. 그 지역 경찰이 벤야민 가족을 돌봐줬어. 경찰은 욘이 출소해도 아이들까지 확실히 보호받을 거라고 약속했어. 게다가 욘이 출소한 뒤에 혹시라도 이들 앞에 나타날 경우 경찰에게 즉시 알릴 수 있는 알람까지 제공했지." 마리아네는 잠시 이야기를 쉬었다. 거실에는 두 가지 소리만 들려왔다. 구석의 바구니 안에서 루페가 코 고는 소리와 앨리스가 훌쩍이는 소리가 거의 규칙적으로 번갈아 울리고 있었다.

단은 헛기침을 했다. "그래서 어떻게 됐어?" 그는 잠깐 멈추는 시간도 견디지 못했다.

"2년쯤 지나 출소했지. 그리고 일주일 뒤에 가족들을 찾아냈어."

"대체 그런 일이 어떻게 가능해?"

"그 얘기는 나중에. 아무튼 어느 날 오후에 앨리스가 아이들이랑 집으로 들어가려는데 갑자기 욘이 나타난 거야. 먼저 앨리스의 휴대전화와 알람을 찾아내서 바로 부숴버렸지. 산산조각이 되는 데 몇 초밖에 안 걸렸고. 앨리스는 저항할 틈조차 없었어. 그다음 환심 사기가 시작됐어. 아이들에게 주려고 스타워즈 장난감까지 가져왔지. 둘째 아들 필립이 아빠를 보고 반가워했어. 벤야민은 아버지에 대한 끔찍한 기억이 남아 있기에 확실히 경계하는 반응이었고."

"저는 그때 깜짝 놀라 죽는 줄 알았어요." 벤야민이 말했다.

마리아네가 벤야민을 따뜻한 눈빛으로 바라보았다. "당연해. 넌 굉장히 이성적으로 행동했어."

벤야민이 자리에서 일어났다. "맥주 좀 가져와도 될까요?"

"그럼. 누구 또 맥주 마실 사람 있어?" 단이 벤야민을 따라갔다.

앨리스와 마리아네가 고개를 끄덕였고, 잠시 후 다들 투보그 클래식을 하나씩 자기 앞에 놓고 있었다.

마리아네가 이야기를 재개했다. "욘은 앨리스를 설득하려 했지만…… 이번엔 절대 넘어가지 않았지. 욘에게 당장 사라져달라고, 제발 조용히 놔둬달라고 부탁했어. 욘이 술에 취한 상태가 아니니 별로 위험하지 않을 거라고 생각했고. 그런데 알고 보니 욘은 앨리스 때문에 온 게 아니었던 거야. 어차피 그녀와의 관계는 분명히 끝났고 그 사실을 그도 받아들인 거지. 그는 아이들을 원했던 거야. 앨리스는 욘이 그런 생각을 했다는 것에 충격받았어. 그러다 격한 싸움이 벌어졌고 벤야민은 무서워서 자기 방으로 도망갔어."

"제가 그때 필립을 데려가야 했어요." 앨리스가 앉은 소파 팔걸이 위에 걸터앉아 있던 벤야민이 중얼거렸다.

"넌 그때 아홉 살밖에 안 됐어. 그때 일어났던 일에 넌 아무런 책임도 없어." 마리아네가 말했다. "필립은 그때 식탁 위에서 츄바카 장난감을 갖고 놀고 있었어. 겨우 여섯 살이었지. 필립이 당시 상황을 얼마나 이해했는지는 모르겠지만, 당시 앨리스가 보기에는 두려워하는 것 같지 않았대." 그녀는 팔을 뻗어 앨리스를 감싸 안았다. 앨리스는 고개를 마리아네의 어깨에 푹 파묻었다. "요약하자면 욘이 갑자기 필립을 낚아채서 자동차로 데려갔어. 앨리스가 뒤따라 뛰어갔지만 욘이 훨씬 빨랐어. 금세 필립을 조수석에 앉히고 문을 안에서 걸어 잠가버리고, 앨리스가 오기 전에 시동까지 걸고. 욘이 주차장을 나가는 걸 보고 앨리스는 지름길로 가서 욘을 못 가게 막으려고 했어. 그런데 차 앞으로 달려오는 앨리스를 보고도 그는 멈추지 않았어. 브레이크 한 번 밟지 않고 그냥 가속페달을 밟아 들이받고 가버린 거야. 앨리스는 피 흘리며 의식을 잃은 채 길바닥에 쓰러졌고."

"저는 경찰차와 구급차가 오고 나서야 무슨 일이 벌어졌는지 알았어요." 벤야민이 대화에 끼어들었다. "창문으로 필립을 데려가버린 걸 보고서 겁먹었어요……. 그리로 달려갔을 땐 이미……." 그는 말을 잇지 못했다. 마리아네가 다시 대화를 이어갔다.

"벤야민은 다시 다른 보육원에 들어갔어. 앨리스가 병원에 있어야 했으니까. 앨리스는 뇌에 충격을 받아 몇 주 동안 의식을 못 차렸어. 그 뒤에도 아주 오랜 기간 재활 치료를 해야 했고. 그러면서 서서히 회복한 거죠, 앨리스?" 앨리스는 고개를 들지 않고 끄덕이기만 했다. "그렇다 해도 제대로 된 일을 할 수는 없었어. 끔찍한 두통으로 시달렸고 경련 발작이 자주 찾아왔으니까." 마리아네가 말을 이었다. "그래서 벤야민이 계속 어머니 옆에 있는 거야. 둘이 그렇게 잘 지내고 있는 거지. 그렇죠?" 앨리스가 다시 고개를 끄덕였다.

"그럼 필립은?" 단은 자기 목소리가 너무 컸다는 것을 깨달았다.

마리아네는 다른 쪽 팔로도 앨리스를 끌어안았다. 마치 이중으로 그녀를 보호하려는 듯. "욘이 앨리스를 치고 달아나다 사고가 났어. 아마 필립이 자기 엄마가 차에 치인 걸 보고 이상하다는 느낌을 받았겠지. 어쨌든 욘은 법정에서 나중에 이렇게 진술했어. 필립이 갑자기 핸들을 잡아 차선을 넘어버렸고, 건너편에서 전속력으로 달려오던 화물차와 충돌하면서 필립이 앞 유리로 튕겨 나갔다고."

"안전벨트는?"

마리아네가 고개를 저었다. "그 자리에서 즉사했어." 마리아네는 앨리스를 두 팔로 꽉 끌어안았다. 그녀는 마취된 환자처럼 보였다. 더 이상 눈물을 흘리지 않았다.

벤야민은 왼손으로 자기 어머니를 쓰다듬으며 말문을 열었다. "필립이 땅에 묻히던 날 어머니는 병원에 있었어요. 저한테는 그 자리에 참석하기에 너무 어리다고 사람들이 그랬고요."

"이제 두 사람 이름은 벤야민과 앨리스 빈테르야. 두 사람의 옛날 이름이 뭐였는지는 나도 몰라. 이름을 세 번이나 바꿨고, 세 번째로 새 도시로 이사한 거야. 이번에도 신상이 공개되지 않는 비밀 주소이고."

앨리스가 웅얼거렸다. "나도 우리 이름이 뭐였는지 이제 기억 안 나요. 서로 그냥 '얘야', '엄마', 그렇게 부르죠."

"정말 끔찍하군. 믿을 수 없는 얘기야." 단은 이 공허한 단어들이 자기 혀에 남긴 점액질 자국을 짚어보려다가 잠시 입을 멈췄다. 이 윽고 그의 눈썹이 일그러졌다. "내가 여전히 이해할 수 없는 건, 욘이 두 사람을 어떻게 그리도 빨리 찾았냐는 거야. 여성 보호센터에서라면 불가능한 일은 아니겠지만 개명해서 신분증을 새로 발급받고 다른 도시로 이사하면…… 거기서도 신원보호를 위해 주소가 공개되지 않았다면, 그런 경우 사람을 찾는 일은 평생이 걸릴 수도 있을 텐데."

"이 문제와 또 다른 얘기가 있어, 단. 그것 때문에 이 얘기가 더 특수해진 거야." 마리아네는 앨리스를 안고 있던 두 팔을 놓고서 맥주를 한 모금 들이켰다. "무슨 일이 있어도 플레밍한테 얘기하면 안 돼, 절대로."

"제발 그만해! 플레밍은 그저……."

"플레밍은 경찰이야, 단. 그리고 욘도 마찬가지야." 마리아네는 남편에게 시선을 똑바로 고정하고서 말을 계속했다. "더 정확히 말하면 과거에 경찰이었어. 보안경찰. 업무능력이 뛰어났고 동료들 사이에서 인기가 아주 많았어. 수사과로 부서 이동을 신청하자 주변에선 대단한 경력을 쌓으리라 예상했지. 그러다 가정 폭력으로 재판을 받으면서 물거품이 되어버린 거야. 배우자에게 폭력을 휘둘러 처벌받은 사람이 수사과에서 고위직까지 오를 순 없지 않겠어?"

단은 고개를 저었다. 새로운 정보가 그의 머리로 하나둘 입력되었다. 이야기가 어떤 식으로 전개될지 예측 가능했고, 듣기 좋은 이야기는 결코 아닐 것이었다. 그러나 그는 아무 말 없이 앉아 있었다.

"그래도 옛날 동료들 사이에서 욘은 여전히 공개적으로 인기가 좋았어. 놀랄 만큼 매력적이라 확 느껴졌다고 앨리스가 그랬어. 그리고 아무리 감옥에 있었다 해도 옛 동료와 축구공 차는 것도 경찰한테 못 하게 할 순 없잖아, 안 그래? 어떻게든 옛 동료를 구워삶아 자신의 무죄를 주장했겠지. 사람들은 무슨 일이 일어났는지 결코 알 수 없을 거고. 그런데 그의 옛 일터에 우리가 아는 모든 비밀이 누설될 만한 자리가 하나 있어. 그래서 석방되자마자 자기 아내의 개명한 이름과 주소를 알아낸 거야."

"완전 스캔들이군!"

"맞아, 그런데 두 번째는 더 끔찍했어. 그 시점에서는 옛 동료와 친구들 사이에서 아무리 순진한 멍청이라도 욘이 생각만큼 무구하지 않다는 걸 명백히 인지하고 있었지. 하지만 이 남자는 바보가 아니야. 옛 동료 중에서 최근에 이혼으로 고생한 사람을 얼른 찾아냈어. 그 동료의 아내는 새 직장을 얻어 세 아이를 전부 데리고 프랑스인가 이탈리아로 가버렸다나 봐. 그 동료는 온갖 수단을 동원해 손써보려 했지만, 결국 아이들을 만나려면 그가 프랑스나 이탈리아로 이사하거나 아이들의 여행비를 감당하기 위해 복권에라도 당첨돼야 하는 상황이었대. 이혼 과정에서 아버지보다 어머니 의견이 우선시되는 시스템에 진절머리가 나 있었고. 어느 날 저녁 욘은 그 동료를 만나 사연을 들어주면서 맥주잔을 계속 채워주고는, 자기도 희생자라며 자신의 문제를 털어놓았어. 자기가 정말 바보천치고 더 이상 앨리스가 돌아올 희망은 없다고. 하지만 자기는 아이들 없이 살아갈 수가 없다고. 이제 막 이혼한 경찰이 무슨 상황인지 제대로 이해

165

도 하기 전에 욘은 앨리스의 비공개 주소를 알려달라고 그를 설득했어. 그렇게 해서 일이 벌어지게 된 거야. 필립은 죽었고 앨리스는 중상을 당해 장애인이 됐고." 마리아네는 맥주병을 비웠다. "그 동료는 물론 벌점을 받고 정직 처분을 받았지. 앨리스와 벤야민에겐 별로 위안이 되지 않았어. 어마어마한 피해가 일어났고 그 피해는 회복될 수 없었으니까."

단은 앨리스를 바라보았다. "그럼 지금은 경찰 보호를 받지 않는 거예요?"

"경찰 보호요? 말도 마요!" 앨리스는 담배를 비벼 끄고 새 담배에 불을 붙였다. "경찰 보호가 지금까지 나한테 뭘 해줬죠?"

"두 사람은 이번에 스스로 새로운 삶을 시작했어, 단." 마리아네가 설명했다. "자동차 사고는 14년 전에 일어났어. 욘은 겨우 5년 형만 받았지. 다시 말해 벤야민이 9년 동안 그 개자식으로부터 숨어 사는 데 성공한 거야. 경찰의 도움 없이 말이야." 그녀는 손을 앨리스의 팔 위에 얹었다. "나는 몇 년 전부터 앨리스의 주치의였는데도 이 이야기를 몇 달 전에야 들었어. 그 정도로 두 사람은 조심하고 있는 거야."

"그런데 지금 나한테 그 얘기를 하고 있잖아. 어째서?"

벤야민과 마리아네가 시선을 교환했다. 앨리스는 소파에 앉아 눈을 감고, 절반쯤 잠든 것 같았다.

"아버지가 여기 있어요. 크리스티안순에요." 벤야민이 말했다. "제가 직접 봤어요. 그것도 세 번이나."

"아버지가 확실해? 14년이나 되었다면 그동안 변화가 있었을 거 아니야. 게다가 아버지를 마지막으로 본 게 아홉 살이라면……."

"확실해요." 벤야민이 턱을 앞으로 내밀었고, 더욱 자신감에 차 보였다. "분명히 아버지가 맞아요. 그동안 제가 아버지를 관찰해왔거든요."

그의 어머니가 눈을 번쩍 떴다. "뭘 했다고?"

벤야민은 헛헛한 웃음을 지었다. "어머니와 전 이름을 바꾸고 주소도 숨기고 살았지만 아버지는 옛날 이름 그대로예요. 욘 페테르 프란센." 벤야민은 그날 저녁 스무 번째 담배에 불을 붙였다. "아버지를 지켜봤던 건 좋은 생각이었다고 봐요. 1년에 몇 번씩 그리로 가서 아버지가 뭘 하고 다니는지 몰래 지켜봤어요."

단과 마리아네, 앨리스 세 사람 모두 충격을 받아 고개를 절레절레 내저었다. "너 정신이 어떻게 된 거 아니니?" 앨리스가 말했다.

"그럴지도 모르죠. 그래도 몇 가지 찾아낸 게 있어요. 그 쓰레기 같은 인간이 어떤 모습인지도 알고 무슨 차를 타고 다니는지도 알아요. 지금도 그 인간을 훨씬 쉽게 관찰할 수 있지요. 그럴 것 같지 않아요?"

"그럴 수 있지." 마리아네가 말했다. "네가 여기서 아버지를 세 번 봤다는 이야기 좀 해봐. 최근 상황에선 아주 훌륭한 작전이었다는 것을 인정할 수밖에 없구나."

"맨 처음에 본 건 3주 전이었어요. 그보다 좀 더 지났을 수도 있고요. 제가 그날도 4시 45분에 릴리아나를 태우러 갔어요. 그녀는 항상 예른바네가데에 있는 자기 집 앞 인도에서 기다려요. 아니, 기다렸죠. 그날도 그랬어요. 그녀가 자동차에 타자마자 어떤 남자가 다가와 차 문을 확 잡고 안 놔주는 거예요. 문을 닫을 수가 없었죠. 저는 그 남자 배하고 가슴 부분만 봤어요. 바지 위로 불룩 나온 배에 빨간 티셔츠와 갈색 가죽재킷이 보이는데 왠지 모르게 익숙하더라고요. 그러다 목소리를 듣고 바로 아버지라는 걸 알아차렸어요." 벤야민은 마음속에서 짐 한 조각이 덜어지는 것에 안도하는 듯했다. "릴리아나는 덴마크어를 많이 몰라도 아주 잘 알아들었어요. 그가 '샐리가 위에 있어?'라고 물으니 릴리아나가 고개를 흔들더라고요. 그가 릴리아나의 팔을 잡아채고 다시 묻자 릴리아나는 '없어요!'라고 소리쳤어요. 그러고 나서야 아버지가 놓아줬어요. 우리는 바로 출발했고요."

"릴리아나가 그 사람이 누군지, 왜 샐리를 찾는지 같은 얘긴 안 해줬어?"

벤야민은 고개를 저었다.

"그런데 얼굴도 못 봤다면서 그가 욘인지 아닌지 어떻게 확신해?"

"출발할 때 얼굴을 봤어요. 백미러로 분명하게 그의 얼굴을 봤어요. 착각일 리가 없어요."

"그 사람도 너를 봤니?"

"그때는 못 봤어요. 두 번째 봤을 때는 저를 알아봤는지 아닌지 잘 모르겠어요." 그는 자기 어머니가 반 시간 전에 했던 것처럼, 자기 손을 바라보았다. "제가 주방에서 릴리아나의 시신을 발견했을 때요. 제가 그 위에 몸을 숙이고 어떻게 된 건지 보려고…… 그러고서 바로 섰는데 위쪽에 무슨 불빛이 보이더라고요. 거기 회사 지붕에 유리창 있잖아요. 그 위에서 아버지가 릴리아나의 시신을 내려다보고 있는 거예요." 벤야민은 눈을 질끈 감았다. "순간 저는 패닉 상태가 됐어요. 그래서 경찰에 신고하지 않고 그냥 집으로 달려간 거예요. 그리고 그런 이유로 어머니가 저한테 입 다물고 있으라고 간청한 거고요. 저는 아버지가 릴리아나를 죽인 게 분명하다고 생각했어요. 그런데 나중에 어머니 말을 듣고 나니 그도 일리 있겠다는 생각이 들더라고요. 그 사람은 가로테 같은 흉기를 사용하는 사람이 아니래요. 자기 주먹을 훨씬 더 즐겨 쓴다고. 그리고 만일 그가 살인을 저질렀다면 왜 지붕 위에 올라가 있었겠어요? 도망가는 게 훨씬 더 논리적이겠죠." 벤야민은 일어나서 서성거렸다. "제가 이름을 대서 아버지가 체포되면, 아버진 다른 정보를 금방 알아내겠죠. 만일 아버지가 살인범이 아니라면 신속하게 자유의 몸이 될 거 아니에요. 그럼 다음은요?"

"그 사람을 세 번 봤다고 했지?"

"네, 세 번째는 오늘 오전에 유치장에서 나올 때 봤어요. 경찰서 문 앞에서 누군가를 기다리고 있는 것처럼 서 있더라고요. 그 순간 저를 기다리고 있으리라는 느낌이 들었어요. 주방에서 릴리아나의 시신을 보는 동안 아버지가 저를 봤잖아요. 어쩌면 제가 릴리아나를 죽인 범인이라고 생각하고서 저를 협박하러 온 것일 수도 있고. 아니면 자기를 봤다는 얘기를 하지 말라고 당부하러 왔을 수도 있고." 벤야민은 카펫 위를 이리저리 거닐었다. "저는 너무도 경악한 나머지 계단에서 꼼짝할 수 없었고, 아버지는 저를 더 자세히 볼 수 있게 됐어요. 표정이 밝아지더라고요. 저를 향해 미소 지은 채 다가왔어요. 그러더니 '마르크!'라고 소리쳤어요. 그게 원래 제 이름이에요. 그가 '마르크!'라고 불렀을 때 저는 이제 죽었다 싶었어요."

"그래서 어떻게 했어?" 단이 필사적으로 방황하는 형상을 눈으로 따라가며 물었다. "그 사람과 얘기했어?"

"미쳤어요?" 벤야민은 자리에 멈춰 단을 똑바로 쳐다봤다. "당연히 안 했죠. 미친 듯이 도망쳤어요. 전속력으로 달렸죠. 시청 광장 뒤

좁은 골목으로 들어가 숲으로 도망쳤어요. 처음에는 제 이름을 큰 소리로 부르며 뒤쫓아오다가 결국 저를 놓쳤어요. 그리고 몇 분이 지나 아버지가 이 상황에서 어떻게 할 것인가를 떠올리고는 다시 치를 떨어야 했어요. 그한테는 어려울 게 없잖아요. 옛 동료들한테서 정보를 얻는 게 처음도 아니고. 게다가 제가 경찰서를 떠나는 걸 직접 보기까지 했고, 우리의 새 주소와 새 이름을 알고 있는 사람들이 잔뜩 있잖아요."

"아아!"

"그래요, 아아!" 검은 옷을 입은 청년이 뒤돌아 말했다. "이제 이해하시겠어요? 다시 시작이라고요. 새 이름에 새 주소, 새 도시, 새 일자리. 제 목을 조이고 있어요."

목요일

끝나지 않은 살인

동틀 녘 겨울을 알리는 첫서리가 풀잎과 가지와 전나무 잎 위에 뿌려져 마법의 가루처럼 반짝였다. 금방이라도 요정들이 나올 것 같은 분위기라고 베네딕테는 생각했다. 그녀는 고개를 숙이고 천천히 걸었다. 그녀가 신은 고무장화에 밟혀 미세하게 부서지는 얼음 파편이 바스락 소리를 냈다. 엄마가 이번 주말에 달리아 구근을 집 안에 들여놔서 다행이네. 안 그랬으면 다 얼어 죽었을 거야. 그녀는 솔방울 한 개를 집어 들었다. 솔방울 반쪽은 하얗게 얼음막으로 덮여 있고 땅에 닿아 있던 다른 반쪽은 갈색 그대로였다. 그녀는 장갑 한쪽을 벗고 솔방울을 덮고 있는 얼음막에 검지를 갖다 댔다. 그녀의 따스한 손가락이 닿자마자 얼음막이 금세 녹아버렸다. 그녀는 그 자리에 쪼그리고 앉아 서리가 내린 풀밭 위에 손바닥을 얹었다. 냉기가 작은 바늘로 찌르듯 손바닥을 파고들었다. 손을 치우자 하얗게 반짝이는 서리 위에 초록색 자국이 어렴풋이 남았다. 자기도 모르게 입가에 미소가 지어졌다. 그녀는 바짓가랑이에 손을 쓱 문질러 닦고 따뜻한 손뜨개 장갑을 다시 꼈다.

숲길로 들어서고서 아까부터 푸테의 총총거리는 발소리가 들리지 않는다는 것을 그녀는 문득 깨달았다. 한길에서 벗어난 이후로 강아지는 단 한 번도 짖지 않았다. 주위를 둘러보았다. 푸테가 그녀와 멀리 떨어지는 일은 좀처럼 없었다. 그녀는 나지막하게 강아지를 부르다가 목청을 높였다. 영롱하게 반짝이는 서리의 마법은 순식간에 사라져버렸다. 그저 차갑고 단조로운 분위기만 감돌 뿐이었다. 그녀의 귀에 세차게 요동치는 자신의 맥박 소리가 들렸다. 어디선가 참새 몇 마리가 먹이통을 놓고 시끄럽게 다투는 소리도 들리는 듯했다. 그것 말고는 나뭇가지를 흔드는 바람 소리만 스산하게 들려왔다. 베네딕테는 기다려보기로 하고 해변 쪽으로 발길을 돌렸다. 손차양한 채 강아지가 어디 있는지 살피면서 이따금씩 푸테를 불렀다. 걸음을 멈출 때는 꼼짝 않고 서서 귀를 기울였다. 갑자기 아주 멀리서 멍멍 짖어대는 소리가 들려왔다. 그녀는 해변을 따라 발걸음을 재촉하며 다시 강아지를 불렀다. 그토록 애타게 찾아다닌 보람이 있었다. 아직 어린 테리어종 강아지가 작고 하얀 대포알처럼 그녀를 향해 돌진해왔다. 푸테는 조그맣고 단단한 발로 물을 사방에 튀기며 그녀의 품 안에 뛰어들어 얼굴을 핥기 시작했다. 강아지를 찾아서 기쁜 마음도 잠시, 바로 고약한 냄새가 코를 찔렀다.

"우웩, 푸테! 너 도대체 뭘 먹은 거야?" 그녀는 안고 있던 강아지를 얼른 땅에 내려놓았다. "먹은 것도 모자라 그 안에서 또 신나게 뒹굴었나 보네. 내가 못 살아!" 그녀는 나무라는 목소리로 소리치며 외투 소매로 얼굴을 닦았다. 강아지는 행복에 겨운 눈빛으로 자신의 주인을 바라보았다. 꼬리를 흔들고 두 눈을 반짝이며, 숨을 헐떡이는 박자에 맞춰 선홍색의 긴 혀를 날름거렸다. 베네딕테의 눈에는 아담하고 다부진 강아지 몸에서, 썩은 내가 진동하는 악취 구름이 뭉게뭉게 피어나는 것만 같았다. 푸테는 한번 큰 소리로 짖더니 자기가 달려온 방향으로 몇 미터를 되돌아갔다. 그러고는 다시 짖어댔다.

"안 돼!" 베네딕테가 단호하게 외쳤다. "어림없어, 푸테! 집에 가야지!" 그리고 너 목욕도 좀 해야겠어. 그녀는 이 말을 속으로만 생각하고 입 밖에 내지 않았다. 푸테가 8개월밖에 안 된 월령이지만 목욕이라는 단어를 알아들을지도 모른다고 느꼈기 때문이다. 그녀는 몸을 돌려 집으로 걸음을 옮겼다. 잠시 후 푸테가 잘 따라오는지 돌아보자 강아지가 아까 온 방향으로 다시 달려가고 있는 것이 보였다. 아무리 이름을 불러도 고개도 돌리지 않고 달리던 푸테는 해초더미처럼 보이는 뭔가에 다다르자 그제야 멈춰 섰다. 꽤 떨어진 거리에서도 베네딕테는 강아지가 뭔지 모를 그 덩어리에 뛰어들어 몸을 뒹굴면서 얼마나 좋아하는지를 알아차렸다. 죽은 물고기를 발견하고 저 난리일 거라고 그녀는 생각했다.

베네딕테는 한숨을 내쉬고 강아지를 데려오기 위해 해변을 따라 걸었다. 오늘은 출근이 늦겠다고 생각하고서, 그녀는 강아지가 그토록 신나게 몸을 뒹굴고 있는 그 덩어리의 정체를 보았다. 푸테가 꽤 많이 뜯어먹기까지 한 것 같은데. 비틀비틀 바닷가에 다다르자 그녀는 구역질을 참을 수 없었다.

키엘 하네고르 국장이 웬일로 아침 회의에 모습을 드러냈다. 그는 특별히 논의에 끼어드는 일 없이 회의실 탁자 끝자리에 두 손을 포갠 채 앉아 있기만 했다. 플레밍은 이 상황을 어떻게 받아들여야 할지 종잡을 수 없었다. 그는 하네고르가 이 사건에 대한 관심이 지대해서 회의에 참석한 것이려니 생각하고 싶었다. 하지만 단지 그 이유 때문에 하네고르가 이례적으로 회의에 참석했을 리 없다는 것을 플레밍은 누구보다도 잘 알았다.

회의가 끝나자 하네고르는 예상대로 자리에서 일어나지 않은 채 플레밍에게 고갯짓으로 그대로 앉아 있으라는 신호를 보냈다. 플레밍은 의자 등받이에 몸을 기대고 앉아 로네 빌룸센을 눈으로 좇았다. 그녀는 회의 시간 내내 단 한 번도 그와 눈을 마주치지 않더니 이제, 아침에 그녀가 흔히 취하는 행동 템포에 어긋나게 다른 동료들과 함께 순순히 회의실을 빠져나갔다. 아하! 그러니까 일이 그렇게 된 거였군. 왜 그 생각을 미처 못 했을까? 갑작스럽게 마련된 이 면담의 주도권을 잡기로 작정한 플레밍은 마지막 한 사람까지 방을 나가고 문이 닫히자 바로 하네고르를 향해 말했다.

"로네 빌룸센한테 무슨 이야기를 들으셨나 보네요. 그녀가 우리 둘 사이를 갈라놓으려고 애쓴다는 건 진즉에 알고 있었습니다만." 우리 둘. 플레밍이 경험한 바에 의하면, 하네고르는 무슨 결탁이나 파벌 형성 냄새가 나는 것에 늘 약했다.

플레밍의 예상은 빗나가지 않았다. 키엘 하네고르의 눈빛이 일순간 흔들리더니 그가 입을 열었다. "자네가 보기엔 어떤가, 토르프 과장? 내가 모든 정황을 알아야 판단을 내릴 수 있을 테니까."

플레밍은 웃음이 나려는 것을 억지로 참았다. 이제 하네고르의 생각을 예측하기란 식은 죽 먹기였다. "단 소메르달 때문에 그러시는 거죠?" 플레밍은 자신의 상관이 고개를 끄덕일 때까지 기다렸다가 다시 말을 이었다. "하나도 문제 될 것 없습니다." 그는 자리에서 일어나 두 사람이 마실 커피를 한 잔씩 가져오더니 하네고르 가까이에 있는 의자에 앉았다. "단과 저는 거의 평생 알고 지내온 사이고 언제나 가장 친한 친구였어요. 어쨌든 그 친구는 제가 세상에서 가장 신뢰하는 사람인 셈이죠." 그는 상관의 눈을 쳐다보았다. "로네 빌룸센한테 들어서 아시겠지만, 단은 광고대행사 쿠르트&코 직원이에요. 지금은 잠시 병가를 낸 상태지만요. 스트레스 때문이라더군요. 이쪽 계통에서도 허다한 일이죠." 플레밍은 커피를 한 모금 마셨다. "월요일 저녁에 단 부부의 식사 초대를 받아 갔었어요. 11시 반쯤 제가 그만 집에 가려고 막 외투를 걸치는데 전화벨이 울렸어요. 그리고 단소메르달의 직장에서 한 여성이 사체로 발견되었다는 소식을 들은 거예요. 그 친구를 현장에 데리고 가는 게 당연한 일 아닌가요?" 이번에는 하네고르가 조금 주저하며 고개를 끄덕였지만, 플레밍은 개의치 않고 이야기를 계속했다. "단은 피해 여성이 누군지 우리에게 즉각적으로 말해줄 수 있었고, 사건 현장이 익숙한 장소였기 때문에 예컨대 출입 시스템 등 여러 가지 유용한 정보를 제공했습니다. 덕분에 우린 몇 시간이나 걸릴 수고를 덜 수 있었죠. 이튿날 저는 단에게 피해 여성과 안면이 있을 만한 사람들에 대해 신속하게 브리핑을 해달라고 부탁했어요."

"그건 다 아는 얘기고." 키엘 하네고르가 답답한 듯 말했다. "그런 걸 가지고 문제 삼자는 게 아닐세. 자네가 아무 생각 없이 처신하지는 않았을 테니까. 내가 자네와 얘기하고 싶었던 건 다름이 아니라 소메르달이……."

"제 이야기를 끝까지 들어보시죠." 플레밍이 그의 말을 가로막았다. "그래서 우리는 기껏해야 희생자의 이름만 알아냈을 법한 상황이었는데, 단 소메르달로부터 또 다른 선물을 받게 된 거예요. 순전히 자발적으로 나서서……." 과장이 너무 심한가? 천만에! 하네고르는 그의 이야기를 거부감 없이 받아들이고 있는 듯했다. "……단은 피해 여성이 어디서 누구와 함께 살았는지도 알아냈습니다."

"알겠네, 알겠어. 그런데……." 키엘 하네고르가 다시 말을 자르려고 했다.

"게다가 단이 저와 같이 그 집에 가지 않았더라면 피해 여성에게 숨겨놓은 애인이 있었다는 사실을 우리가 알아내기까지 시간이 한참 걸렸을 거예요."

"그래, 하지만……."

"단은 여러 가지로 우리에게 큰 도움이 되었다는 말입니다." 플레밍은 말을 계속했다. "그리고 단은 어제 자신이 메레테 핀셴의 언니에게 입을 놀리는 순간 엄청난 실수를 저질렀다는 것을 잘 알고 있어요. 그 일로 제가 그 친구를 심하게 나무라기는 했지만, 굳이 빌룸센에게 이야기할 필요는 없다고 생각했습니다. 아마도 그녀가 잔뜩 성이 난 건 그 때문일 겁니다."

하네고르가 벌떡 일어났다. "그만 좀 하라고, 토르프 과장!" 그는 탁자 위에 가죽바인더를 올려놓고 펼쳤다. "제발 나도 말 좀 하자고! 로네 빌룸센이 볼멘소리를 한 건 맞아. 그래서 나는 자네가 수사를 지휘하고 있으며 내가 자네 판단력을 신뢰한다는 입장을 그녀에게 충분히 밝혔지. 이 부분만큼은 더 이상 왈가왈부할 필요가 없는 것으로 받아들여도 좋네."

플레밍은 자신의 얼굴에 미소가 번지는 것을 느꼈다. 하지만 키엘 하네고르의 다음 말에 정신이 번쩍 들었다. "그렇게 히죽거릴 처지가 아닐 텐데." 그는 바인더에서 신문지 뭉치를 꺼내 플레밍을 향해 던졌다. 낱장으로 흩어진 신문지들이 회의실 탁자를 거의 뒤덮어버렸다. 하네고르가 문을 향해 걸음을 옮기면서 말했다. "자네의 그 똑똑한 친구가 크리스티안순 경찰을 지금보다 더 바보로 만들지나 않았으면 좋겠군." 그는 고갯짓으로 플레밍이 정신없이 간추려 모으고 있는 신문지들을 가리켰다. 흩어진 신문지들을 간신히 다 모았을 때는 키엘 하네고르가 이미 회의실을 나간 후였다.

플레밍은 대충 정리가 된 신문지 뭉치를 뒤집어 앞면을 살폈다. 일순간 그의 심장이 멎는 듯했다. 그가 염려했던 것보다 상황이 훨씬 더 심각했다. 엄청나게 선명한 단의 컬러사진이 실려 있었는데, 일이 년 전에 찍은 사진으로 보였다. 그는 몸에 딱 붙는 검은 티셔츠 위에 이탈리아 명품 브랜드의 재킷을 입고 갈색으로 그을린 이마 위에 아르마니 선글라스를 걸친 차림새였다. 단은 미소를 짓고 있는데도 어딘가 아이러니해 보였다. 플레밍은 한때 단의 트레이드마크였던 카리스마와 침착함, 그리고 천성적인 자신만만함을 생각하자 갑자기 횡격막이 당기는 느낌이 들었다. 플레밍은 지금도 그런 면에 끌리면서 다른 한편으로 정떨어지기도 했다. 사진 속 단은 빡빡머리 시절의 데이비드 베컴과 꼭 닮아 보였다. 다만 그가 사진에서 자랑스럽게 내보이고 있는 것이 축구 우승컵이 아니라 추상적인 크리스털 조각상이라는 것만 다를 뿐이었다. 무슨 광고캠페인에 대한 시상식에서 찍힌 사진일 거라고 플레밍은 생각했다. 지면 상단에 '지역 경찰은 TV2의 라이프스타일 전문가에게 도움을 청해야 하는 처지'

라는 헤드라인이 달려 있고, 사진의 아랫부분에는 '대머리 탐정'이
라는 표제가 대문짝만하게 인쇄되어 있었다. 그리고 신문 하단 귀퉁
이에 플레밍의 사진이 조그맣게 나와 있었다. 그는 한 손에 담배를
들고 쿠르트&코 회사 앞에 서서 전화통화를 하는 중이었는데, 거센
바람에 그의 머리칼을 비롯해 코트와 목도리까지 모두 한 방향으로
펄럭이고 있었다. 그의 모습은 어떻게 해야 할지 몰라 헤매는 사람
같았다. 그 아래쪽으로 다음과 같은 기사가 실려 있었다. '월요일에
일어난 미모의 청소부 릴리아나 살인사건을 수사 중인 경찰은 여전
히 오리무중이다.《엑스트라블라데트》의 취재에 따르면 관할 수사
과장 플레밍 토르프는 순전히 광고대행사 크리에이티브디렉터 단
소메르달 덕분에 이 복잡한 사건을 수사하면서 지금까지 그나마 성
과를 거둘 수 있었다. 더 자세한 소식은 4, 5, 6면에 그리고 2면에 사
설과 함께 실려 있다.'

맙소사! 플레밍은 한숨을 내쉬었다. 다른 면에 실린 기사들을 재
빨리 훑어보았다. 상황이 안 좋았다. 하이디 포스케라는 기자가 광
고대행사 직원들과 조심성 없이 떠벌린 경찰관들을 취재한 모양이
었다. 살인사건에 대해, 그리고 수사 과정에서 단이 한 역할에 대해
서만 보도한 것이 아니라, 하이디 포스케는 플레밍과 단의 고등학교
동창을 찾아내서 인터뷰하기도 했다. 그 동창생은 옛날에도 둘 중에
단이 더 똑똑했고 여학생들 사이에서도 인기가 많았다고 떠들어댔
다. 그리고 서로 달라도 너무 다른 플레밍과 단이 고등학교를 졸업
한 후에도 어떻게 계속 붙어 다닐 수가 있는지 도무지 이해가 안 된
다고 덧붙였다. 기사에는 고등학교 주말축제에서 각자 한 손에 맥주
한 잔씩 들고 어깨동무를 한 채 축구 관련 노래를 부르는 플레밍과

단의 모습이 담긴 낡고 흐릿한 사진 한 장이 실려 있었다. '인생친구들: 축제는 계속된다'라는 제목과 함께. 기사에 플레밍의 성은 시종일관 틀리게 적혀 있었다. 그는 기사를 훑으면서 전 국민과 공유하고 싶지 않은 두 친구의 과거사가 아주 조금이라도 실린 부분이 있는지 살폈다. 기자가 그런 이야기는 들은 게 없나 보다 하고 그는 안심했다. 다행히 그녀가 취재한 동창생들이 아주 소수에 불과한 것 같았다. 마리아네가 원래 플레밍의 여자친구였다는 사실은 그의 가족조차 모르고 있었다. 그녀는 당시 그의 단짝친구 단을 딱 한 번 보고 호감을 느꼈고, 그때부터 세 사람 모두 힘든 시기를 겪게 되었다. 하지만 세 사람은 그 시기를 잘 극복했다. 플레밍은 진즉에 상실감을 안고 살아가는 법을 배웠고, 세 사람은 그 이야기를 꺼내는 일이 거의 없었다. 사실상 마리아네가 플레밍에게 이별을 고한 그날 저녁 이후로 삼각관계에 대해서는 두 번 다시 언급되지 않았다.

그는 사설을 읽어보기 시작했다. 경찰이 '호기심 많은 아무나'를 사건 현장이나 가택 수색에 데려가지 못하도록 분명하게 요구하는 내용이었다. 이 사설의 필자는 경찰이 단 소메르달의 도움을 받는 건 수사 책임자가 그럼으로써 자기 자신의 무능함을 감출 수 있기 때문이라고 상당히 노골적으로 주장했다.

플레밍은 자기 방으로 가서 문을 닫고 단에게 전화를 걸었다. 그는 어제 있었던 일들을 전화에 대고 간략하게 브리핑한 다음, 본래 하려던 말을 꺼냈다. "단, 미안하지만 네가 당분간 수사에서 손을 떼야겠어. 불평불만이 오죽 많아야 말이지."

"마침 잘됐군." 단이 플레밍의 예상보다 더 태연한 반응을 보였다. "안 그래도 처리할 일이 몇 가지 있어서."

"그래." 플레밍이 말했다. 그는 서서히 아침의 활기를 띠기 시작한 시청 앞 시장 너머를 바라보다가 다시 입을 열었다. "혹시《엑스트라 블라데트》봤어?"

"그런 쓰레기 같은 신문은 읽지 않는데. 왜?"

"그래도 오늘 자 신문은 읽어봐. 여러 가지로 너한테 흥미로울 테니까. 읽어보면 네가 당분간 탐정 노릇을 왜 삼가야 하는지 이해가 갈 거야."

전화를 끊고 나서 플레밍은 몇 분 동안 두 손으로 머리를 받치고 신문 기사에 대해 생각하기 시작했다. 괜한 짓인 줄 잘 알면서도 그는 언제나처럼 단과 자신을 비교함으로써 자존심에 큰 상처를 입었다. 그리고 늘 그래왔던 것처럼 자신의 속상함을 죽마고우에게 내보이지 않기 위해 자신을 추슬러야 했다. 엄밀히 말해 플레밍이 단처럼 똑똑하지 못한 게 단의 탓도 아니었다. 어쨌거나 지금까지 경찰 일은 늘 플레밍의 영역이었다. 그런데도 오랜 세월 이 일을 해오는 동안 그의 이름이 신문에 언급된 것은 서너 번에 그치는 반면, 수사에 참여한 지 이틀이 될까 말까 한 단을 신문 1면에 대문짝만 하게 싣고 별명까지 붙여주면서 호들갑을 떠는 것은 참으로 어이가 없는 일이었다. 그 순간 전화벨이 울려 플레밍은 움찔했다. 황급히 수화기를 들다가 하마터면 놓칠 뻔했다. "토르프입니다."

"당직인데요. 오메루프 해변에서 시신이 발견되었답니다."

"그래?"

"순찰차를 현장으로 보냈습니다."

"그래서 뭐라던가?"

"이십 대 중반 여성이고, 사망한 지 이삼 주 이상 된 것 같다네요."

"제기랄!" 그는 수화기를 귀에 댄 채 힘겹게 코트를 걸쳤다. "기르싱 박사를 불러. 그리고 얀센도. 현장 주변은 차단했나?"

"벌써 다 조치했습니다. 과학수사팀을 현장으로 보냈고, 기르싱 박사도 가고 있는 중입니다. 바게와 얀센은 경찰서 앞에서 대기하고 있고요."

3분 뒤 플레밍은 자신을 기다리고 있던 바게와 얀센을 데리고 차에 올랐다. 피아 바게가 운전을 하고 플레밍은 조수석에 앉았다. 프랑크 얀센은 뒷좌석에 앉아 《엑스트라블라데트》를 뒤적거렸다. "이 신문 보셨어요, 과장님?"

"신경 안 써." 그는 낮은 소리로 내뱉고 안전벨트를 맸다.

"보나마나 빌룸센 계장님이 그랬을 겁니다."

플레밍은 몸을 돌렸다. "그건 또 무슨 소리야?"

"그게⋯⋯." 프랑크가 얼굴을 붉히며 흥분했다. "그러니까 빌룸센 계장님은 어제 단이 입을 함부로 놀려서 엘리사베트 룬이 자기 동생에게 미리 경고할 기회를 준 셈이라고 거의 폭발 직전이었거든요. 도저히 있을 수 없는 일이라면서 화를 냈어요. 족벌주의라나 뭐라나. 홀크한테 들으니 신문사에 제보해야 한다고 떠들어댔다던데요."

플레밍은 눈썹을 치켜올렸다. 그는 피아 바게를 곁눈으로 슬쩍 보았다. 나이 어린 여형사는 경찰서를 나선 후로 귀도 멀고 말도 못 하는 것처럼 보이려고 최선을 다하고 있었다. 아이들 앞에선 부부 싸움을 하면 안 되는데. 플레밍은 화제를 바꾸기로 하고 뒷좌석에 앉은 얀센에게 물었다. "누가 시신을 발견했지?"

"조향사 교육을 받고 있는 19세 여학생이요." 프랑크 얀센은 자신의 노트패드를 들여다보았다. "이름은 베네딕테 올센입니다. 정확히 말해 그녀의 개가 시신을 발견한 거죠. 주인이 말려도 소용이 없을 만큼 개가 신나서 시신을 헤집어놨나 봅니다."

"윽!"

"개 이야기는 하지 말걸 그랬습니다." 프랑크는 쓴웃음을 지었다. "지금은 안전거리를 확보해서 개를 묶어놓았으니까 안심하셔도 돼요."

"개 주인은? 베네딕테 올센이라고 했나?"

"아직 현장에 있으니까 바로 심문할 수 있어요."

피오르 해안을 따라 차를 타고 가는 동안 그들은 내내 침묵을 지켰다. 아무리 음울한 계절이라 해도 그곳이 덴마크에서 가장 아름다운 절경 가운데 하나라는 사실은 변함이 없었다. 차가 그 절경 속으로 미끄러져 들어가면 갈수록 더 다양한 모습이 눈앞에 펼쳐졌다. 만과 곶이 많은 해안선일수록 그 모습이 더 자주 바뀌며, 멀리서 볼 때조차 그렇다는 생각이 들었다. 플레밍은 피오르 해안이 내다보이는 집에서 사는 꿈을 결코 포기하지 않았다. 물론 무리하지 않고 형편에 맞는 집 한 채. 그의 아내가 반대하는 바람에 일찍이 그 꿈을 실현하지 못했다. 카린은 시골에서 자랐기 때문에 도시를 벗어나서 살고 싶은 마음이 추호도 없었다. 그녀의 표현을 빌리자면 법과 질서를 벗어난 곳은 싫다는 것이었다. 아무 말 없이 플레밍은 그녀가 어릴 때 가정 폭력을 당했기 때문이리라 짐작했다. 시골에서는 이웃집이 너무 멀리 떨어져 있어 그녀가 아무리 비명을 질러도 들리지 않았을 테니까. 그는 몸을 똑바로 세우고 헛기침을 했다. 그 생각은 더 이상 하지 않기로 했다. 그의 아내와는 이미 끝난 사이이므로 이제 시골로 옮기는 것을 막을 사람은 아무도 없었다. 그리고 이런 곳에서 좀 아담한 집을 구하면 그리 비싸지도 않을 것이었다.

피아는 국도를 벗어나 바닷가로 바로 이어지는 자갈길 위로 천천히 차를 몰았다. 그녀가 GPS를 켜자, 상냥한 여자 목소리가 2백 미터 앞에서 좌회전하라고 길을 가르쳐주었다. 좌회전하고 나니 전자 길잡이는 목적지에 도착했다고 안내했다. 이곳은 문명과 공공 도로망을 벗어나 있었으나, 여전히 해변까지는 꽤 떨어진 거리였다. 막다른 길에 들어선 바게는 해안선을 따라 이어진 다른 길을 택했다. 50미터쯤 달리자 바다로 이어진 듯 보이는 좁은 사유도로가 나왔다. 여기저기 아침 서리의 흔적이 남아 있는 풀 위에 선명하게 타이어 자국이 난 것으로 보아 방금 전 여러 대의 차량이 이 길을 지나갔음을 알 수 있었다. 피아 바게는 주저 없이 그 길로 접어들어 해변 방향으로 차를 몰았다. 그녀는 그들보다 앞서 도착한 차량들 근처에 주차했다. 순찰차 한 대와 범죄과학수사팀의 흰색 이송차량 한 대, 스벤 기르싱의 은회색 고물 시트로엥 삭소, 그리고 처음 보는 검은색 스즈키 SUV가 세워져 있었다. 설마 기자가 와 있는 건 아니겠지? 플레밍은 그의 '매력적인 대머리 파트너'에 대해 질문을 받으면 못 견딜 것이다.

세 사람은 녹색 해안 식물과 썩은 갈색 해초 더미 사이에 난 좁은 길을 일렬로 줄지어 걸었다. 얀센이 해초 더미를 발로 툭툭 차보았다. 여름이면 그의 발 주위에 구름처럼 몰려들었을 모래벼룩 떼는 다 죽었는지 보이지 않았다. 아니면 겨울잠을 자러 갔거나 추운 계절을 나기 위해 마요르카로 옮겨갔을지도 모르지. 과연 모래벼룩이 그 멀리까지 옮겨갈 수 있을까 상상이 안 되긴 하지만. 바닷가에서는 바람이 훨씬 차게 느껴졌다. 플레밍은 안쪽이 양털로 된 모자를 귀까지 푹 덮어쓰고 있는 피아가 부러웠다. 그는 자신의 심장을 보온막으로 둘러싸기라도 하듯 코트 깃을 세우고 어깨를 잔뜩 움츠렸다.

가는 철막대 사이에 쳐진 좁은 줄무늬 나일론 끈이 바람에 펄럭이고 있었다. 해안 식물이 자라고 있는 곳 끄트머리에서부터 바닷물 속으로 1미터쯤 들어간 지점까지 사각으로 폴리스라인이 설치되어 있었다. 마스크로 얼굴을 반 정도 가리고 두꺼운 재킷 위에 흰색 나일론 오버올을 걸친 과학수사팀원 네 명이 시신을 살피는 중이었다. 30~40미터쯤 떨어진 곳에 젊은 커플이 서로 팔짱을 끼고 서 있었다. 여자는 조그만 흰색 강아지 한 마리를 목줄에 맨 채 데리고 있었다. 〈틴틴의 모험〉에 나오는 강아지 스노위처럼 생겼군. 플레밍은 이렇게 생각하면서 여자의 시선에 답하고 다섯 손가락을 펴서 높이 들었다. 5분만 기다리라는 뜻으로. 그녀는 고개를 끄덕이고 옆에 있는 남자에게 더 꼭 달라붙었다.

흰색 옷을 걸치고 있는 무리 중 한 명이 시신 옆에 쪼그리고 앉아 있다가 그들이 다가오자 힘겹게 다시 일어났다. 스벤 기르싱이었다. 그는 뒤뚱뒤뚱 폴리스라인을 넘으면서 라텍스 장갑을 벗었다. 키가 작고 땅딸막한 체구의 법의관인 그의 몸은 야외에서 체조 동작을 하기에 버거워 보였다. 마침내 그들 앞에 섰을 때 그의 붉고 숱 많은 눈썹 위에는 추운 날씨에도 땀방울이 맺혔다. "토르프 과장, 얀센 형사 그리고 숙녀분." 그가 고개를 끄덕이며 인사했다.

"저는 신참이에요, 기르싱 박사님. 피아 바게라고 합니다." 피아는 손을 내밀며 덧붙였다. "만나서 반갑습니다."

그가 악수를 받았다. "그녀와 같은 또래군요, 바게 양."

네 사람 모두 몇 미터밖에 떨어져 있지 않은 곳에 흠뻑 젖은 채 형체를 알아볼 수 없게 널브러져 있는 덩어리를 쳐다보았다.

"더 말씀해주실 건 없습니까, 기르싱 박사님?" 플레밍은 시신을 더 자세히 보려고 폴리스라인을 넘었다. "나중에 박사님 보고서를 읽어보면 알겠지만, 단서가 될 만한 두세 가지만 미리 귀띔해주시고 난 다음에 따뜻한 차를 타고 사모님이 기다리는 집으로 가시면 어떨까요?"

스벤 기르싱은 자신의 차나 아내를 떠올리는지 미소를 짓더니 이내 진지한 표정으로 돌아와 대꾸했다. "시신은 이십 대 중반의 흑인 여성이고. 얼마 전까지 물속에 잠겨 있다가 어제 사나운 폭풍이 몰아치는 바람에 해변으로 떠밀려온 것 같은데요. 사망한 지 최소 2주는 지난 듯 보이는데, 더 오래되었을 수도 있어요. 수온이 5, 6도라서 시신의 부패 속도가 늦춰졌을 가능성이 있기 때문에 사망 시각을 정확하게 추정하기가 힘들어요."

"사인은요?"

"아직 뭐라고 단정 짓고 싶진 않지만, 딱 보니 단순 구타사인 것 같아요. 치아가 여러 개 부러졌고 코와 광대뼈가 함몰된 데다가 두개골 파손도 두 군데 이상 보이고…… 이 담요를 가르면 뭐가 나올지 생각하기도 싫네요."

"담요라고요?"

"울담요로 시신을 둘둘 만 다음 아주 평범한 흰색 밸야드(항해할 때 깃발이나 돛을 낮추거나 들어 올리기 위해 쓰는 밧줄—옮긴이)로 묶어 놨더군요." 기르싱이 말을 이었다. "담요에 싸인 상태로 옮겨서 검시해야 해요. 그래야 증거물이 불필요하게 훼손되는 것을 막을 수 있으니까."

"그러니까 지금은 말해줄 게 아무것도 없다는 건가요? 피해 여성이 그…… 성폭행당한 흔적 같은 건 없고요?"

"이따 늦은 저녁 시간에 다시 한 번 물어봐요. 그때쯤이면 알게 될 테니." 그는 얀센의 어깨에 몸을 기대면서 폴리스라인 줄을 간신히 넘었다.

"고맙습니다, 기르싱 박사님." 플레밍은 돌아서서 몇 미터 더 앞으로 걸어갔다. 그리고 해초로 뒤덮인 담요에 싸여 형체를 알아볼 수 없게 훼손된 시신을 더 자세히 살폈다. 틀림없이 흑갈색이었을 두 눈이 있어야 할 부분이 퀭하니 파여 있었다. 그의 시선은 굵기가 몇 밀리미터밖에 안 될 정도로 가늘게 땋은 머리로 옮겨갔다. 수백 갈래는 될 성싶은 길고 검은 땋은 머리가 남은 게 별로 없는 시신의 얼굴을 빙 둘러 펼쳐져 있어 검은 코로나처럼 보였다. 멀리서 보면 썩은 해초 더미 같지만, 가까이서 보니 땋은 머리 한 가닥 한 가닥이 정성스러운 작품이었다. 하루 온종일이 걸렸을 텐데, 누가 생전의 샐리를 위해 이 많은 머리 가닥을 땋아주었는지 알아낼 수 있을까?

그런 생각을 하다가 문득 한 가지가 그의 머리를 스쳤다. "바게 형사?" 그는 피아 바게를 손짓해 불렀다. "오늘 우리가 만나기로 했던 그 사람 말이야, 샐리의 친구……."

"이름이 조예요."

"만나기로 한 약속을 취소했나?"

"시내로 돌아가자마자 제가 전화하기로 했는데요."

"시신의 신원을 확인하려면 조가 여기 와줘야겠는데."

피아 바게는 고개를 끄덕이며 말했다. "샐리의 시신이라고 생각하시는 거죠?"

"그래." 플레밍은 과학수사팀과 이야기 중인 얀센을 내버려두고 피아와 함께 개를 데리고 있는 젊은 커플에게 다가갔다.

"수사과장 플레밍 토르프입니다." 그는 먼저 자기소개를 했다. "베네딕테 올센 양이시죠?"

베네딕테 올센이 고개를 끄덕였다. 그는 그녀가 조향사 교육을 받기에 충분한 나이라는 것을 알고 있었다. 그럼에도 줄무늬 비니모자를 쓰고 분홍색 고무장화를 신은 모습이 영락없이 열네 살짜리 소녀 같아 보였다. 베네딕테는 상냥한 미소를 지으며 그가 내민 손을 꽉 잡고 악수했다. 그는 목젖이 두드러지고 투박한 모양의 안경을 낀 붉은 머리 청년에게도 인사를 건넸다.

"시몬 요한센입니다." 붉은 머리 청년이 말했다. "베네딕테의 남자친구인데, 전화를 받고 왔어요."

플레밍의 시선이 다시 베네딕테에게로 향했다. "무슨 일이 있었는지 직접 보고 들은 것을 사실대로 말해주세요. 그런 다음 이름과 주소만 알려주면 됩니다. 물론 심리치료를 받을 수도 있어요. 정신적인 충격이……."

"이제 괜찮아요. 저희 어머니가 정신과 의사이기도 하고요." 베네딕테가 담담하게 대답했다. "지금 가장 신경 쓰이는 건 언제쯤 푸테를 목욕시킬 수 있으려나예요."

"푸테? 아, 이 강아지!" 플레밍은 고개를 끄덕였다. "알겠어요. 얼른 끝냅시다. 집을 나선 게 언제죠?"

그녀는 모든 질문에 침착하고 이성적으로 답변했으나, 시신을 발견하고 속이 어땠는지 설명하는 부분에서는 잠시 당황하는 듯했다.

"이 해변으로 강아지를 자주 데리고 나오나요?"

"대부분 주말에만 와요. 여기까지 오려면 꽤 먼 거리여서요. 평일에는 교육을 받으러 가야 하니까 여기까지 못 오고 숲길에서만 산책하는 편이죠."

"그럼 지난 일요일, 이 해변에 왔었나요?"

그녀는 골똘히 생각하면서 살짝 눈썹을 찌푸린 채 시몬을 쳐다보았다. 그러더니 갑자기 그녀의 얼굴이 환해졌다. "맞아요! 시몬도 같이 왔었어요. 기억나지, 자기야?"

그는 경찰 관계자 앞에서 낯간지럽게 '자기'라는 애칭으로 불리는 것에 당혹한 듯 보였다. "물론 기억나지."

"두 사람이 현장을 지나갔었는지 기억나나요? 그러니까 시신이 발견된……."

아주 짧은 순간이지만 그녀의 뺨에 핏기가 가시는 듯했다. 그녀에게 충고를 한 가지 한다면, 플레밍은 절대 포커 게임을 하지 말라고 할 것이다. 자신의 감정을 감추고 상대를 속이는 일에는 소질이 없을 테니까. "어머나!" 그녀가 외쳤다. "일요일에도 시신이 여기 있었냐는 말씀이신지……."

시몬이 헛기침을 했다. "분명히 이 지점을 지나갔는데, 장담컨대 시신 같은 건 없었어요."

두 사람은 자기 이름과 주소를 남기고 주차장 방향으로 사라졌다. 플레밍은 휴대전화를 꺼내 문자메시지를 보냈다. 그는 하네고르나 빌룸센, 혹은 《엑스트라블라데트》가 뭐라 떠들어대든 체면만 차리고 있을 일이 아니라고 생각했다.

단은 신문을 펼쳐 들었다. 그는 1면에 실린 사진을 응시하다가 더이상 참을 수 없었다. 그 사진은 1년쯤 전 캐나다 광고영화 페스티벌에서 찍힌 것이었다. 하필 이렇게 끔찍한 사진을 싣다니! 그 당시 그의 상태는 그야말로 최악이었다. 극심한 두통이 그를 신경질적으로 만들었고, 사람이 많거나 소음이 심하면 답답함을 느끼거나 불안해지던 시기였다. 그 사진은 그런 절망적인 상태를 적나라하게 보여 주고 있었다. 오른쪽 눈을 왼쪽 눈보다 크게 뜨고 있는 사진 속의 그는 멍청이 같아 보였다.

드르륵드르륵 진동이 울렸다. 라우라가 보낸 문자메시지일 거라고 생각하면서 그는 주머니에 손을 넣어 휴대전화를 꺼냈다. 기숙사 생활을 하고 있는 라우라는 내일 집에 와서 주말을 지내고 갈 계획이었다. 그녀는 부모 집에 스물세 살 청년이 와서 지내고 있다는 사실에 벌써부터 호기심을 억누르지 못하고 극성을 부리는 중이었다. 라우라는 벤야민에 관한 것이라면 뭐든 다 알고 싶어 했다. 단은 내키지 않았지만, 벤야민에 대해 가급적 공정한 이야기를 하려고 노력했다. 라우라가 그 밥맛 떨어지는 애송이 녀석에게 관심을 가져 그를 남편감 후보로 여기게 되는 참사가 일어나지 않기를 바랄 뿐이었다. 그러면서도 다른 한편으로 라우라가 되도록 벤야민과 잘 지내기를 바라는 마음도 있었다. 주말에 거실로 쫓겨나 지내는 것에 대해 라우라의 동의를 얻어야 했기 때문이다. 그러나 문자메시지는 라우라가 아니라 플레밍 토르프가 보낸 것이었다. '샐리 발견. 2, 3주 전에 사망'이라는 간단명료한 문자메시지였다.

단의 답신은 한 마디였다. '교살?'

플레밍도 마찬가지였다. '구타사.'

단은 목덜미 털이 곤두서는 것을 느꼈다. 엊저녁 앨리스와 벤야민한테 끔찍한 가정사를 전해 듣고 나서부터 폭력과 관련된 말에 지나치게 예민해진 탓이리라. 그는 잠을 설쳤고 얼굴 없는 남자들에게 쫓기는 여자와 아이들 꿈을 꾸기도 했다.

띠링! 그의 노트북에서 이메일이 도착했다는 알림음이 울렸다. 좋았어! 기다리던 크리스토페르 비스트루프의 답장이었다. 단은 마당발인 그 제작부장에게 벤야민의 친부 욘 페테르 프란센의 최근 사진을 구해봐 달라고 은밀하게 부탁했었다. 크리스토페르는 여러 언론사와의 연줄을 통해 몇 시간 만에 5년 전쯤 촬영된 사진 한 장을 구해서 보내왔다. 단은 첨부 파일을 저장한 뒤 포토샵으로 사진을 열었다.

맙소사, 소름 끼치게도 생겼군! 엊저녁 벤야민의 이야기를 듣고 험악하게 생겼으리라 예상은 했지만 이 정도일 줄은 몰랐다. 욘은 과거에 보디빌딩 같은 운동을 제대로 해서 몸을 잔뜩 키운 것 같았다. 거대한 몸집은 여전했으나, 이제는 우락부락 튀어나온 근육과 지방 덩어리가 묵직하게 자리를 잡고 있었다. 옅은 색 두 눈은 퀭하게 쑥 들어가 있고, 아래턱은 공성퇴(과거 성문이나 성벽을 두들겨 부수는 데 쓰던 나무 기둥같이 생긴 무기─옮긴이)로 대신 써도 될 모양새였다.

단은 벤야민이 루페의 가슴을 베고 누워 MTV를 보고 있는 거실 안으로 고개를 들이밀었다. 그는 헤드폰을 벗고 따라오라는 신호를 보냈다. 벤야민은 유연한 동작으로 몸을 일으키더니 단을 따라 주방으로 왔다. 노트북 화면 전체를 꽉 채우고 있는 사진을 슬쩍 보더니 벤야민이 움찔했다. 그는 약간 거리를 두는 것이 최선책이라도 되는 것처럼 문턱에 멈춰 섰다.

"네 아버지 맞아?"

벤야민이 고개를 끄덕였다. "몇 년 전 사진 같은데요."

"5년 전이지. 그사이 모습이 변했나?"

벤야민은 조심스럽게 한 걸음 더 다가왔다. "지금은 더 갈색으로 그을렸고 볼살이 조금 더 늘어졌어요." 그는 고개를 갸우뚱했다. "콧수염이 조금 더 긴 것 같은데, 말총머리는 그때나 지금이나 똑같네요. 그리고 배가 더 불룩 나왔고, 요즘은 갈색 가죽재킷을 입고 다니던데요." 단이 이미지편집 프로그램으로 조금 손보고 나자, 잠시 후 벤야민은 결과에 만족스러운 표정을 지었다. "깜빡하고 그의 자동차 번호를 메모해두지 못했는데, 새파란 마츠다 323이에요. 원래는 그 색이 아니었는데 직접 도색한 것 같아요. 얼마나 흉측한지 몰라요."

"알겠어."

"제가 찾아볼까요?"

"그럴 필요 없어. 여기서 네 어머니나 보살펴드려. 곧 깨어나실 테니까." 단은 수정한 사진을 프린트한 다음, 사진과 신문을 접어서 가장 두꺼운 외투 주머니에 집어넣었다. 그러고는 스키모자를 귀가 덮이도록 눌러쓰고 루페에게 목줄을 맸다. "괜찮아?" 비쩍 마른 벤야민이 구부정한 모습으로 계속 문턱에 서 있는 것을 보고 단이 물었다.

"그럼요." 벤야민은 루페의 목덜미를 쓰다듬었다. "우리한테 베풀어주신 모든 것에 정말 감사드려요." 그는 바닥만 내려다보며 중얼거리더니 단을 쳐다보지도 않고 뒤돌아서서 텔레비전 앞의 자기 자리로 가버렸다.

단은 병원으로 가서 아내와 점심을 같이 먹기로 했다. 괴르틀레르가데에서 병원까지 직선코스로 걸어가면 5분도 채 안 걸릴 터였다. 시간 여유가 있어서 그는 좁은 골목들을 지나는 우회로를 택했다. 알가데 맞은편에 위치한 그 골목길에는 최근 몇 년 사이 새로 문을 연 가게들이 줄지어 있었다. 그는 지금까지 눈여겨보지 않았던 가게 앞에서 발걸음을 멈췄다. 간판이 붙지 않은 그 가게의 쇼윈도는 조약돌과 조개껍질로 이루어진 받침대, 그리고 그 위에 놓인 키 큰 테라코타 화병으로 꾸며져 있었다. 화병에는 흰 백합 세 송이가 꽂혀 있고, 그 옆에 박제된 갈매기 한 마리가 놓여 있었다. 단은 이곳이 무슨 가게인지 도무지 가늠할 수가 없었다. 여행사? 장례업체? 꽃집?

그가 온갖 추측을 하느라 여념이 없는 사이, 가게 문이 열리더니 웬 금발머리 여자가 밖으로 나왔다. 단은 그녀를 첫눈에 알아보았다.

"어? 안녕하세요!"

"단! 여기서 만나다니 반가워요!" 헨리에테 쿠르트가 다짜고짜 남쪽나라 방식으로 그에게 인사했다. 오른쪽 뺨 방향으로 한 번, 왼쪽 뺨 방향으로 한 번, 그리고 오른쪽으로 또 한 번, 그렇게 허공에 세 번 입맞춤하는 방식이었다. 그녀가 그의 팔뚝을 너무 꽉 잡고 입맞춤하는 바람에 그 당혹스러운 인사를 피할 수가 없었다. 이번에도 역시나 단은 왼쪽 오른쪽이 헷갈려서 하마터면 쿠르트 부인과 박치기를 할 뻔했다. 어째서 사람들은 악수를 나누는 것만으로 만족하지 않을까? 그는 그런 생각을 하며, 헨리에테가 그를 놓아주자마자 얼른 한 걸음 뒤로 물러났다.

"아, 강아지를 데리고 나왔네요. 암컷이죠? 이름이 뭐예요?" 그녀가 새하얀 치아를 드러내며 미소를 지었다. 남편을 데리고 가서 파격 할인가에 같이 미백 시술이라도 받았나?

"수컷이고 이름은 루페예요." 단은 자신의 말투가 의도했던 것보다 조금 더 친절하게 들리기를 바라며 서둘러 덧붙였다. "어쨌든 만나서 반갑네요. 아까부터 여기 서서 무엇을 파는 가게일까 궁금해하던 참이었어요." 그는 화병과 박제된 갈매기가 있는 쪽을 고갯짓으로 가리켰다.

"웰니스죠."

"웰니스? 그럼 수영장이나 사우나 시설이 있어야 하는 거 아닌가요? 저 안이 그 정도로 넓나?"

헨리에테가 더 활짝 미소 지었다. "마사지, 스킨케어, 머드팩 같은 거 말이에요. 여기서 주는 파워 스무디는 최고예요. 마리아네한테 이야기해주면 엄청 좋아할 텐데요!"

"네, 그렇겠죠." 그가 이곳에 와보라고 말하면 마리아네는 폭소를 터뜨릴 것이다. 그녀는 참을성이 너무 없어 오랜 시간 가만히 앉아 있지 못할 테니까. "간판이 하나도 없는 게 이상하지 않나요? 간판이 없으니 여기가 뭐 하는 곳인지 어떻게 알고 사람들이 들어오겠어요? 이래서야 어디 손님이 있으려나?"

"단, 이런 가게는 지나가다 우연히 들어오는 손님한테 전혀 신경을 안 쓴답니다." 헨리에테는 여전히 미소 띤 얼굴로 말을 이었다. "입소문으로 듣고 찾아오는 고객들한테만 관심이 있거든요. 내 말이 무슨 뜻인지 이해할지 모르겠네요."

나 참! 단은 어이가 없었다. 마케팅과 브랜딩은 어쨌거나 여전히 그의 전문 분야라서 그녀의 말이 무슨 뜻인지 이해하고도 남았다. 그럼에도 그런 식으로 장사하는 사람들의 오만한 생각에 왠지 모를 혐오감이 들었다. 이제 슬슬 다른 이야기로 넘어가는 게 나을 것 같았다.

"회사에서 일어난 일은 정말 끔찍하죠? 쿠르트는 완전히 제정신이 아니겠네요."

"그러게 말이에요." 그녀는 웃음기가 싹 사라진 표정에 맑고 파란 눈으로 단을 쳐다보며 한숨을 내쉬었다. "어제는 경찰이 우리 집에 왔었어요."

"그래요?"

"나더러 쿠르트의 알리바이를 입증하라더군요. 다행히 그건 어렵지 않았어요. 우리 모두 그날 저녁 내내 집에 있었으니까요."

"그 사건으로 쿠르트 사장한테 혐의를 두다니 상상할 수도 없는 일이에요." 단이 말했다. "그가 뭐하러 자기 회사 청소부를 살해하겠어요?"

"그러니까요!"

"어쨌든 누군가 범행을 저지른 것은 사실인데, 도대체 왜 그랬을까요?"

"쿠르트는 도둑의 소행으로 보고 있어요."

"도난당한 물건이 아무것도 없는데요?"

"그래요. 하지만 뭔가 훔칠 겨를이 없어서 그대로 달아났을지도 모르죠. 어쨌든 끔찍한 일이에요." 헨리에테는 그에게 거창한 인사를 시작하기 전에 보도 위에 내려놓았던 왕골가방을 집어 들었다. "범인이 누군지 빨리 밝혀지기를 바랄 뿐이에요."

"릴리아나의 친구도 실종되었다는 거 알아요?" 단이 물었다. 그는 샐리라는 그 친구 역시 사체로 발견되었다는 내부 정보를 떠벌리고 싶지는 않았다. 괜히 입을 잘못 놀렸다가 난처한 일이 벌어진 것은 한 번으로 족했다. "그 친구 이름이 샐리라고 했던가?"

"네,《벤스트레블라데트》에서 봤어요." 그러면서 헨리에테는 그에게 한 걸음 앞으로 다가와 작별 입맞춤 의식을 치르려고 고개를 내밀었다. 그 순간 단은 얼른 그녀의 손을 잡고 적당히 거리를 유지하면서 흔들었다.

"또 만나요, 헨리에테." 그가 작별인사를 했다.

"그래요. 마리아네한테 안부 전해줘요." 헨리에테는 어깨 너머로 손을 흔들고 알가데 방향으로 사라졌다. 단은 안도의 한숨을 내쉬었다.

5분 후 그와 루페는 크리스티안순 클리닉센터 앞에 도착했다. 로비에서 창문을 통해 그들을 발견한 마리아네가 알록달록한 스카프를 흩날리며 밖으로 나왔다. 그녀는 단의 목에 두 팔을 두르고 그에게 키스했다. "이렇게 와줘서 고마워."

"뭔가 중요한 용건이 있는 것 같았거든." 그가 그녀의 어깨에 팔을 두르며 말했다. 단이 보폭을 좀 줄이고 그녀는 평소보다 보폭을 좀 넓히는 식으로 두 사람은 걷는 템포를 서로 맞췄다. "그리고 당신한테 보여줄 것도 있고."

그들은 마리나 호텔 레스토랑의 단골석인 창가 테이블에 앉았다. 그곳 수석웨이터는 원래 온화하고 관대한 성품인 데다 개인적으로 개를 키우고 있어 레스토랑에 손님이 많지 않은 이상, 애완견 출입을 막지 않았다. 심지어 그는 루페도 목을 축일 수 있게 테이블 밑에 물을 한 그릇 갖다주기까지 했다.

단은 계란프라이를 곁들인 햄버그스테이크 2인분과 차가운 생맥주를 한 잔씩 주문했다.

"당신 먼저 말해봐."

"아니, 우선 식사부터 하고 나서." 마리아네는 머리를 하나로 묶으면서 말을 이었다. "당신한테 진심으로 고맙게 생각하고 있어. 내가 줄담배를 피우고 사회적으로 문제가 있는 환자들을 집에 들이자고 했을 때 당신이 그렇게 순순히 응할 줄은 생각도 못 했거든."

"그게 뭐 대단한 일이라고." 그가 대꾸했다.

"대단하지. 내가 반년 전에 당신한테 그런 요구를 했더라면 당신이 너무 무례하게 굴어서 그들이 집에 온 지 한 시간도 안 되어 가버렸을 테니까."

단은 어깨를 으쓱했다. 그는 자신이 얼마나 제멋대로 행동했는지 굳이 기억을 떠올리고 싶지 않았다.

잠시 두 사람 사이에 침묵이 흘렀다.

그러더니 마리아네가 다시 입을 열었다. "나한테 보여줄 게 있다고 하지 않았어?"

단은 주머니에 손을 넣어 컬러 프린트한 사진을 꺼내고는 조심스럽게 잘 펼쳐 그녀 앞에 내밀었다. "그 사람의 사진이야." 그는 손님에게 맥주를 가지고 온 수석웨이터에게 미소를 지었다.

마리아네는 의자에 앉아 얼어붙은 듯 사진을 응시했다. "사진을 어떻게 찍었어? 설마 당신이 사진 찍을 때 그 사람이 당신을 본 건 아니겠지?"

"그게 아니야." 단은 웃으면서 사진을 어떻게 구했는지 설명해주었다. 마리아네는 안도의 한숨을 쉬었다. "이 사람이 무서워?" 단이 사진에서 눈을 떼지 못하는 그녀를 보고 궁금해 물었다.

그녀가 시선을 들었다. "당신은 안 그래?"

"난 되도록 생각을 안 하려고 하지. 하지만 이런 사이코패스라면 좀 무서운 건 사실이야."

"맞아." 그녀가 사진을 도로 단에게로 밀었다. "이걸로 뭘 하려고?"

"글쎄……." 그는 사진을 접어서 다시 집어넣었다. 욘 페테르 프란센의 흉측한 얼굴을 보고 있으면 입맛이 달아날 것 같았다. "오늘 아침 크리스토페르에게 사진을 구해달라고 부탁할 때만 해도 당신과의 약속을 어기고 플레밍에게 사진을 넘길 생각이었어. 욘이 위험한 인물이라 수배해서 체포해야 하니까. 하지만 그가 릴리아나와 샐리의 죽음에 연관되어 있는 게 분명해."

"샐리?" 마리아네가 혼란스러운 시선으로 그를 쳐다보았다.

"아, 당신은 아직 모르겠군. 미안해. 샐리가 오늘 아침 사체로 발견됐어."

"릴리아나의 친구 말이야?"

단은 그가 알고 있는 내용을 마리아네에게 얘기했다.

마리아네는 잠시 아무 말도 하지 않더니 입을 열었다. "충분히 이해해. 하지만 당신이 엊저녁에 벤야민과 앨리스에게 약속한 거 잊어버리진 않았겠지?"

단은 고개를 끄덕였다. "물론이지. 그런 염려는 하지 마. 경찰에게 사진을 넘기지 않기로 마음먹었으니까. 아직은 안 그럴 거야."

"왜?"

이제 신문을 꺼내서 보여줄 타이밍이었다. 단은 신문을 펴서 흰색 테이블보 너머로 건넸다. 그는 아무 말도 하지 않고 마리아네 스스로 기사의 상세 내용을 읽어보게 놔뒀다.

그녀는 사설과 보도기사를 다 읽고 나자 1면으로 다시 돌아가 두 눈을 가늘게 떴다. "이 사진이 찍힐 때 두통이 있었나 보네?"

그가 웃음을 터뜨렸다. "이러니 내가 당신을 사랑할 수밖에. 당신

눈에만 그런 게 보이니 말이야."

그녀는 미소 짓고 있는 남편의 얼굴을 계속 쳐다보며 말했다. "그 래서 욘 프란센의 사진을 경찰에 넘기지 않으려는 이유가 뭔데?"

단은 플레밍이 자신과 거리를 두도록 압박받고 있다는 이야기를 들려주었다. "사실은 플레밍의 동료들만 불만스러워하는 게 아닐까 봐 신경 쓰여. 내 머릿속에서 조심하라는 경종이 울리고 있거든. 플 레밍도 나 때문에 모욕감을 느낄 수 있다고." 그는 웨이터가 푸짐한 접시 두 개를 들고 옆에 서 있는 것을 알아차렸다.

"그렇지 않을 거야." 마리아네는 햄버그스테이크를 건네받으면서 말했다. "플레밍은 그런 쓸데없는 소리에 흔들릴 만큼 줏대 없는 사 람이 아니니까."

"그래, 평소에 좀스러운 친구는 아니지. 뭐, 그냥 내 감정 탓일 수 도 있고." 그는 웨이터에게 고개를 끄덕이고 나이프와 포크를 집어 들었다.

플레밍과의 감정은 결코 다루기 쉬운 주제가 아니었다. 특히 이 런 순간에는 더 그랬다. 두 사람의 우정은 긴 세월을 거쳐오면서 수 많은 위기를 겪었다. 그중에서도 가장 심각한 위기는 단이 절친 플 레밍의 여자친구 마리아네를 빼앗았을 때였다. 이 이야기는 두 사람 모두 마치 그 일이 일어나지도 않은 양 절대 입에 올리지 않았고, 얼 마 지나지 않아 플레밍과 결혼한 카린 때문에 더더욱 터부시되었다. 그리고 몇 년이 지나고서 단이 회사에서 계속 바람을 피우고 있다는 사실을 플레밍이 알았을 때 또다시 심각한 위기가 닥쳤다. 그 당시 플레밍은 분노를 속으로 삭이고 마리아네에게 아무 말도 하지 않았 다. 그러고서 언젠가부터 단도 정신을 차렸는지 더 이상 한눈을 팔지 않았다. 그가 수년 전 어떤 젊은 그래픽디자이너와 바람을 피운 것이 마지막이었다.

그는 바람을 피우는 동안이든 그 전후든 단 한 순간도 마리아네의 충절을 의심해본 적이 없었다. 그녀는 처음부터 끝까지 변함없이 그에게 충실했다. 그러다 얼마 전 갑자기 플레밍이 이혼을 했다. 단은 친구의 결혼생활에 문제가 있다는 것을 조금도 눈치채지 못하고 있었다. 단이 아니라 마리아네에게 플레밍이 고민을 털어놓았기 때문에 그때까지도 자세한 사정을 전혀 모르고 있었다. 단은 그 무렵 회사 일이 감당하기 어려울 정도로 많아 업무에 집중해야 했음에도 불구하고 왠지 소외당하는 느낌이 들었다. 그는 마리아네와 플레밍이 때때로 한밤중에도 목소리를 낮춰 통화하는 것에 여러 번 불평했다. 그러던 어느 날 불현듯 그의 마음속에 마리아네가 플레밍에게 돌아갈지도 모른다는 불안감이 자리를 잡았다. 그럴 리 없다는 것을 누구보다 잘 알고 있으면서도 그의 내면에 도사린 바람둥이 기질이 사소한 것까지 의심하기 시작했다. 마리아네가 날씬해졌다든가, 예쁜 옷을 새로 샀다든가, 자리를 비우는 일이 많아서 얼굴 보기가 힘들다든가, 틈만 나면 휴대전화 문자메시지를 확인한다든가 등등 별의별 일이 다 수상쩍어 보였다.

단은 자신이 우울증에 걸렸다는 것을 알고 나자, 자신의 불신을 우울증 탓으로 돌리려고 애썼다. 그는 자신이 과거에 지은 죄와 오만함 때문에 천벌을 받아 의처증이 생긴 거라고 스스로에게 말했다. 결백한 플레밍이나 정직한 마리아네는 아무 잘못도 없고 모든 게 멍청한 자기 탓이라는 것을 그는 잘 알고 있었다. 그럼에도 불구하고 두 사람의 다정한 모습을 볼 때마다 자그마한 불신의 벌레가 어느덧 그의 마음을 갉아먹기 시작했다. 예컨대 마리아네가 꺼낸 말을 플레밍이 마무리할 때, 플레밍이 마리아네에게 코펜하겐에 같이 가서 가족 모임에 입고 갈 새 양복을 한 벌 골라달라고 부탁할 때, 늦여름 버섯을 따러 갔는데 단이 보기에 시종일관 두 사람이 일행보다 10미터쯤 뒤처져 진지한 대화를 나누고 있을 때 여지없이 불신이 고개를 들었다.

그의 의심이 옳은지 아닌지 절대 알 수 없을 것이다. 누군가 상자를 열면 튀어나올 진실이 너무나 많았다. 세 사람 다 그것을 잘 알고 있었다. 그래서 그들은 오랜 세월 더없이 효율적인 것으로 입증된 기술을 고수해왔다. 즉, 침묵했다.

두 사람 다 몇 분간 식사에만 집중하던 중에 마리아네가 포크를 옆에 내려놓고 맥주를 한 모금 마셨다. "아직 대답 안 했잖아. 욘을 수배하려던 생각이 왜 바뀌었는데?"

단은 음울한 생각을 떨쳐버리고 미소를 지었다. "아무래도 내가 반항기인가 봐. 그렇다면 그냥 뭐 내 방식대로 하는 거지." 그는 자기 자신에게 말하듯 했다. "내가 그놈을 직접 찾아보기로 했어. 그놈은 시내에 더 오래 머물 생각인 듯싶어. 하필 지금 자취를 감출 이유가 없잖아. 벤야민이 이곳에서 지내고 있다는 것을 그도 이제 알 테고." 단은 맥주잔을 비우고는 웨이터에게 한 잔 더 갖다달라는 신호를 보냈다. "욘 페테르 프란센이 어디 사는지, 그리고 그의 자동차번호를 비롯해서 신발 사이즈에 이르기까지 모든 것을 내가 알아낼 거야. 그런 다음 내가 알아낸 것들을 다 모아서 플레밍과 그의 꽉 막힌 부하들한테 보내주는 거지. 이 남자가 릴리아나와 관련해서 두 차례 목격되었다는 익명의 편지와 함께 말이야. 첫 번째는 그가 상당히 위협적인 방식으로 샐리에 대해 물었고, 두 번째는 릴리아나가 살해된 직후에 쿠르트&코 회사 건물의 지붕창으로 그가 목격되었다고 적어서. 그러면 그 사람에게 혐의가 있다는 것을 경찰도 알게 되겠지."

"단, 그 사람이 당신을 보기라도 하면 어쩌려고?" 마리아네가 접시 위에 남은 마지막 음식을 정리하고는 의자 등받이에 몸을 기대며 물었다.

"아니, 그럴 일은 없을 테니 걱정 마." 그의 말투가 자존심이라도 상한 것처럼 들렸다.

"괜한 걱정이 아니라고. 당신은 이 분야에서 아마추어이기 때문에 어떻게 사람들을 감시하는지 잘 모르잖아. 자칫하다간 당신이 그 사람의 눈에 띄기 십상이지."

"그 사람은 내가 누군지도 모를 텐데."

"그래?" 그녀는 신문을 높이 쳐들었다. "그 사람이 라이프스타일 TV 프로그램에 환장하는지 어떤지 당신이 어떻게 알아?"

"그가 나를 보지 못하도록 신경 쓸 거야."

"그보다 더 중요한 게 있어, 단." 그녀는 초롱초롱 빛나는 검은 눈으로 그를 쳐다보았다. "무슨 일이 있어도 그 사람이 당신을 미행해서 앨리스의 거처를 알아내게 해서는 안 돼."

"물론이지."

그때 마리아네가 가방을 뒤져 종이 한 장을 꺼냈다. "실은 내가 당신한테 부탁할 게 있는데." 그녀가 멋쩍은 미소를 지으며 덧붙였다. "당신이 믿든 말든 이것도 감시와 관계된 일이야."

단이 얼굴을 찌푸렸다. "어쩌면 이쪽이 내 전문 분야가 될지도 모르겠군." 그는 그녀가 내민 종이를 받아 들었다. A4 용지 크기의 그

종이는 가운데를 접어 4면이 되는 크리스티안순 클리닉센터 전단지
였다. 전단지 안쪽 면에는 전문의, 간호사 그리고 상담사들 사진이
쭉 나열되어 있었다. "나더러 당신 동료를 감시해달라는 건 설마 아
니겠지?" 그는 웃으면서 말하다가 그녀의 눈빛을 보자마자 웃음을
거두었다. "당신 동료를 감시해달라는 거야?"

마리아네는 고개를 끄덕였다. "그래, 나한텐 웃긴 일이 아니야. 동
료들 중 하나가 난처한 일에 연루되어 있는지 염려돼." 그녀는 희
끗희끗한 짧은 머리에 붉은 아세테이트 테 안경을 쓰고 환하게 미
소 짓고 있는 중년 여성의 사진을 가리켰다. "레기체 융이라는 가정
의학 전문의인데, 바로 내 옆방이 그녀의 진료실이야. 클리닉센터
에서 근무한 지 15년이 넘었고, 여전히 책임감이 강하고 믿음직하
고……." 그녀가 말을 멈췄다.

"왜 그래?"

"아, 내가 지금 뭘 하는 건지 어이가 없어서. 얼마 전부터 병원 분
위기가 안 좋아지기 시작했어. 그래서……." 마리아네는 코를 풀었
다. "1년 전에 뭔가 안 좋은 일이 있었나 봐. 레기체는 말이 없어지고
혼자 틀어박힐 때가 많아졌지. 우리는 그녀가 우울증에 걸렸다고 생
각했어. 딸이 독립해서 집을 나간 데다가 남편은 무뚝뚝하고 재미없
는 사람이거든. 하지만 본인은 극구 부인하더라고. 아무 일도 없고
괜찮다고."

"그러면 실제로 우울증에 걸렸다고 해도 어쩔 도리가 없잖아."

"그렇지. 본인이 괜찮다는데 치료를 받으라고 강요할 수는 없는
노릇이니까." 마리아네는 루페의 귀 뒤를 쓰다듬었다. 루페는 앉아
서 머리를 그녀의 무릎 위에 얹고 있었다. 개의 얼굴은 이제 추운 곳

으로 나갈 시간이라고 말하고 있었다. "그러니까 짧게 말해, 레기체가 자리를 비우기 시작했어. 대개는 30분 정도만 자리를 비우는데, 몇 시간 동안 모습을 나타내지 않을 때도 있어. 가끔은 전날 미리 얘기하고서 결근하지만, 어떤 날은 갑자기 문을 박차고 나가기도 하고. 그러면 우리는 급한 대로 그녀의 환자들을 나눠서 대신 진료해야 해. 스트레스를 받기는 해도 지금까지는 별문제 없이 괜찮았어. 하지만 앞으로도 계속 이렇게 지낼 수는 없지."

"유부남 애인이 있는 건 아닐까?"

"그럴 수도 있지만, 내 예감은 그런 쪽하고 거리가 멀어. 그녀가 사라질 때마다 진료가방을 챙겨가거든."

"그 유부남 애인이 건강염려증 환자일지도 모르지."

"농담 마!" 마리아네는 맥주잔을 테이블에 소리 나게 내려놓았다.

"이런, 진정 좀 하라고." 단이 말했다. "당신 생각에는 무슨 일인 것 같은데?"

"50년 전이라면 그녀가 불법 낙태수술을 한다고 생각했겠지만, 지금은 있을 수 없는 일이니 정말 모르겠어. 혹시 그녀가 프랑켄슈타인의 괴물을 돌봐주고 있는 걸까?"

"농담은 누가 하고 있는지 모르겠네." 단이 웃었다. "좋아, 내가 뭘 해주면 되지?"

"아주 간단해. 내가 알기로 그녀는 오늘 2시쯤 한 시간 동안 비밀스러운 외출을 할 거야. 그녀가 자리를 비우는 동안 진료를 대신 맡아달라고 내게 부탁했거든." 마리아네는 남편에게 전단지를 다시 내밀었다. "사진을 잘 보고 얼굴을 기억해뒀다가 병원 앞에서 기다려. 그러다 그녀가 나오면 미행해서 어디 가는지 알아낸 다음 주소를 적어서 내게 알려주는 거야. 거기까지만 해주면 돼."

"흠……." 단은 멍하니 레기체의 사진을 들여다보았다. 레기체 융? 최근에 어디선가 이 이름을 본 것 같은데……. 아, 생각났다! 그는 정신이 번쩍 드는 얼굴로 마리아네를 쳐다보았다. "이 이름을 어디서 봤는지 기억났어. 샐리에게 병원 내수용 피임약을 한 상자 준 의사야. 몇 시간 전에 사체로 발견된 그 릴리아나 친구 말이야."

"그건 아주 흔한 일인데. 나도 여러 종류의 항생제와 항히스타민제, 진통제와 진정제 같은 약제를 늘 가방에 가지고 다니거든. 언제 급하게 필요할지 모르는 일이니까."

"바로 그거야. 피임약은 급하게 필요한 게 아니지. 누가 급하게 피임약이 필요하다고 말하는 거 들어본 적 있어? 한 달을 먹고 나야 효과가 있는 거잖아."

"그쪽으로 좀 아는 게 있는 것처럼 말하네." 그녀가 싱긋 웃었다. "젊은 여성을 진료할 때 뭔가 쉽지 않겠다는 생각이 들면 처방전과 함께 그 자리에서 피임약 한 상자를 주는 것이 좋아. 그러면 진료하기가 훨씬 수월하고 잘하면 낙태도 막을 수 있으니까."

"알겠어, 알겠다고." 단이 시큰둥하게 대꾸했다. "레기체가 어디 가는지 알아낼 테니까 대신 나도 부탁이 있어."

마리아네의 표정이 금방 회의적으로 변했다. "합법적인 거 맞아?"

"그건 나도 모르겠어. 어쨌든 당신이라면 큰 문제 없이 처리할 수 있는 일일 거야."

"뭔지 말해봐."

"당신 병원 직원 말이야, 컴퓨터 담당하는. 이름이 뭐였지?"

"비텐 말이야?"

"아, 그래! 비텐이었지. 그녀가 병원 네트워크를 통해 의사들의 모든 컴퓨터에 접속할 수 있는 건가?"

"물론이지. 안 그러면 그녀가 일을 못 하거든."

"그럼 그녀한테 부탁해서 리스트 좀 뽑아다 줄 수 있겠어?"

마리아네는 팔짱을 꼈다. "무슨 리스트?"

"내 생각에 당신 병원은 여러 가지 파라미터를 검색해볼 수 있는 데이터베이스를 갖추고 있을 거야. 이를테면 환자명이나 병명, 투약 내용……."

그녀는 고개를 끄덕였다.

"그 데이터베이스에 의사가 어떤 약을 처방하는지도 기록되어 있겠지? 문제가 발생할 경우 증거 자료로 필요할 테니까. 안 그래?" 그는 그녀가 고개를 끄덕일 때까지 기다렸다가 다시 말을 이었다. "그렇다면 당연히 의사들도 스스로 그 데이터베이스에 접속해서 살펴볼 수 있는 거네?"

"무슨 말을 하고 싶은 건데?"

"레기체 융이 작년에 누구에게 약을 처방했으며 어떤 약제였는지 알고 싶어. 그러니까 그녀가 그 수상한 외출을 한 시기에 말이야."

"그것이 불법적이고 비윤리적인 행위라는 건 잘 알고 있겠지?"

"틀림없이 뭔가 있다는 확신이 들어. 비텐에게, 만약 당신을 도와준다면 미스터리한 살인사건을 해결하는 데 기여하는 거라고 설득할 수는 없을까?"

"좋아. 말은 해보겠는데, 너무 기대하진 마."

두 사람은 수석웨이터가 계산서와 루페에게 줄 애견 간식을 가져오고 나서 잠시 후 자리에서 일어났다.

"내일 오후에 라우라가 집에 오는 거 알고 있어?" 두 사람이 헤어져야 할 지점인 길모퉁이에 다다르자, 단이 물었다.

"물론 알지." 마리아네는 한쪽 눈썹을 치켜올렸다. "라우라가 빨랫감이 한 보따리라서 우리보고 데리러 오라는데, 누가 셀란섬을 횡단해서 운전하면 좋을까?"

"라스무스한테 물어봤어? 그 애 소식은 들었고?"

그녀는 고개를 저었다. "라스무스는 아직 스톡홀름 영화제에 가 있어서 안 돼. 다음 주에야 늙은 부모님 보러 집에 올 거 같은데."

"뭐, 그러길 바라보자고." 그는 그녀의 뺨에 한 손을 갖다 댔다. "점심 함께해서 좋았어. 고마워."

"나도." 마리아네는 그의 손에 입을 맞추었다. "당신이 원래 모습으로 돌아간 것 같아서 좋아, 단."

샐리의 친구 조를 일으켜 세우기 위해 덩치 큰 이송도우미 두 명이 필요했다. 힘들게 수습해온 샐리의 시신을 보자, 그녀가 비명을 지르며 바닥에 주저앉아버린 것이었다. 플레밍은 충격에 빠져 몸을 가누지 못하는 그 여자가 얼마나 무거운지 깨닫고, 힘을 써야 하는 일은 프로들한테 맡겼다.

크리스티안순 병원 지하의 냉장실에 있던 플레밍은 조를 어디 다른 곳으로 데리고 가기로 했다. 병원을 나가서 모퉁이를 돌면 바로 구식 커피숍이 하나 있었다. 플레밍은 이송도우미들에게 그녀를 커피숍까지 데리고 가달라고 부탁했다. 그와 피아가 앞장서서 걸어가고 두 명의 이송도우미들은 몇 미터쯤 거리를 두고 뒤따라 왔다. 아프리카 출신인 조의 울부짖는 소리가 긴 지하 복도에서 메아리처럼 울려 퍼졌다.

"저 정도로 가까운 친구 사이였나?" 플레밍이 뒤돌아보면서 목소리를 낮춰 물었다.

"모르겠어요. 어쩌면 문화적인 것일 수도 있어요. 몇몇 나라에서는 누가 죽었을 때 큰 소리로 울부짖지 않으면 예절에 어긋나는 것으로 여기지 않나요?"

플레밍의 한쪽 눈썹이 치켜 올라갔다. "만일 그렇다면, 그녀는 오늘 바른 예절 교육 시험을 통과한 셈이군."

피아가 엘리베이터 버튼을 누르고 몇 분 뒤 그들 일행은 조와 함께 야네스 커피숍의 한 테이블에 자리를 잡고 앉았다. 이송도우미들은 이제 그만 가도 된다는 말에 안도의 한숨을 쉬고 병원으로 돌아갔다. 플레밍은 세 사람이 마실 커피와 간단한 디저트 음식을 쟁반에 담아 가져왔다. 그가 쟁반을 테이블 위에 내려놓는 순간, 조의 통곡 소리가 거짓말처럼 뚝 그쳤다. 그녀는 잽싸게 디저트를 한입 베어 물더니 더할 나위 없이 만족스러운 표정을 지었다.

"샐리 맞아요?" 플레밍이 영어로 물었다. 그는 영어로 말하는 것을 별로 좋아하지 않아서 더듬거렸고 영 어색한 느낌이었다. 좋아, 영어울렁증 따위는 이겨내야지! "그쪽 친구 샐리 맞아요?"

조는 먹을 것을 한가득 입에 물고 고개를 끄덕였다.

"샐리의 성이 뭔지 알아요?"

이번에는 그녀가 고개를 저었다. 조는 마지막 한입을 입안에 쑤셔 넣고 간절한 눈빛으로 다른 사람들의 디저트를 쳐다보았다.

"뭔가 좀 든든한 거 먹을래요? 배고파요?" 피아가 미국식 악센트가 살짝 섞인 유창한 영어로 물었다.

"네, 고마워요." 조가 얼른 대답했다. "베리 헝그리(엄청 배고파요)."

피아가 카운터로 갔다. 플레밍은 젊은 여성과 단둘이 남겨지자 왠지 버림받은 느낌이 들었다. 조는 피아 바게와 시선 접촉을 굳이 피하려는 것 같지 않았음에도 불구하고 그는 단 한 번도 그녀의 눈을 똑바로 쳐다볼 기회가 없었다. 이것도 피아의 표현대로 '문화적인 것'이려나?

그가 보기에도 조가 배부르기 전에는 제대로 된 진술을 할 것 같지 않았다. 플레밍이 담배 한 개비를 피워 물고 미지근한 커피를 홀짝거리는 동안, 피아는 자기가 적은 메모를 정리하고, 조는 앞에 놓인 갖가지 음식을 게눈 감추듯이 먹어치웠다. 그녀는 커다란 치킨샌드위치와 크루통이 들어간 샐러드 한 접시, 채 썬 파프리카를 올린 치즈빵, 작은 플라스틱 용기에 든 아몬드아이스크림을 순식간에 해치우고 나서 우유 한 잔과 커피 두 잔 그리고 주스 한 잔을 마셨다. 이윽고 그녀는 빈 접시를 옆으로 치우더니 마치 세상에서 가장 당연한 일인 양 당당하게 테이블 위에 놓인 플레밍의 담배를 한 개비 꺼내서 그의 라이터로 불을 붙였다. 그러고는 덴마크 말로 잘 먹었다고 고마움을 표시했다. 피아는 그녀를 보고 미소 지었다.

"이제 우리가 묻는 말에 대답할 수 있겠어요?" 플레밍이 입을 열었다.

"네."

"예른바네가데에서 산 지는 얼마나 됐어요?"

"10개월이요."

"그전에는 어디 살았는데요?" 그는 질문을 채 끝내기도 전에 자신이 너무 조급했음을 알아차렸다. 조가 입을 꽉 다물고 고개를 저었기 때문이다.

"그 머리는 누가 해줬어요?" 피아가 자기 상관이 서툴렀음을 눈치 채지 못한 듯 무심하게 물었다.

플레밍은 새 담배를 피워 물고 뒤로 몸을 기댔다. 오늘은 되는 일이 없군! 그는 물끄러미 두 여자를 관찰했다. 한 여자는 마호가니 빛 갈색 피부에 키가 크고 머리 전체를 섬세한 격자무늬로 땋아 레게 스타일을 하고 있었다. 그녀의 검은 눈동자에 대비되어 흰자위는 사워밀크처럼 보였으며, 팽팽하고 매끄러운 눈꺼풀은 바셀린을 바른 것처럼 반짝반짝 윤이 났다. 또 한 여자는 머리 하나쯤 키가 작았고, 주근깨가 가득한 흰 피부는 건강하고 부드러워 보였다. 검은 모발이 반들반들한 헬멧처럼 피아 바게의 둥근 머리를 감싸고 있었으며 청바지 색깔의 두 눈은 다람쥐 눈처럼 생기가 넘쳤다. 조와 피아처럼 극명한 대조를 이루는 경우도 찾아보기 힘들 것 같았지만, 단지 성별이 같다는 이유 때문인지 서로 잘 맞아 보였다. 이처럼 국경과 종교 그리고 문화를 초월하여 유대감을 느끼는 것은 남자들도 마찬가지일까, 아니면 여자들만 그럴까?

조는 샐리가 실종되기 며칠 전에 해준 머리라고 대답했다. "그리고 내가 샐리 머리를 땋아줬어요."

두 사람의 대화는 이런저런 잡담으로 끝도 없이 이어졌다. 플레밍은 지루해서 안절부절 어쩔 줄을 몰랐지만, 이런 식으로 천천히 접근하는 방식이 그의 직선적인 방법보다 훨씬 더 효과적인 것은 의심의 여지가 없었다. 이윽고 피아 바게가 원래 하려던 질문에 이르렀을 때 조는 기꺼이 대답할 준비가 되어 있었다. 그녀는 예전에 성매매업소에서 일했었지만 누구를 위해, 그리고 어디서 일했는지에 대해 자세히 밝히기는 거부했다. 여하튼 크리스티안순에서는 이름과 신분증을 제시하지 않아도 일자리와 집을 구할 수 있다는 말을 친구한테서 듣고 이리로 오게 되었다고 했다. 비록 일이 지루하고 보수도 적지만 그녀는 여기로 옮겨온 것을 절대 후회하지 않는다고 덧붙였다. 그리고 적어도 '저 사람들'과 더 이상 엮일 일이 없어 좋다면서 그녀는 쳐다보기도 싫다는 듯 손으로만 플레밍 쪽을 가리켰다. 남자라면 넌더리가 난다는 투였다.

피아가 꼬치꼬치 캐묻자 결국 그녀는 수세미컴퍼니에서 일한다고 털어놓았다. 다른 세입자 한 명과 같이 살고 있는데 둘이 합쳐 3천 크로네를 월세로 내고 있다고 했다. 그녀는 거기까지만 이야기하고 그 돈이 누구한테 어떻게 가는 것인지에 대해서는 함구했다. 함부로 입을 놀리지 말라고 철저하게 교육을 받았나 보다 하고 플레밍은 생각했다.

"샐리와 얼마나 가까웠어요?" 피아가 물었다.

조는 손을 수평으로 뻗어 흔들었다. 그저 그렇다는 뜻이었다. "우린 같이 일했어요. 그러니까 여기로 오기 전부터요. 샐리가 이곳으로 옮길 당시에 난 같이 따라나설 용기가 없었어요. 어떤 일을 당하는지 너무 많이 봐서……."

그녀는 고개를 숙였다. "샐리는 똑똑해서 무턱대고 도망치는 것처럼 어리석은 짓은 하지 않았어요." 그녀가 이야기를 계속했다. "그에게 거래를 제안했거든요."

"그가 누군데요?"

조가 눈을 둥그렇게 떴다. "누구겠어요? 당연히 포주죠."

"조, 좀 자세히 말해줄래요?" 피아가 캐물었다. "무슨 거래를 말하

는 건데요? 돈을 내는 대가로 당신들이 일하던 집창촌에서 자유의
몸이 됐다는 건가요?"

조는 어깨를 으쓱하고 거의 비어 있는 플레밍의 담뱃갑에서 또
한 개비를 꺼내 불을 붙였다. 그러고는 담배 연기를 길고 가늘게 내
뿜었다. "자유의 몸이 되는 건 모두의 꿈이지만, 아무도 그럴 처지가
못 되죠." 그녀는 피아를 보고 미소를 지었다. "샐리는 포주와 악마
요니를 위해 불을 질렀어요. 석유를 붓고 거기에 성냥불을 갖다 대었
죠. 그 일을 해주고 나서 그녀는 원하는 곳으로 떠날 수 있었어요."

"악마 요니라고요?"

"매니저요."

"보험 사기극을 벌인 거예요?"

그녀는 또다시 어깨를 으쓱했다. "몰라요."

"그래서요? 조도 거기서 나오려고 무슨 거래 같은 걸 했나요?"

그녀는 몸을 돌리더니 천천히 고개를 저었다.

"그럼 도망친 거예요?"

그녀의 두 눈에 눈물이 가득 고였다. 플레밍은 이번엔 진짜 눈물
이라는 확신이 들었다.

"여태까지 그들 눈을 피해 숨어 지낸단 말이에요?"

조는 고개를 끄덕였다. 닭똥 같은 눈물방울이 뺨 위로 자국을 남
기며 흘러내렸다. "샐리가 나를 도와줬지만, 자신도 두려워했어요."

"그들과 거래했다면서요? 그러기로 협상했는데도 샐리가 계속 두
려워했다고요?"

"그녀가 우리를 도와줬으니까요."

"그 일로 보복당할까 봐 두려워한 건가요?"

조가 고개를 끄덕였다.

"악마 요니가 무서웠던 거군요."

다시 한 번 조가 고개를 끄덕였다.

"샐리가 실종되고 나서는 어떻게 했어요? 릴리아나가 조를 도와 줬나요?"

"그녀도 두려워했어요."

"릴리아나 역시 집창촌에서 도망쳤나요?"

그녀는 입을 꽉 다물고 고개를 저었다.

"조와 샐리가 같이 있었던 그곳 출신이 여기 크리스티안순에 두 사람 말고 또 있나요?"

조가 고개를 끄덕였다.

"샐리가 조와 몇몇 다른 도망자들을 도와줬기 때문에 살해되었다 고 생각해요?"

조는 몸이 얼어붙은 듯 가만히 있었다. 두 뺨이 눈물로 흥건히 젖 었는데도 닦을 생각조차 하지 않았다. 피아 바게는 울고 있는 그녀 를 말없이 지켜보다가 한 손을 그녀의 팔 위에 얹었다. "우리한테 좀 더 자세히 이야기해야 조를 도와줄 수 있어요."

"당신들이 나를 나이지리아로 돌려보낼 거잖아요."

"누가요?"

"경찰이요. 외국인 담당 경찰 말이에요. 다들 그러던데요."

"돌아가고 싶지 않은 거예요?"

조는 공허한 눈빛으로 그녀를 쳐다보았다. "나이지리아 정부가 혼 외 관계를 하는 여자들에게 무슨 짓을 하는지 못 들어봤죠? 성폭행을 당했든 노예로 유럽 집창촌에 팔려왔든 개의치 않는다는 거 알아요?"

피아는 고개를 끄덕였다. "신문에 실린 기사를 봐서 알고 있어요."

"내가 어렸을 때 한 여자가 돌에 맞아 죽는 모습을 본 적이 있어요. 맹세컨대 난 절대 안 돌아가요."

"그럼 샐리처럼 구타당해서 죽는 게 차라리 낫겠어요? 아니면 릴리아나처럼 목 졸려서?" 보다 못해 플레밍이 끼어들었다. 조와 피아는 난데없이 저음의 남자 목소리가 끼어들자 움찔했다. 두 사람은 그의 존재를 까맣게 잊고 있었던 것 같았다. 그는 조를 향해 몸을 숙여 그녀와 시선을 마주치려고 애썼다. "피아 말이 맞아요. 우리가 수사를 할 수 있게 뭔가 더 정보를 줘야 해요. 안 그러면 더 많은 여자들이 살해될지도 몰라요."

그녀는 그를 바라보며 열심히 머리를 굴리는 듯했다. "내가 조금만 입을 놀려도 당신들은 거기다가 훨씬 더 많은 살을 붙이겠죠. 그러면 우리를 도와주는 그분에게 해가 될 거예요."

"예른바네가데에 있는 그 집 주인 말인가요?"

그녀가 고개를 끄덕였다.

"당신들에게 일거리를 주는 사람도 그 집 주인이고요?"

그녀는 아무 반응도 하지 않았다.

"하지만 그가 당신들을 이용하고 있을 뿐이라는 거 몰라요, 조?"

그녀는 어깨를 으쓱했다. "우리를 도와주고 있는 거예요."

"그리고 당신들을 이용해서 많은 돈을 벌고 있죠."

"누구나 서로를 이용해서 돈을 번답니다, 형사 나으리."

그는 잠시 관찰하고서 그녀의 주의력이 점차 떨어지고 있음을 알아챘다. 그녀는 흑갈색 눈을 반쯤 감은 채 이미 유리문을 열고 예른바네가데의 집으로 돌아가는 중인 듯싶었다.

플레밍은 전술을 바꿨다. "좋아요, 조. 당신과 다른 여자들을 도와주고 있는 사람들에 대해 얘기할 필요 없어요." 그녀가 어리둥절해 자신을 쳐다보자, 그는 방금 전 피아의 손이 놓여 있던 그녀의 팔 위에 자기 손을 얹었다. 그러나 그의 의도대로 그녀를 진정시키는 효과는 별로 없었다. 조는 그의 손을 마치 무슨 징그러운 거미라도 된다는 것처럼 홱 뿌리쳤다. 그러더니 이제 그만하라는 듯 자기가 앉은 의자를 몇 센티미터쯤 뒤로 밀었다.

플레밍이 더 이상 부적절한 접촉을 시도하지 않겠다는 것을 보여주기 위해 두 손을 들어 올리자, 그녀의 어깨가 다시 긴장을 풀었다. 그가 헛기침을 했다. "조, 제안을 한 가지 할까요?"

그녀는 그를 쳐다보며 고개를 끄덕였다.

"아마 요니에 대해, 그리고 당신들이 도망쳐온 그곳과 샐리가 그토록 두려워한 이유에 대해 더 많은 정보를 우리에게 준다면, 형사 재판이 진행되는 동안 우리가 보호해줄게요." 그녀는 아무 대답도 하지 않고 미동도 없이 그를 응시했다. "집과 일자리도 새로 마련해주고, 원하면 새 이름으로 바꿔줄게요."

"그럼 재판이 다 끝나고 나면요? 그다음엔 나이지리아로 돌려보낼 건가요?"

플레밍은 고개를 저었다. "조, 솔직히 그건 나도 몰라요." 그녀가 그의 눈을 마주 보았다. "하지만 조가 샐리와 릴리아나를 살해한 범인을 잡도록 우리에게 협조한다면, 나는 물론이고 나보다 더 힘 있는 사람들이 모두 나서서 망명 허가든 체류 허가든 꼭 받게 해주겠다고 약속하지요." 그는 심장이 어디에 있는지 불확실해 주저하면서 오른손을 가슴 중앙에 갖다 댔다.

멜로드라마에서나 나올 법한 이 제스처에 결정적으로 마음을 굳힌 듯 그녀가 말했다. "샐리와 내가 있었던 집창촌에 대해 내가 아는 것은 다 말할게요. 대신 새로운 신분을 얻을 때까지 여기 형사님 집에서 지내고 싶어요." 그녀는 시선을 계속 플레밍 토르프에게 향한 채 피아 바게를 가리켰다.

예기치 않은 요구에 플레밍은 당황했다. 그는 불안하게 흔들리는 눈빛으로 피아를 쳐다보다가 피아가 미소 띤 얼굴로 고개를 끄덕이며 동의를 표시하자 그제야 다시 조를 향해 말했다. "좋아요, 그렇게 합시다."

조는 플레밍의 담뱃갑에 손을 뻗었다가 담배가 한 개비도 남아 있지 않은 것을 깨달았다. 그녀는 담뱃갑을 구겨 버리고 가방을 뒤져 자기 담배를 꺼냈다.

"우리 집에서 지내려면 담배를 끊어야 할 거예요." 피아 바게가 차분하게 말했다. "집 안에 담배 냄새가 배는 건 딱 질색이라서."

조는 미소를 지으며 담배 연기를 코로 내뿜었다. "유 아 더 보스(당신이 대장이에요)."

"조, 이제 우리하고 같이 경찰서로 갑시다. 거기로 가야 진술 내용을 녹음할 수 있으니까. 진술이 끝나고 나면 바게 형사와 같이 가서 옷가지와 세면도구를 챙겨와요. 그 밖에 다른 건 둘이 의논해서 결정하고. 알겠어요?"

시청 앞 시장에 면해 있는 크리스티안순 클리닉센터는 회색으로 회칠을 하고 청록색으로 골조를 댄 소박한 건물이었다. 1층과 2층 그리고 층고가 높은 꼭대기 층으로 되어 있고 꼭대기 층 창문들은 돌출창처럼 붉은색 이중경사지붕 밖으로 튀어나와 있었다. 이중문 중앙에는 의사들의 이름과 진료시간이 나열된 놋쇠현판이 걸려 있는 것이 인상적이었다. 중앙병원의 야간응급실로 연락할 수 있는 전화번호도 거기에 적혀 있었다. 클리닉센터는 견고하고 안정된 분위기를 발산하고 있었다. 여러 의사들이 정년퇴임 때까지 같이 근무하겠다는 확신을 가지고 엄청 비싸 보이는 놋쇠현판에 자기 이름을 새기는 경우는 극히 드물 것 같았다. 광고대행사에서는 절대 있을 수 없는 일이라고 단은 생각했다. 직원 명단을 A4 용지에 작성해서 코팅하려고 보면 어느새 변동이 있어서 명단을 새로 작성해야 하는 경우가 허다했다.

이는 실제로 마리아네와 단의 차이점을 여실히 보여주는 것이기도 했다. 그녀는 같은 병원 건물의 같은 진료실에서 흔들림 없이 근무해온 반면, 그는 새 동료와 새 고객 그리고 새로운 업무영역에 끊임없이 혼란을 겪으며 철새처럼 직장을 옮겨 다니고 있었으니까.

만약 두 사람이 서로 바꿔서 상대방의 삶을 살아야 한다고 하면 둘 다 견디지 못하리라. 그렇다고 그가 자신의 삶에 특별히 자부심이 있는 것은 아니었다. 지금은 그런 자부심과 더더욱 거리가 먼 상황이었다. 단은 손목시계를 들여다보았다. 오후 2시 2분이었다. 레기체 융은 어디 있는 거야? 설마 벌써 외출한 건 아니겠지? 아니, 그럴 리가 없지. 루페를 집에 데려다 놓고 따뜻한 모자만 챙겨서 바로 왔기 때문에 시간이 얼마 걸리지도 않았다. 단은 벌써 15분 넘게 여기 서서 기다리는 중이었고 마리아네도 레기체가 2시는 돼야 건물을 빠져나갈 거라고 했다. 전업탐정이 되어볼까 하는 어리석은 생각이 들더라도, 겨울철에 사람을 미행하는 건 절대 못 하겠다고 거절해야겠군. 그가 지금까지 해본 것 가운데 가장 지루하고 가장 추운 일이었다. 그는 또다시 시계를 보았다. 2시 3분이었다. 마지막으로 시계를 본 지 60초밖에 안 지나다니 기가 막힐 노릇이었다. 젠장! 단은 보도를 오르락내리락하며 시간을 보냈다. 누군가 그를 알아보든 말든 상관없었다. 레기체 융이든 이 도시 주민들이든 그냥 마리아네 소메르달의 우스꽝스럽고 신경쇠약에 걸린 남편이라고 생각하고 말겠지.

바로 그 순간 초록색 이중문이 열리더니 붉은 테 안경을 쓰고 머리가 희끗희끗한 중년 여성이 나왔다. 단은 그녀가 누군지 한눈에 알아보았다. 그녀는 무거워 보이는 검은색 가방을 손에 들고 있었다. 레기체 융은 가장 위 계단에 멈춰 서서 가방을 내려놓았다. 그러고는 그녀가 입고 있는 새빨간 모직코트의 맨 위 단추를 채우고 오렌지색 털모자를 귀밑까지 푹 눌러썼다. 우중충한 11월의 회색빛 거리를 지나가는 사람들이 대부분 회색이나 검은색 옷을 입고 있기에, 이런 옷차림의 그녀를 미행하는 것보다 더 쉬운 일은 없을 것 같았다. 단은 쇼윈도를 들여다보는 척하며 옆눈으로 그녀가 계단을 내려오는 것을 지켜보았다. 레기체 융은 목적지가 분명하고 힘찬 걸음걸이로 시청 앞 시장을 가로지르더니 분수대 옆에 생긴 큰 물웅덩이를 빙 둘러 지나갔다. 그녀가 신은 부츠는 검은색이었고 코트만큼이나 비싸 보였다.

그녀는 광장의 남서쪽 모퉁이에 다다르자 골목길로 접어들었다. 들고 있는 가방이 무거운지 몇 번이나 이 손에서 저 손으로 바꿔 들었다. 그녀의 의료 장비가 정말 저 정도로 무거운 걸까? 단은 어느 정도 간격을 유지하면서 미행하기 위해 주의를 기울였다. 건물들 사이로 바람 소리와 자동차 소음이 많이 잦아들어 그녀의 구두 굽 소리가 또각또각 크게 들렸다. 흡사 최면에 걸린 듯 그 소리가 계속 그의 귀 안에 맴돌고, 그의 눈은 빨간 코트를 입은 그녀의 꼿꼿한 등에 꽂혀 떨어질 줄을 몰랐다. 그녀는 가다가 몇 번인가 방향을 꺾었다. 그는 그녀가 어디로 가는지 의식하지 못한 채 최면 상태에 빠진 것처럼 그냥 그녀를 쫓아갔다. 그녀가 도시의 서부 구역 한가운데로 들어서서 은회색 그라피티가 그려진 진회색 현관문 앞에 멈추고 나서야 비로소 그는 그곳이 어딘지 깨달았다. 그는 충격으로 그 자리에 우뚝 멈춰 서고 말았다. 이럴 수가! 빨간 코트가 계단으로 사라지고 나자 그는 가까이 다가가 건물 모서리에 있는 도로표지판을 확인했다. 그의 착각이 아니었다. 레기체 융의 미스터리한 목적지는 바로 예른바네가데 11번지였다. 샐리와 릴리아나가 살았고, 레기체의 병원 내수용 피임약이 샐리의 초라한 물건들 사이에 숨겨져 있던 그 집이었다.

단은 잠시 망설이다가 현관문을 밀었다. 단 몇 분만이라도 바람을 피할 수 있어서 다행이군. 그는 전단지와 무료신문이 층층이 쌓인 바닥 위에 서서 소리를 더 잘 들으려고 모자를 벗었다. 계단에서 또각또각 소리는 전혀 들리지 않았고, 그의 가쁜 숨소리만 들릴 뿐이었다. 어쨌든 주소를 알아냈으니까 이제 그만 집으로 돌아갈 작정이었다.

그가 인도에 발을 내딛는 순간, 하마터면 웬 덩치 큰 남자와 부딪혀 넘어질 뻔했다. 남자는 누가 감히 자기 길을 가로막는지 어이없어하며 본능적으로 주먹을 들었다. 그러나 단의 넓은 어깨와 싹 밀어버린 대머리를 슬쩍 보더니 치밀어 오르던 그의 분노가 순식간에 다른 표정으로 바뀌었다. "실례했네, 친구!" 그는 자신의 강력한 주먹을 단의 어깨 위에 내려놓았다. "주먹이 날아갈 뻔했는데 다행이군!"

단은 입을 열어 대답하려 했으나, 덩치 큰 사내는 멈춰 서지 않고 그냥 가버렸다. 길모퉁이를 돌고 나서야 단의 심장이 다시 요동치기 시작했다. 3분도 채 안 되어 그는 두 번째 충격에 사로잡혔다. 덩치 큰 사내는 벤야민의 친부, 욘 페테르 프란센이었기 때문이다. 제기랄! 세상에서 가장 어리석고 더러운 놈이 나를 보고 미소를 짓다니! 단은 마리아네에게 욘의 눈에 절대 띄지 않겠다고 약속했는데, 이런 일이 일어나고 말았다. 하지만 단은 욘이 자신을 알아본 것 같지 않아 그나마 다행이라고 스스로 위안을 삼았다. 이제 어쩌지? 그를 미행해야 하나? 그가 단의 집을 알아내지 않는 한, 또다시 그를 만날 확률은 별로 없을 것 같았다. 단은 길모퉁이에 서서 욘의 넓은 등짝이 주차된 트럭 뒤로 사라지는 모습을 지켜보았다.

벤야민의 친부는 단 한 번도 뒤돌아보지 않았다. 그는 길을 훤하게 알고 있는 것처럼 주저 없이 빠른 걸음으로 걸었다. 그의 길고 가느다란 말총머리가 견갑골 사이에서 왔다 갔다 흔들렸고, 갈색 가죽 재킷은 그의 엉덩이를 완전히 덮지 않는 길이였다. 발에는 밝은 갈색 카우보이부츠를 신었는데, 굽이 비스듬히 닳아 있어 그의 전혀 부드럽지 않은 동작을 더욱 강조했다. 걸을 때마다 한쪽으로 몸이 쏠리는 모습이 뽀빠이 만화영화에 나오는 브루투스 같았다. 단은 자기도 모르게 웃음이 나오려다가 퍼뜩 정신이 들었다. 욘 페테르 프란센이 어떤 자동차 앞에 멈춰 섰기 때문이다. 새파란 마츠다 323이었다. 저놈의 거처가 어딘지 알아내기는 글렀군! 욘이 차 문을 여는 동안, 단은 자동차번호를 기억하려고 애썼다. 그는 번호를 외우는

데 너무 열중한 나머지 하마터면 욘이 뒷좌석에 놓인 쇼핑백만 집어 들고 다시 차 문을 잠그는 것을 못 보고 놓칠 뻔했다. 잠시 좌절감에 빠졌던 단은 금세 의기양양해졌다.

욘 프란센은 도로를 건너 잰걸음으로 걷기 시작했다. 저자도 추운 가 보다 하고 단이 생각하는 찰나, 프란센은 홀연히 자취를 감췄다. 대체 어디로 사라진 거야? 단은 할 수 없이 걸음을 늦춰 벤야민의 친부가 감쪽같이 모습을 감춘 지점으로 천천히 다가갔다. 그 지점에 문이 하나 있었는데, 자세히 살펴보니 마리나 호텔의 뒷문이었다. 문에 '투숙객 전용 출입구'라고 적힌 푯말이 붙어 있었다. 단은 문손 잡이를 돌려보았다. 역시나 문은 잠겨 있었다. 그는 블록을 빙 돌아 서 시청 앞 시장 쪽으로 갔다. 그곳에 호텔 정문과 레스토랑 그리고 리셉션이 있었다.

수석웨이터가 바로 문 뒤에 서 있다가 그를 보고 반겼다. "벌써 다 시 배고프신가요, 소메르달 씨?"

"그보다는 커피가 고파서요." 단은 레스토랑 안으로 들어갔다. 안 은 거의 비어 있었다. 거의 3시가 가까워 점심 손님들이 다 빠진 시 각이었다. 견습생 몇 명이 저녁 손님을 받기 위해 테이블을 세팅하 는 중이라 식기와 찻잔이 빳빳한 테이블보 위에서 달그락거리는 소 리만 간간이 들려왔다. "같이 커피 한잔할까요?" 단이 수석웨이터에 게 불쑥 제안했다.

단은 항상 정중하고 호의적인 그의 얼굴 위로 불편한 심기가 살 짝 스치는 것을 보았다. "죄송하지만 곤란합니다, 소메르달 씨." 수석 웨이터가 난처한 듯 대꾸했다. "근무 중이라서요."

"아, 그렇군요. 그 생각을 미처 못 했네요." 단은 욘 페테르 프란센의 사진을 주머니에서 꺼내며 얼른 덧붙였다. "그래도 잠깐 방해가 안 된다면……." 그는 수석웨이터에게 사진을 건넸다. "이 남자가 이 호텔에 묵고 있는지 혹시 아세요?"

그는 사진을 쓱 한번 보고 식당 안을 빠르게 훑더니 아무 말도 하지 않고 단 한 번 고개만 끄덕했다.

"전에도 여기 묵은 적이 있나요?"

눈부신 햇빛에 동공이 닫히듯 그의 얼굴에서 친절한 표정이 싹 지워졌다. 수석웨이터는 헛기침을 하며 말했다. "이제 그만 가봐야겠군요. 같이 이야기를 나눌 수 있어서 좋았습니다, 소메르달 씨." 수석웨이터는 뒤돌아서서 견습생들이 있는 쪽으로 갔다. 할 수 없지. 단은 사진을 다시 집어넣었다. 저 태도는 뭐지? 손님이 여기 묵고 있는지 아닌지 말해주는 게 뭐 그리 대단한 국가기밀이라고 저러는 거야?

단은 잠시 시청 앞 시장을 건너다보았다. 그의 오른편에 시청이 있었다. 도로정비 관리부서에서 나온 한 무리의 작업자들이 시청 건물 정면을 전나무 장식과 줄전구로 꾸미는 중이었다. 이번 일요일이 대림절 첫째 주일이라는 것이 문득 떠올랐다. 사흘 남았군. 아! 이 야단법석에서 벗어나 마리아네와 단둘이 훌쩍 여행이라도 떠날 수 있다면 얼마나 좋을까? 하지만 그는 그 이야기를 두 번 다시 입에 올리면 안 된다는 것을 잘 알고 있었다. 크리스마스 시즌에 아이들만 남겨두고 여행을 떠나는 건 그의 아내에게 절대 있을 수 없는 일이었다. 단순히 부모로서의 의무감 때문에 그녀가 집을 떠나지 않는 것은 아니었다. 마리아네는 휴일 탓에 일거리가 더 많아지는 것을 해마다 불평해대면서도 크리스마스를 사랑했기 때문이다.

단은 회색 작업복을 입은 일꾼들과 플라스틱 전나무 잎에서 시선을 거두어 생각에 잠긴 채 바로 앞에 있는 경찰서를 응시했다. 서서히 땅거미가 내려앉기 시작하자 경찰서 창문에 하나둘 불이 켜졌다. 플레밍은 자기 방에 있으려나? 어쩌면 증인을 심문하고 있는지도 모르지. 아니면 제임스 본드 같은 그 젊은 형사와 커피를 마시고 있을까? 단은 플레밍에게 전화해서 지난 24시간 동안 자신이 알아낸 것들을 이야기해줄까 고민하기 시작했다. 그는 광장 다른 편에 있는 사각형의 노란색 조형물에 눈길을 둔 채 휴대전화를 꺼냈다. 그 순간 갑자기 휴대전화가 울려 움찔 놀랐다. 그가 모르는 번호였다. 기자가 아니기를 바라며 전화를 받았다.

"킴이에요!"

"킴?"

"쿠르트&코의 킴이요. IT 팀장 킴이라고요." 약간 자존심 상한 목소리였다.

"아, 안녕! 미안해, 킴. 다른 생각 좀 하느라 잠시 멍했어."

"네, 요즘 얼굴 뵙기가 힘드네요." 그의 목소리가 어느새 붙임성 있게 바뀌어 있었다.

"아 뭐, 그게……." 대체 용건이 뭐야? 킴 크리스티안센은 회사의 IT지원부 팀장이었다. 단은 별로 눈에 띄지 않는 타입인 그와 업무 시간 외에 대화를 나눈 적이 거의 없었다. 한두 번 있다고 해도 IT 문제나 중요한 신규 업데이트에 관한 대화가 전부였다. 단은 갑자기 열기를 느꼈다. 그는 창가 테이블에 앉아 휴대전화를 얼굴과 어깨 사이에 낀 채 코트를 벗고는 말했다. "어제 회사에 갔는데."

"알고 있어요." 그러고는 침묵이 길게 이어져 단은 전화가 끊긴 줄 알았다. "부장님 때문에 제가 얼마나 난처해졌는지 모르실 거예요."

"나 때문이라니 그게 무슨 말이야?" 단은 황당했지만 내색하지 않으려고 애썼다. IT지원부와는 늘 사이좋게 지내야 한다는 것을 터득했기 때문이다.

"부장님이 피오나에게 릴리아나의 애인이 누군지 알아보라고 지시하셨잖아요." 또다시 긴 침묵이 이어졌다. "전화로는 설명할 수 없으니까 댁으로 가도 될까요?"

"지금?"

"좀 곤란하신가요?"

단은 손목시계를 들여다보았다. "마리나 호텔에 있는 레스토랑으로 오든가. 지금 거기 있거든."

15분 후 두 남자는 서로 마주 보고 앉았다. 숨이 턱까지 찬 킴은 밝은색 머리에 젤을 발라 가운데를 한 줄로 꼿꼿이 세운 헤어스타일을 하고 있었다. 그의 모습에서 흐트러지지 않은 건 그의 머리뿐이었다. 그는 레스토랑으로 오는 동안 이미 겉면이 땀으로 젖은 비닐봉투를 손에 쥐고 있었다.

두 손이 흠뻑 젖을 정도로 달려온 그를 보니 좀 측은한 생각이 들었다. "숨 좀 돌려, 킴. 무슨 일인데 그래?"

킴이 그에게 비닐봉투를 건넸다.

단은 자기가 만지기 전에 땀이 약간이라도 마르기를 바라면서 봉투를 옆으로 밀어뒀다. 수석웨이터가 소리 없이 미끄러지듯 창가 테이블로 다가왔다. "커피와 직접 구운 페이스트리 추천해드리고 싶은데요, 손님. 저희 할머니가 손수 구우신 거랑 똑같답니다! 소메르달씨한테 물어보면 아실 거예요."

"맙소사!" 킴이 외쳤다. "여기서 커피를 마시고 있어요, 부장님?"

단은 어깨를 으쓱했다.

"전 맥주가 낫겠어요." 킴이 수석웨이터에게 말했다. "라지 사이즈로 한 잔 주세요."

"소메르달 씨는요?"

"좋아요." 단은 차갑게 식은 남은 커피를 마저 마시면서 대답했다. "저도 맥주 한잔하죠." 오늘 세 잔째 마시는 맥주였다. 그는 수석웨이터가 레스토랑의 스탠드바 뒤로 모습을 감출 때까지 그를 눈으로 쫓았다. 중년의 웨이터는 30분 전 단이 적절치 못한 행동을 했다는 기억을 싹 지워버린 것처럼 보였다. 단은 안도의 한숨을 쉬었다.

"사진 안 보실 거예요?" 킴은 뻣뻣한 냅킨으로 얼굴과 손바닥을 닦았다. "단이 아는 사람 사진이에요."

단은 비닐봉투를 열어 A4 용지 여덟 장을 꺼냈다. 그는 앞에 펼쳐진 것을 보고 오늘의 세 번째 충격에 휩싸였다. 전문가가 찍은 흑백사진이었다. 다섯 장은 다양한 각도로 찍은 릴리아나의 사진이었고, 세 장은 길고 가늘게 땋은 머리를 한 아름다운 흑인 여성의 사진이었다. 샐리가 분명했다. 둘 다 알몸인 상태로 가슴과 성기를 가리려고 굳이 애쓰지도 않았다. 그런데도 사진들은 전혀 자극적으로 어필하지 않았다. 릴리아나와 샐리는 쪼그린 자세로 앉아 몸을 돌리고 더할 나위 없이 진지해 보이는 얼굴을 양손으로 가리고 있었다. 그녀들의 벗은 몸은 섹스가 아니라 상처받기 쉬운 존재를 연상시켰다.

"둘 다 죽었어." 단이 목청을 가다듬었다. "이 사람 이름은 샐리인데, 오늘 아침 해변에서 사체로 발견되었지."

"알아요." 킴은 흩어진 사진들을 한데 모아 뒤집어놓았다. "그녀가 죽은 건 몰랐지만, 그녀의 이름은 알고 있었어요. 여자들의 이름이 파일명으로 사용됐거든요. Sally001.jpg, Sally002.jpg, 이런 식으로요." 그가 시선을 들었다. "이 사진들을 《엑스트라블라데트》에 팔면 상당한 액수의 돈을 받겠죠?"

"그러려고 출력한 건가?"

킴은 어깨를 으쓱했다.

단은 잠시 그를 주시했다. "그러니까 자네는 릴리아나가 죽은 다음에야 출력을 한 거군. 언제부터 이 사진들에 대해 알고 있었나?"

"한 달 전부터요."

"어디서 사진을 발견했는데?"

"그게요." 킴은 자기 앞에 맥주 놓을 자리를 만들며 말을 이었다. "부장님도 아시겠지만, 제가 하는 일이 쿠르트&코의 네트워크 관리이기 때문에 회사 서버에 있는 모든 파일에 액세스할 수 있죠."

"그렇겠지."

"이 액세스 권한은 함부로 오용하지 않으리라는 확신을 전제로 부여되는 거예요." 그는 엄숙한 표정으로 말하고 나서 맥주를 한 모금 마셨다. "전 반드시 문제가 있는 폴더와 파일만 열어보죠. 그러니까 순전히 알 필요가 있는 경우에만……."

그래, 맞아. 단은 생각했다. "당연히 그래야지." 단이 목청을 높여 말했다. "자네를 괜스레 의심하는 사람은 아무도 없을 테니 걱정 말고."

킴은 그에게 불안한 눈길을 보내더니 말을 이었다. "이 사진들은 뉴비즈 폴더에 있는 사진 및 비디오클립 라이브러리 가운데 극히 일부에 불과해요." 문외한한테는 알아듣기 힘든 용어들이었지만, 단은 킴이 무슨 말을 하는지 금방 이해했다. 뉴비즈 서버란 개발 단계에 있는 캠페인과 관련된 아이디어나 시놉시스, 사진 등을 올리는 자체 네트워크 단위를 가리키는 것이었다. 소수의 직원들만 그 서버에 접속할 수 있었으며, 누구든지 거기에 원하는 것을 올릴 수 있었다. 그러나 문서를 열고 열람하는 것은 선택받은 무리에게만 허용되었다.

"비디오? 목소리도 녹음되어 있고?"

"그럼요. 하지만 두 여자 다 우스꽝스러운 언어로 뭐라 뭐라 해서…… 전 한마디도 못 알아듣겠던데요." 그는 가방을 열고 쿠르트&코의 로고가 붙은 DVD를 꺼냈다. "여기에 다 녹음되어 있어요. 혹시 운이 좋으면 부장님이 알아들을 수도……."

"폴더는 누가 만들었지?"

"부장님이 총애하는 르네 홀게르센이요."

"누가 내 총애를 받는다고……." 단은 불필요한 말을 늘어놓으려다가 멈칫했다. "르네? 설마 자네는 그가 무슨 사적인 용도로 폴더를 만들었다고 생각하는 건 아니겠지?"

"그럴 리가요." 킴은 잔을 비우고 수석웨이터에게 맥주를 한 잔 더 갖다 달라는 신호를 보냈다. "그 폴더는 일반적인 절차대로 만들어졌거든요. 파일번호와 게스트명, 권한설정 등등을 다 갖춰서요."

"그래서?"

"게스트명이 칙 서포트 글로벌인데 혹시 들어보셨어요?"

"처음 듣는데." 단은 잠시 앞을 응시하더니 질문을 던졌다. "캠페인 이름이 있나?"

"가제가 '노예'예요. 보나마나 외국인 창녀들에 관한 거겠죠." 킴은 손으로 입을 막지도 않고 트림했다. 단은 그의 뺨을 한 대 후려치고 싶은 갑작스러운 충동을 느꼈지만 애써 참았다.

"그 밖에 또 뭔가 아는 게 있나?" 마음을 가다듬고 단이 물었다.

킴은 눈썹 하나 까딱하지 않고 잠시 단을 쳐다보더니 고개를 끄덕였다. "그럼요. 칙 서포트 글로벌이라는 도메인명을 실제로 한번 본 적이 있어요." 그는 다시 머뭇거리다가 단이 고개를 끄덕여주자 말을 이었다. "제가 직원들의 메일함에 들어가 봐야 할 때가 가끔 있거든요." 그러고는 다시 말을 끊었다.

몇 초를 기다리다가 단은 결국 인내심을 잃고 말았다. "제기랄! 킴, 자네가 쿠르트&코에서 염탐을 하고 다니든 말든 난 상관없어. 그 회사에서 다시 일할 생각은 추호도 없거니와 회사에 대한 내 충성심도 너무 보잘것없거든."

킴은 두 번째 맥주를 절반쯤 단숨에 들이켰다. "알겠어요. 부장님이 알고 계신지 모르겠지만, 제가 페르닐레 클라우센과 사귀고 있거든요. 안내데스크의 페르닐레 말이에요."

"아니, 몰랐는데."

"아는 사람이 많지 않아요." 그가 다시 말을 끊었다. "좋아요. 페르닐레와 엘리사베트 룬이 서로 앙숙이라는 건 알고 계시죠?"

"그럼, 물론이지. 그걸 모르는 사람이 있을까?"

"그렇죠. 가끔 제가 페르닐레를 위해 엘리사베트의 메일함에 들어가 근황을 살필 때가 있어요. 페르닐레는 쿠르트가 바람을 피우고 있는데 그 상대가 엘리사베트일 거라고 짐작하거든요."

"뭐라고?" 단은 자신의 얼굴이 벌겋게 달아오르는 것을 느꼈다. "킴, 그런 짓을 하다니 제정신이야?!"

"페르닐레를 모르서서 그래요." 킴의 뺨도 붉게 상기되었다.

단은 깊게 심호흡을 하면서 화를 가라앉히려고 애썼다. 두 다리를 앞으로 쭉 뻗자 그의 정강이뼈에 킴의 발이 닿았다. 단은 불에 덴 듯

화들짝 다리를 뒤로 뺐다. "알았으니까 이야기를 계속해봐."

"엘리사베트는 2주 전에 henk@chickensupportglobal.com이라는 주소로 이메일을 보냈어요. 별건 없고 'S가 어디 있는지 알아요? M이 그러는데 L이 걱정한대요. 아이들에게 안부 전해줘요.'라는 내용이었어요. 발신인이 엘리사베트의 주소로 되어 있었는데, 보내고 바로 삭제했더라고요. 몇 초 후 그 메일은 휴지통에서도 삭제되었어요. 흔적이 남지 않게 완벽을 기하려고 했겠죠. 시간을 조금만 소모하면 메일을 다시 복구할 수 있다는 것을 모르나 봐요."

"문자메시지로 보내는 글 같은데." 단이 중얼거렸다.

"신기하네요. 페르닐레도 똑같이 말했거든요. 그리고 그녀는 엘리사베트가 바로 그날 휴대전화를 잃어버렸다는 것을 알아냈어요. 보통 때 같으면 틀림없이 문자메시지를 보냈을 텐데, 그날은 할 수 없이 이메일을 보낸 거죠."

"페르닐레가 그 사실을 어떻게 알아냈는지는 굳이 안 들어도 되겠군. 그건 그렇고 'henk'가 누구지? 페르닐레가 알아낸 건 없나?"

"없어요." 킴의 얼굴에 의기양양한 미소가 번졌다. "하지만 제가 알아낸 건 있죠. 그 주소는 엘리사베트의 메일 프로그램에서 '친구와 지인' 항목에 저장되어 있지 않았어요. 그런데 그 도메인명이 뉴비즈 서버와 어떤 메일에 등장하는 것을 발견하고서 저는 호기심이 발동했죠. 그래서 메일 시스템 전체를 다 뒤져 결국 'henk'가 누군지 알아냈어요. 바로 헨리에테 쿠르트예요. 쿠르트 사장 부인이요." 그는 잠시 말을 멈추고 깜짝 놀라는 단의 모습을 즐기다가 다시 말을 이었다. "그 이상은 파고들지 않았어요. 그리고 저는 모든 자료를 부장님에게 넘기기로 마음먹었어요. 원하시면 경찰에 자료를 보여주셔도 되고요. 어차피 더 이상 회사 눈치 보실 필요도 없잖아요."

"회사? 쿠르트&코 말이야? 그건 자네 말이 맞아." 단은 맥주를 더 주문하지 않은 것이 후회되었다. 지금 주문하기엔 너무 늦었다. 집에 가야 할 시각이었기 때문이다. "메일 출력한 거 가지고 있나, 킴?"

"그럼요." 킴은 안주머니에서 접은 종이 한 장을 꺼내 단에게 건넸다. "그런데 정보제공자가 저라는 건 밝히지 않으셨으면 좋겠어요."

"그건 내가 알아서 하지." 단이 대답했다. "나한테 아직 말 안 한 게 한 가지 있는데."

"네?" 킴은 자리에서 일어나 재킷 지퍼를 끌어올렸다. "뭐 말씀이세요?"

"나 참! 그러니까 릴리아나의 애인이 누군지 알아봐달라고 내가 피오나에게 부탁한 것과 이 모든 일이 무슨 상관이 있는 거냐고?"

킴은 얼굴을 일그러뜨리며 쓴웃음을 지었다. "글쎄요. 피오나는 어제도 오늘도 거의 하루 종일 병 속에 갇힌 파리가 윙윙 날아다니듯 여기저기 돌아다니면서 은밀한 질문을 해댔어요. 정말 대단하더라고요. 이제 회사 사람들 중에 피오나가 알고 싶어 하는 게 뭔지 모르는 사람은 없을 거예요. 부장님이 부탁했다는 것도 다들 알죠. 그리고 이제 피오나는 그 청소부에게 키스한 남자가 누군지 곧 밝혀질 거라고 확신하고 있어요."

"피오나는 그 남자가 자네라고 생각하는 건가?"

"맞아요. 오늘 오전 복사실에서 여자들 사진이 출력되기를 기다리는 중이었는데 그녀가 들어왔어요. 피오나가 디자인 프로그램을 쓰다가 무슨 문제가 생겼다고 떠들어대고 있을 때, 하필 릴리아나가 소파 위에 웅크리고 있는 사진이 프린터에서 첫 번째로 나왔어요.

그녀는 사진을 보고 찻잔만큼 커다래진 눈으로 저를 쳐다보더니 제가 당장에라도 그녀한테 달려들까 봐 겁났는지 줄행랑을 놓았어요. 틀림없이 그녀에게서 곧 그 이야기를 듣게 되실 거예요." 단이 실소를 터뜨리자 킴은 눈썹을 치켜올렸다. "웃을 일이 아니라고요. 정확하게 12분 만에 그 이야기를 알게 된 페르닐레가 저를 목 졸라 죽이려고 했어요. 조금도 웃긴 상황이 아니었다니까요!"

"어땠을지 상상이 가는군." 단은 넘겨받은 자료를 챙겨서 잘 접은 다음 주머니에 집어넣었다. "자료 고맙네, 킴!" 그는 악수를 청하며 말했다. "자료를 경찰에 넘겨야 하지만, 내가 어떻게든 자네 이름이 경찰보고서에 오르지 않도록 힘써보지."

안 그래도 빈자리가 없는 그의 뇌 속으로 하루 종일 비집고 들어오는 온갖 정보와 자극 탓에 그의 머리는 지쳐 있었다. 이럴 때 뇌에 필요한 기가바이트를 어디서 충전할 수 있는지 아는 사람이 있다면 바로 그 자신이었다. 그는 귀가 덮이도록 모자를 눌러쓰고 부둣가 쪽으로 내려갔다. 땅거미가 내려앉아 바닷물이 검게 일렁이고 있었다. 백조들은 어디로 갔는지 아무 데도 보이지 않았다.

그 순간 단은 누군가의 손이 자신의 팔에 와 닿는 것이 느껴져 움찔했다. 그는 누군가가 다가오는 소리를 전혀 못 들었다.

"죄송해요……. 저 때문에 놀라셨어요?" 빨간 머리에 작고 둥근 코와 초록색 눈을 가진 여자가 옆에 서 있었다. 한 번이라도 만난 적이 있다면 쉽게 잊어버릴 얼굴은 아닌데 단은 기억나지 않았다.

"네, 조금요." 그가 미소를 지었다. "무슨 일이시죠?"

그녀가 손을 내밀며 대답했다. "《엑스트라블라데트》기자 하이디 포스케라고 해요. 어제 잠깐 통화했었는데요."

단은 자신의 미소가 순식간에 사라지는 것을 느꼈다. "아, 그렇군요. 신문 기사 잘 읽었어요." 그는 악수를 나누고 있던 그녀의 손을 놓았다.

"그 기사에 대한 반응이 얼마나 좋은지 아셔야 해요." 그녀는 손을 코트 주머니에 찔렀다. "사람들이 당신한테 열광하고 있다니까요. TV2에서 연락 왔나요?"

"아니요."

"그 방송사에서 〈당신의 스타일을 보여줘〉의 다음 시즌을 제작할 건가 봐요. 유명인사들과 유일한 전문가인 당신만 초빙해서요."

"흥미롭네요. 다만 언론 보도를 하기 전에 나하고 한마디 상의도 하지 않은 건 유감이군요."

"그럼 출연할 생각이 없으신가요?" 그녀의 손에는 수첩도 들려 있지 않고 마이크도 눈에 띄지 않았지만, 어조를 듣자 하니 의심의 여지가 없었다. 의욕이 너무 과하군.

"하이디, 그거 알아요? 대중통속지 기자들을 통해 계약 협상을 하는 건 내 취향이 아니랍니다. 그리고 어제 이미 내 뜻을 전했다시피 난 아무것도 할 말이 없습니다." 그는 그녀에게서 등을 돌려 발걸음을 옮겼다. 그리고 몇 발짝 가다가 걸음을 멈추고 다시 돌아섰다. "아, 그건 그렇고…… 내가 하는 말을 인용해도 좋은데요."

하이디의 얼굴이 실망에서 금세 기대에 찬 표정으로 바뀌었다. "정말요?" 그녀가 쪼르르 그에게로 다가왔다.

"메모하는 게 나을 텐데요."

그녀는 가방을 뒤져 수첩과 볼펜을 꺼내 들었다.

"준비됐나요?"

그녀가 고개를 끄덕였다.

"좋아요. 어제 이미 당신한테 설명했듯이 수사 책임자 이름은 플레밍 토르프, 타르프나 뭐 그런 게 아니고 토르프입니다. T-O-R-P 라고요. 제대로 적었나요?" 그는 상냥하게 미소 짓고 성큼성큼 알가데 방향으로 사라졌다.

"동일범 소행인가?" 키엘 하네고르는 집무실 의자 등받이에 몸을 기대고 양손을 목덜미에서 깍지 끼었다. 오늘따라 그의 모습이 피곤하고 우중충해 보인다고 플레밍은 생각했다. 5시가 지난 시각이었다. 두 사람 다 아침 7시 반부터 경찰서에 틀어박혀 일하는 중이었다. 그들이 근무하는 동안 해가 뜨고 다시 해가 졌다. 더구나 하네고르는 더 이상 젊은 나이가 아니었다. 토르프와 그 밖의 수사팀원들에게는 하루가 끝나려면 아직 한참 멀었지만, 하네고르는 이제 퇴근할 시간이었다.

"기르싱 박사는 아니라는데요." 플레밍은 손님용 의자에 걸터앉았다. "샐리라는 이름의 젊은 여자 시신을 부검하고 나더니 그는 절대 동일범이 아니라고 확신했어요. 그녀는 항문, 질, 구강 등 안 건드린 신체 부위가 없을 정도로 철저하게 성폭행당했다고 했어요. 성폭행을 당하기 전후는 물론이고 그 짓을 당하는 동안에도 계속 구타당했고요. 과정을 백 퍼센트 정확하게 재구성할 수는 없지만, 굳이 그럴 필요도 없을 것 같습니다. 갈비뼈가 여러 개 부러지고 턱뼈가 산산조각 났으며, 코뼈가 부서지고 치아도 몇 개 빠졌어요. 직접적인 사인은 과다출혈일 가능성이 크다고 합니다. 그 밖에 외상성 두개골 골절이 두 군데 있기는 하지만, 기르싱 박사의 소견에 의하면 직접적인 사인은 아닌 것 같다고 합니다."

"사용된 무기가 있나?"

"맨주먹과 딱딱한 부츠 한 켤레 말고는 없답니다."

"지옥으로 떨어질 놈!"

"눈으로 직접 안 본 걸 다행으로 생각하세요. 그 부검은 아마 평생 잊지 못할 거예요." 플레밍이 말을 이었다. "어쨌든 그녀는 담요에 싸여 바다에 유기될 때 이미 죽어 있었어요. 시신의 폐 속에 담요 섬유도 바닷물도 들어 있지 않았거든요." 그가 시선을 들었다. "기르싱 박사 소견으로는 죽은 지 20일이나 그보다 조금 더 오래된 것 같답니다. 그러니까 사망 시점은 11월 10일에서 12일 사이인 거죠."

"과학수사팀은 집에 대해 뭐라고 하지? 거기서 살해된 건가?"

플레밍은 고개를 저었다. "그녀의 침대에서 작은 혈흔이 발견되었는데, 범행과 전혀 상관없는 생리혈이나 코피 같은 거였어요. 그곳에서 살해된 게 아니에요."

"그럼 릴리아나는?"

"그 사건이 계획된 범행이라는 확신에는 변함이 없습니다. 누군가 주방 수납장 안에 몇 시간 동안 숨어서 기다렸다가 범행을 저지른 게 확실해요. 어쨌든 릴리아나가 살해된 건 완전히 다른 사건입니다. 그녀는 재빨리 효율적으로 살해되었고, 범인은 시신을 숨기려 하지 않았거든요. 그리고……." 그는 말을 멈췄다.

"그리고 뭐?"

"릴리아나의 살해범은 피해자보다 키가 작다고 기르싱 박사가 말했어요. 릴리아나의 신장은 168센티미터였죠." 그는 잠시 생각하다가 이야기를 계속했다. "물론 추론에 불과할 뿐이지만, 릴리아나를 살해한 건 여성이라고 예상됩니다. 단지 신장 때문에 여성이라고 추측하는 건 아니에요. 실제로 가로테는 여성 살인범들이 선호하는 살인 도구라고 하네요. 가로테는 손에 익으면 크게 힘들이지 않고 목을 조를 수 있고 상대의 눈을 보지 않아도 되니까 여러모로 편리했을 겁니다." 그는 헛기침을 했다. "반면에 샐리는 의심의 여지 없이 남자에게 살해됐습니다. 어쩌면 이 또한 계획된 범행일지도 모르지만, 범행 수법이 너무 우악스러워서 도저히 동일범이라고는 말 못할 것 같습니다."

하네고르는 의자를 돌려 플레밍에게 등을 보이고 앉았다. 그의 시선이 크리스마스 장식으로 가득한 시장 광장을 넘어 마리나 호텔의 아늑한 레스토랑 창문으로 향했다. 플레밍은 저기 앉아 맥주나 한잔하면 좋겠다는 생각이 들면서 갑자기 단이 그리워졌다. 잠시 후 키엘 하네고르가 다시 몸을 돌리더니 입을 열었다. "어느 정도 배경이 비슷하고 한집에서 같이 사는 두 여자가 3주 간격으로 살해되었는데, 두 사건이 아무 연관도 없다는 게 말이 된다고 보나?" 하네고르는 자신의 질문이 수사적 표현일 뿐임을 드러내기 위해 고개를 저었다. "그것도 크리스티안순에서? 그건 말이 안 되지, 토르프 과장!"

"저도 두 사건이 서로 무관하다고 말하려는 게 아니에요. 제 말은 단지 두 피해 여성이 동일범에 의해 살해되지 않았다는 것뿐입니다." 플레밍은 손을 들어 자기 상관의 말을 막았다. "잠깐만요, 하네고르 국장님. 간단한 추론 하나를 말씀드릴 테니 일단 들어보세요." 그는 바른 자세로 고쳐 앉았다. "우리는 적어도 샐리가 예전에 성매매 일을 했고, 그녀와 릴리아나가 죽기 전까지 불법으로 체류하고 있었다는 사실을 알고 있어요. 혹시 누군가 그 사실을 알고 그들을 협박하려 한 건 아닐까요? 어쩌면 샐리는 옛날 포주에게 도움을 청했을지도 모르죠. 아니면 샐리가 어떤 비밀을 누설한 것을 포주가 알게 되었을 수도 있고. 그녀의 과거를 잘 알고 있는 누군가가 그녀를 협박하려다가…… 너무 포악해져서 그녀를 때려 죽게 만든 건 아닐까요?"

"그 두 피해 여성에 대해 얼마나 알고 하는 말인가?" 하네고르가 그의 말을 끊었다. "아니면 그냥 자네 혼자 생각해낸 건가?"

"증인이 있습니다."

"살해 장면을 목격했다고?"

"아니요, 성격 증인인 셈이죠. 두 피해 여성과 가까웠던 젊은 여자가 한 명 있는데, 그들에 대해 얘기해줬거든요." 플레밍은 깊게 심호흡을 하고서 조의 진술을 그대로 전달했다. 우선 그녀와 샐리가 어떻게 덴마크로 오게 되었는지 설명했다. 한 사람은 사진모델, 또 한 사람은 미용사가 되겠다는 꿈을 안고 왔으나, 둘은 첫날부터 성폭행을 당하고 하루 종일 감금되었다가 또 성폭행당하는 일이 반복되었다. 결국 두 사람은 저항을 그만두고 순순히 명령을 따르게 되었다. 그 후 유틀란트 반도의 도시들을 떠돌며 이 집창촌에서 저 집창촌으로 보내졌다. 헤르닝에서 한 달, 티스테드에서 한 달, 오르후스 근교의 틸스트에서 한 달씩 옮겨 다니는 식이었다. 그처럼 복잡하게 여러 곳의 집창촌을 전전하는 것은 손님들에게 항상 '새 얼굴'을 공급할 수 있고 여성들끼리 너무 친해지는 것을 막을 수 있다는 장점이 있었다. 외로울수록, 자신이 망가지는 것을 방치하게 마련이었다.

"그런 이야기는 들어본 적이 있지." 키엘 하네고르가 중얼거렸다. 그는 기분이 썩 좋지 않아 보였다. 플레밍도 오늘 오후에 조한테서 그런 이야기를 듣고 마음이 좋지 않았다.

"그렇죠. 유감스럽게도 상당히 흔한 이야기니까. 그래도 그런 여성들의 처지가 얼마나 절박한지는 다들 잘 모를 거예요. 그들이 경찰을 찾아가면 처음에는 많은 도움과 원조를 받겠죠. 포주와 그 부하들이 더 이상 접근하지 못하도록 그들을 보호시설로 보내기도 해요. 덴마크 정부는 성매매 피해자들이 14일 이내에 본국으로 송환되지 않고 100일 동안 국내에 체류할 수 있는 특별법을 도입했어요. 그렇게 되면 우리도 그들을 본국으로 보내기 전에 그들의 증인 진술을 확보할 수 있다고 법무부 장관이 말하더군요. 아주 잘된 일이죠? 본국으로 송환되기 전에 몇 달간 푹 쉴 수 있으니까 피해 여성들한테도 잘된 일 아니겠어요? 하지만 대부분은 공항에서 이미 그들 '주인'의 대리인에게 끌려가 심한 매질을 당하고 다음 비행기로 다시 돌려보내지죠. 새 위조 여권을 가지고 또 다른 지옥 여행이 시작되는 거예요." 플레밍은 끓어오르는 분노를 참지 못해 말을 멈췄다. 세찬 맥박 소리가 그의 귀까지 전해졌다. "죄송합니다." 그는 고개를 절레절레 흔들었다. "그냥 그런 현실이 너무 절망스러워서요. 그렇다고 우리가 할 수 있는 일도 뾰족하게 없고."

하네고르도 고개를 저었다.

"하지만 샐리와 조는 온갖 보안책에도 자주 만나 친구가 되었던 것 같아요. 집창촌 포주가 아무리 지독해도 그들을 막지 못했던 거죠. 악마 요니라는 사람의 별명도 조가 붙여준 거예요. 그 사람은 그렇게 불리는 게 당연한 사탄의 자식이라고 하더군요. 특히 그는 성폭력과 폭행을 밥 먹듯 저질렀고, 달아난 여자들을 찾아내서 다시는 도망가지 못하게 만들었다고 해요. 조는 샐리의 왕팬이었다고 하더라고요. 그녀가 보기에 샐리는 성매매업계에서 말괄량이 삐삐 같은 존재였대요. 요니나 변태 손님들에게 무슨 짓을 당하든 그녀는 언제나 당당하고 흔들림이 없었으며 절대 호락호락하지 않았다고 합니다. 샐리가 특별한 존재였던 건 그 때문인 것 같아요. 심지어 그녀는 악마 요니와 쿠르트 로스라는 작자하고 담판을 지어 올보르에 있는 건물에 불을 지르는 대가로 그녀를 보내주겠다는 약속을 받아냈답니다. 올보르 동료 경찰에게 확인해달라고 부탁했는데, 실제로 방화 사건이 있었다고 해요. 2년 전 항구에 있는 창고에 대형화재가 났는데, 방화로 추정되긴 했지만 결국 미제 사건으로 남았죠. 그 창고는 정품 캐비아, 최고급 와인, 향신료 등 비싼 식자재로 가득 차 있었답니다. 일종의 수입회사도 운영하고 있는 쿠르트 로스는 4백만 크로네에 가까운 보험보상금을 수령했고요. 그 사람은 헤르닝에 살고 있는데, 일단 그를 감시할 필요가 있을 것 같습니다. 그 지역 경찰에 협조를 요청해서 말이죠. 모든 정황으로 보아 그가 유틀란트 성매매업소 체인의 소유주이며 악마 요니의 보스인 게 확실합니다."

키엘 하네고르는 하품이 나오는 것을 억지로 참았다. "경찰서에 성매매 전담 부서가 있으니까 협조를 요청해보는 게 좋겠군."

"네, 그러죠. 그런데 한 가지 더 말씀드릴 게 있는데요." 플레밍의 보고가 이어졌다. "샐리가 그로부터 몇 달 후 조에게 연락해서 그녀가 덴마크에 체류할 수 있게 도와줄 사람들 몇 명을 찾았노라고 말했다는군요. 샐리는 그녀의 새 친구들이 보호해줄 테니 조더러 도망치라고 했대요. 그래서 조가 크리스티안순으로 오게 되었죠. 그리고 샐리 말이 맞았어요. 이곳에는 정말로 그들을 보호해주고 일거리와 거처를 마련해주는 누군가가 있었거든요."

"그게 누군지 아나?"

플레밍은 고개를 저었다. "그런 사람이 있다는 것만 알죠. 짐작일 뿐이지만, 여기서 거론되는 무리들과 무관할 것 같습니다. 누군가가 샐리를 찾아온 순간 더 이상 도움을 받을 일도 없어진 셈이죠. 아마도 악마 요니가 찾아왔을 겁니다."

"악마 요니라는 자를 여기서 본 사람이 있고?"

"조는 그를 개인적으로 만난 적이 없답니다. 하지만 그가 몇 주 전부터 이 도시에 머물고 있다는 소문이 돌고 있다는군요."

"그럼 그를 찾아보게, 토르프 과장." 키엘 하네고르는 몸을 일으켰다.

"퇴근하세요?"

"오늘 저녁에 손주들이 오기로 해서 집에 가봐야겠네." 하네고르는 오늘 아침 세심하게 옷걸이에 걸어둔 코트를 집어 걸쳤다. "걔들 엄마 아빠가 또 코펜하겐으로 연극을 보러 간대서. 우리도 뭐 애들 봐주는 게 싫지 않으니까." 그의 얼굴에 미소가 떠올랐다.

플레밍도 자리에서 일어나며 말했다. "내일 보고서를 작성해서 올리겠습니다."

키엘 하네고르는 플레밍이 집무실에서 뒤따라 나올 때까지 기다렸다. 플레밍이 멍하니 주머니에 든 휴대전화를 꺼내는 모습을 보고 계단으로 향하던 하네고르는 다시 몸을 돌렸다. "지금 단 소메르달에게 전화를 걸려고 하는 거라면 그만두는 게 좋을 거야."

"왜 그러시는데요?"

"우리 크리스마스 파티에서 '로봇 플레밍과 대머리 탐정'이라는 연극 공연을 할 거라는 소문을 들었거든." 여전히 미소를 머금은 채 그가 덧붙였다. "새로운 소재가 생기면 다들 얼마나 좋아하겠나?" 고개를 끄덕이고 그는 계단 쪽으로 사라졌다. 플레밍은 귀가 빨개져서 그 자리에 우두커니 서 있었다. 동료들의 놀림을 진지하게 받아들이는 건 좀 우습다고 생각하면서도, 고통스럽게도 이제 솔직하게 대처하기에 어쨌든 충분한 상황이었다.

잠시 후 그의 휴대전화가 울렸다. 화면에 단의 휴대전화 번호가 떴다. 플레밍은 초록색 통화버튼 위에서 엄지를 댈까 말까 주저하다가 빨간 버튼 쪽으로 엄지를 옮겼다. 그는 또다시 잠깐 망설이다가 빨간 버튼을 터치했다. 통화수신이 거부되었다.

단은 의아한 표정으로 자신의 휴대전화를 응시했다. 수신 거부라고? 대체 왜 이러는 거야? 단은 한참을 고민한 끝에 첫발을 내딛기로 결심하고 플레밍과 모든 정보를 공유할 참이었다. 그런데 죽마고우에게 음성메시지를 남길 기회조차 주지 않고 수신 거부를 하다니!

뭐, 싫으면 관두라지. 단은 체념하고 현관문을 열었다. 괜한 기싸움을 벌이는 대신 둘이서 힘을 합치면 이 사건을 더 신속하게 해결할 수 있을 텐데. 문을 열자마자 루페가 느릿느릿 다가와 그에게 인사했다. 녀석은 교육을 너무 잘 받아서(또 그동안 너무 몸을 움직이지 않아서) 단에게 뛰어들지는 않았지만, 반가운 나머지 자기 옆구리를 단의 무릎에 대고 세게 밀어 그를 넘어뜨릴 뻔했다. 코트를 벗기 전에 단은 쪼그려 앉아서 열심히 꼬리를 흔들어대는 루페에게 인사했다. 그제야 그는 주방에서 기막히게 맛있는 냄새가 흘러나오는 것을 알아차렸다. 주방 문을 열자 저녁을 차리고 있는 앨리스가 보였다.

"뭔데 이렇게 맛있는 냄새가 나죠?" 그는 오븐 안에 뭐가 있는지 살폈다.

"무사카(야채와 고기를 볶아 구운 그리스 전통요리—옮긴이)예요." 벤야민이 거실에서 나오며 말했다. "나중에 설거지는 제가 할게요!"

단은 앨리스를 쳐다보며 눈썹을 치켜올렸다. "벤야민에게 흥분제라도 먹였어요?"

앨리스가 겸연쩍게 미소를 지었다. "내내 혼자 외롭게 지내다가 우리가 계속 여기 있어도 된다니까 너무 좋아서 그러는 거예요."

"벤야민이 오늘 착한 일을 벌써 몇 번이나 했는지 몰라, 단." 마리 아네는 냉장고에서 뭔가를 찾고 있었다. "테라스와 집 앞 보도를 빗자루로 쓸고, 루페의 발톱도 깎아주고, 또 DVD 플레이어와 텔레비전 그리고 비디오장치의 채널을 모두 같은 번호로 조정해놨다고." 그녀는 찾던 것을 발견하고는 다시 냉장고 문을 닫았다.

"대단한데!" 단은 오늘의 영웅을 보기 위해 주방을 지나 거실 문쪽으로 갔다. "그럼 이제 녹화를 제대로 할 수 있겠네! 정말 잘했어!"

벤야민은 루페를 배 위에 올린 채 소파에 누워 있었다. "한 시간도 넘게 걸렸어요." 그가 생색을 냈다. "그래도 루페 발톱을 깎아주는 거에 비하면 식은 죽 먹기였죠!"

"발톱 깎는 걸 워낙 싫어하거든. 길이 잘못 들어서 녀석을 동물병원에 데리고 가서 둘이서 꽉 붙들고 있는 동안 수의사가 발톱을 깎아줘야 해. 그런데 그 일을 벤야민이 해냈다니 놀라워."

벤야민의 뺨이 발그레해졌다. 그 순간 단은 무엇 때문에 벤야민이 그토록 달라 보이는지 깨달았다. 그동안 두껍게 바르고 있던 밝은색 메이크업이 자취를 감췄기 때문이었다. 여전히 아이라인은 검은색으로 진하게 그리고 있었지만, 그 정도는 애교로 봐줄 만했다. 어쨌든 그의 전체 인상이 훨씬 단정해 보였다. 그럼에도 단은 그의 변화에 대해 아무 말 않기로 했다. 벤야민은 아직 피어싱과 레게머리를 하고 있어서 제대로 된 직장을 구하기에 적합한 외모와는 거리가 멀었다. 하지만 자발적으로 이런저런 변화를 시도하고 있는 청년에게 찬물을 끼얹을 마음은 결코 없었다.

식사를 하고 나서 단은 커피를 끓이고 테이블에 커피잔을 세팅했다. "할 말이 있는데." 그가 서두를 꺼냈다.

마리아네가 이마를 찌푸렸다. 그녀는 원래 서프라이즈를 좋아하지 않았다. 반면에 앨리스와 벤야민은 테이블 위로 몸을 숙여 경청하겠다는 자세를 취했다. 둘 다 담배를 한 대씩 피워 물었다. 단은 자신이 집에 오고 나서 그들 모자가 처음 피우는 담배임을 알아차리고 내심 놀랐다. 마리아네가 두 사람에게 무슨 이야기를 한 건가?

"욘 페테르 프란센의 거처가 어딘지, 아니 그가 어느 호텔에서 묵고 있는지 알게 되었는데요." 그는 어쩌다 욘과 그의 차를 발견하게 되었는지 설명했지만, 레기체 융과 관련된 부분은 언급하지 않았다. 마리아네 외에는 아무와도 상관없는 일이기 때문이었다. "그 사람이 여기서 무슨 짓을 하고 있는지는 모르겠지만, 슬슬 호기심이 생기는 건 사실입니다." 그가 말을 이었다. "먼저 벤야민이 그가 릴리아나에게 샐리에 대해 묻는 것을 들었고, 다음엔 릴리아나가 살해된 직후에 쿠르트&코에서 숨어 지켜보던 것을 목격했죠. 그리고 이번에는 살해된 두 사람이 살던 집 앞에서 내가 그와 마주쳤습니다." 그는 잠시 말을 끊었다. 아무도 말이 없었지만, 모두 눈을 휘둥그레 뜨고 있는 모습을 보니 어서 다음 이야기가 나오길 기대하는 듯했다. "그 사람이 살인사건에 연루된 게 확실해요." 단이 벤야민에게 물었다. "그가 샐리에 대해 물었던 게 언제였는지 기억나? 릴리아나가 그 사람 한테 차 안에서 붙잡혔을 때 말이야."

"기억을 더듬어봤는데요. 3주 전쯤이었던 것 같아요." 벤야민이 대답했다. "그러니까 10일, 아니면 바로 전날이나 다음 날이었을 거예요. 샐리가 어떻게 살해되었는지 아세요?"

"아직은 잘 몰라. 오늘 아침 해변에서 시신이 발견되었다는 것밖에." 그는 샐리의 죽음이 구타사였다는 것을 말하고 싶지 않았다. 안 그래도 불안해하는 앨리스에게 더 큰 충격을 안겨줄 필요는 없을 것 같았다. "샐리를 알아?"

"아니요, 잘 몰라요. 아주 매력적으로 생긴 사람이었다는 건 알고 있어요. 한번 인사를 한 적도 있고요. 릴리아나와 같이 살았으니까 얼굴은 아는 정도였죠."

"그 집에도 가봤어?"

"한 번도 안 가봤어요. 그 정도로 친한 사이가 아니었는걸요. 우린 그냥 같이 일하고 인사만 하는 사이였어요. 그 이상도 그 이하도 아니었죠."

"릴리아나가 임신했을 때 같이 일하고 있었나?"

"그랬죠."

"아기는 어떻게 되었지?"

벤야민은 자기 어머니를 힐끗 쳐다보며 입술을 깨물었다. 뭔가 불편한 기색이었다. "그건 왜 물어요?"

"그냥 궁금해서. 뭐 아는 거 없어?"

그는 검은 레게머리를 흔들며 고개를 저었다. "작년 가을에 아기를 낳았어요. 9월이었을 거예요. 임시로 보조인력이 와서 청소했는데, 저는 릴리아나가 출산휴가를 받아 6개월쯤 회사에 안 나오겠거니 했어요."

"그런데 그게 아니었나?"

"릴리아나는 2주밖에 안 지났는데 다시 일하러 나왔거든요."

벤야민은 다시 앨리스에게 힐끗 시선을 보냈다. "난 집에서 그런 이야기를 하고 싶지 않았어요. 어머니가 들으면 힘들어할 거 같아서……. 릴리아나의 아기는 죽은 거 같아요. 확실히는 모르겠지만 그냥 그런 생각이 들었어요. 우린 단 한 번도 아기 이야기를 해본 적이 없었어요."

"애 아빠가 누군지 알아?"

"몰라요. 크리스티안순으로 왔을 때 이미 임신한 상태였거든요."

"릴리아나가 벤야민이나 샐리 외에 다른 누군가와 이야기하는 것을 본 적은 있어?"

벤야민은 또다시 고개를 젓다가 갑자기 멈췄다. "맞다! 물어보시니까 생각나는데요……. 그 감독이라는 사람과 이야기 나누고 있는 걸 몇 번 봤어요."

"르네 홀게르센?"

"네, 그런 이름이었던 것 같아요. 두 사람은 대부분 손과 손가락을 이용하는 지화술로 의사소통을 했는데, 서로 말귀를 잘 알아듣는 것처럼 보였어요."

"난 잘 모르지만 그럴 수도 있겠지."

잠시 동안 그들은 아무 말도 하지 않고 그새 식어버린 커피를 홀짝거렸다.

"난 거실로 가서 뉴스 좀 봐야겠어." 그러면서 마리아네가 자리에서 일어났다.

단이 그녀의 손을 잡았다. "안 돼. 조금만 더 기다려. 아직 할 이야기가 남았어."

그녀는 꼭 그래야 한다면 할 수 없다는 표정으로 다시 앉았다. "말해봐."

"벤야민 그리고 앨리스! 욘을 경찰에 신고하지 않는 게 점점 무책임하게 느껴져요. 그의 거처가 어딘지도 알고 그가 살인사건에 연루되어 있다는 것도 알아요. 다만 문제는 내가 두 사람에게 입을 다물겠다고 약속했다는 거예요. 다시 생각해볼 수 없을까요?"

그들 모자는 서로를 쳐다보았다. 그러더니 앨리스가 입을 열었다. "익명으로 할 수는 없나요? 안 그러면 우리가 어디 있는지 그가 알게 될 거예요."

"음……." 그는 자신이 익명으로 신고하는 걸 왜 망설이는지 알 수 없었다. 누가 신고를 하든 무슨 상관인가? 그 자신도 어찌할 수 없는 허영심 탓일까? 사람들에게 인정받는 게 그렇게 중요한가? 그는 마음이 불편해지는 의문을 떨쳐냈다. "처음에는 익명으로 신고해도 괜찮을 거예요. 익명의 신고로 경찰은 그를 찾아가서 대화하겠죠. 하지만 언젠가는 벤야민과 내가 마주한 세 가지 정황에 대해 증인이 있다는 사실을 경찰이 그에게 밝혀야 할 때가 올 거예요. 그렇게 되면 익명성 보장은 불가능해지죠."

또다시 앨리스와 벤야민은 서로 얼굴을 쳐다보았다. 이번에는 벤야민이 침묵을 깼다. "그 말이 맞아요. 그를 체포하려면 당연히 증인이 있어야겠죠." 그는 자기 어머니와 재차 눈빛을 교환했다. "그리고 진실이 밝혀지면 우린 또 새로운 신분이 필요할 거예요. 일이 어떻게 되든 상관없이 말이에요." 그는 마른침을 삼켰다. "우린 이미 멀리 왔고, 아마도 이제 더 멀리 가게 될 거예요."

단은 앨리스를 향해 물었다. "어떻게 생각해요? 내가 경찰에 신고해도 괜찮으세요?"

그녀는 앙상하게 마른 두 팔로 팔짱을 낀 채 어깨를 으쓱했다. "물론이죠, 단. 그런데 솔직히 말해 이번 주말이 지날 때까지 기다려줬으면 해요."

"어째서요?" 마리아네가 궁금해했다.

"일요일 저녁에 내 여동생이 로도스에서 돌아오거든요. 동생이 코펜하겐에 새집을 구했어요. 우리가 신고한 걸 욘이 알게 될 테니 최대한 멀리 떨어진 곳으로 가고 싶어요."

"모든 일이 다 잘될 거예요." 마리아네가 말하며 자리에서 일어났다. "그럼 난 이만 TV 보러 갈게요."

아담 홀크는 수사팀 전원이 먹을 피자를 사왔다. 벌써 저녁 7시였다. 피자는 포장해 오느라 모양이 좀 망가졌다. 오늘은 늦게까지 야근하지 말아야겠다는 것이 모두의 생각이었지만, 퇴근하기 전에 마지막 회의는 해야 할 것 같았다. 로네 빌룸센만 빼고 전원이 대회의실에 모여 앉아 피자를 먹었다. 불평불만이 많은 수사계장 빌룸센한테서 한 시간 전쯤 심한 독감에 걸려 집에 가서 쉬어야겠다는 전화가 걸려왔었다.

"혹시 얀센이 계장님 허브차에 뭐 이상한 거라도 탄 거 아니야?" 클라우스 보세가 실실대며 농담을 던졌다.

"무슨 말이야?" 프랑크 얀센이 응대했다. "빌룸센 계장님이 어디 멀리 사라져버리기를 내심 바라는 사람은 내가 아니라 토르프 과장님일걸. 요즘 계장님이 계속 과장님을 걸고넘어지니까."

클라우스 보세는 자신의 상관을 슬쩍 곁눈질했다. 플레밍은 어이없는 듯 미소를 지으며 고개를 절레절레 흔들기만 할 뿐이었다. 그래서 보세는 과감하게 농담의 수위를 조금 높이기로 했다. "설마 과장님이 누군가에게 독을 먹일 정도로 할 일이 없다고 생각하는 건 아니겠지? 그런 일은 부하들한테 시키면 되잖아!" 그래도 플레밍이 기분 나빠하는 기색이 없자, 보세는 정곡을 찔렀다. "아니면 그런 임무는 대머리 탐정한테 맡기면 되지 않나?"

한바탕 폭소가 터져서 플레밍도 따라 웃을 수밖에 없었다. 단의 새 별명이 들을 때마다 새삼 우스웠다.

피아 바게가 유쾌한 분위기에 재를 뿌렸다. "아파서 이 자리에 못 온 사람을 가지고 그렇게 놀려대는 건 하나도 재미없는데요. 계장님은 요 며칠 확실히 몸이 안 좋아 보였어요."

"빌룸센 계장님은 심술궂은 마녀라고." 프랑크는 중얼거리며 마지막 피자 조각을 입안에 구겨 넣었다.

"계장님이 가끔 까다로울 때도 있지만 그래도 전 좋아요. 또 얼마나 유능한데요." 피아가 맞섰다.

플레밍은 자기보다 직급 높은 베테랑 형사들로 가득 찬 방 안에서 뺨이 빨갛게 상기된 채 같은 여자인 상관을 감싸고 있는 앳된 여형사를 물끄러미 쳐다보았다. 이런저런 이유로 그들은 하나같이 빌룸센에게 반감을 갖고 있었다. 그런 그들에게 용감하게 맞서는 신참 여형사를 보고 플레밍은 적잖은 경외심을 느꼈다. "바게 형사 말이 맞아." 그가 말했다. "나를 놀리는 건 얼마든지 괜찮은데, 아픈 동료

험담은 하지 말자고."

잠시 정적이 감돌았다.

"얀센 형사, 신문 스크랩에서 뭔가 흥미로운 것을 발견했다고 하지 않았나?" 침묵을 깨고 플레밍이 빈 피자상자를 옆으로 치우며 질문을 던졌다.

프랑크는 신문 스크랩을 탁자 위에 올려놓았다. "그렇다고 할 수 있죠. 제 느낌이 틀리지 않다면, 우리는 샐리에게 행해진 범행 장면 내지 범행의 시작 장면을 목격한 증인을 확보한 셈입니다."

"길어 보이지는 않으니까 읽어주겠나?"

"알겠습니다." 얀센은 짤막한 길이의 기사라는 것을 모두가 볼 수 있게 신문 스크랩을 높이 들었다. "11월 12일 자 《크리스티안순 벤스트레블라데트》에서 스크랩한 건데요. 제목은 '흔적도 없는 피습 사건'이고 기사 내용은 이렇습니다. '크리스티안순에서 괴짜로 유명한 사람의 신고로 어젯밤 경찰이 출동했으나 괜한 헛수고였다. 61세인 LJ는 마리나 호텔 뒤 녹지공원에 야영텐트를 치고 막 잠들려는 순간 밖에서 나는 시끄러운 소리에 잠이 깼다. 호기심에 밖을 내다본 그는 말총머리를 한 웬 덩치 큰 남자가 젊은 흑인 여성을 차로 끌고 가는 장면을 목격했다. 여자는 계속 비명을 지르며 저항했지만, 남자가 힘으로 그녀를 제압해서 차 트렁크에 실었다고 증인은 말했다. LJ가 출동한 순찰대에 진술한 바에 의하면, 차가 가로등 아래 서 있어서 파란색 승용차라는 것까지는 볼 수 있었지만, 자동차번호는 식별할 수 없었다고 한다. 차는 물론이고 남자나 여자의 흔적도 남지 않았기에 아무 조치도 취해지지 않았다. 이와 관련하여 뭔가 목격하거나 제보할 것이 있으면……' 어쩌고저쩌고……."

"LJ라는 증인이 라우리츠 외르겐센이라는 건 이곳 사정을 잘 모르는 사람도 딱 보면 알겠네. 브루네 라우리츠 말이야." 플레밍이 말했다.

"저도 바로 그 사람을 떠올렸어요."

"어째서 우리한테는 이 사건이 금시초문인 거지?" 플레밍은 신문 스크랩에 손을 가져갔다.

"저는 알고 있었는데요." 스벤 페데르센이 말했다. "이튿날 제가 브루네를 심문했거든요."

"그런데 어째서 나는 아무 보고도 못 들은 건가?" 플레밍이 캐물었다.

스벤은 산만하게 몸을 움직이며 해명했다. "그 진술과 일치하는 여성에 대한 수배 요청도 없었고, 의료기관에서 폭행 피해자 신고가 들어온 것도 없었어요. 게다가 브루네가 그날 저녁 술에 많이 취한 상태였다고 인정했거든요. 솔직히 말씀드리면 전 그 일이 있었다는 것도 까맣게 잊고 있었어요."

"겨우 3주 전 일인데? 그러면 자네의 장기 기억에 문제가 있다고 할 수밖에."

"네, 하지만……."

"게다가 그 일이 있었을 때 왜 내게 보고도 안 되었는지 이해가 안 되는군. 의례적으로라도 이 작은 도시에서 일어나는 일에 대해 책임자에게 보고해야 하는 것 아닌가?"

"3주 전이면 과장님이 초과근무 시간만큼 휴가를 받아 집에서 쉬시던 기간 아닙니까?" 프랑크 얀센이 끼어들었다. "그 당시 이 사건 때문에 과장님을 뒤늦게 귀찮게 할 필요가 없다고 생각했을 겁니다."

잠시 침묵이 흘렀다. 이 침묵이 무슨 의미인지 다들 알고 있었다.

플레밍 토르프가 비번일 때는 수사계장인 로네 빌룸센이 지휘를 맡았다. 사실 그녀가 다른 팀원들에게 보고하지 않는다고 해서 의아하게 생각할 사람은 아무도 없었다. 로네 빌룸센은 내부 소통을 중시하는 입장과 거리가 멀었기 때문이다.

"알겠네." 플레밍이 테이블을 손으로 탁 내리쳤다. "누가 좀 브루네를 찾아서 데려와주면 좋겠는데. 자네가 해주겠나, 페데르센? 그래주면 자네의 그 망각증을 용서해줄지 말지 고민해보지."

"알겠습니다. 언제 찾아볼까요?" 페데르센은 결의에 찬 표정으로 벌떡 일어섰다.

"지금 당장이 어떻겠나? 내일 아침 일찍 내 오랜 벗 브루네와 몇 마디 얘기를 나누고 싶은데."

페데르센은 바지 뒷주머니에 손을 넣어 수첩을 꺼냈다. "노숙자 쉼터부터 살펴봐야겠어요. 제아무리 브루네 라우리츠라고 해도 밖에서 자기에는 너무 추우니까요. 그가 현재 이 도시에 있는지 아는 사람 있어요? 곰곰이 생각해보니 최근에 분수대가 왠지 조용했던 거 같은데."

"병원에 가서 찾아봐." 여태껏 한마디도 하지 않고 동료들의 대화를 듣고만 있던 아담 홀크가 나섰다. "브루네가 몇 주 전에 차에 치였다면서 다리에 부목을 대고 병원에 누워 있었거든."

"혹시 파란 승용차에 치인 거 아니래?"

아담이 소리 없이 웃었다. "그건 모르겠는데. 핸드볼 경기를 하다가 허벅지 근육이 파열된 내 친구 병문안을 갔었어." 그의 얼굴이 생각을 하느라 자기도 모르게 일그러졌다. "어쨌든 병원에 갔는데 옆 침대에 브루네 라우리츠가 누워서 포근한 이불과 훌륭한 식사에 더

할 나위 없이 만족해하고 있더라고. 내 친구 말로는 그가 폭포수처럼 말을 퍼붓는데, 특히 사고 이야기를 신나서 떠들어댄다더군."

플레밍이 웃었다. "그래, 브루네답군." 그는 자기 시계를 들여다보았다. "그럼 전화해서 그가 아직 병원에 있는지 물어보게. 병원에 있다면 내일 아침 일찍 우리 둘이 병문안을 가보자고." 그는 잠시 생각하더니 말을 이었다. "그리고 교통경찰에 문의해서 사고에 대해 알고 있는 게 있는지 물어봐. 브루네가 11월 11일에 목격한 일과 차 사고가 아무 연관이 없다면 그냥 운 좋게 병원에서 호강하게 된 거고."

"당신 자?" 마리아네가 단에게 몸을 숙였다. 그의 머리가 침대 머리맡 구석에 불편하게 처박혀 있었다. 펼쳐놨던 책이 그의 가슴 위로 스르르 미끄러졌다. 침대등도 켜놓은 채 잠든 모양이었다. 눈썹을 찡그리고 쩝쩝거리는 소리를 내는 게 잠 깰 기미가 보이지 않았다. 잠잘 땐 꼭 루페 같다니까. 마리아네는 그렇게 생각하며 미소를 지었다. 그녀는 조심스럽게 그의 가슴 위에 얹혀 있는 책을 치우고 그의 몸을 옆으로 밀어 다음 날 십중팔구 뒷목 통증을 가져다줄 괴상한 자세를 고쳐주었다.

"고마워." 단이 눈을 반쯤 뜨더니 중얼거리고는 또다시 쩝쩝 입맛을 다셨다.

"고맙긴." 그녀는 그의 목덜미에 입을 맞추고 몸을 일으켰다. 방금 전까지 그녀는 루페와 단둘이 주방에서 시간을 보내며 고독을 즐겼다. 요즘은 그런 시간을 갖는 일이 드물었다. 몇 분 후 그녀는 이를 닦고 잠옷으로 갈아입은 다음 슬금슬금 남편 옆에 누웠다. 최대한 조심했는데도 단이 깨어난 모양이었다.

"여보, 리스트는 구했어?" 그가 웅얼대듯 말문을 열었다. "처방약 말이야."

"구했어. 당신은 레기체가 어디 가는지 알아냈고?"

"물론이지." 단이 돌아누웠다. 이제야 잠에서 완전히 깬 듯했다. "릴리아나와 샐리가 살았고, 또 다른 불법 체류자들이 많이 살고 있을 법한 그 집으로 들어가더라고. 이상하지 않아?"

"글쎄……." 마리아네는 가방을 열고 여러 장의 컴퓨터 출력물을 꺼냈다. "나도 좀 이상한 점을 발견했거든." 그녀는 단에게 리스트를 건넸다. "비텐은 리스트를 뽑아달라는 내 부탁에 조금도 의아해하지 않았어. 그런데 레기체가 최근에 처방한 약제 수가 두드러지게 증가한 것을 보고 그녀도 이상하게 생각하더라고. 내가 보기에도 레기체가 진료한 환자들과 조제된 약이 일치하지 않았어. 물론 자세히 검토해봐야 확실히 알 수 있을 텐데 그럴 시간은 없었고."

단은 라틴어 명칭과 수량과 환자명이 나열된 리스트를 대충 훑고는 난감한 표정으로 물었다. "흠, 여기 적힌 게 대체 뭔지 설명 좀 해주겠어?"

마리아네가 그에게 몸을 숙이고 손가락으로 가리키며 설명했다. "여기 봐. 우선 레기체는 나보다 50퍼센트나 더 많은 약을 처방했어. 환자 수는 둘이 똑같은데도 말이지. 그리고 여기 보면……." 그녀의 손가락이 다음 줄로 넘어갔다. "추가로 처방된 이 약제들은 모두 병원 내수용이라고 되어 있는데, 이것도 말이 안 돼."

"마약인가?"

"그럴 리가. 그랬다면 기관으로부터 완전히 다른 형태의 제재를 받았을 거야. 마약하고는 거리가 멀어. 여기 보이는 것처럼 그녀가 처방한 대부분의 약은 여성용이거든." 그녀의 손가락이 리스트 위를 춤추듯 다시 미끄러졌다. "그녀는 20명의 여성들에게 주고도 남을 만큼 많은 양의 피임약을 처방했어. 그런데 피임약 성분이 동일하지 않았어. 이를테면 에스트로겐과 제스타겐의 함유량이 다 달랐다는 거야. 그러니까 각기 다른 여성을 위한 피임약일 가능성이 높지. 게다가 질염과 방광염 치료제를 어마어마하게 많이 처방했고. 이건 에이즈 환자를 위한 처방전과 다양한 항생제들이야. 광역 스펙트럼과 협역 스펙트럼을 가진 항생제들이지." 그녀는 침대 머리 쪽에 몸을 기대고 두 눈을 비볐다. "몇 가지 안 되는 진통제를 제외하고 이런 약들은 밀매할 가치가 없어." 그녀는 졸린 듯 하품을 했다. "하지만 예를 들어 사회보험 혜택을 못 받고 공식적인 주소가 없는 불법 체류자라면 얘기가 다르지. 그들은 아주 평범한 약도 비싼 돈을 주고 살 용의가 있을 테니까. 건강보험카드를 제시하라는 말도 없이 인후염부터 자택 출산에 이르기까지 만병을 치료해줄 의사가 있다면 현금 지불도 마다하지 않고 진료를 받을걸."

"출산이라고? 당신은 설마 레기체가 산파 노릇까지……."

"그냥 짐작일 뿐이야. 벤야민의 말에 의하면 릴리아나는 일 년쯤 전에 출산을 했고 아기가 죽었을 가능성이 높다고 했어. 바로 그 무렵에 레기체의 비밀스러운 외출이 시작되었고. 그녀가 조산사나 필수 장비조차 없는 상태로 자택 출산을 감행했다면, 그녀의 잘못으로 아기가 죽었을 수도 있어. 그래서 그 여성들한테 뭔가 빚을 졌다고 생각하는 게 아닐까?"

"아니면 누군가에게 협박당해 계속 그 일을 하고 있는지도 모르지."

"그럴 수도 있겠네." 마리아네는 기대고 있던 몸을 미끄러뜨려 단에게서 등을 돌리고 누웠다. "이제 그만 자야겠어, 단. 완전히 기진맥진이야."

"내가 내일 레기체와 얘기해보면 어떨까? 그냥 만나서⋯⋯."

마리아네가 몸을 휙 돌렸다. "그녀에게 연락할 생각은 아예 하지도 말라고!"

"하지만⋯⋯."

"레기체는 내 동료이고, 난 온갖 규칙을 어겨가면서 당신한테 정보를 줬어. 당신 분명히 약속했잖아. 그러지 않겠다고⋯⋯."

단은 그녀에게서 조금 떨어졌다. "맙소사! 왜 이렇게 흥분하고 그래? 내가 이 정보를 이용할 수도 있다는 건 당신도 알았을 텐데."

"당신이 그녀를 찾아가서 불법 체류자에 대해 물어보기 시작하면 그녀가 당신이 어디서 그런 걸 알았을까 의심할 거 아니야."

"하지만 피임약은 그 집에서 내가 직접 발견한 건데. 당신하곤 아무 상관도 없지. 게다가 예른바네가데에서 그녀를 본 것도 나고."

그녀는 눈썹을 찌푸렸다. "피임약에 대해서는 경찰이 물어보면 되지. 그리고 예른바네가데 이야기는 잊어버려. 그 일에서 손을 떼란 말이야, 단!"

"알겠으니까 진정 좀 해."

"잘 자." 그녀는 굿나잇 키스조차 하지 않았다.

그는 침대 양쪽에 있는 등을 다 껐다. "잘 자." 그는 다시 잠들 때까지 긴 긴 시간을 뒤척이게 되리라 확신했다.

혼잣말

새벽 3시. 나는 단 1분도 잠을 자지 못했다. 이불은 눅눅하고 무거우며, 내 몸 아래 깔린 침대보는 잔뜩 구겨져 있다.

샐리의 시신이 24시간 전에 발견된 이후로 기분이 엉망진창이다. 아니, 거짓말이다. 이런 기분은 훨씬 더 일찍부터 시작됐으니까. 월요일에 릴리 아나를 죽이고 나서부터 내 기분은 엉망진창일 뿐만 아니라 너무나 끔찍하다. 그녀가 무슨 일이 일어날지 분명히 깨닫는 순간의 그 표정이 하루 종일 나를 쫓아다닌다. 내게 종교가 있다면, 그녀의 영혼을 위해 기도할 텐데. 어쨌든 내가 먼저 그녀를 찾아낸 덕분에 그녀가 죽음의 고통을 빨리 끝낼 수 있었다는 게 그나마 내게는 유일한 위안이다. 샐리가 어떻게 살해되었는지 자세한 이야기를 듣고 나니 혐오스럽기 그지없다. 내가 릴리아나를 죽이지 않았다면 어차피 그놈이 그런 짓을 저질렀을 것이다. 그녀들이 그토록 두려워해서 악마 요나라고 불렀던 그놈 말이다. 혹시 또 모르지, 그 우스꽝스러운 이름을 지은 게 바로 그놈 자신일지도. 정말이지 싸구려 연재만화에나 나올 법한 이름이다. 하지만 이름이 아무리 우습게 들려도 그에 대해 더 많이 알고 나면 웃음이 싹 가실 것이다. 성매매 여성들이 하나같이 그에 대한 이야기를 했었다. 성폭력, 고문, 신체적 폭행. 누구나 그를 끔찍이 증오했다. 공포와 뒤섞이면 증오는 배가되고 훨씬 더 오래 지속되는 법이다. 예전에 그의 노예나 다름없었던 여자들 중 한 명한테서 들으니, 요니는 그녀를 가둔 방 안 바닥에 한동안 계속 볼일을 보았다고 한다. 며칠 동안 그녀는 그 배설물의 악취로 가득한 방 안에서 그가 그것을 치우라고 명령할 때까지 그대로 지내야 했다. 그 이야기를 듣고 나는 하마터면 토할 뻔했다. 이제는 무슨 이야기를 듣든 무감각해질 때도 됐으련만.

내가 그놈을 죽여야 한다. 하지만 어떻게 죽여야 할지 도무지 생각이 떠오르지 않는다. 그래도 어쩔 수 없다. 어떻게든 그를 처치할 수밖에. 놈은 내 몸무게의 두 배는 될 테고 키는 집채만 한 데다가 사이코패스다. 절대로 좋은 조합이 아니다. 그렇다고 그를 이대로 살려둘 수는 없다. 안 그러면 그가 내 삶을 망칠 테니까. 아니, 그놈은 내 삶뿐만 아니라 다른 사람들의 삶까지 망가뜨릴 것이다. 굳이 말하자면 장벽의 이편이든 저편이든 상관없이 우리 모두의 삶이 걸린 문제다.

오늘 오후에 차를 타려고 집을 나서는데 숨어서 나를 기다리고 있는 그 자의 모습이 시야에 들어왔다. 집을 제대로 찾았다고 의기양양한 표정이었다. 도대체 무슨 수로 집을 저렇게 쉽사리 찾아낼까? 놈은 이웃 사람들이 눈치채지 못하도록 내 차에 나를 억지로 밀어 넣은 다음 옆자리에 올라탔다. 그러고는 자기가 요구하는 대로 내가 따르지 않으면 무슨 대가를 치르게 될지 얘기를 늘어놓았다. 심지어 샐리를 죽인 일도 자랑스럽게 떠벌렸다. 그토록 상스럽고 잔혹하며 역겨움을 일으킬 정도로 허풍을 떨어 대는데도 나는 귀를 막을 수 없었다. 그가 큼지막하고 단단한 손가락으로 꽉 움켜쥔 내 팔 윗부분이 시퍼렇게 멍들기 시작했다. 그의 썩은 잇몸에서 나는 구취가 내 얼굴에 바로 와 닿았다. 한쪽 눈가에 눈곱이 붙어 있어서 내 눈길을 자꾸 쏠리게 만들었다. 우리 집이 하필 보도 이용자가 아무도 없는 지역에 자리했다는 사실이 속으로 원망스러웠다. 창밖을 내다보는 사람조차 없었다. 또 차 안에서 에어컨을 틀고 차 문을 꼭꼭 닫은 채 1980년대 록 음악을 들으며 앉아 있는 사람이 남의 주차된 차 안에서 무슨 일이 일어나고 있는지 알 턱이 없다. 그리고 일단 자기 집 안에 차를 몰고 들어가면 아무도 도로 쪽을 내다보지 않는다.

그의 관심사는 아주 간단했다. 악마 요니는 내가 릴리아나를 살해하는 장면을 목격했다. 그는 지붕창을 통해 모든 장면을 보았다고 주장했다. 그뿐만 아니라 밖에 나갔다 돌아온 벤야민이 지붕창 위에서 내려다보던 그를 알아봤다는 것이다. 그래서 내게 요구하는 것은 두 가지. 첫째는 그가 벤야민의 입을 막아야 하므로 그 청년의 거처를 알아내서 주소를 자기에게 건네라는 것이었다. 두 번째로 그는 내게 10만 크로네를 내놓으라고 요구했다. 그것도 현금으로 내일까지. 안 그러면 경찰에 가서 다 불어버릴 거라고 협박했다. 그러라고 내버려둘 수는 없다. 너무나 많은 사람들의 목숨과 건강이 그 멍청한 놈의 세 치 혀에 달려 있으니까……

내일까지 돈을 준비하는 건 불가능하다. 내게 필요한 것은 알리바이와 철저한 실행 계획이다. 그러려면 며칠은 족히 걸릴 것이다. 우선은 돈을 절반만 준비해서 나머지는 토요일까지 기다려달라고 그를 설득해야 한다. 벤야민의 주소는 메레테한테 말하면 얻을 수 있을 것이다. 하지만 그의 요구를 들어주는 것으로 다 끝나는 게 아님을 나는 백 퍼센트 확신한다. 악마 요니는 끝을 모르고 다시 돌아와 협박을 일삼을 타입이다. 그렇게 되면 나는 그의 손아귀에서 벗어날 길이 없다. 하루라도 빨리 그를 죽여야 한다. 그런데 어떻게 해야 할지 모르겠다.

침대에서 다시 한 번 돌아누워 디지털알람시계를 쳐다봤다. 4시 3분. 제기랄! 조금이라도 눈을 붙여야 하는데 큰일이네! 한시라도 서둘러 그를 처치해야 한다는 건 잘 알겠다. 하지만 어떻게? 그를 없앨 방법만 찾을 수 있다면 얼마나 좋을까?

오래된 신문 기사

단은 문턱을 밟고 서서 깊이를 알 수 없는 허공을 내려다보았다. 그는 고개를 들고 다시 방 안으로 들어갔다. 그 방은 발 디딜 틈 없이 사람들로 가득 차 있었다. 분주한 얼굴들이 물밀듯 그에게 몰려들어 뭔가 해주기를 원했다. 헤아릴 수 없이 수많은 목소리들이 그냥 하나의 소음으로 합쳐져 무슨 말을 하는지 한마디도 알아들을 수 없었다. 그에게 뭔가 물어보는 사람도 있고 뭔가 부탁하는 사람, 또 뭔가 제안하는 사람도 있었다. 막힘없이. 지치지 않고. 수그러들지 않은 채. 끊임없이 새로운 사람들이 그에게 와서 뭔가 요구했다. 갈수록 더 많은 사람들이 끼어들어 다들 서로 몸을 붙이고 서야 했다. 다른 사람들의 거친 숨결과 희박해진 공기가 느껴졌다. 답답해진 그는 허공과 바로 연결되는 발코니 문 쪽으로 돌아갔다. 임시 승강장으로 좁은 나무판자 하나가 문밖으로 흔들흔들 걸려 있었다. 그는 시험 삼아 양손으로 문틀을 잡고 발판 위에 올라섰다. 나무발판이 불안하게 흔들렸다. 위를 올려다보니 발판은 두 층 위 어딘가에 두 개의 굵은 밧줄로 고정되어 있었다. 그의 뒤에 있는 사람들이 가까이 다가와 등에 와 닿는 체온이 느껴졌다. 그는 한쪽 밧줄을 양손으로 꽉 움켜쥔 채 밑을 보지 않으려고 애쓰면서 잠시 가만히 서 있었다. 지금 내가 서 있는 곳이 이 건물의 몇 층일까? 10층? 30층? 그는 바닥까지 얼마나 되는지 더 이상 생각하지 않으려고 정신을 집중했다. 바로 그 순간 다른 누군가가 발판 위에 올라섰다. 그 남자는 마치 넓은 방바닥 위를 걷듯 편안하게 몸을 움직였다. 얼굴 없는 남자가 그를 붙잡으려고 하자, 단은 몸을 피하기 위해 움켜쥐고 있던 밧줄을 놓았다. 그 바람에 균형을 잃고 비틀거리기 시작했다. 몸을 약간 구부린 자세로 양팔을 허우적대면서 어쩌면 버틸 수 있을지 모른다는 생각이 뇌리를 스치는 찰나, 그는 허공으로 떨어지고 말았다.

단은 비명을 지르려 해도 끈적끈적 달라붙는 덩어리처럼 목소리가 가슴에 꽉 막혀 나오지 않아 잠이 깼다. 온몸이 땀으로 흠뻑 젖어 있었다. 또 같은 꿈이군. 그는 땀에 젖은 티셔츠를 벗고 침대 위에 편안하게 누웠다. 그의 몸이 서서히 정상상태로 돌아가는 것이 느껴졌다. 심장박동이 점차 안정을 되찾고, 얼굴과 목덜미에 더 이상 땀방울이 맺히지 않았으며 근육이 편안하게 이완되었다. 이제 스스로를 고문하는 느낌 없이 팔다리도 다시 움직일 수 있게 되었다.

그렇게 어둠 속에서 편하게 누워 있는 동안 그는 몇 주 만에 이 꿈을 또 꾼 것인지 헤아려보았다. 성인이 된 이래 그의 삶에서 일부분을 차지해온 꿈이었다. 적어도 일주일에 한 번은 그 꿈을 꾸다가 화들짝 놀라 잠에서 깨고 악몽을 떨쳐내기 위해 몸을 움직이곤 했다.

지금까지 어렴풋이 짐작만 하던 것이 이제야 분명해졌다. 꿈은 경고 신호였다. 그의 무의식이 그에게 종지부를 찍어야 한다는 것을 알리기 위해 애타게 보내온 신호. 고된 업무와 온갖 스트레스, 쿠르트& 코와 광고업계, 그로 하여금 하루 종일 다른 사람들을 닦달하게 만드는 그 직업에 이제 종지부를 찍으라는. 할 수 있는 일이 한 가지밖에 없음을 깨달은 그는 월요일에 세바스티안 쿠르트를 만나 이야기하기로 결단을 내렸다. 그렇다면 자신의 검은 애마 아우디와 작별하기까지 이틀의 시간을 버는 셈이었다. 그래도 잘나가는 고소득 프리랜서도 있다는 걸 생각하며 스스로 위안을 삼고자 했다. 혹시 또 모르지, 내가 언젠가 대부호 사립탐정이자 카피라이터이자 한 집안의 가장이 될지도. 그러면 내 돈으로 멋진 아우디를 한 대 사야지. 그의 입가에 저절로 미소가 지어졌다.

단은 시계를 올려다보았다. 왜 항상 3시나 4시쯤 잠이 깨서 다시 잠들지 못하는 거지? 그는 방 안에서 곤히 잠들어 있는 마리아네와 루페가 내는 소리에 귀를 기울였다. 그의 옆에 누운 마리아네는 편안하고 규칙적인 숨소리를 내고 있었다. 루페는 방석 위에서 간간이 낑낑대는 소리와 푸 하고 숨을 내뿜는 소리를 내가며 나지막이 코를 골았다. 루페가 자면서 꿩을 쫓는 모양이라고 라우라는 늘 말하곤 했다. 단은 사랑스러운 딸 라우라의 이름을 떠올리기만 해도 마음이 따뜻해졌다. 그는 자신의 딸이 오후에 집으로 와서 몇 주 만에 식구들끼리 오붓하게 저녁을 보내리라는 생각에 기분이 아주 좋아졌다. 아, 참! 벤야민과 앨리스도 있었지. 뭐, 둘 다 좋은 사람들이니까 상관없을 거야. 그래도 그는 그들이 너무 오래 이 집에 머무는 일은 없기를 바랐다. 그 많은 사람이 오랜 기간 같이 지내기에는 집이 너무 비좁았다.

잠도 안 오는데 그냥 일어날까? 정신이 너무 맑아서 다시 잠들려면 시간이 한참 걸릴 것 같았다. 잠이 올 때까지 마냥 기다릴 자신이 없었다. 그는 가운을 걸치고 보온양말을 꺼내 신은 다음 소리 죽여 계단을 내려가 주방으로 갔다. 그리고 코코아 한 잔을 끓여 코냑을 더블로 섞어 노트북을 들고 소파에 가서 누웠다. 노트북이 부팅되자 킴 크리스티안센이 준 DVD를 플레이어에 넣고 기다렸다. 몇 번 더블클릭을 하고 나니 총 16컷의 흑백사진으로 이루어진 그리드가 화면에 나타났다. 절반은 릴리아나의 사진이었고, 나머지는 샐리라는 아프리카 출신의 매력적인 여성 사진이었다. 이미지들이 체스판 식으로 배열되어 있어 흑인과 백인 여성을 번갈아 볼 수 있었다. 열여섯 개의 이미지필드는 스틸사진으로 구성되어 있는데, 커서를 사진 위에 올리면 바로 사진 속 여성이 살아나 움직이면서 자신의 모국어인 듯한 언어로 말하기 시작했다. 이미지필드를 클릭하면 전체 화면으로 바뀌어 여자의 두 눈이 좀 과하다 싶을 정도로 또렷하게 보였다. 그리고 한 번 더 클릭하면 16컷의 사진이 실린 그리드가 다시 나타났다. 커서를 이 사진 저 사진 위에 갖다 댈 때마다 이미지가 잠시 움직이다가 다시 스틸사진으로 바뀌었다. 그 모습이 마치 나체의 두 여성이 복잡한 춤을 추는 것처럼 보였다. 텍스트나 설명해주는 타이포그래피도 없이 열여섯 개의 짧은 영상만 올려져 있었고, 영상의 사운드트랙도 당최 무슨 내용인지 알 수가 없었다. 그 대신 이제 죽고 없는 두 여성의 모습만 집중해서 볼 수 있었다. 그녀들의 신체 언어와 표정, 그리고 눈동자에 문득문득 드러나는 근심과 두려움. 단은 이 열여섯 개의 영상이 릴리아나와 샐리가 어떻게 크리스티안순에 오게 되었고 또 무엇을 피해 도망쳐왔는지 이야기한다고 확신했다.

그는 소파에 앉아 코코아를 마시면서 화면에 보이는 열여섯 개의 얼굴을 응시했다. 그가 중요한 증거 자료를 가지고 있으며 이것을 즉시 경찰에 넘겨야 한다는 것은 명백했지만, 그러기에는 그의 호기심이 너무 컸다. 영상은 뉴비즈 서버에 올려져 있었다. 보통은 그 자신만 유일하게 열람하는 '그'의 서버에 르네 홀게르센이 올린 것이었다. 이 짧은 동영상들을 경찰에 넘기기 전에 그에게 설명을 요구할 권리쯤은 있지 않을까? 플레밍이 에스토니아어와 나이지리아어 통역사를 구할 수 있게 DVD는 당연히 경찰에 넘겨야 한다. 그들이 무슨 말을 하는지 알아야 하니까. 하지만 DVD를 경찰에 지금 보내든 아니면 먼저 르네와 대화를 시도해보고 몇 시간 후에 보내든 별 차이는 없을 것 같았다. 그 미심쩍은 클라이언트는 누구이며 영상을 어디에 쓰려고 제작한 것인지 자세히 설명해줄 사람은 르네밖에 없을 것이었다.

그 순간 단의 뇌가 일시 정지했다. 한 가지 생각이 퍼뜩 떠올라 모든 스포트라이트가 쏟아졌다. 그래, 맞아! 짧은 동영상은 인터넷 캠페인용으로 안성맞춤이었다. 그는 이것으로 모든 게 설명된다고 확신했다. 이 시퀀스들은 아무런 해설도 없이 네트워크 서버에 올려졌다. 아름다운 두 여성이 나체 상태로 끔찍한 사연을 이야기함으로써 네트워크 유저들이 여성의 벗은 몸을 보고 섹스를 생각하는 것이 아니라 불편한 마음을 갖게 되는 것. 이것이 바로 너무 난해해서 극소수만 무슨 내용인지 이해할 수 있는 르네 홀게르센의 전형적인 캠페인 방식이었다. 한시라도 빨리 르네와 이야기를 해봐야겠군. 단은 한 시간 반만 더 기다렸다가 르네에게 전화하기로 했다.

그는 소파에서 일어나 등을 곧게 펴고서 다시 침실로 돌아갔다. 그리고 최대한 소리를 죽여 옷장에서 운동복과 조깅화를 꺼냈다. 어둠 속에서 인적이 거의 없는 도로를 따라 한 바퀴 도는 것이야말로 살해된 두 사람의 사진을 떨쳐버리기 위해 지금 그에게 가장 필요한 일이었다.

"이 시각에는 환자들을 면회할 수 없어요." 머리카락이 머리에 착 달라붙은 중년의 간호사가 딱 잘라 말했다. 그녀의 입술이 가늘어지면서 거부 의사를 드러냈다. "아침에는 대부분 목욕을 하거나 검사를 받기 때문에 정말 면회를 허가하기가……."

플레밍은 상냥하게 미소 짓는 얼굴로, 앞을 가로막은 간호사의 팔을 밀치고 아담 홀크가 가르쳐준 번호가 붙은 병실로 향했다.

"제가 한 말 못 알아들었어요?" 그녀는 스벤 페데르센까지 자기 말을 무시하자 언성을 높였다. "우리 환자들 중에는 연세 높으신 분들이 많아요. 그러니까 예의를 좀 지키시라고요!"

플레밍은 휙 몸을 돌리더니 그녀 바로 앞에 버티고 섰다. "이 아래 지하실에는 구타를 당해 사망한 젊은 여성의 시신이 누워 있어요." 그는 간호사가 몸을 약간 숙여야 알아들을 수 있을 만큼 목소리를 낮췄다. "우리 세계에서 지금 예의를 지켜야 할 상대가 있다면 바로 그녀랍니다. 우리가 면회하고자 하는 환자는 그녀가 피습당하는 것을 본 유일한 목격자예요. 그러니까 우리가 서둘러 그와 이야기를 나누면 그만큼 더 빨리 살인범을 잡을 수 있는 거죠."

간호사는 입을 조금 벌리고 목을 앞으로 뻗은 자세로 멍하니 그 자리에 서 있다가 플레밍의 말이 끝난 것을 알아차리자 입을 닫고 자세를 바로 했다. 그리고 앞장서서 8호실로 가더니 고개를 안으로 들이밀고 환자들의 복장 상태가 양호한지 확인한 다음 문을 열고 플레밍과 페데르센을 들여보냈다.

브루네 라우리츠는 창가 쪽 침대에 누워 있었다. 그의 한쪽 다리에는 볼트와 너트가 빽빽하게 붙은 금속 부목이 대어 있었다. 병실 환경이 썩 좋아 보이지는 않았으나, 침대에 누운 브루네의 얼굴은 만족감으로 환하게 빛났다. 그의 새빨간 민머리 주위에 화환처럼 둥그렇게 나 있는 새하얀 모발은 방금 감은 듯 축축하게 젖어 있었다. 또 두 뺨과 코는 미국의 산타클로스처럼 붉게 물들어 있었다. 몇 초 전까지 버터와 딸기잼을 듬뿍 바른 식빵에 꽂혀 있었을 그의 시선이 두 형사에게로 향했다. "수사과장님께서 직접 찾아와주시다니!" 그가 활짝 웃으며 반갑게 외쳤다. "그리고 젊은 페데르센 형사님까지 오셨네." 그는 옅은 금발의 젊은 남자가 다리에 깁스를 하고 누워 있는 옆 침대로 고개를 돌려 말했다. "이봐, 헨리크! 형사 나리들이 오셨다고!"

헨리크라는 사람이 아담 홀크의 친구인 듯했다. 젊은 남자는 피로와 절망감이 동시에 엿보이는 눈빛을 플레밍에게 보냈다. 몇 주 동안 브루네의 말동무가 되어주고 나면 신경이 좀 날카로워졌다고 해도 그에게 뭐라 할 수는 없을 것 같았다.

"네, 그러네요." 헨리크가 무덤덤하게 반응했다. "그럼 새로운 말 상대가 생긴 거네요, 브루네." 그는 드디어 자유의 몸이 된 홀가분한 눈빛으로 아이팟을 꺼내더니 특대 사이즈 헤드셋을 썼다. 잠시 후 그의 눈을 보니 혼자만의 음악 세계에 푹 빠져든 것이 보였다.

브루네 라우리츠는 아무렇지도 않은 듯 계속 미소를 지은 채였다. "그 짓을 저지른 자를 찾으셨는지?" 그가 창가에 놓인 의자들을 손으로 가리키며 물었다.

"그 짓이 뭔데요?" 스벤 페데르센이 되물었다.

"나 참, 당연히 나를 차로 친 것 말이지."

"아니요, 우리가 온 건 사고 이야기를 듣기 위해서예요." 플레밍은 의자 하나를 브루네의 침대 가까이로 끌고 왔다. "뭐 기억나는 거 있어요?"

"기억나는 게 많지는 않은데." 브루네가 진술을 시작했다. "늦은 저녁이었으니 어두웠겠죠? 난 부두를 따라 걸었지. 공원 쪽으로 가는 길이었는데 뒤에서 그 차가 달려오는 거야. 전조등 불빛이 내 옆에 있는 덤불을 비추던 장면이 기억나고. 그게 다예요."

"차를 전혀 보지 못했어요?"

브루네 라우리츠가 고개를 저었다. "못 봤지."

"그게 언제였는데요?"

뜻밖에도 대답이 바로 나왔다. "11월 13일."

"그날이 확실해요?"

"그럼요. 내가 깨어났을 때 간호사가 오늘이 14일이라고 했어요. 그래서 내가 그랬지요. 만일 13일이었다면 그래서 운이 나빴구나 했을 거라고. 그랬더니 간호사가 그러더라고요. 사고가 일어난 건 사실 13일이었다고." 그는 잠시 말을 멈추고 호흡을 가다듬었다. "어때요? 13일이 확실하죠?" 그가 당당하게 말했다.

플레밍 토르프와 스벤 페데르센은 서로 눈빛을 교환했다. 브루네는 11일 밤에 일어난 피습 사건의 목격자였고, 이름의 이니셜과 나이가 밝혀진 보도기사는 12일 자 신문에 실렸으며, 13일에 누군가의 뺑소니차에 사고를 당했다. 아귀가 너무 딱딱 들어맞았다.

"사고를 목격한 사람은 있나요, 브루네?"

"있지요." 그는 두 형사를 번갈아 쳐다보았다. "근데 형사 나리들은 서로 대화를 안 하나 보네?"

"무슨 말이에요?"

"난 이미 심문을 받아서 경찰서에 조서가 있을 텐데."

"브루네 씨한테 직접 이야기를 듣고 싶어서 온 거예요."

브루네 라우리츠는 잠시 창밖을 내다보았다. 이 방향에서 보면 벤야민과 그의 어머니가 살았던 회색빛 아파트단지가 내려다보였다. 플레밍은 정확히 어느 동인지는 몰랐지만 이 단지라는 건 확실히 알고 있었다. "무슨 문제라도 있어요?" 플레밍이 물었다.

"무슨 문제야 늘 있는 거고." 브루네가 그를 쳐다보았다. "그나저나 목을 좀 축여야겠는데." 그가 헛기침을 했다.

그럴 줄 알았다는 듯 스벤 페데르센이 언더버그(알코올 44퍼센트의 독일산 천연소화제—옮긴이) 한 병을 목이 마르다는 환자에게 내밀었다. 브루네는 그 작은 약술 병을 한 방울도 안 남기고 순식간에 비우더니 흡족한 웃음을 지었다. 그러고는 정중한 태도로 빈 병을 젊은 형사에게 다시 건넸다. 페데르센은 병을 주머니에 넣었다. "자, 더 알고 싶은 게 뭐지요?" 브루네가 물었다.

"사고가 난 후에 어떻게 됐나요?"

"나야 당연히 기억을 못 하지!" 브루네가 이야기를 계속했다. "근데 며칠 후에 웬 여자분이 병문안을 왔지 뭐예요? 저기 저것도 그분이 가져온 건데……." 그는 셀로판지를 뜯지 않은 것으로 보아 아직

266

손도 안 댄 것이 분명한 초콜릿 상자를 고갯짓으로 가리켰다. "술이 든 초콜릿이면 좋으련만." 그가 이를 드러내고 씩 웃었다. 그에게 남은 치아라고는 아래쪽 앞니 두 개뿐이었다.

플레밍은 한숨을 내쉬었다. "그 여성분이 사고 장면을 목격했다던가요?" 그는 최대한 인내심을 발휘한 목소리로 물었다.

"직접 본 건 아니고. 그녀가 TV를 보고 있는데 길에서 쾅 하는 소리와 함께 비명이 들렸대요. 비명은 내가 지른 거였어요." 브루네의 표정이 일순간 진지해졌다. "그래서 그녀가 달려와 보니 내가 피를 흘리며 길에 쓰러져 있더래요. 그걸 보고 그 숙녀분이 구급차를 부른 거죠." 그는 잠시 앞을 쳐다보았다. "그 짓을 저지른 놈은 벌써 줄행랑을 쳤고. 죽일 놈!"

교통경찰의 보고서를 이미 읽어본 플레밍은 웃음이 나오려는 걸 참았다. 에디트 안드레아센이라는 노부인이 바로 그 목격자였는데, 부상당한 술주정뱅이에게 사실대로 다 이야기해줄 마음이 없었던 모양이다. 운전자가 바로 줄행랑을 친 건 아니었기 때문이다. 안드레아센 부인은 집에서 나올 때 달아나던 사고 차량이 앞쪽 도로에서 유턴하는 소리를 들었다. 그리고 그녀가 브루네 라우리츠에게 몸을 숙이고 살피는 중에 사고 지점으로 돌아오는 차가 눈에 들어왔다. 노부인이 몸을 일으키자 차가 멈춰 섰다. 그녀는 전조등 불빛에 눈이 부셨지만 브루네 옆에서 꼼짝도 하지 않았다. 잠시 후 운전자는 두 사람 주위를 한 바퀴 빙 돌더니 시내 방향으로 쏜살같이 사라졌다. 교통경찰은 운전자가 자신이 도와야 할지 보려고 차를 돌렸지만 안드레아센 부인을 보고는 도움이 더 필요 없으리라 판단했을 거라고 추정했다. 그러나 플레밍은 안드레아센 부인이 브루네 라우리

츠의 목숨을 구했다는 것을 믿어 의심치 않았다. 운전자는 브루네가 죽었는지 확인하고 안 죽었을 경우 다시 들이받기 위해 차를 돌렸을 것이다. 수호천사 같은 노부인이 그 자리에 없었더라면 브루네는 사고 차량에 또다시 치여 목숨을 부지하지 못했을 터였다. 다만 아쉽게도 노부인은 밤눈이 어두워서 사고 차량이 무슨 색이었는지 전혀 모르겠다고 했다. 그녀는 그냥 짙은 색이었다고만 진술했다.

"그 이야기를 들으려고 여기까지 온 게 아닌 것 같은데? 다른 걸 더 묻고 싶어서 온 거 맞죠?" 브루네는 침대 머리 부분을 조금 올려서 기대어 앉는 자세를 취했다.

플레밍은 그에게 몸을 돌렸다. "눈치 하나는 정말 빠르시군." 그가 싱긋 웃으며 말했다.

브루네는 자신의 새빨간 콧방울을 검지로 두드리며 으스대는 표정을 지었다. "형사 나리들을 워낙 잘 아니까. 자, 뭐가 알고 싶은지 어서 말해봐요."

스벤 페데르센이 외투 주머니에서 신문 기사 복사본을 꺼내 브루네에게 건넸다. 그러자 브루네가 사이드테이블 서랍을 한참 뒤지더니 돋보기안경을 꺼내 쓰고 기사를 읽기 시작했다. 알파벳을 읽어 들이느라 그의 입술이 평행으로 움직이고 이마에 점점 더 많은 주름이 잡혔다. "며칠 자 신문에 이 기사가 실렸지요?"

"12일 자요."

"교통사고를 당하기 하루 전에요?"

"네, 맞아요."

"기자들은 대체 생각이 있는 거야 없는 거야?" 브루네가 투덜댔다. 갑자기 그가 늙어버린 것처럼 보였다. "공원에서 노숙하는 사람

268

이 누군지 삼척동자도 다 아는데, 안 그래요? 나를 없애라고 초대하는 거나 진배없지. 그렇지 않아요?"

"맞는 말이에요. 이런 걸 함부로 보도하다니 경솔한 짓이었어요." 플레밍이 수긍했다. "그런데 상황이 더 나빠질 거 같네요. 혹시 어제 저녁 뉴스 봤어요?"

"아니요, 자느라 못 봤는데."

"그럼 오늘 아침 신문을 보면 피습당한 여성이 어떻게 됐는지 알게 될 거예요."

"그 아프리카 여자요? 정말 예쁘게 생겼던데!" 브루네는 연푸른 눈동자를 빛내며 미소 짓다가 플레밍의 말뜻을 뒤늦게 깨달았는지, 웃음을 싹 지워버렸다. "설마…… 그녀를 발견했어요? 죽은 채로?"

플레밍이 고개를 끄덕였다.

"그럼 내가 살인사건의 목격자인 건가?" 그는 안경을 벗어 조심스럽게 접더니 서랍 안에 도로 넣었다.

"사건 발단의 목격자인 건 맞아요. 살인이 일어난 사건 현장은 아직 발견되지 않았고요."

"내 목숨이 위험한가요?"

"살인범이 브루네를 없애려고 한다면 여기 병원에서는 그렇게 호락호락하지 않을 거예요." 플레밍이 대꾸했다. "그래도 안심할 수 없는 건 사실입니다. 우리가 범인을 빨리 잡아야 브루네도 다시 두 발 뻗고 편안하게 잠을 잘 수 있겠죠."

"나한테서 원하는 게 뭔데요?"

"살인 용의자의 몽타주를 완성해서 가져왔는데요."

"그래서요?"

"몽타주를 한번 보고 브루네가 그날 본 그 남자와 닮았는지 말해줄래요?" 플레밍은 브루네에게 종이 한 장을 건넸다. 조는 어젯밤 늦은 시각까지 그녀와 몽타주 화가가 고심해서 완성한 결과물에 대단히 만족스러워했다. 플레밍은 다른 목격자들도 이것이 실물과 닮았다고 평가할지 긴장됐다.

"이런, 세상에! 이자예요!" 눈이 움푹 꺼지고 턱 부분이 발달한 용의자의 얼굴을 보는 순간 브루네는 거의 비명에 가까운 소리를 질렀다. "귀가 조금 더 커야 할 것 같긴 한데, 그래도 나머진 완벽해요. 이걸로 현상수배 포스터를 인쇄할 건가요?"

플레밍은 미소를 지었다. "아니요, 그런 건 서부영화에나 나오죠. 우린 오늘 중으로 몽타주를 모든 신문사에 돌릴 거예요. 용의자가 아직 크리스티안순에 머물고 있다면 누군가의 눈에 띌 수도 있으니까." 그가 일어나서 물었다. "그를 목격한 날 그 사람이 어떤 옷차림이었는지 혹시 기억나요?"

"내가 기억력 하나는 또 끝내주지!" 브루네는 몸에 무리가 안 될 만큼 자세를 바로 하고 앉았다. "갈색 가죽재킷에 빨간색 티셔츠와 청바지를 입고 검은색 작업용 부츠를 신었어요. 그리고 기자들한테 설명할 때 그 가늘고 기름진 말총머리, 도저히 놓칠 수 없을 거예요. 길이가 한 50센티미터는 될 거 같던데."

병실을 나오기 전에 스벤 페데르센은 남은 언더버그 다섯 병을 브루네의 사이드테이블 서랍 안에 넣어주었다.

괴르틀레르가데 8번지 건물 앞에 서 있는 밴 차량 안에 두 남자가 앉아 있었다. 엿듣는 사람이 없도록 일부러 좀 불편한 약속장소를 선택한 것이었다. 게다가 차 안이 시체안치소만큼이나 추워서 몸이 얼어붙을 것만 같은 애로사항도 감수해야 했다.

"……자막은 화면 하단에 움직이는 띠처럼 글씨가 지나가는 형태로 넣으려고요. 그러니까 두 줄로 나오는 자막 글씨가 자꾸 바뀌는 방식이 아니라 네온사인 띠처럼 한 줄로 글씨가 계속 지나가는 형태인 거죠."

"그러면 자막을 읽기가 힘들 텐데."

"이 경우에는 미적인 측면을 위해 가독성을 희생시키는 거죠. 그래도 사람들은 메시지를 이해할 거예요. 부장님도 이해하셨잖아요? 더구나 부장님은 영어로 된 자막을 보지도 않았는데 말이죠."

단은 어깨를 으쓱했다. 르네 홀게르센의 말이 옳았다. 하기야 일반적인 파라미터를 가지고 네트워크에 올리는 스팟광고를 평가하면 안 된다는 것을 단은 수차례 겪어봐서 잘 알고 있었다. 특히 젊은 세대를 타깃으로 하는 유튜브나 그와 비슷한 사이트에서는 반응을 예측하기가 어려웠다. 어떤 스팟광고는 몇 분도 채 안 되어 잊히고 사장되는가 하면, 첫 앨범이 시중에 나오기도 전에 한 밴드를 유명하게 만드는 광고도 있었다. 영국의 인디밴드 악틱 몽키즈가 그 대표적인 예였다. 그 밴드의 성공 스토리는 전설과도 같았다. 그들은 네트워크 캠페인에 별로 돈을 들이지 않고도 인생역전에 성공했다.

"통역은 누가 하지? 누구 생각해둔 사람 있어?" 단이 물었다.

"통역할 사람을 두 명 구했어요. 한 사람은 대학에서 에스토니아어를 전공했고, 또 한 사람은 나이지리아 여잔데 영어를 원어민 수준으로 잘해요. 그녀는 이 도시에서 살고 또 샐리와 릴리아나하고도 잘 아는 사이라던데요."

"이름이 뭐지?"

"조라고 하던데."

"그녀와 이야기를 좀 했으면 좋겠는데."

"안 될걸요. 경찰이 그녀를 증인 보호 중이거든요. 어제 아침에 그녀가 첫 심문을 받고 나서부터 아무도 그녀와 연락이 닿지 않아요." 르네는 차창 밖을 내다보며 입술을 깨물었다. "그녀가 국외로 쫓겨나기 전에 통역을 끝낼 수 있기만 바랄 뿐이에요. 빌어먹을! 내가 아는 나이지리아 사람이 딱히 없거든요."

"쫓겨나다니 그게 무슨 말이야?"

르네 홀게르센은 정말로 깜짝 놀란 얼굴로 자신의 상사를 돌아다봤다. "설마 그 말이 무슨 뜻인지 모르시겠다는 건 아니죠?"

"그 말이 뭐냐에 따라 다르지."

"샐리와 릴리아나, 조 같은 여성들은 모두 뭔가를 피해서 도피 생활을 하고 있죠. 포주나 폭력적인 남자친구, 혹은 종교를 일방적으로 강요하는 부모나 출입국사무소 등을 피해 숨어 지내고 있어요. 누구든 예외 없이 같은 신세죠."

"거기까진 알겠고."

"이런 처지의 여성들은 대부분 언젠가 고국으로 가서 또 팔려가거나 잘못된 꼬임에 넘어가 여기로 돌아오게 되죠. 관광 비자를 받았다고 해도 순식간에 기한이 만료되어 덴마크에 불법 체류하는 처지가 되는 거고. 문제는 그녀들이 잡혀 있던 집창촌에서 도망치더라도 경찰에 가서 보호를 요청할 수가 없다는 거예요. 물론 보호를 요청할 수는 있다고 해도 3개월이 지나면 그녀들을 고국으로 돌려보내요. 그녀들이 고국의 공항에 도착하자마자 그 자리에서 지키고 있던 '주인'에게 붙잡혀 다음 비행기로 다시 유럽으로 돌려보내진다는 것을 외국인 담당 부서에서 너무나 잘 알고 있으면서도 말이죠. 덴마크는 아니더라도 네덜란드나 독일에 있는 집창촌으로 보내지는 거예요."

"그런 내용의 기사를 읽은 적이 있지. 정말 끔찍한 일이야."

"네, 그래요. 그리고 그런 현실을 안타까워하는 사람들도 많아요. 부장님이 본 단편영화를 후원하는 단체의 이름은 칙 서포트 글로벌이라고 해요. 본래의 취지보다 더 고상하게 들리는 이름이죠. 우리는 손뜨개장갑이나 횡선수표를 개발도상국으로 보내는 것에 만족하지 않는 일종의 자선단체예요. 우린, 여기 이 나라에 있고 계속 체류하고자 하는 여성들을 실질적으로 돕고 있어요."

"우리라고?"

"사실 방금 부장님한테 이야기한 것 이상은 저도 잘 몰라요. 우리는 집회를 갖지 않아요. 칙 서포트 글로벌은 네트워크를 통해 결성된 단체라고 할 수 있죠. 누구나 다른 회원을 한두 명밖에 몰라요. 우리가 하는 일이 온전히 합법적이라고는 할 수 없기 때문이죠. 하지만 각자 잘할 수 있는 일을 가지고 모든 여성들을 돕고 있어요. 어떤 사람은 여기나 다른 도시에 여성들이 지낼 집을 마련하고, 또 어떤 사람은 의료적인 도움을 주는가 하면, 일자리를 알아봐주기도 하죠. 내가 하는 일은 부장님이 DVD로 본 것처럼 영화를 찍는 거예요."

"그 모든 활동에 드는 비용은 누가 내는데?"

"여성들이 일해서 돈을 벌고 집세는 스스로 내는 거예요."

"내 말은 자네 영화를 누가 후원하냐고?"

"아, 그거요? 아무도 후원 안 해요. 나는 자비를 털어서 영화를 찍고, 대신에 쿠르트&코의 촬영 장비를 사용하죠. 샐리와 릴리아나도 출연료를 받지 않았고, 통역도 둘 다 무료로 해주기로 했어요."

"쿠르트&코 직원들 중에 그 네트워크 회원이 또 있나?"

르네는 한참 망설이다가 고개를 저었다.

그래서 단은 그의 대답을 믿지 않았다. "르네, 빌어먹을! 난 분명히 의뢰서를 봤다고. 여느 경우처럼 이 단편영화도 의뢰를 받아 제작된 거잖아. 누가 의뢰했지? 자넨 데이터뱅크에 접근할 수 있는 권한이 없을 텐데? 완전한 접근 권한이 있는 누군가가 이 작업을 의뢰한 게 분명해."

르네 홀게르센이 우물쭈물 입을 열었다. "네, 하지만…… 그건 부장님한테 말씀드릴 수 없어요. 입을 다물겠다고 약속했거든요."

"원 참, 난 자네 편이라고, 르네! 나도 그 칙 서포트 글로벌의 일원이라고 생각하면 되잖아. 여러모로 훌륭한 일을 하고 있어서 나도 회원이 되고 싶은 마음이 들거든. 정말이야."

"부장님이요? 단언컨대 어떤 비밀단체에 부장님을 끼워주고 싶어 할 사람은 아무도 없을 거예요."

"어째서?"

르네는 어이없다는 웃음을 지어 보였다. "피오나에게 소문의 진상을 알아보도록 맡길 생각을 하는 사람이라면…… 정말이지 판단력이 구제불능으로 부족한 거니까요."

단은 갑자기 전세가 역전된 듯한 기분이 들었다. "그래, 나도 그녀가 신중하고 현명하게 대처했어야 했는데 그러지 못했다는 건 들어서 알고 있어."

"신중하고 현명하게? 아니요, 어느 누구도 그녀가 그러지 못했다고 비난하지 않아요. 그래서 나도 부장님한테 얘기하느니 경찰한테 얘기하려고 간 거예요."

"무슨 얘기?"

르네는 다시 웃었지만, 눈빛은 여전히 진지했다. "두고 보면 아실 거예요. 경찰은 입이 무겁더라고요." 그는 헛기침을 하고 시선을 다시 돌렸다. "다행히 피오나는 비밀을 지키는 것만큼이나 탐정 노릇에도 재주가 없던데요. 그녀는 IT지원부의 킴이 릴리아나의 애인이라고 확신하거든요. 심지어 세바스티안 쿠르트와 두 명의 안데르스 모두를 의심하기도 했죠. 다행히 그녀는 아직 누가 진짜 애인인지 눈치채지 못했어요." 그는 단 쪽으로 몸을 돌렸다. "그게 바로 저거든요. 제가 릴리아나와 바람을 피웠다고요."

"자네 부인도 알아?"

"플레밍 토르프도 똑같이 묻던데요. 아니, 그녀는 아무것도 몰라요. 앞으로도 계속 몰라야 하고요."

"그래야지." 단은 이중생활을 하는 것이 얼마나 괴로운 일이었는지 기억을 떠올리자 속이 쓰라렸다.

"한 가지 부탁드릴 게 있는데요, 부장님?"

"내가 들어줄 수 있는 거라면."

"피오나한테 전화해서 경찰이 릴리아나의 애인을 찾았는데 쿠르트&코 사람이 아니라고 말해주시면 좋겠어요."

단은 바로 대답하지 않고 뜸을 들이다가 이렇게 말했다. "한 가지 조건이 있는데."

"뭔데요?"

"누가 의뢰한 거지?"

이번에는 르네의 웃음소리가 더 해맑게 울렸다. "좋아요." 그러고는 손을 내밀며 악수를 청했다. "뭐, 누이 좋고 매부 좋고죠. 대신 아무한테도 말하지 않겠다고 약속해주세요."

"약속하지. 누구야?"

"엘리사베트 룬이요."

"언론 보도자료를 돌리기 전에 내가 먼저 봤으면 하는데." 플레밍이 말했다. "그리고 몽타주 화가한테 귀를 약간만 더 크게 그려달라고 말해주면 좋겠군. 브루네 말이 맞을 거야."

"그럴게요, 보스!" 스벤 페데르센이 대답했다.

"그리고 바게한테 전화해서 즉시 조를 데려오라고 해. 그녀가 수정된 몽타주를 한번 봐야 하니까."

페데르센은 고개를 끄덕이고 자기 사무실로 사라졌다.

플레밍이 골똘히 생각에 잠겨 복도를 걸어가고 있는데, 갑자기 프랑크 얀센이 그의 소매를 잡아끌며 자신이 일하는 작고 지저분한 방으로 데리고 갔다.

"그들을 찾았어요!" 그가 자랑스러운 얼굴로 외쳤다.

"누구 말이야?"

"벤야민 빈테르와 그의 모친이요."

플레밍은 프랑크가 무슨 말을 하고 있는지 깨달을 때까지 잠시 멍하니 그를 응시했다. "그들의 신상을 파악했다는 말이야?"

"먼저 두 사람이 언제 이 도시로 왔는지부터 조사했는데, 대략 13년 전쯤이었습니다. 그런데 그 당시에 그들은 꼭 하늘에서 뚝 떨어

진 것 같더라고요. 이상해서 그 무렵의 신문 스크랩을 무더기로 샅
샅이 훑어봤거든요. 한참을 뒤적이다가 꺼림칙한 사건과 마주하게
되었는데, 그 사건을 출발점으로 본격적인 조사를 시작했습니다. 일
단 운을 하늘에 맡기고 시작했는데, 금방 난관에 부딪히고 말았어
요. 그들이 이름을 바꿨기 때문이죠. 그것도 두 번이나. 원래 그들의
본명은 잔느 프란센과 마르크 프란센이었는데, 15년 전에 기테 홀름
과 미하엘 홀름으로 개명했습니다. 그리고 또 2년 후에 앨리스 빈테
르와 벤야민 빈테르로 다시 바꿨고요. 그들의 주소나 전화번호 같은
신상 정보는 처음 개명할 때부터 철저하게 보안 유지가 되어 있었고,
두 사람은 지금까지 경찰이 마련해준 집으로 두 차례 거처를 옮겼습
니다.”

플레밍은 이마를 찌푸렸다. “가정 폭력 때문에?”

“네, 그렇습니다. 과실치사로 작은아들이 죽고 부인은 거동불능
상태가 되었어요. 그래서 남편은 오랜 세월 징역을 살았다는 불행한
이야기예요. 그런데 더 기가 막힌 건……”

“뭔데 그래?”

“그 사람이 경찰이었다는 거예요.”

“아내를 폭행하고 자식을 죽인 가장이 경찰이었다는 말이야?”

“네, 그런데 그게 다가 아니고요. 최악의 사실은 그가 두 번이나
경찰이 마련해준 가족의 임시거처 주소를 알아냈다는 거예요. 두 번
다 경찰에 있는 옛 동료들이 그를 도와준 겁니다.”

“어디에서 그랬다는데?”

“오르후스와 쇠네르보르에서요.”

“맙소사!”

"그 사건에 대한 기사를 읽어보고 싶으시면 여기 있습니다." 프랑크가 플레밍에게 신문 스크랩 뭉치를 내밀며 말했다. "친부는 수차례 감옥을 들락날락했는데, 본명을 그대로 쓰고 있어요. 이름은 욘 페테르 프란센이고요. 벤야민 모자는 아직도 그를 두려워하는 게 분명합니다. 벤야민의 사진이 신문에 실린다고 했을 때 그의 어머니가 그토록 당황했던 것도 그 때문이었을 겁니다. 사진을 보고 프란센이 두 사람을 또 찾아낼까 봐 두려웠던 거죠."

"현재 그의 거주지는 어디지?"

"아직 오르후스에 거주하고 있어요. 도어맨, 택시운전사, 주상복합단지의 관리인 등 온갖 직업을 전전했더라고요. 하지만 대부분은 실업수당에 의존해서 살았어요."

"마약 문제는?"

"제가 알기론 없었습니다."

"그 사람 사진은 있어?"

득의만만한 미소를 간신히 억누르며 프랑크 얀센은 사진 몇 장을 꺼내고 덧붙였다. "오르후스에 있는 동료들이 제게 메일로 보내준 겁니다."

이삼 년 전에 찍은 사진으로 보였으나 남자의 얼굴을 똑똑히 알아볼 수 있었다. 플레밍은 움푹 들어간 밝은색 눈과 유난히 발달한 턱 부분 그리고 벗어진 앞머리를 보고 일순간 정신이 아득해졌다. "잠깐만!" 그는 사진을 들고 스벤 페데르센의 사무실로 달려갔다. 프랑크는 조금 느긋한 속도로 그의 뒤를 따라갔다.

페데르센은 두 사람이 갑자기 들이닥치자 어리둥절한 얼굴로 쳐다보았다. 그리고 자신의 상관이 악마 요니의 몽타주를 낚아채더니 흑백사진 옆에 놓고 비교하는 모습을 쳐다봤다.

"그놈이야!" 플레밍이 환호하듯 두 팔을 머리 위로 올리며 외쳤다. "제기랄! 바로 그놈이라고!" 페데르센과 얀센도 그의 옆으로 와서 사진을 보고는 그가 무슨 말을 하는지 바로 이해했다. 곧이어 문이 열리고 피아 바게가 조를 데리고 들어오자 비로소 그들은 백 퍼센트 확신했다.

조가 흑백사진을 보고 내뱉는 거친 숨소리만 들어도 모든 정황이 확실했다. 욘 페테르 프란센과 악마 요니는 동일 인물이었다. 예른 바네가데에 살던 이 여성이나 앨리스 빈테르나 숨어서 지낸 건 정말 잘한 일이었다. 그런데 문제는, 그 위험인물이 지금 어디에 있는지?

플레밍은 프랑크를 향해 말했다. "지금 당장 가서 벤야민 모자를 여기로 데려와. 욘 페테르 프란센이 몇 주 전에 이 도시에서 목격되 었다는 사실을 두 사람에게 알려야 해. 그리고 그들이 원하면 우리 가 호텔 같은 곳에 은신처를 제공해주겠다고 하고. 우리가 프란센 을 감옥에 처넣을 때까지만 말이야. 머지않아 곧 그렇게 되겠지." 그 는 피아 바게를 쳐다보며 지시를 내렸다. "자네는 조를 차에 태워 집 으로 가서 우리가 그를 찾아낼 때까지 그녀 옆에 꼭 붙어 있도록. 난 오르후스 형사국에 전화해서 그 사람이 혹시 집에 있는지 알아봐달 라고 해야겠어."

플레밍 토르프는 자기 사무실로 갔다. 책상 위에 A4 크기의 흰 봉 투가 놓여 있었다. 누군가 봉투에 마커로 플레밍의 이름을 적어놓 았다. 그는 누구의 글씨체인지 금방 알아보았다. 단이 왔다 간 모양 이었다. 그는 봉투를 열기 전에 경비에게 전화를 걸었다. "내 책상에 봉투가 하나 놓여 있는데요?"

"네, 제가 갖다놨습니다만. 뭐가 잘못됐습니까?"

"아니요, 그럴 리가요." 어째서 이 사람은 한결같이 방어 자세를 취하는 걸까? "그냥 누가 가져왔는지 궁금해서요."

"단 소메르달 선생님이 5분 전에 가져왔습니다만."

"그 친구는 이것만 주고 바로 갔나요?"

"네, 봉투를 즉시 과장님 책상에 갖다 놔달라는 말만 하고 가버렸어요." 잠시 말을 끊었다가 그가 덧붙였다. "저는 그분 말대로 했을 뿐입니다만."

"그래요, 아주 잘하셨습니다." 플레밍은 건성으로 말하고 전화를 끊었다. 잠깐 얼굴도 보지 않고 가버린 걸 보면 단은 화가 단단히 난 모양이었다. 플레밍은 봉투를 열고 책상 위에 내용물을 펼쳤다. 투명 비닐팩에 든 DVD 한 개와 손편지 한 장이 다였다. DVD에는 '노예'라는 단어만 적혀 있었다.

플레밍은 컴퓨터를 켜면서 편지를 읽기 시작했다.

"레기체 융, 맞으시죠?" 단은 상대방을 무장 해제시킬 만한 미소를 지으며 물었다. 이 미소에 안 넘어갈 사람은 없으리라 기대하면서.

하지만 현관문을 열고 그를 쳐다보는 여인은 그렇게 보이지 않았다. 그녀는 빨간 테 안경을 콧등 위로 끌어올리고 그를 응시만 할 뿐 아무 반응이 없었다.

"단 소메르달이라고 합니다." 그는 자기소개를 하고 악수를 청했다. "마리아네의 남편이죠."

"아, 네." 그녀가 대답하며 악수했다. "빨리 못 알아봐서 죄송합니다. 무슨 일로 오셨나요?"

"몇 가지 좀 여쭤볼 게 있는데."

"뭔데요?"

"잠깐만 들어가도 될까요?" 그가 이처럼 환영받지 못하는 느낌이 드는 경우는 드물었다.

"대머리 탐정이라고 불리시는 것 같던데, 맞죠?" 그녀는 한 걸음 옆으로 비켜서며 그를 들여보냈다.

"제가 스스로 지어낸 별명은 절대 아닙니다."

"그렇겠죠. 하지만 경찰과 공조 수사를 하고 있다는 건 사실 아닌가요?"

"꼭 그런 건 아닙니다."

그녀는 굉장히 신경 써서 인테리어를 한 거실로 앞장서서 들어갔다. 가구들 하나하나가 덴마크 상류층 전국 투표로 선정될 품목들이라 할 만했다. 하얀색 명품 펜듈럼 라이트는 얼마나 표를 얻을까? 82퍼센트. 좋아, 우리도 달아야겠다. 아르네 야콥센의 유명한 계란 의자는? 67퍼센트. 밝은 가죽으로 된 것이라면? 51퍼센트. 만일 검은색이라면? 33퍼센트. 그럼 우린 밝은 가죽으로……. 그렇게 이어졌다. 보르게 모겐센의 격자무늬 소파, 흰색의 몬타나 책장, 보예센의 나무목각 원숭이 인형, 검은색 스텔톤 주전자를 보니 취향이 확실한 것 같았다. 딱히 실패할 리 없는 무난한 취향이기도 했다. 단은 여러 번 반복된 어떤 데자뷔가 몰려오는 느낌이었다. 이 자리에 뻐꾸기시계를 집어넣고 싶은 열망을 느낄 것만 같았다.

"원하시는 게 뭡니까?"

"선생님과 잠시 대화를 나누는 겁니다."

"마리아네가 보내서 오셨나요?"

"그 반대입니다. 솔직히 말씀드리면, 마리아네는 당신과 이야기를 좀 해보겠다는 저를 극구 말렸거든요. 그래서 그러지 않겠다고 그녀에게 약속까지 했지요." 그는 시험 삼아 다시 미소를 지어 보였다. "마리아네가 알면 제가 집에서 쫓겨날지도 모릅니다."

레기체는 꿈쩍도 하지 않았다. "그런데도 어쩌자고 여기까지 찾아온 거예요?" 그녀의 뺨은 여전히 창백했으나, 양쪽 광대뼈 윗부분에 붉은 기가 둥그스름하게 자리를 잡았다.

"진정하세요. 당신이 제게 도움을 줄 수 있을 것 같은 느낌이 들어 이렇게 찾아왔습니다."

"어제도 저를 미행했죠, 안 그래요?"

단은 잠시 망설이다가 사실대로 말하기로 결심하고 고개를 끄덕였다.

"저를 협박하려는 거예요?"

단은 얼굴을 그녀에게 향한 채 눈을 마주쳤다. 그녀의 눈에 두려움이 서렸다. "협박이라니요? 절대 아닙니다. 그냥 몇 가지만 물어보고 싶을 뿐이에요. 어쩌면 제가 당신을 도울 수 있을지도 모르고요."

"당신이 저를?" 레기체는 주방으로 가서 찻잔과 전기포트를 달그락거렸다.

단은 격자무늬의 소파에 앉았다. 그는 피곤했다. 이 사건에 유난히 신경을 쓰다 보니 그런 것 같았지만, 왜 이렇게 신경이 쓰이는지는 그도 알 수 없었다. 그가 뭔가 윤곽을 어렴풋이 알고 있기 때문이 아닐까? 마치 그만이 유일하게 주변에서 무슨 일이 벌어지고 있는지 볼 수 있는 것처럼 그 뭔가는 그에게 가까이 다가와 그를 에워싸고 있다. 하지만 겹겹이 층이 너무 많아 어느 위치에 구멍을 뚫었다

싶으면 그때마다 다음 층이 나타났다. 단은 고립된 이 느낌이 자신의 우울증과 연관 있는 게 아닐까 잠시 생각에 잠겼다. 피해망상인가, 아니면 원래 그런 건가? 그는 고개를 흔들어 잠생각을 떨쳐버리고 집중하려 했다.

레기체는 일본식 찻주전자와 손잡이 없는 검은 찻잔 두 개를 테이블 위에 내려놓았다. "설탕이나 우유 넣으세요?" 그녀가 물었다. 그가 고개를 젓자, 그녀는 아무 말도 하지 않고 그의 맞은편 소파 끝에 앉았다. 그리고 잠시 자신의 손을 내려다보더니 고개를 들고 그의 눈을 똑바로 쳐다보았다. "어서 물어보세요." 그녀가 침착한 태도로 입을 열었다.

"칙 서포트 글로벌에서 어떤 역할을 맡으셨나요?"

그녀의 눈이 휘둥그레졌다. "어떻게 아셨어요? 그 이름도 아는 사람이 별로 없는데." 그 말만 하고 그녀는 차를 따르는 데 집중했다.

"대답 안 하세요?"

"저한테 들은 이야기를 경찰에 가서 다 말할 건가요?"

"릴리아나의 죽음과 관련이 없는 이야기라면 말하지 않겠습니다."

그녀는 릴리아나라는 이름으로 누가 그녀를 찌르기라도 한 듯 움찔했다. 아무 대답도 하지 않은 채 그녀는 휴대전화를 집어 들고 단축번호를 눌렀다. 상대방이 전화를 받지 않는 모양이었다. 그녀는 휴대전화를 테이블 위에 내려놓았다.

"레기체?"

그녀가 다시 고개를 들고 그를 바라보았다.

"저를 도와주시겠습니까?"

그녀는 아무 대답 없이 몇 초쯤 그를 쳐다보더니 결심한 듯 깊게

심호흡을 했다. "알겠어요, 도와드리겠습니다. 단, 비밀은 꼭 지켜주
셔야 해요."

"절대 말하지 않을 테니 걱정 마십시오."

"1년 전에 웬 여자가 제게 말을 걸어왔는데, 몇 년 전부터 점차적
으로 네트워크를 구축하고 있다더군요. 주로 인신매매의 피해자가
된 젊은 여성들을 돕는 네트워크인데, 어떤 연유로든 관청의 눈을
피해 숨어 살아야 하는 사람들도 돕는다면서요." 그녀는 잠시 말을
끊었다. 단은 그만하면 충분히 뜸을 들였다는 듯 그녀에게 고개를
끄덕여 보였다. 그녀는 목청을 가다듬고 다시 입을 열었다. "기본 취
지가 아주 괜찮다고 생각했음에도 처음엔 선뜻 내키지 않았어요. 저
는 잘나가는 의사이고 행복한 가정도 있고…… 그러니까 잃을 게 꽤
많은 편이거든요. 그 여자는 온갖 수단을 다 동원해서 저를 설득하
려고 했어요. 제가 한때 난민을 도운 적이 있고, 고문 피해자들을 돕
는 단체의 대변인으로 여러 차례 활동했었다는 것도 알고 있더라고
요. 달리 말해 그녀는 제가 인권과 관련된 문제를 접하면 모른 척하
지 못한다는 걸 알았던 겁니다." 레기체는 차를 한 모금 마셨다. "그
들이 필요로 하는 사람은 의료보험증을 요구하지 않고 그런 여성들
을 진료해줄 의사였어요. 수고비는 비공식으로 지급될 거라는 말을
듣고 전 그게 불법임을 알아챘죠. 그래서 결국 거절했습니다." 그녀
는 일어나서 휴대전화를 들고 주방으로 갔다. 말투를 보아하니 자동
응답기에 간단히 메시지를 남기는 중임을 알 수 있었다. "누구와 통화
를 좀 해야 하는데 연락이 안 되네요."

단은 이야기가 끊어진 것을 전혀 몰랐다는 듯 아무렇지 않게 물
었다. "그런데 왜 생각이 바뀌셨나요? 돈 때문에?"

일순간 그녀는 자신의 휴대전화로 단의 머리를 후려갈기고픈 충동을 느끼는 것처럼 보였다. "돈이요?" 그녀가 흥분해서 언성을 높였다. "정말 어이가 없네요. 일주일에 한 번만 응급의로 일하면 그보다 훨씬 더 많이 벌 수 있는데, 돈 때문이라니요?" 그녀는 한숨을 내쉬고 다시 소파에 앉았다. "어느 날 급하게 의사의 도움이 필요하다고 연락이 왔어요. 한 여성의 생사가 달렸다고 하니 당연히 도울 수밖에 없었어요. 어느 의사가 그런 요청을 거부할 수 있겠어요? 그 후로 그들을 도와주는 일이 점점 더 많아졌죠. 일단 그 일을 시작하고 보니까 그 불쌍하고 학대받은 여성들이 저를 얼마나 믿고 의지하는지, 그리고 제 도움을 받고 얼마나 기뻐하는지 알겠더군요. 그래서 큰 위험을 감수해야 하는지 잘 알면서도 그만두지 못하고 계속 그들을 돕게 됐어요. 언젠가는 저를 수상하게 여기는 사람이 생길 거고, 그러면……. 바로 그런 일이 지금 벌어진 거 아닌가요? 아니면 당신이 여기에 앉아 있을 일도 없었겠죠."

"방금 말씀하신 응급 상황이 출산과 관련된 것이었나요?"

또다시 충격을 받은 듯한 그녀의 얼굴에 두려움이 스쳤다. 이 여자는 도대체 뭘 숨기고 있는 거야? "무슨 말씀이세요? 출산이라니?" 그녀가 되물었다.

"릴리아나의 직장 동료인 벤야민한테 들은 이야기예요. 릴리아나가 1년 전쯤 아이를 낳았는데 사산이었다고."

"릴리아나가 그 사람한테 그렇게 말했대요?"

"그럴걸요."

"릴리아나는 아무한테도 말 안 하겠다고 약속했었거든요." 레기체의 목소리는 불안하다기보다 화가 난 것처럼 들렸고, 표정도 굳어 있었다.

"진정하세요. 릴리아나가 사산이었다고 벤야민에게 직접 이야기한 건지 아닌지 저도 잘 모릅니다. 그녀는 덴마크 말을 거의 못 하잖아요. 어쩌면 벤야민이 그냥 지레짐작한 걸 수도 있어요. 릴리아나와 같이 일할 때만 해도 그녀의 배가 잔뜩 불러 있었는데, 몇 주 후에 홀쭉해진 배로 다시 돌아온 걸 봤으니까요."

"그녀는 절대 말을 안 하겠다고 약속했었다고요."

단은 자신도 점점 화가 치밀어 오르는 것을 느꼈다. 이 여자는 정말 릴리아나가 1년 전 약속을 어겼다는 것 때문에 이렇게 화를 내는 걸까? "정말 그것 때문에 이렇게 흥분하시는 건가요? 사실은 당신이 그 당시 저지른 실수를 어떻게 하면 감출 수 있을까 전전긍긍하는 거 아닌가요? 릴리아나의 아이를 사산시킨 실수 말이에요." 그는 그녀의 얼굴을 똑바로 쳐다보았다. "계속해볼까요? 당신은 의료사고로 고소당할까 봐 두려운 나머지 그들의 요구대로 계속 네트워크 일을 도울 수밖에 없었겠죠. 당신이 말하는 '그 불쌍하고 학대받은 여성들'이 걱정돼서 계속 도움을 주고 있었던 게 아니라 은폐한 진실이 들통날까 봐 두려웠던 겁니다."

그녀의 오른손이 격자무늬 소파의 팔걸이를 꽉 움켜잡아 손마디가 체크무늬 커버와 대조되어 더 하얗게 두드러졌다. 그녀는 팽팽하게 긴장된 용수철에 비견할 만했다. 그 순간 누군가 현관문 안으로 들어서는 소리가 들렸다. 레기체가 벌떡 몸을 일으키자 단도 따라 일어섰다. "기다려보세요." 그가 목소리를 낮춰 말하며 그녀를 붙잡으려고 손을 뻗었다.

그들은 복도에서 젊은 여자 목소리가 들리는 동안 그대로 서 있었다. "전화한 거 봤어요, 엄마. 토비아스를 막 유아용 카시트에 앉히는 중이어서 전화를 받을 수가⋯⋯." 그녀는 두 사람의 심각한 얼굴을 보고는 갑자기 말을 그쳤다.

"소메르달 씨, 여긴 제 딸 나나와 손자 토비아스예요. 그리고 나나, 이쪽은 단 소메르달이라고, 병원 동료 의사의 남편분이셔." 그녀의 목소리는 그렇게 판에 박힌 일을 수천 번은 되풀이한 사람처럼 담담했다. 그녀는 두 사람, 아니 세 사람을 서로 소개시켰다. 젊은 여성의 팔에 첫돌을 갓 지난 듯 보이는 남자아이가 안겨 있었다. 아이의 피부는 거의 순백색이었고 머리카락은 흑갈색에 매끄러워 보였다. 자기 할머니의 거실에 와 있는 낯선 남자를 쳐다보는 아이의 눈은 어떻게 보면 보라색 같기도 한 짙은 갈색이었다. 단은 어린 사내아이를 넋 놓고 쳐다보다가 고개를 천천히 레기체 쪽으로 돌렸다. 그녀는 핏기가 싹 가신 얼굴로 멍하니 앞을 바라보고 있었다.

"릴리아나의 아이는 죽은 게 아니군요." 단이 무덤덤하게 말했다. "당신이 칙 서포트 글로벌을 위해 일하는 의사가 되는 조건으로 아이를 데려온 거 아닌가요?"

레기체의 시선이 그녀의 딸에게로 향하자, 나나의 두 눈에 눈물이 가득 고였다. 레기체는 단을 향해 돌아섰다. "아무한테도 말 안 할 거죠?" 단의 시선은 할머니한테 가고 싶어서 바닥에 내려달라고 몸을 버둥대는 사내아이에게서 떨어질 줄을 몰랐다. 레기체가 쪼그리고 앉아 두 팔을 벌리자, 바닥에 내려선 아이가 비틀거리며 그녀의 품 안으로 아장아장 걸어왔다. 손자를 안고 일어서서 그녀는 다시 단을 간절한 눈빛으로 바라보며 같은 말을 되풀이했다. "아무한테도 말 안 할 거죠?"

플레밍은 DVD의 내용을 대충 훑어보면서 피아 바게에게 전화를 걸었다. "조 옆에 딱 붙어 있겠지? 좋아, 그럼 한 번 더 그녀를 여기로 데려와주겠어? 그녀가 통역을 좀 해줄 게 있어서."

그는 복도를 따라가면서 지나가는 방마다 고개를 들이밀고 말했다. "5분 후 회의실로 집합! 오늘은 줄 게 아무것도 없으니까 각자 자기 커피를 가져오도록."

피아와 조가 모습을 나타내자, 그는 두 사람에게 상황 설명을 했다. "당신네들을 돕는 사람이 누군지 밝힐 필요 없어요, 조. 그냥 샐리가 이 영상에서 무슨 말을 하는지만 말해주면 돼요. 알겠어요?"

조는 고개를 끄덕였지만, 그녀가 모든 상황을 제대로 이해한 건지는 의문이었다. 그녀는 눈을 너무 크게 뜨고 있어서 금방이라도 눈알이 굴러떨어질 것처럼 보였다.

"조가 어젯밤 거의 한숨도 못 잤어요, 과장님." 피아 바게가 대신 설명했다. "악마 요니가 자기를 찾아낼까 봐 무서워서 패닉 상태예요. 게다가 어제 그자의 사진까지 봤으니……. 그 사진이 얼마 전 여기 크리스티안순에서 찍힌 게 아니라 오래전 사진이라는 것을 납득시키기가 얼마나 힘들었는지 모르실 거예요. 그녀는 주치의가 갖다주는 약이 필요하다는 말만 되풀이하고 있어요. 의사 이름은 모르지만, 전화번호가 자기 집에 있대요. 그런데 집에는 갈 엄두가 안 나고. 정말 뭐 하나 쉬운 게 없네요."

"무슨 약이 필요한 건데?"

"불안감을 가라앉히는 뭐 그런 약이라는데요."

"잠깐만." 플레밍은 한 걸음 옆으로 비켜서서 마리아네 소메르달에게 문자메시지를 보냈다. "여자 증인에게 줄 건데, 불안감을 가라앉히는 약이 급히 필요함. 도와줄 수 있어?"

30초쯤 지나서 답장이 왔다. "옥사제팜(불안증 치료에 경구투여하는 진정제―옮긴이) 몇 알을 병원 안내데스크에 맡겨놓을 테니 2분 후에 찾아가. 한 알이면 충분해."

그는 재빨리 확인 답신을 보냈다. "고마워. 나중에 통화해."

플레밍은 제복 경찰 한 명을 이웃 건물로 보내 약을 가져오게 했다. 심부름 보낸 경찰이 돌아오자, 플레밍은 흰 알약 여섯 알이 든 봉지에서 한 알을 꺼내 불안에 떠는 조에게 건넸다. "일단 여기 누워서 30분쯤 안정을 취해봐요, 조." 그가 자기 사무실에 있는 소파를 손으로 두드리며 말했다. "우리가 다시 데리러 올 때까지 여기 있는 이베르센 경관이 문밖에서 보초를 설 거예요."

조는 고분고분 소파에 누워 눈을 감았다. 하지만 플레밍이 다시 뒤를 돌아보니 검은 눈을 크게 뜨고 멍하니 허공을 응시하고 있었다.

"내내 저랬어?" 회의실로 향하면서 그가 피아에게 물었다. "저래 가지고야 어디 남의 말이 귀에 들어올까 싶은데."

"몇 시간 전까지만 해도 저 정도로 심하진 않았어요. 어떻게 해서든 그녀가 정신과적 치료를 받아야 하는 건 분명해요."

그들은 회의실 탁자에 빙 둘러앉았다. 플레밍이 노트북에 프로젝터를 연결하고 있는데, 벌컥 문이 열리더니 프랑크 얀센이 뛰어 들어왔다. "이런, 죄송합니다." 그가 사과하며 우뚝 멈춰 섰다. "회의가 있는 줄 몰랐네요."

플레밍이 그를 쳐다보았다. "무슨 일인가, 얀센 형사?"

"벤야민 모자가 이틀 전부터 행방이 묘연합니다."

플레밍이 벌떡 일어섰다. "행방이 묘연하다니?"

"전화를 해봤는데 집에 아무도 없었어요. 벤야민 휴대전화로 전화를 걸어도 안 받고요. 몇몇 이웃 사람들한테 물어봤더니 이구동성으로 며칠 전부터 두 사람이 보이지 않았대요. 그리고 1층에 사는 노인은 수요일에 웬 남자가 와서 두 사람을 데려가는 걸 봤다네요."

"그 남자의 인상착의를 기억하던가?"

"키가 크고 날씬한 체격에 검은색 스키모자를 썼고 덴마크 사람 같았다고 하던데요."

"그 정도로는 전혀 도움이 안 되겠는데……. 그 말대로라면 적어도 욘 프란센은 아닌 것 같군. 목격자가 차량은 식별하지 못했나?"

프랑크는 고개를 저었다. "다른 차들에 가려서 잘 못 봤답니다. 다만 차에 시동 걸리는 소리가 들렸는데, 강력한 엔진음이었다고 하던데요."

플레밍은 고개를 좌우로 흔들었다. "나 참, 그들이 어디 안전한 곳에 있기를 바랄 수밖에 방법이 없네. 벤야민이 받을 때까지 계속 전화해봐. 우리와 언제든 연락이 닿도록 하겠다고 분명히 약속했는데."

그 후 10분 동안 수사팀은 DVD에 담긴 영상을 묵묵히 지켜보았다. 릴리아나와 샐리가 무슨 말을 하는지 한마디도 못 알아듣자, 플레밍은 소리를 끄고 16컷의 사진을 무대배경처럼 뒤에 세워놓은 채 동봉된 편지를 읽기 시작했다. 단 소메르달은 편지를 통해, 자기가 우연히 '노예'라는 단편영화를 손에 넣게 되었다고 밝혔다. 르네 홀게르센이 영화를 촬영했고, 클라이언트는 공식적으로 '칙 서포트 글로벌'이라는 이름의 회사로 되어 있다는 것. 그 밖에 단은 엘리사베트 룬이 세바스티안 쿠르트의 부인에게 보낸 짤막한 메일의 내용을 그대로 옮겨 적어놓고 별다른 설명은 덧붙이지 않았다.

"이제 조를 데리고 와서 샐리의 영상을 영어로 통역해달라고 해야겠군. 그리고 오늘 안으로 에스토니아어를 할 줄 아는 사람을 구해봐야겠는데. 세세한 것까지 모르더라도 무슨 이야기를 하는지는 알 수 있겠지. 단의 편지에 16컷의 시퀀스는 이른바 의식변화 캠페인용으로 인터넷에 올리기 위한 것이라고 되어 있어. 그러니까 이 캠페인의 목표는 돈으로 어떤 단체를 지원하게 하려는 것이 아니라, 성매매의 현실에 경종을 울리는 통계수치들 뒤에 수십 만에 이르는 인간의 운명이 숨겨져 있음을 시청자가 이해하게끔 만드는 것이지. 매일같이 강제로 혹은 꼬임에 넘어가 유럽으로 와서 매춘하는 이 어린 여성들도 누구나 자신만의 역사가 있는 인간이야."

"서정적인 형사님." 페데르센이 옆 사람에게 소곤거렸다.

플레밍은 못 들은 척 무시했다. "아울러 두 여성이 나체임에도 불구하고 성적 욕구를 불러일으키지 않기 때문에 한 편의 예술 영화와 다름없다는 것이 단의 생각이야. 마치 감독이, 우리 남자들이 강제 성매매를 하는 이 여성들을 첫눈에 어떻게 보이든 간에 성적인 대상으로 여기지 말아야 한다고 역설하듯 말이지. 그런 건 영화에 자막을 달면 굳이 설명하지 않아도 저절로 이해될 거야." 그가 헛기침을 했다. "조가 우리를 위해 통역해주면, 몇 가지 심문을 우리가 나눠서 맡자고. 나는 헨리에테 쿠르트와 엘리사베트 룬을 심문하려는데 얀센 형사가 같이했으면 좋겠군."

"얀센은 여자들을 잘 다루기로 유명하잖아요." 클라우스 보세가 짓궂은 미소를 지었다.

"그렇지. 바로 그거야." 플레밍이 맞장구를 쳤다. "보세 형사, 자네도 연습 좀 할 수 있게 홀크 형사하고 같이 메레테 핀센한테 가서 조금 더 속을 떠보라고. 페데르센 형사는 에스토니아어 통역사를 알아보고 르네 홀게르센을 데려오게. 내가 돌아올 때까지 그냥 그를 취조실에 앉혀놔. 좀 생각할 시간을 갖는 게 그에게도 좋을 테니까."

"사람들에게 뭘 물어봐야 하는데요?" 얀센이 난감하다는 듯 물었다.

"우리는 칙 서포트 글로벌이 정확히 어떤 일을 하는지 알아내야 해. 만약 불법 체류자를 숨겨주는 어떤 비밀 조직이 있다면 자세히 조사해야겠지." 플레밍은 잠시 16컷의 사진을 바라보았다. "관련 인물 모두 알리바이를 다시 한 번 체크하고. 특히 엘리사베트 룬과 메레테 핀센 그리고 르네 홀게르센에 대해서는 더 철저하게 조사해줬으면 해." 그가 무심코 커서를 움직이자, 이 사진에서 저 사진으로 커서가 옮겨갈 때마다 사진 속 릴리아나와 샐리가 번갈아 살아나 움직였다. "그리고 페데르센 형사, 자네는 욘 프란센의 사진을 전국 각지 경찰서에 전달하게. 또 무슨 일이 벌어지기 전에 그를 잡아야 하니까."

토비아스는 할머니 레기체의 더블 침대에 누워 잠들어 있었다. 유명 브랜드의 누빔 침대패드 위에 누운 아이는 하늘색 고무 젖꼭지가 물린 입을 만족스러운 듯 한 번씩 오물거렸다.

나나와 레기체는 나란히 앉아 있었다. 거실 안이 다시 조용해지고 나서야, 나나가 지나치게 왜소하며 보청기를 귀에 단 것이 단의 눈에 띄었다. 레기체는 그가 자신의 딸을 살펴보고 있는 것을 알아차렸다.

"나나는 태어날 때부터 터너증후군이었어요. 그 병에 대해 들어보셨는지 모르겠네요." 그녀가 먼저 입을 열었다.

"음, 들어보긴 했는데 잘은 모르겠군요."

나나가 직접 설명했다. "염색체 이상 증후군인데요. 여러 가지 증상 가운데 평균 성인 여성만큼 절대 키가 크지 못하는 특징이 있어요. 사춘기에 성장호르몬을 아무리 많이 투여해도 소용이 없죠." 그녀는 자기 어머니를 한번 쳐다보고 나서 다시 말을 이었다. "그리고 저는 아이를 가질 수 없어요. 터너증후군 여성은 불임이거든요."

"형제자매가 없나요?"

모녀가 다시 시선을 주고받았다. "그렇다고 할 수 있죠." 레기체가 대답했다. "나나에게 남동생이 하나 있었는데 갓난아기 때 죽었으니까요."

라우라와 라스무스의 모습이 문득 떠올라 단은 사적인 감정과 거리를 유지해야 한다고 자신에게 타일렀다. "유감입니다. 그건 몰랐네요."

"제 아들을 잃었다고 적은 팻말을 목에 걸고 다니는 것도 아닌데 모르는 게 당연하지 않나요?" 그녀가 턱을 치켜들어서, 단지 마음의 평정을 유지하려는 시도일 뿐이었음에도 약간 거만해 보였다. "그 일은 잊어버렸어요. 그래야만 하니까요."

"남편분은 어떠셨나요?"

"그이는 언제나 그렇듯 자기 일에만 신경 썼어요. 모르텐이 죽었을 때 딱 하루 휴가를 냈으니까요." 그녀는 자신의 손을 내려다보았다. "그래도 그이가 저보다 덜 슬퍼했다고 할 수 있는지는 모르겠어요. 그이는 자기 감정을 절대 드러내지 않거든요."

"토비아스에 대한 이야기를 처음부터 좀 자세히 듣고 싶은데요." 단은 차갑게 식은 차를 한 모금 마셨다. "무슨 일이 있었는지 알아야 당신을 도울 수 있을 테니까요."

"제가 솔직하게 이야기를 털어놓으면 어떤 약속을 해줄 수 있는지 미리 말씀해주시겠어요?"

"먼저 칙 서포트 글로벌이라는 그 후원 네트워크인지 뭔지에 대해 알고 계신 것을 다 이야기해주시면 됩니다." 그는 찻잔을 옆으로 치웠다. "그 대신 저는 토비아스에 대한 내용을 아무한테도 이야기하지 않을 겁니다. 오늘 들은 이야기에서 그 부분을 아예 잊어버리겠습니다. 하지만 그 부분을 제외한 나머지 이야기까지 경찰에 비밀로 하겠다고 장담할 수는 없습니다."

레기체는 잠시 고개를 숙인 채 아무 말 없이 소파에 앉아 있었다. 그러다 단을 똑바로 쳐다보면서 말했다. "저는 네트워크를 돕지 않겠다고 수도 없이 거절했어요."

"당신에게 의향을 물어온 사람이 누군데요?"

"엘리사베트 룬이었어요. 우린 약간 안면이 있는 사이였어요. 수년 전부터 저한테 진료를 받아왔거든요." 레기체는 안경을 벗어서 꼼꼼히 닦기 시작했다. "그래서 저한테 물어본 거예요. 그녀는 저와 아는 사이인 데다 내가 어떤 것에 공감하는지 알고 있었어요."

"정치적 공감 말인가요?"

그녀의 얼굴에 그늘이 드리워졌다. "모두들 왜 남을 돕고자 하는 욕구가 정치와 연관 있다고 생각하죠? 언제든 나서서 곤경에 빠진 사람을 돕는 이들이 보수당이든 자유당이든 무슨 상관이 있다고 그러는지." 그녀는 안경을 다시 썼다. "제 말은 그녀가 제 인류애적 공감, 그러니까 제 인도주의를 알고 있었다는 거예요. 무슨 말인지 아시겠어요?"

"그럼요. 그것 때문에 저를 물어뜯으려고 할 필요는 없는데요."

"미안해요." 레기체는 잠시 말을 끊었다. 그녀는 긴장을 풀려는 듯 어깨를 올렸다가 다시 내렸다. 나나가 옆에서 그녀를 지켜보고 있었다. "말했다시피 엘리사베트 룬이 제게 물어왔을 때 저는 그런 일을 잘 이해하고 있었는데도 계속 거절했어요. 제가 평생을 다 바쳐 쌓아온 모든 것을 걸고 그 일을 하고 싶지는 않았거든요. 여기 내 삶과……." 그녀는 폴 헤닝센, 모겐센, 보예센 등 유명 디자이너 제품들을 다 아우르는 손짓을 했다. "……제 직업, 결혼생활 등이 모험을 걸기엔 너무 소중했으니까요."

"그녀가 돈으로 유혹하던가요?"

"엘리사베트는 영리해서 그런 어설픈 짓을 하지 않아요. 돈 이야기가 나왔으면 제가 절대로 제의를 받아들이지 않았을 테니까요. 그녀는 훨씬 교묘하게도 저한테 사진을 보여줬어요."

"사진이요?"

"얼굴을 알아보지 못할 정도로 포주에게 얻어맞은 여성들 사진을 비롯해서 항문 성폭행으로 인해 직장이 파열된 어린 여성 사진, 온몸이 담뱃불로 지져 생긴 화상 흉터투성이인 여성들 사진도 있었어요. 그 여성들은 모두 세 가지 공통점이 있었죠. 외국 여성이라는 것, 크리스티안순에 몰래 숨어 산다는 것, 그리고 덴마크에서 추방당할까 봐 무서운 나머지 어떤 형태든 관청에 도움을 청할 엄두를 내지 못한다는 것이었어요." 그녀가 고개를 절레절레 흔들었다. "버티기가 힘들어 저는 엘리사베트가 진료시간에 오는 게 두려워지기 시작했어요. 그래서 어떻게 하면 환자로 찾아오는 그녀를 떼어낼 수 있을까 한참 고민했어요. 더욱이 제 문제만으로도 충분히 힘든 상황이었죠. 남편은 별로 관여하지 않았기 때문에 우리 문제라기보다 내 문제라고 하는 게 맞아요. 나나가 나중에 어른이 되어 보통 여성과 다름없는 삶을 영위할 수 있도록 유년기와 청소년기에 온갖 방법을 총동원해서 치료받게 했어요. 아동기에는 터너증후군을 앓는 다른 아이들보다 키가 조금이라도 더 크게 하려고 성장호르몬도 투여했고요. 또 청소년기에는 또래처럼 신체가 발달해서 나중에 정상적인 성생활이 가능해지도록 성호르몬을 투여하기도 했고요."

"엄마!" 나나의 뺨이 붉어졌다.

"미안하지만 이 이야기를 안 할 수가 없잖아, 안 그래? 우리는 나나의 치아도 교정해주고, 청력이 약해지는 증상이 처음 나타나자마자 바로 좋은 보청기도 사주었어요." 레기체가 나나의 손을 꼭 잡았다. "늘 제 어린 딸에게 신경을 써야 했어요. 그래도 제가 도와줄 수 없는 게 한 가지 있었어요. 터너증후군이라서 아이를 가질 수 없다는 문제였죠. 입양이나 난세포 이식밖에 방법이 없었어요. 그런데 관청이 청각 장애가 있으면서 아이를 입양하려는 독신 여성을 어떻게 대했는지 알아요? 더군다나 심각하진 않아도 심장에 이상이 있는 한 여성을 말이에요."

나나가 어머니의 손을 끌어당겼다. "그런 것까지 다 말할 필요는 없잖아요! 내가 무슨 괴물이라도 되는 것처럼 들린다고요!"

"이 이야기를 안 할 수가 없다니까. 미안해." 레기체는 같은 말을 반복했다. "그러던 어느 날 엘리사베트가 제게 전화를 걸어 거의 우는 목소리로 도움을 청해왔어요. 이 도시에 새로 온 사람이 있는데, 알고 보니 임신 5개월이어서 낙태하기엔 너무 늦었다고 하더군요. 엘리사베트는 릴리아나라는 그 여자가 하혈을 하니 정상적인 산부인과 검사를 해달라고 제게 부탁했어요. 저는 어쩔 도리가 없어 그러겠다고 했어요. 릴리아나는 눈을 뜨고 볼 수 없을 정도로 비참한 상태였어요. 씻지 못해 더럽고 영양실조인 데다 농종과 아물지 않은 상처가 여기저기 있었어요. 크리스티안순처럼 평화로운 도시에서 그 정도로 상태가 엉망인 사람은 찾아보기 힘들 거예요. 몇 달 동안 노숙 생활을 한 모양이더라고요. 잘못 넘어지는 바람에 하혈했지만 응급 상황은 아니었는데, 그래도 안심할 상황은 아니어서 며칠 안정을 취해야 했어요." 레기체는 눈을 감았다. "우리 둘은 금방 친해졌어요. 그러다가 그녀가 아이를 키울 생각이 없어서 어디론가 보내버릴까 고민 중이라는 사실을 털어놓았을 때 저는 결심했어요. 아이를 잘 키워줄 가족을 찾아보겠다고 그녀에게 제안했죠. 그녀는 제게 아주 고마워했어요. 몇 달 후 그녀가 출산할 때 제가 도왔어요. 그런 다음 아기를 집으로 데려와 나나에게 안겨주었죠. 그 후 릴리아나는 단 한 번도 아기가 어떻게 됐는지 궁금해하지 않았어요."

"하지만 사람들이 이상하게 생각하지 않았나요? 이웃 사람들이나 직장 동료들은요?"

"릴리아나의 이웃들은 꼬치꼬치 너무 많이 물어보면 안 된다는 것을 잘 알고 있었어요. 예른바네가데에 있는 그 집은 안 그래도 비밀투성이거든요."

"그럼 당신의 이웃들은요? 그들은 나나가 불임이라는 걸 알고 있었을 텐데요."

"우리는 토비아스를 입양했다고 둘러댔어요. 입양했다는 게 완전히 틀린 말도 아니었고. 실제로 사람들은 생각만큼 그렇게 꼬치꼬치 캐묻지 않아요. 저런, 세상에! 나나 너무 잘됐다! 이 귀여운 아기 좀 봐! 이렇게 어렸을 때 입양해서 다행이지. 난 입양 신청을 했는지도 몰랐네. 축하해! 그런 상황에서 서류에 대해 묻는 사람은 아무도 없죠. 출생신고서도 엄마로 제 딸 이름을 써넣고 아빠 이름을 적는 칸에는 '미상'이라고 써서 제가 직접 작성했어요. 관청에서도 이상해하는 사람은 아무도 없었어요. 이상하게 생각할 이유가 없지 않나요? 끊임없이 아이들이 태어나니까 당연히 사람들은 스스로 낳은 아이만 출생신고를 한다고 생각하죠."

"그러니까 친구와 이웃들은 아이를 입양한 줄로 알고, 관청에서는 생모가 아이를 키우는 줄로 안다는 거군요." 단은 앞에 있는 두 사람의 얼굴을 잠시 쳐다보았다. 그의 생각에 유일한 엄마인 나나가 토비아스를 키우는 것은 당연한 일이지만, 관청도 과연 그렇게 생각할지는 의문이었다. 플레밍 토르프도 고지식한 공무원인데, 이 사실을 알면 어떤 반응을 보일까? 솔직히 단도 알 수 없었다.

"토비아스와 관련해서 물어볼 게 두 가지 더 있습니다만." 두 사람이 동시에 고개를 끄덕였다. "릴리아나가 당신에게 자기 아들을 보여달라고 부탁한 일이 한 번도 없다는 게 확실한가요?"

"그럼요. 릴리아나가 아들에 대해 전혀 물어보지 않으니까 저도 당연히 그녀에게 아무 말도 하지 않았어요. 그녀는 자기가 아이를 낳았다는 것조차 잊어버린 것 같았어요. 그리고 아이의 아빠가 누군지도 이야기한 적이 없었어요. 그녀 자신도 아빠가 누군지 모르거나 그 사실을 아예 기억에서 지워야 할 이유가 있거나 둘 중 하나겠죠. 불쌍한 릴리아나! 그녀는 아이가 자기를 그렇게 쏙 빼닮은 것도 모르고 있었죠."

"정말 많이 닮았더군요. 아이를 보는 순간 바로 알겠더라고요." 단이 헛기침을 했다. "어쩌면 제 마지막 질문에 모욕감을 느끼실 수도 있겠지만, 그래도 묻겠습니다. 당신은 릴리아나에게 돈을 주고 토비아스를 사오지 않았다는 것을 맹세할 수 있으신가요?"

나나는 심호흡만 하고 아무 말도 하지 않았다. 그녀는 어머니가 대신 대답해주는 것에 익숙한 모양이었다.

"돈을 준 건 사실이지만 값을 치르는 의미는 아니었어요." 레기체의 눈이 도수 높은 안경렌즈 너머로 가느다란 두 개의 선처럼 보였다. "릴리아나에게 1만 크로네를 현금으로 주었는데, 사실 신생아에게 매겨지는 값에 비하면 상징적인 금액에 불과하죠. 저는 릴리아나가 일주일 결근할 때마다 2천 크로네씩 받지 못하게 된다는 것을 알고 있었어요. 지갑에 1만 크로네가 있으면 그녀가 5주 동안 집에서 쉬면서 기력을 회복할 수 있는 셈이었죠. 그녀가 돈을 더 달라고 했으면 저는 기꺼운 마음으로 주었을 거예요."

"알겠습니다. 무례인 줄 알면서도 물어보지 않을 수 없었어요." 단은 딱딱한 소파에 등을 기댔다. "저는 당신과 나나 그리고 토비아스를 가능하면 이 사건에 끌어들이지 않겠습니다. 수사과장이 저와 아주 친한 친구인 건 맞지만, 그래도 그에게 모든 걸 이야기하지는 않을 겁니다. 그 친구는 전체 스토리에서 당신이 어떤 역할을 하는지 전혀 모르고 있죠. 어쨌든 제가 그 친구에게 떠벌리는 일은 절대 없을 테니 안심하셔도 됩니다. 수사 과정에서 혹시 당신 이름이 나와서 조사를 받게 되면, 의사로서 침묵의 의무를 지켜야 한다고 하세요." 그녀가 고개를 끄덕였다. "조사에서 꼭 필요한 말만 하면 경찰이 당신에게 불리한 정황을 포착하지는 못할 겁니다. 이건 어디까지나 제 생각입니다만."

"고맙습니다."

"릴리아나가 14개월 전에 출산했다는 사실에 저를 주목하게 만든 벤야민에 관해선 그 친구에게 함구해달라고 잘 부탁해보죠. 꽉 막힌 친구가 아니라서 충분히 이해해줄 겁니다."

"감사합니다."

"그리고 마리아네한테는……."

"저기, 마리아네가 이 일을 모르게 할 수 없을까요? 이 방에 있는 우리 세 사람 말고 또 다른 누군가 알게 된다면 제가 견디기 힘들어질 것 같아요."

"저도 그렇게 말하려던 참이었습니다." 단이 미소를 지었다.

레기체는 도로에서 볼 수 있는 뱀 허물처럼 속이 텅 비고 메말라 보였다. 단은 그런 그녀가 안쓰러웠지만 이제 아무리 지쳐 보여도, 합의한 대로 그녀가 아는 것을 털어놓을 차례였다.

"자, 이제 관련 인물들의 이름을 알고 싶은데요, 레기체."

그녀가 시선을 들었다. "저한테 들었다고 하면 절대 안 되는 거 아시죠?"

"당신이 지금부터 내게 하는 얘기 말인가요? 물론입니다."

"그리고 저는 네트워크의 한쪽 귀퉁이 부분만 알 뿐임을 명심하세요. 십중팔구 제가 아는 것보다 규모가 훨씬 클 거예요."

"네, 알고 있습니다."

"아까도 말했지만, 저와 접촉하는 사람은 엘리사베트 룬이에요. 의사의 도움이 필요한 사람이 있으면 그녀가 제게 연락하죠. 원칙적으로 제가 환자 집으로 찾아가고, 환자가 제 진료실로 오는 경우는 절대 없어요. 우리는 미리 시간 약속을 하는데, 제 외래진료시간을 제외한 나머지 시간에 환자를 방문하려고 노력합니다. 하지만 가끔 새로 온 여성이 응급 상황에 처했을 땐 즉각적인 도움이 필요하기도 해요. 그런 경우 저는 짧게 휴가를 냅니다. 항상 엘리사베트 룬이 문자메시지로 연락해요. 문자메시지는 확인하자마자 바로 삭제하라고 지시를 받았고요."

"엘리사베트한테 지시를 받았다는 건가요?"

레기체가 고개를 끄덕였다. "엘리사베트의 여동생은 여성들에게 일자리를 마련해주고 있어요. 대부분 청소부로 일하는 것 같아요. 그 여동생을 딱 한 번 만났는데, 절대 마음 맞는 친구는 될 수 없겠더라고요. 불법 체류 여성들을 어떻게 대하는지 보면 정말 정떨어지거든요. 예컨대 한 사람이 아파서 일을 못 하면 대체인력에 지출한 비용을 근로수당에서 삭감하죠. 착취나 다름없다고 해도 과언이 아니에요. 그런데도 그들은 만족해하고 있어요. 자신이 도망쳐 나온 그 상황에서 벗어날 수만 있다면 그녀들은 어떤 일이든 감수할 거예요."

"엘리사베트가 기획 조정을 하고, 여동생이 여성들에게 일자리를 마련해주고, 당신은 의료적 도움을 준다. 또 누가 있나요?"

"예른바네가데에 있는 집 건물의 소유주는 헨리에테 쿠르트예요."

"헨리에테 쿠르트? 세바스티안 쿠르트의 부인이요?"

"맞아요. 그 지역에 건물을 여러 채 소유하고 있나 봐요. 언제라도 집을 마련해줄 능력이 있는 걸 보면요."

단은 고개를 절레절레 흔들었다. 헨리에테 쿠르트라니! 엑스레이 사진이 살아 움직이는 것 같은 모습에 갈색으로 선탠한 피부, 신경 써서 매니큐어를 칠한 손톱, 정성 들여 손질한 금발 가닥으로 반짝거리는 보브 컷. 도피 생활 중인 성매매 여성을 순수한 이웃 사랑의 마음으로 돕는 전형과는 완전히 딴판이었다.

"르네 홀게르센은 어떤가요?"

"그 사람이 누군데요?"

"단체를 위해 인터넷 캠페인을 준비 중인 젊은 감독이죠."

"처음 듣는데요. 제 생각에 전체 구성원을 다 파악하고 있는 사람은 엘리사베트밖에 없는 것 같아요."

"부인이 알고 있는 사람은 또 없나요?"

"한 사람 더 있는데, 경찰이에요. 정확히 말하면 여형사죠. 그녀는 국내 다른 지역에서 곤경에 처한 여성들과 이곳 크리스티안순에 있는 우리를 이어주는 아주 중요한 역할을 맡고 있어요. 도피 중이고 보호가 필요한 여성이 오덴세의 긴급 상담소나 베스테르브로의 한 경찰한테서 피신처를 구하면 복잡한 경로를 통해 로네와 접촉할 수 있어요. 그러면 로네가 그 여성을 이곳으로 데려와 우리 네트워크가 안전하게 보호하도록 조치를 취하죠."

"로네? 로네 빌룸센 말인가요?" 단의 머릿속에서 모자이크 조각이 하나씩 맞춰지는 것 같았다.

"네."

"그리고 또 있나요?"

"아니요, 더는 아는 사람이 없어요. 하지만 칙 서포트 글로벌에는 직접적인 관련이 없으면서 도움 주는 사람들이 수없이 많다는 것을 아셔야 해요. 예를 들어 헨리에테 쿠르트의 모친은 여성들이 자기 앞가림을 할 처지가 되거나 거처가 구해질 때까지 수차례 당신 집에 데리고 있기도 했어요. 카페 클린트 주인도 마찬가지죠. 심지어 세바스티안 쿠르트도 몇 번 새로 온 여성들을 어디선가 데려왔고요."

302

"정말 믿기지 않는데요!"

"그렇죠? 만약 칙 서포트 글로벌과 연루된 사람들을 전부 체포해서 처벌한다면 크리스티안순 거리가 아주 한산해질 거예요."

"내가 열두 살 때 삼촌이 이웃 도시에서 온 남자에게 나를 팔았어요. 나는 그 남자의 세탁소에서 하루에 열네 시간씩 일해야 했어요. 일이 너무 힘들어서 몇 번이나 도망치려고 했지만 헛수고였어요. 난 이루 말할 수 없이 불행했기 때문에 어느 날 그 남자가 세탁소 주인이 아닌 다른 남자에게 나를 다시 팔았을 때 너무나 기뻤어요. 그는 유럽에서 사진모델이 될 수 있게 나를 돕겠다고 했어요."

"나는 비행기를 세 번이나 갈아타면서 덴마크에 있는 오르후스라는 도시로 왔어요. 공항에 도착하자 말총머리를 한 키 큰 남자가 나를 기다리고 있었어요. 내가 그 남자에게 나를 유명하게 만들어줄 사진작가냐고 물었더니 그가 그렇다고 대답했어요. 우리는 그의 차를 타고 오르후스로 갔어요. 그의 집에 도착하자 그는 문을 걸어 잠그고 나를 성폭행했어요. 너무 아파서 난 울었어요. 그러고 나서 그는 나를 사정없이 때리더니 또다시 성폭행했어요."

"나는 그의 집에서 4일을 지냈어요. 그는 내가 저항을 멈출 때까지 몇 번이고 나를 성폭행했어요. 그러다 보니 점점 자포자기하는 심정이 됐어요. 그가 원하는 대로 하도록 내버려두자 나를 때리는 일도 줄어들었고 내게 먹을 것도 줬어요. 그의 집에 오는 친구들도 섹스를 하고 싶어 했어요. 이제 이러나저러나 나는 상관이 없었어요. 그들이 무슨 짓을 하든 그냥 신경을 끊어버렸죠."

  그리고 집창촌 손님들의 변태적인 요구라든가 일상이 되어버린 굴욕과 학대에 대한 이야기가 계속 이어졌다. 샐리가 자신의 이야기를 털어놓는 여덟 개의 시퀀스를 조가 생기 없는 목소리로 통역하는 것을 듣고 있자니 플레밍은 속이 메스꺼웠다. 통역이 끝나고 나자 좀 나아졌지만, 에스토니아어로 말하는 릴리아나의 이야기를 통역해줄 사람이 몇 시간 후에 또 경찰서로 온다고 생각하니 끔찍했다. 제기랄! 듣고 있는 것도 고문이네.

  피아 바게가 약 기운에 조금 취한 조를 데리고 사라지자, 플레밍 토르프와 프랑크 얀센은 쿠르트&코 회사의 메일서버에 흔적을 남긴 두 사람을 심문하기 위해 경찰서를 나섰다. 숲으로 이어지는 도로는 부드러운 곡선과 날카로운 커브로 미로 같은 모양을 이루고 있었다. 언덕배기에 가까워질수록 더 큰 저택들이 눈에 들어왔다. 쿠르트 일가는 가장 매력적인 대저택에서 살고 있었다. 검은색 니스가 칠해진 망사르드 지붕이 있고 번쩍번쩍 광이 나는 까만 현관문 앞에 궁형 계단이 있는 흰색의 대저택이었다. 건물이 숲에 인접해 있어 거대한 나무 우듬지들이 어두운 배경을 이룬 탓에 안 그래도 밝은 집이 더 환하게 두드러져 보였다. 수많은 가느다란 창살들이 눈부신 태양으로 생생하게 씻기어 빛났고, 진입로에는 결이 보이는 밝은 회색 자갈들이 갈퀴질되어 있었다. 갈퀴의 흔적은 집까지 이어지는 길에 정교하고도 소박한 패턴을 만들어놓았다. 저택 전체가 그야말로 여피들의 꿈이라 할 만했다.

  플레밍은 도로변에 차를 세웠다. 두 형사는 현관문까지 이어진 진입로를 나란히 걸어가 벨을 눌렀다. 하늘색 앞치마를 걸친 아시아계 가사도우미가 문을 열고 내다봤다.

"누구시죠?" 그녀가 고개를 기울였다.

"쿠르트 부인 계십니까?" 프랑크 얀센이 신분증을 내밀었으나, 가사도우미는 의아한 듯 그를 뚫어지게 쳐다보기만 했다.

"이즈 미시즈 쿠르트 앳 홈(쿠르트 부인 계신가요)?" 플레밍이 영어로 다시 물었다.

"오! 예스, 예스. 저스트 어 미닛(아, 네! 잠시만요)." 가사도우미가 대답하더니 다시 문을 쾅 닫았다.

플레밍과 프랑크가 어이없는 눈빛을 교환하고 다시 벨을 누르려는데 다른 여자가 문을 열었다. "죄송합니다." 그녀가 말했다. "카티가 새로 와서 아직 서투른 게 많아요." 그녀는 잘 관리된 새하얀 이가 드러나게 활짝 웃으면서 손을 내밀었다. "헨리에테 쿠르트예요. 안녕하세요?"

"수사과장 플레밍 토르프입니다. 이쪽은 프랑크 얀센 형사이고요."

그들은 그녀를 따라 하얀 대저택 안으로 들어갔다. 쿠르트 부인은 라벤더블루 계열의 리넨바지와 몸에 딱 붙는 흰색 티셔츠를 입고 어깨에 화려한 새와 꽃 자수가 놓인 스카프를 걸치고 있었다. 그리고 세련된 흰색 양가죽부츠가 그녀의 발을 따뜻하게 감싸고 있었다. 전체적으로 추운 겨울날 리모델링한 지 얼마 안 되는 집 안에 완벽하게 어울리는 옷차림이었다.

거실 창밖으로 내다보이는 경치에 플레밍은 거의 숨이 멎을 뻔했다. 이곳에서는 피오르 해안을 배경으로 크리스티안순의 대부분이 내려다보였다. 그는 잠시 그곳에 서서 경치를 감상하고 싶었지만,

그럴 상황이 아님을 잘 알았다. 그는 헨리에테 쿠르트를 따라 소파들이 놓인 벽난로 앞으로 갔다. 커다란 나무 장작이 벽난로 창살 너머로 불꽃을 일으키며 타고 있었다. 헨리에테는 벽난로로 눈길을 주더니 그 옆에 있는 버튼을 눌렀다. 지체 없이 다른 아시아계 여성이 그녀 옆으로 와서 섰다. 아까 봤던 가사도우미보다 나이가 더 들어 보이고 체격도 더 좋았지만, 똑같이 하늘색 앞치마를 걸치고 있었다.

"장작을 좀 더 넣어주면 좋겠는데, 로사?" 헨리에테는 결코 부탁이 아님을 분명히 드러내는 목소리로 말했다. 부탁은커녕 간접적인 질책이 담긴 명령이었다. 로사는 즉시 그녀의 말을 따랐다. 이윽고 헨리에테가 플레밍을 향해 물었다. "뭘 드릴까요? 커피? 차? 아니면 와인 한잔 드실래요?"

"아뇨, 아무것도 필요 없습니다." 플레밍은 따뜻한 것을 마시고 싶긴 했지만, 자기 손님에게 뭔가 대접하는 사람이 주도권을 쥐게 된다는 것을 경험상 잘 알고 있었다. 반대로 호의를 거절하면 손님이 어느 정도 우위를 점하게 되게 마련이다. 특히나 헨리에테 쿠르트와 논쟁이 벌어질 경우 우위를 점하고 있는 것이 유리하게 작용하리라고 확신했다. "집안일 거드는 사람이 모두 몇 명인가요?" 그가 묻자, 헨리에테는 성가신 듯한 손짓으로 가사도우미를 밖으로 내보냈다.

"글쎄요." 헨리에테는 잠시 당황한 듯했다. 고용인이 몇 명인지 세어보는 일이 거의 없는 모양이었다. "음, 그러니까 로사는 가사 일을 담당하고 아까 두 분에게 문을 열어준 그녀의 여동생 카티는 학교에서 아이들을 데려오는 일과 청소를 맡아서 하죠. 카티는 우리 집에 온 지 몇 주밖에 안 돼요. 그리고 또 에디가 있네요. 정원과 풀장을 관리하고 간단한 수리 같은 일을 맡아서 하는 사람이에요. 하지만 그는 이 집에서 거주하지 않아요."

헨리에테는 크림색 패브릭소파로 가서 앉았다. 프랑크 얀센도 소파에 자리를 잡고 앉았지만, 플레밍은 그냥 서 있기로 했다. 그는 접어서 주머니에 넣었던 종이를 꺼냈다. 엘리사베트가 보낸 메일을 프린트한 것이었다. "엘리사베트 룬과는 어떤 사이입니까?"

헨리에테는 미간을 찌푸렸다. "엘리사베트는 수년간 남편의 비서로 일해왔어요. 내가 알기로 그이가 매우 만족스러워하고 있죠."

"부인은 사적으로 엘리사베트 룬과 친분이 없으신가요?"

"사업상 여럿이 식사하는 자리를 마련할 때 그녀가 몇 번인가 도와준 적이 있고, 가끔 남편에게 전할 말을 그녀에게 남기곤 하죠. 그밖에는 그녀와 따로 연락할 일이 전혀 없었어요."

"그러니까 부인은 메일이나 문자메시지를 주고받은 일이 전혀 없으시다는 건가요?"

"그건 기억이 잘 안 나는데요."

"그렇다면 이 메일은 어떻게 된 건지 참 이상하네요." 플레밍은 팔을 뻗어 종이를 높이 들며 말했다. "여기에 이렇게 적혀 있거든요. 'S가 어디 있는지 알아요? M이 그러는데 L이 걱정한대요. 아이들에게 안부 전해줘요.' 이 메일은 14일 전 엘리사베트 룬이 부인의 메일주소로 보낸 건데요. 서로 개인적 친분이 없는 사람들치고 말투가 너무 친근한 것 같습니다만."

"엘리사베트가 원래 그래요." 미소를 띠고 있던 헨리에테의 얼굴이 굳어졌다. "가끔 선을 넘는 행동을 할 때가 있죠."

"그럼 S와 M 그리고 L은 누구인가요? 스몰과 미디엄 그리고 라지를 뜻하는 건 아닐 테고."

"S는 제 남편 세바스티안이고, M은 아마도 마이 슈베린 그리고 L 은 리세 살리카트를 말하는 거겠죠. 두 사람은 남편 회사의 직원들 이에요."

재치 있게 잘도 둘러대는군. 자신의 의지와 상관없이 플레밍은 감 탄이 절로 나왔다. 하지만 그 이상은 아니었다. "죄송하지만 부인 말 을 믿을 수가 없군요. 부인의 남편을 세바스티안이라고 부르는 사람 은 아무도 없으니까요. 부인조차도 그렇게 안 부르시잖아요. 하물며 대체 무슨 연유로 비서가 사장 부인에게, 한 직원이 그러는데 다른 직원이 걱정한다는 내용의 메일을 보내겠습니까? 앞뒤가 전혀 맞지 않습니다."

"좋으실 대로 생각하세요. 제가 짐작할 수 있는 건 그것밖에 없으 니까."

"그럼 왜 그녀가 걱정할까요?"

"제 기억으로는 그이가 회의에 참석해야 하는데 오지 않았던 것 같아요. 남편은 회의가 있다는 걸 까맣게 잊어버린 거죠."

"그런데 왜 이렇게 이상한 방식으로 메일을 썼을까요? 어째서 이 름에 이니셜만 사용한 걸까요?"

"급했나 보죠."

"아이들에게 안부 전해달라는 말까지 덧붙였는데, 정말 그렇게 급 했을까요?"

"그냥 형식적인 끝인사로 덧붙인 거겠죠."

플레밍은 마음만 먹으면 얼마든지 민첩하게 움직일 수 있었다. 순 간 그는 뭔가에 자극받기라도 한 듯 돌발적으로 그녀 쪽으로 몸을 숙였고, 헨리에테는 그에게 닿지 않기 위해 소파 등받이에 몸을 착

붙었다.

"우리가 곧 엘리사베트 룬한테도 같은 질문을 할 거니까 두고 보시죠." 그는 목소리를 낮춰 말했다.

헨리에테의 시선이 조그만 붉은색 메탈 휴대전화가 놓여 있는 소파 테이블로 향했다.

플레밍은 웃음을 터뜨리며 말했다. "아니요, 부인은 엘리사베트에게 경고 전화를 해줄 수 없을 겁니다. 얀센 형사가 이곳에 남아 내가 놓아주라고 연락할 때까지 당신 손을 잡고 있을 테니까요."

그녀는 스카프를 두르고 있음에도 추운 것처럼 팔짱을 끼고 어깨를 추켜올렸다. "그럼 형사님 생각은 어떠신데요?"

"S는 샐리, M은 메레테 핀센 그리고 L은 릴리아나를 말하는 것 같은데요. 샐리가 3주 전에 실종되었고, 엘리사베트의 여동생인 메레테가 릴리아나의 상사이기도 하고, 릴리아나와 샐리가 한집에서 살았다는 사실로 미루어볼 때 의미 있는 추론 아닌가요? 그런데 왜 하필 부인한테 샐리의 행방을 물었는지 궁금하네요."

"엘리사베트 룬이 왜 그런 메일을 적어 보냈는지 저도 모르겠네요. 그녀가 제정신이 아니어서 횡설수설한 것 같은데." 헨리에테가 흥분해서 언성을 높였다. "저한테 와서 이렇게 추궁할 이유가 없다고요."

"그럼 칙 서포트 글로벌에 대해 물어봐도 될까요?"

그녀가 그를 쏘아보았다. "뭐에 대해서요?"

"알아들었으면서 시치미 떼지 마십시오."

"무슨 말을 하는지 모르겠네요."

프랑크가 플레밍과 눈빛을 교환하고 나더니 바통을 이어받아 대화를 시도했다. "이런 질문들이 부인에게 얼마나 괴로운지 잘 압니다. 또 부인이 엘리사베트의 행적과 관련이 있는지 없는지 우리도 사실 모르고요."

"그래서요?"

"확실하지는 않지만, 그녀가 어떤 비밀단체의 우두머리쯤 되는 것 같거든요. 덴마크로 사람들을 밀입국시키는 일이나 어떤 테러 행위와 연관 있는 단체가 아닌가 생각됩니다만."

그녀의 한쪽 눈꺼풀이 미세하게 떨리기 시작했다. "그게 나랑 무슨 상관이에요?"

"정말 모르는 일인가요?"

"전혀요." 그녀의 눈꺼풀이 거의 떨어져 나갈 기세로 마구 떨렸다. "내가 왜 이런 허튼소리를 듣고 있어야 하는지 모르겠네요."

"월요일 저녁에 어디 계셨나요?"

기습적으로 화제를 바꾸자 그녀는 당황스러워하는 모습이 역력했다. 그녀가 다시 미간을 찌푸렸다. "이미 다 말했는데요."

"다시 한 번 말씀해주시기 바랍니다."

그녀는 지겹다는 듯 한숨을 쉬었다. "나는 두 아이와 남편 그리고 친정어머니까지 같이 집에 있었어요. 8시인가 9시쯤 어머니가 아이들을 재우러 가셨고, 남편과 나는 DVD로 영화를 봤어요. 그리고 11시경 쿠르트가 어머니를 집에 모셔다드렸고요."

"무슨 영화를 보셨습니까?"

"〈무솔리니와 차 한 잔〉이라는 영화였어요."

"감사합니다." 플레밍은 문 쪽으로 가면서 덧붙였다. "얀센 형사, 내가 엘리사베트 룬과 대화를 나누고서 전화하겠네, 그

310

럼 이만……."

플레밍이 그날 하얀 대저택에 사는 부인을 보고 기억에 남은 마지막 모습은 심하게 떨리던 그녀의 눈꺼풀이었다.

엘리사베트 룬의 이름이 여기저기서 자꾸 거론되었기 때문에 무시하고 그냥 넘어가기가 점점 힘들어졌다. 단은 레기체의 집에서 나온 후 몇 분 동안 차 안에 가만히 앉아 있었다. 이렇게 생각하나 저렇게 생각하나 결론은 마찬가지였다. 모든 정황으로 보아 엘리사베트 룬이 이 사건에서 중심 역할을 하고 있는 게 분명했다. 순조롭게 잘 돌아가는 네트워크의 모습은 그가 아는 엘리사베트와 딱 맞아떨어졌다. 하지만 그 네트워크가 두 살인사건에 연루되었을 가능성이 높다는 생각을 하면 그의 머리가 작동을 멈췄다. 엘리사베트 룬은 남을 돕는 일이라면 백 퍼센트 합법적인 것이 아니라 하더라도 얼마든지 할 만한 인물임이 틀림없었다. 그런데 그런 그녀가 힘없는 여성들을 잔혹하게 착취하고 심지어 폭행하는 일에 연루되어 있다는 것은 도저히 상상할 수가 없었다. 단은 그녀가 웃음을 참으려고 할 때마다 입꼬리에 예쁘게 움푹 패는 보조개가 생각났다. 그녀의 초록색 눈을 졸린 듯 덮고 있는 눈꺼풀도 왠지 섹시해 보였다. 또 올림머리를 했을 때 드러나던 그녀의 목덜미. 그녀 옆에 서서, 그 머리카락 밑으로 움푹 들어간 어두운 부분을 어루만져, 두 개의 길고 나긋나긋한 목근육힘줄을 그의 손에서 느껴보고픈 충동을 억누르느라 애먹은 적이 얼마나 많았던가? 그는 자신이 그녀의 동기를 과연 객관적으로 판단할 수 있을지 의문이었다.

그는 차에 시동을 걸고 좁은 단독주택가를 따라 차를 몰면서 생각에 잠겼다. 몇 분 후 왠지 쓸쓸해 보이는 플레밍의 노란 벽돌집 앞을 지나가게 되었다. 잠깐 차를 멈추고 앙증맞은 쥐똥나무 생울타리와 남쪽 벽에 무성하게 뻗은 로즈마리 덩굴 그리고 진입로에 버려진 축구공을 바라보았다. 카린이 이 집을 나간 지 얼마나 되었지? 벌써 반년이 지났나? 플레밍에게 어떻게 지내냐고 마지막으로 물어본 게 언제였더라? 아이들은 자주 보고 지내는 건가? 단은 자신이 우울증 덕에 나쁜 친구가 되어버렸다는 것을 알고 있었다. 그러면서도 마리아네가 전 남자친구인 플레밍을 살뜰히 챙기는 것이 문득 그의 마음에 걸렸다. 정직해 빠진 플레밍이 지금이라도 되갚아줄 때가 되었다며 고지식한 마리아네에게 단이 바람피운 사실을 일러바치기로 작정하면 어떡하나 불안해졌다. 그녀가 맞바람을 피우는 것이 어쩌면 유일한 복수일지도 몰랐다. 왜냐하면 단이 그 당시에······.

나 참, 정신 차려! 모든 일이 너를 중심으로 돌아가진 않아! 단은 속으로 자기 자신을 질타했다. 혼자 괴로워하고 질투하다니 너무 바보 같다. 괜히 아까운 시간만 낭비하는 짓이지. 더구나 이 살인사건이 자신과 플레밍 사이에 쐐기를 박는 것 같아 짜증스러웠다. 기어를 1단에 놓고 여유 있는 속도로 차를 몰면서 생각에 잠겼다. 단은 거의 매일같이 플레밍과 연락하는 것에 익숙해 있었다. 꼭 거창한 내용 없이 두 사람 중 누군가 라디오에서 들은 이야기에 대해 한마디 하는 정도나 저녁 약속을 위해 문자메시지를 보내는 것으로 충분할 때도 많았다.

단은 플레밍이 집에 있기를 바라면서 저녁에 전화를 걸어보기로 마음먹었다. 개인적인 감정은 제쳐두고라도 살인사건 수사에 어떤 진전이 있는지 서로 정보를 교환하지 않는 것은 어리석은 짓이었다.

불만스러워하는 사람이 있든 말든 단은 어차피 수사에 끌어들여진 상태이므로 그가 알아낸 정보를 플레밍에게 전달하는 것이 옳았다. 그는 여러 사람들에게 이름을 밝히지 않겠다고 약속했기에 플레밍에게 상세하게 이야기해줄 수 없는 부분도 많이 있다는 것을 명심했다. 하지만 예컨대 수사계장이 그 네트워크의 일원이라는 흥미로운 정보처럼 플레밍에게 가급적 빨리 알려야 할 세부사항도 많았다. 그리고 엘리사베트가 정말로 이 사건에 연루되어 있다면 플레밍에게 그녀에 대한 이야기도 해줘야 했다.

단은 가속페달을 밟았다. 자신이 뭘 원하는지 알았기 때문이다.

15분 후 쿠르트&코의 고객주차장에 차를 대고 나서 그는 이야기를 어떤 식으로 꺼낼까 궁리하기 시작했다. 그는 곧 해결해야 할 과제에 너무 집중한 나머지 현관에서 피오나를 넘어뜨릴 뻔했다. 그녀는 담배를 찾느라 고개를 푹 숙이고 가방 안을 뒤지다가 두 사람이 몸을 부딪치고 나서야 그를 인지했다.

"맙소사, 놀랐잖아요!" 그녀가 넘어지지 않으려고 몸의 균형을 잡으면서 숨 가쁘게 말했다. "어딜 그렇게 급히 가세요?"

"먼저 피오나한테 할 이야기가 좀 있는데." 단은 그녀의 어깨에 팔을 두르며 대답했다. "밖으로 같이 나가죠. 담배 피우는 거 거들어줄게요."

피오나의 얼굴이 환해졌다. 그녀는 바람을 맞으며 밖에서 담배를 피울 때 누가 옆에 있어주는 것을 늘 좋아했다. 단과 함께 바람을 피하기 최적의 장소인 건물 옆면으로 가서 그녀는 담배에 불을 붙였다. "뭔데요?"

단은 그녀의 눈을 바라보았다. 그녀가 미련하게 처신했든 아니든 그는 그녀에게 화를 낼 수 없었다. 피오나는 피오나니까. 그녀를 이일에 끌어들인 건 단의 잘못이었다. 그는 무슨 일이 있었는지 알려고도 하지 않았고 그저 피해가 더 커지는 것을 막아야만 했다. "나를 도와주려고 애써줘서 고맙다는 말을 하고 싶었어요, 피오나."

그녀의 얼굴에 환한 미소가 번졌다. "고맙긴요. 이제 거의 확실해진 거 같아요, 누가……."

"아니, 아니." 단이 그녀의 말을 가로막았다. "회사 사람이 아니에요."

미소를 짓고 있던 피오나의 얼굴이 굳었다. "하지만 우리 회사 사람이라면서요."

"그런 줄 알았는데 내가 착각했어요."

"그럼 누군지 안단 말이에요?" 그녀가 담배를 깊이 빨아들였다. 그녀가 내뿜은 담배 연기 구름이 잠시 머물 새도 없이 바람에 흩어져버렸다.

"피오나가 아는 사람이 아니에요." 단이 어깨를 으쓱하며 말했다. "나이가 지긋한 유부남이에요."

"내가 아는 사람인지 아닌지 어떻게 알아요?" 그녀는 모욕당한 표정을 지었다. "여기가 큰 도시도 아니고 혹시 누가 알아요, 내가 아는 사람인지?"

"그래요, 하지만 그 사람과 약속을 해서……."

"그 남자와 얘기도 했어요?"

"네, 그런데 그 사람이 자기 이름을 비밀에 부쳐달라고 내게 간곡히 부탁했거든요. 릴리아나의 죽음과는 아무 관계도 없는 일이고." 어쨌든 거기까진 사실이었다.

"나한텐 얘기해도 되잖아요, 단. 난 입이 무겁다고요."

그래요? 지난 며칠 동안 피오나가 어떤 사람인지 너무나 잘 보여 줬죠. 단은 속으로 그렇게 말하며 어이없는 웃음이 나오는 것을 자제하기 어려웠다. 기침으로 웃음을 무마하며 그가 대꾸했다. "나도 알아요, 피오나. 하지만 약속은 약속이라는 거 이해하죠?"

피오나의 얼굴을 보니 실망한 기색이 역력했다. 그녀는 더 이상 다그치지 않고 담배를 끝까지 피우더니 꽁초를 아무 데나 버리지 않고 부츠 굽에 눌러 껐다. 쿠르트의 지시였음을 단은 떠올렸다. 쿠르트는 건물 주변에 담배꽁초가 쌓이는 것을 원치 않았다. 피오나는 단의 팔에 자기 팔을 끼고 같이 입구 문까지 걸었다. 피오나는 유리 문 앞에서 담배꽁초를 휴지통에 버리고 나더니 다시 한 번 단을 올려다보았다. "잘 알겠어요. 당신 말이 맞아요. 약속은 약속이죠." 그녀는 까치발을 하고 그의 볼에 입을 맞췄다. 순간 그녀에게서 매캐한 타르 냄새가 확 풍겼다.

단은 자신의 자리로 돌아가는 그녀의 거대한 뒷모습을 눈으로 쫓았다. 발걸음을 옮길 때마다 그녀의 육중한 몸이 흔들렸다. 요즘 살이 더 많이 쪄서 예전처럼 그냥 둥글둥글한 모습이 아니었다. 보기 좋지는 않았으나, 단은 솔직히 말해 헨리에테 쿠르트처럼 말라서 뼈밖에 없는 여자보다 피오나처럼 볼륨감 있는 여자와 자는 쪽을 택할 것 같았다. 피오나는 뒤돌아서서 그에게 마지막 미소를 보내더니 책장 뒤로 사라졌다. 그는 그녀를 쫓아가서 아무 이름이나 지어내 말해주고 싶은 충동을 느꼈다. 그녀가 침울한 것을 보면 마음이 왠지 편하지 않았다. 그러나 생각을 접었다. 지나치게 우스꽝스러울 따름이다.

그는 깊게 심호흡을 하고 유리문 안으로 들어서서 오가는 사람을 누구나 내다볼 수 있는 방들을 지나갔다. 엘리사베트의 책상이 있는 곳까지 가는 길은 모든 사람들과 일일이 인사를 나누지 않고는 도저히 지나갈 수 없었다. 그를 보는 사람마다 반갑게 달려와서 그를 포옹하거나 인사를 건넸다. 조르지오 아르마니도 패션쇼 뒤풀이 파티에서 이런 느낌이겠군. 세상에, 다시 만나니 반갑네요! 보고 싶었어요! 그는 미소를 짓고 입맞춤하고 포옹하면서도 자신이 여기에 온 이유를 한순간도 잊지 않았다. 그는 컴퓨터 모니터 뒤에서 의자에 기대앉아 살짝 미소를 지으며 그를 지켜보고 있는 엘리사베트를 향해 일 미터 일 미터 전진했다. 그가 간신히 그녀 앞에 이르자, 그녀도 일어나서 반기며 그를 포옹했다.

"작은 회의실로 좀 갈까?" 단은 손을 여전히 그녀의 등에 얹은 채 물었다.

그녀가 코를 찡그리며 웃음을 터뜨렸다. "저한테 청혼이라도 하시게요?"

"그럴 수 있다면 좋겠지만, 내 아내가 별로 좋아할 것 같지 않은데." 그는 그녀를 놓아주었다.

엘리사베트가 세바스티안 쿠르트나 자신에게 걸려오는 직통 전화를 모두 페르닐레가 받을 수 있게 전화를 돌리는 동안 단은 작은 회의실로 앞장서 들어갔다. 작은 회의실이라는 말이 무색하게 여섯 평은 넘을 공간이었다. 원형의 유리테이블과 청록색 가죽커버를 씌운 의자 여섯 개가 회의실 안에 마련돼 있었다. 테이블 한가운데에는 오렌지와 호두, 호두까기가 담긴 분홍색 과일접시가 놓여 있었다. 그 옆에 누군가가 ─아마도 엘리사베트가─ 한 번도 타지 않은 심지를 품고 12월 1일이 되기만을 기다리는 대림절 초를 갖다 놓았다. 단은 오렌지 한 개를 집어 들고 껍질을 까서 버리기 위해 휴지통 옆으로 갔다. 오렌지 껍질의 상큼한 냄새가 방 안을 가득 채우자 크리스마스 분위기가 완연해지는 느낌이었다.

엘리사베트가 문을 닫고 와서 앉았다. "왜 보자고 하셨어요?"

단이 오렌지 반쪽을 건네자, 그녀가 순순히 받았다. "왜 나한테 칙서포트 글로벌에 대해 아무 이야기도 안 했지?"

그녀의 눈썹이 치켜 올라갔다. "꼭 얘기해야 할 이유가 있나요?"

"나도 동참했을지 모르니까."

"그 이야기는 누구한테 들으셨어요?"

"르네의 캠페인 영상을 봤어."

엘리사베트는 오렌지 조각의 뾰족한 끝부분을 물어뜯으며 그를 쳐다보았다. "경찰도 그 영상을 봤나요?"

단이 고개를 끄덕였다. "경찰도 DVD 영상을 입수했거든. 영상을 볼 시간이 있었는지는 나도 모르겠고."

"단이 DVD 영상을 경찰에 넘긴 건가요?"

"음, 맞아."

"그래놓고 나더러 왜 이야기를 안 해줬냐고 따지는 거예요?" 그녀는 남은 오렌지를 유리테이블 위에 내려놓고 티슈로 손을 닦으면서도 계속 그를 똑바로 쳐다보았다. "단, 당신은 수년 동안 우리가 공들인 탑을 무너뜨렸어요."

"천만에, 그렇지 않아. 내가 개입한 게 그다지 큰 의미는 없으니까. 공든 탑이 무너졌다면 그건 릴리아나가 살해되었기 때문이지." 그는 그녀를 쳐다보며 말을 이었다. "내가 말하고 싶었던 건 네트워크의 이념을 충분히 공감할 수 있다는 거였어. 그리고 나도 여러모로 그 네트워크에 대단히 공감하고 있긴 한데." 그가 말을 멈췄다.

"그런데요?"

"그런데 그 이념에 얼마나 호감을 느끼든 상관없이 모든 면에서 배가 산으로 가버린 격이지."

"칙 서포트 글로벌에서 우리가 하고 있는 일 때문에 릴리아나가 살해되었다고 생각하세요?"

그는 눈썹을 치켜올렸다. "뭐라고 단정하긴 어렵지. 경찰이 더 이상 나하고 이야기를 안 하려고 해서 수사 상황을 파악하기 힘들거든." 그는 마지막 남은 오렌지 조각을 입에 넣고 천천히 씹으면서 생각에 잠겼다. "그래." 그가 다시 입을 열었다. "칙 서포트 글로벌이 이 사건에서 중요한 역할을 한 건 맞다고 생각해."

"여긴 왜 왔어요?"

"엘리사베트에게 조심하라고 말해주러 온 것 같은데."

"그러니까 당신 말은 내가 짐을 싸서 유치원에 간 아이들을 데려온 다음 브라질로 도망이라도 가야 한다는 건가요?"

"나야 모르지. 자신이 어떤 어려움에 처할지 가장 잘 아는 사람은 본인일 테니까."

"도망칠 정도는 아니라고 확실하게 말할 수 있어요. 어쨌든 나는 살인사건과 아무 관련도 없으니까요." 그녀는 자리에서 일어났다. "단이 이렇게 신경 써줘서 고맙지만 난 도망칠 마음이 전혀 없어요."

그도 자리에서 일어나 그녀가 테이블 위에 남긴 오렌지를 치웠다. 오렌지가 놓여 있던 자리에 과즙 얼룩이 조그맣게 남았다. 단은 소매로 얼룩을 쓱 닦았다. 회의실을 나와서 보니 그녀는 이미 자기 자리에 앉아 있었다. 그가 옆을 지나가는데도 그녀는 고개를 숙인 채 처다보지 않았다. 그가 잘 있으라고 인사하자, 그녀는 여전히 처다보지 않은 채 손을 들어 손가락만 까딱거렸다.

현관문에서 그는 하마터면 또 누군가와 부딪힐 뻔했다. 이번에는 단이 손잡이를 잡는 순간 유리문을 밀고 들어오려던 플레밍 토르프였다. 두 사람은 그 자리에 멈춰 서서 서로를 처다보았다.

"엘리사베트 룬을 만나려고?" 단이 물었다.

"혹시 그녀를 만나고 나오는 길인가?"

"흥분하지 말라고. 그녀를 심문하려고 온 게 아니니까. 그런 일은 프로들에게 맡겨야지."

"내가 흥분할 이유 없어, 단."

단은 어깨를 으쓱했다.

플레밍은 잡고 있던 문을 놓고 말을 계속했다. "이름이 너무 자주 나오는 걸 보면 엘리사베트 룬은 이번 수사에서 중심 역할을 하고 있어. 그런데 너도 그 사실을 알아낸 것 같네."

"그녀는 아무도 죽이지 않았어."

플레밍은 아무 대꾸도 하지 않고 그를 처다보았다.

"우리 둘이 이야기를 좀 나눌 때가 된 것 같지 않아?" 단이 먼저 제안했다. "나한테 쓸모 있는 정보가 꽤 많거든. 너도 그런 것 같은데, 우리가 정보를 교환하면……."

"오늘 저녁은 어때?"

"곤란해. 라우라가 집에 와서 같이 식사하기로 마리아네와 약속했거든."

"그럼 내가 잠깐 들를까?"

단은 고개를 끄덕이려는 찰나 벤야민과 앨리스가 퍼뜩 생각났다.

"미안하지만 안 되겠는데. 우리 식구끼리만 보낼 시간이 좀 필요해서 말이야."

"그럼 언제 보지?"

"내일 아침에 내가 너한테 갈게."

"아침에 일해야 하는데."

"우리가 만나는 것도 일이라고."

"그래, 알겠어. 그럼 8시에 만나자. 내가 커피를 끓여놓을 테니 빵 좀 사와."

"좋아." 단은 그의 아우디를 향해 걸음을 재촉했다. 바람이 잦아들었는데도 매서운 추위는 여전했다.

저녁 식사 시간에 단은 정말 오랜만에 행복한 가장이 된 기분을 느꼈다. 물론 라스무스 없이 벤야민과 앨리스가 식탁을 대신하고 있어 완전한 가족의 모습이라 할 수는 없었지만, 늘 이렇지 않았던가? 식탁에 둘러앉은 이들이, 단에게 선택할 기회가 주어졌을 때 그가 고를 사람들과 백 퍼센트 일치하지 않을 수도 있었다. 그러나 그렇게 나쁜 조합은 아니라는 생각이 들었다. 그는 벤야민에게 채소를 한입 먹어보라고 권하는 마리아네에게 눈길을 주었다. 이어서 뺨에 홍조를 띠고 눈에 생기를 되찾은 앨리스를 바라보았다. 아들하고 둘만 있는 것보다 다른 사람들하고 여럿이 같이 있는 것이 그녀의 정신 건강에 좋아 보였다. 그리고 완두콩 네 알이면 충분하지 않냐고 마리아네와 재미로 말씨름을 벌이고 있는 벤야민은 말끔하게 목욕까지 한 것 같았고 옷도 단정해 보였다. 그는 오늘따라 활기가 넘쳤고 웃긴 이야기를 곧잘 하는가 하면 예의 바르고 상냥했다. 아마도 예외적으로 젊은 여자 관객이 앞에 있어서 그런지 모른다. 라우라는 벤야민 옆에 앉아 한순간도 그에게서 눈을 떼지 않았다. 그 아이는 벤야민이 웃으면 같이 웃고 그가 진지해지면 같이 진지해졌다. 단은 라우라가 점차 어른이 되어가고 있음을 문득 실감했다. 그리고 딸이 자신을 얼마나 쏙 빼닮았는지 깨달았다. 코도 똑같고 조금 밑으로 처진 밝은 갈색 눈도 똑같았으며, 약간 길게 찢어진 입매도 똑같았다. 라우라가 어렸을 때는 모두 엄마와 판박이라고 했는데 그사이 변한 것이다.

"우리 건배해요." 마리아네가 잔을 높이 들었다.

"좋아요." 라우라가 엄마를 보며 외쳤다. "위하여!"

"네가 집에 오니 정말 좋구나." 단이 딸에게 흐뭇한 미소를 지으며 말했다.

앨리스가 오후 내내 준비한 디저트를 내왔다.

"레몬크림이네!" 단이 외쳤다. "마지막으로 레몬크림을 먹은 게 20년도 더 된 것 같은데!"

"제가 그렇게 구식인가요?" 앨리스가 그에게 접시를 건네며 물었다.

"천만에요!" 라우라가 끼어들었다. "오히려 레몬크림이 요즘 대세예요. 복고풍이 유행이잖아요."

"맞아요!" 단은 딸이 자신을 구해준 것에 고마워하며 맞장구를 쳤다. "현대적이든 아니든 난 레몬크림이 좋아요." 그는 자신의 말이 진심임을 앨리스에게 보여주기 위해 자기 입맛에 당기는 것보다 더 많은 양을 접시에 덜었다.

화기애애한 분위기는 저녁 내내 이어졌다. 가장 나이 어린 두 사람이 설거지를 도맡아 끝내고 나자, 소파 테이블에 다섯 명이 둘러

앉아 카드 게임을 했다. 자정쯤 루페를 데리고 밤 산책 나갈 때 라우라가 단을 따라나섰다. 라우라는 폭포수처럼 끊임없이 재잘거렸다. 그녀가 좋아하는 기숙사 생활과 합창단 연습과 처음 2주 동안 집이 너무 그리워서 힘들어하다가 이제 적응했다는 룸메이트 리네에 대해서. 단은 딸 옆에서 걸으며 말로 다 못 할 기쁨을 느꼈다. 그의 오른손에 낀 장갑을 통해 루페가 어딘가에 멈춰 서서 더 오래 냄새를 맡고 싶어 줄을 잡아끄는 것이 감지되었다. 그리고 그의 왼팔이 접히는 부분에서는 아무리 사소한 움직임이라도 그대로 전달되는 라우라의 양가죽 장갑이 느껴졌다. 라우라가 웃으면 몸이 약간 들썩이는 것이 느껴졌고, 혼잣말할 때 더 생기가 넘쳐 그의 왼팔 밑으로 손을 더 깊이 밀어 넣는 게 느껴졌다.

"늙어가고 있죠?" 라우라가 갑자기 말을 멈추더니 꼬리를 흔들며 담쟁이덩굴 냄새를 맡고 있는 루페를 바라보았다. "루페의 눈과 귀 검사는 잘 받고 있는 거죠?"

"물론이지. 루페는 괜찮으니까 걱정하지 마. 수의사 말이 몸 상태가 최상이래."

"다행이네." 그녀는 루페의 넓적한 엉덩이를 두드렸다. "루페는 세계 최고의 명견이라는 거 명심하세요." 아빠를 보고 미소 짓는 딸의 모습을 보자, 그는 목이 메는 기분이었다. 제기랄, 자꾸 마음이 약해져서 울컥해지는 걸 보니 나도 늙어가는 건가?

퍼즐을 맞출 시간

벤야민이 아우디를 운전해봐도 좋다는 허락을 받았을 때 그가 조금만 덜 흥분했더라면 어쩌면 여러 가지 일이 다른 방향으로 흘러갔을지도 모른다. 라우라가 조수석에 앉아 벤야민이 가속페달을 밟고 핸들과 깜빡이를 작동하는 모습을 감탄하며 바라봤던 것이 그의 집중력을 더 떨어뜨렸는지도 모른다. 자동차 때문이었는지 라우라 때문이었는지는 밝혀지지 않았다. 아무튼 평상시의 벤야민이라면 주변 상황을 유심히 살폈기에 주차되어 있던 파란색 마츠다 323을 놓쳤을 리가 없다. 그는 신이 나서 아우디를 몰고 가느라 마츠다를 보지 못했고 그냥 지나쳐 언덕까지 올라가 차에서 내려 문을 잠갔다. 라우라는 루페의 목줄을 풀어주었고 신이 난 루페는 숲으로 달려갔다. 벤야민과 라우라는 루페 뒤를 따라갔다. 루페가 꼬리를 마구 흔들며 나무 사이로 사라졌다.

오는 길에 벤야민은 시내 서쪽 지역에 있는 벽돌 건물 앞에서 단을 내려주었다. 단은 알아서 집으로 가겠다고 말해두었다. 벤야민은 단이 누구를 만날 예정인지 또 집으로 어떻게 돌아올지 몰랐지만 그에게 물어보지는 않았다. 고급 승용차와 상냥한 라우라가 함께한 것만으로도 신나는 일이어서 다른 것에 아무 관심이 없었다.

"내가 뭐 좀 물어봐도 돼?" 라우라가 고개를 뒤로 젖히며 물었다. 그녀는 벤야민의 눈을 바라보았다.

"그럼, 당연하지. 뭔데?"

"앨리스 아줌마하고 벤야민 오빠가 괴르틀레르가데에 머무는 이유가 뭐야?" 그녀는 벤야민의 멈칫하는 표정을 보고 재빨리 덧붙였다. "너무 부담 갖지 마. 난 그냥 우리 엄마가 하는 말이 이상해서 그럴 뿐이야."

"뭐라고 하셨는데?"

"엄마 말이, 앨리스 아줌마 집에 물이 새서 우리 집에 당분간 와있는 거래. 그렇다고 꼬치꼬치 캐물어서 귀찮게 하지 말라 했어." 라우라는 씁쓸한 미소를 지었다. "근데 내 생각에 그게 좀 웃겨. 물이 새서 그러는 거라면 보험회사나 집주인이 호텔을 잡아주는 거 아니야? 하물며 물이 샌다고 말하는 게 가족의 중대 비밀을 깨는 일이라는 느낌은 안 들거든."

벤야민이 웃었다. "그건 아니지. 네 말이 맞아." 그는 생각에 잠겨 몇 걸음 걸어가다 길 위에 있던 돌멩이 몇 개를 발로 찼다. "오케이." 잠시 후 그가 말했다. "그런데 절대로 다른 사람한테 말하지 않겠다고 약속해야 해."

"그럼 당연하지."

"사실 우리는 도망 다니는 신세야." 그가 말을 꺼냈다.

라우라의 눈이 점점 커졌다.

벤야민이 이야기하는 동안 두 사람 중 누구도 주변에 관심을 두지 않았다. 루페가 맨 앞에 가고 있었으니 어깨가 딱 벌어진 말총머리 남자를 가장 먼저 발견했다. 키가 큰 남자인데도 까치발을 하고 서서 높은 담장 너머를 훔쳐보고 있었다. 그 집의 정원은 숲의 경계에 있었다. 루페는 잠깐 멈춰 고개를 갸우뚱하고 낯선 남자의 뒷모습을 바라보았다. 하지만 남자가 자기 일에 너무 열중하고 있었기에 늙은 개는 그에 대한 관심을 금방 잃었다.

"세상에, 무슨 퍼즐 맞추기 게임 같군!" 플레밍이 메모가 적힌 A4 용지를 바라보며 말했다. 종이 위에는 단과 플레밍이 적어놓은 메모가 있었다. 두 사람은 각자 자신의 이야기를 펼쳐나갔다.

"로네 빌룸센 얘기 백 퍼센트 확실해?" 플레밍은 서너 번 되물었다. "그게 그냥 소문이라면 국장한테 보고할 수 없어."

"내 느낌에 그 정보는 믿을 만한 거야." 단이 말했다. "그런데 누구이 말했다시피 제보자 이름을 밝히지 않겠다고 약속했기 때문에 우리가 그 진실 여부를 판단할 수는 없어."

"흠." 플레밍은 뒤통수를 긁적거렸다. "좋아, 만일 정말로 뭔가가 있다면 로네의 이름이 또다시 등장하겠지. 지금은 그녀가 병가 중이긴 하지만, 제보자 말이 맞다면 몇 가지는 해명되겠군." 그는 시선을 메모지로 던졌다. 체크 표시와 화살표, 둥근 원으로 묶어놓은 것도 있고 느낌표나 물음표도 수두룩했다. "우리가 조금 더 일찍 대화를 나누지 않은 게 정말 안타깝군." 그가 말했다. "너무 많은 시간을 낭비했어."

단은 커피잔에 남은 마지막 커피 한 모금을 들이켰다. 커피는 차 갑게 식어 있었다. "그러게, 그러고 나서 인간은 더 똑똑해지지. 우리 이제 다시 한 번 정리해볼까?"

"좋은 생각이야." 플레밍은 메모가 적힌 종이를 들고 의자 등받이에 목덜미를 기댔다. "쿠르트 로스라는 남자가 운영하는 성매매업소와 마사지 숍이 있어. 아마도 네덜란드 사람인 것 같아. 어제저녁 프랑크 얀센이 그 사람과 대화를 나눠봤다는데 확실치는 않고. 얀센은 지금 쿠르트 로스의 뒷조사를 하고 있어. 성매매업소 체인은 유틀란트의 헤르닝, 퇴네르, 예링 등 여러 도시에 뻗어 있나 봐. 센터는 오르후스 주소야. 이곳에서 일하는 여성들은 대부분 아시아에서 왔고, 정도의 차이는 있지만 노예처럼 계약을 맺은 이들이 대다수인 것 같아. 그들이 경찰에 찾아가면 늦어도 3개월 뒤에는 고국으로 돌아가게 되고 가자마자 이들을 팔아넘긴 주인한테 끌려가 매를 맞고 대부분 여권 따위 서류를 새로 만들어 다시 덴마크로 오게 되거나 유럽의 다른 나라로 가게 된대. 로스는 업소의 일상 업무에는 거의 관여하지 않는 모양이야. 그는 각 지점의 사람들을 관리하나 봐. 조직의 제일 우두머리는 쿠르트 로스의 오른팔인 전직 경찰 욘 페테르 프란센이고. 업소 여성들이 그를 일컬어 악마 요나라고 부르는데 별명만 들어도 얼마나 악랄한 사람인지 알 만하지. 두 사람의 증인이 얘기한 것이니 짐작할 수 있어. 업소에 새로 들어오는 여성에게 프란센은 체계적으로 폭력을 행사했고 심리적으로도 테러라 할 만큼 괴롭혔어. 처음부터 기를 꺾어놓겠다는 심산이었겠지. 고분고분하지 않고 거역하는 이들한테도 그렇게 했고."

"두 명의 증인이라고?" 단이 의아한 표정으로 물었다. "한 사람하고 얘기한 거 아니야? 조라는 여자 아니었어?"

"영상 속 인터뷰에서 그걸 얘기한 샐리도 한 명의 증인으로 계산한 거야."

"그럼 판사는 어떻게 생각할까? 죽은 증인? 그냥 영상 속 배우라고 생각할 수도 있지 않을까?"

"그건 지금 당장 큰 문제는 아니야." 플레밍은 커피잔에 남아 있던 마지막 커피 한 모금을 마셔버렸다. "영상 속 샐리 말고라도 여기 예른바네가데에서 증언해줄 사람이 여럿 있을 거라는 걸 의심치 않아. 욘 프란센이 갇히기만 하면 말이야."

"지금 그 작자를 감시하고 있는 사람이 있는 거지?"

"그럼, 너한테 고맙게 생각하고 있어." 플레밍이 미소 지었다. "네가 아니었다면 그를 찾는 데 시간이 오래 걸렸을 거야."

"지금 호텔에 있나?"

"그렇게 알고 있어. 아침 8시 이후에 호텔 방에서 나가지 않았대. 방 열쇠를 프런트데스크에 맡기지도 않았고."

"그런데 왜 체포 안 해?"

"조만간 체포해야지. 그런데 아직도 여기에 머물고 있는 걸 보면 그럴 만한 중요한 이유가 있는가 보지. 그래서 지금 체포하는 것보다 하루 이틀 감시하면서 무슨 꿍꿍이가 있는지 알아내는 게 나을 듯싶어."

"프란센을 감방에 집어넣어야 마음이 놓일 것 같아." 단이 말했다. "그게 꼭 우리 가족 때문만은 아니고."

"그 사람들이 너희 집에 며칠 전부터 머물고 있었다는데 난 그것도 모르고······." 플레밍이 단을 쳐다봤다. "너 진짜 나를 못 믿었냐?"

"앨리스하고 벤야민은 어떤 경찰관도 믿지 않아. 그리고 어느 정도는 이해가 가. 프란센이 교도소에 갈 때까지 비밀을 지키겠다고 나한테 약속해."

바로 그때 플레밍의 휴대전화 벨이 울렸다. 그가 화면을 흘깃 봤다. "아, 그래, 바게 형사! ······결과 나왔나? ······번역을 전부 마쳤대? ······에스토니아 사람이야? ······아, 알았어. ······좋아. 지금 좀 읽어줄 수 있어?" 플레밍은 전화기를 귀와 어깨 사이에 끼운 채 볼펜을 들고 종이 위에 피아 바게가 불러주는 내용을 적었다. 메모를 끝내고 나서 그는 고맙다는 말과 함께 한 시간 후에 사무실로 가겠다고 전했다. 그는 전화기를 내려놓고서 메모한 내용을 훑어보았다. "르네 홀게르센 감독이 찍은 단편 캠페인 영상에서 릴리아나의 이야기를 통역한 메일을 받았대."

"그래?"

"릴리아나의 이야기는 샐리나 조와는 좀 다르다네. 그녀는 성매매로 온 게 아니래. 영상에서 그녀가 주장하는 말이 사실이라면."

"아, 그래?"

"그녀는 원래 합법적으로 이곳에 왔다는군. 1년 동안 머물 수 있는 체류 허가증이 있었대." 플레밍은 다시 메모지를 바라보면서 천천히 고개를 저었다. "릴리아나가 2년 반 전에 아이를 봐주고 집안일도 하는 보모로 덴마크에 왔다는 건 좀 뜻밖인걸. 힘든 어린 시절을 보냈고······ 전혀 보살핌을 받지 못한 데다······ 보육원에도 있었고······ 약물 남용 경험도 있고······ 그러다 청소년 시기에 아주 좋지 않은 길로 들어서서 가능하면 빨리 에스토니아 수도 탈린을 벗어나야 했나 봐. 덴마크에 온 가장 중요한 목적은 아이를 봐주며 집안일을 하는 보모로 허가증을 받아서 이곳에 체류하다가 남자를 만나 결혼해서 쫓겨나지 않고 덴마크에 계속 살 수 있게 되는 거였대. 그녀는 탈린에 있는 직업소개소에서 아이 봐주는 일을 소개받았어. 사람들 말로는 아이를 봐주며 아주 간단한 집안일을 하면 된다고 했대. 두 살짜리와 네 살짜리 아이가 있는데 큰아이는 유치원에서 돌아오면 오후 두 시니까 일하기 어렵지 않을 거라고 했다네. 그런데 이곳에 와서 일주일도 채 되지 않아 두 명의 다른 아이들을 더 봐야 했다는 거야. 집주인 친구들이 하루에 몇 시간씩 베이비시터가 필요하다면서. 갑자기 릴리아나는 네 명의 아이를 돌보게 된 거지. 게다가 설거지와 빨래, 다림질, 청소 등 집안일도 어마어마했고. 한 달에 겨우 2천5백 크로네를 받으면서."

"내가 기억하는 가격도 그 정도인데." 단이 약간 당황스러워하며 말했다. 단과 마리아네는 라우라와 라스무스가 어렸을 때 베이비시터 없이는 생활할 수 없었기에 그쪽 사정을 잘 알았다.

"그래, 하지만 이웃집 아이까지 떠맡으면서 받을 금액은 아니지 않아?" 플레밍이 말을 이었다. "어쨌든 릴리아나는 그 일을 해냈어. 그뿐 아니라 주인집 남자와 관계를 맺기까지 했다는군. 남자가 자기아내와 이혼하고 릴리아나와 결혼하리라고 믿었던 거야. 그러다 릴리아나는 임신을 했고, 주인집 남자가 그녀와 결혼할 생각이 전혀 없다는 걸 그제야 깨달았던 거야. 도저히 믿기 어려울 정도로 순진해 빠진 릴리아나는 주인집 여자한테 하소연했다는군. 그 말을 듣자마자 여주인이 집 밖으로 내쫓았대. 돈도 여권도 없이, 걸치고 있던 옷 단벌 맨몸으로. 자기를 소개해준 직업소개소나 대사관으로 갈 수도 있었겠지만 다시 고국으로 보내질 위험을 감수하고 싶지 않았던 탓에, 몇 개월을 길에서 노숙했나 봐. 그러다 크리스티안순에 있는 불법 체류자 지원 단체를 알게 되었고 나머지는 우리가 아는 사실이야. 아이를 데리고는 아무 일도 할 수 없었을 테니……." 갑자기 단이 사레든 것처럼 캑캑거렸다. "왜 그래? 등 좀 두드려줄까?"

단은 고개를 저으며 괜찮다는 손짓을 보냈다.

"그래." 플레밍은 종이로 시선을 돌렸다. "지금까지가 릴리아나 얘기였어."

"릴리아나가 르네한테도 그리고 내가 아는 다른 사람한테도 자신이 여기 오기 전에 성매매로 일했다고 말한 줄로 알았는데." 제대로 호흡이 돌아오자 단이 말했다.

"이상하네."

"어쩌면 아주 단순한 이유 때문이었는지도 몰라. 자기가 처해 있던 상황을 부끄러워했을 수도 있잖아. 내 말은, 친구들이나 다른 지기들은 전부 납치되다시피 억지로 끌려온 경우였던 데 반해, 릴리아나는 자기 의지로 이곳에 왔단 말이지. 여기서 괜찮은 남자만 찾으면 행복이 자기 앞에 펼쳐지리라는 순진한 믿음을 갖고 말이야." 단은 어깨를 으쓱했다. "모르겠어. 어쩌면 그냥 늑대들과 섞여 울부짖으려고 했는지도."

"흠, 그건 그렇고, 욘 프란센 말이야. 욘이 11월 11일에 샐리를 납치해서 성폭행하고 살해했다는 몇 가지 단서가 있어. 살인사건 이틀 뒤에는 목격자인 브루네 라우리츠를 차로 들이받았고. 네 정보에 의하면 욘 프란센이 두 번 예른바네가데에 모습을 드러냈고, 벤야민은 릴리아나가 살해된 직후 회사에 욘이 나타났다고 했지."

"구체적인 증거를 확보했어?"

"샐리 살인사건에 대한 증거 말이지? 충분해. 샐리의 몸을 싸고 있던 담요에 작은 마츠다 로고가 있었어. 마츠다 마케팅 부서에 전화로 알아봤더니 11년 전에 욘 프란센이 구입했던 그 자동차 모델 구매자에게 사은품으로 그 담요를 줬다고 하더라고. 2백 장 정도 제작했다나 봐. 만약 프란센의 자동차 안에 담요의 실밥 같은 게 남아 있다면 증거로 충분하지. 게다가 법의학자가 그녀의 질에서 채취한 정액 검사 결과가 나오면 양이 적더라도 DNA 검사엔 충분해." 플레밍은 자기 바지에 떨어진 빵 부스러기들을 털어냈다. "그리고 나중에 범행 현장을 발견하면 더 많은 단서를 찾게 될 거고. 재판에 필요한 증거로 그 정도면 충분해."

"그런데 욘 프란센이 릴리아나를 살해했다고는 생각하지 않아?"

"법의학자는 그럴 가능성이 아주 낮다고 봐. 릴리아나의 살해범은 훨씬 키가 작다는 거야."

"무릎을 구부렸을 수도 있지 않아?"

플레밍은 고개를 저었다. "가능성이 아주 희박하다고 봐. 욘 프란센이 그렇게 치밀한 방법으로 살해했다고는 도저히 상상이 안 돼. 아주 꼼꼼하게 청소해놨고, 흉기는 물론이고 단 한 건의 지문도 남기지 않았어." 그는 보온병을 들고 단의 잔에 커피를 따라주었다. "릴리아나는 폭력의 흔적이 전혀 없이 살해되었어. 맞은 자국도 없고 몸에는 가로테가 남긴 자국 말고는 완전했어. 그것만 보더라도 욘 프란센의 소행이라고는 보기 힘들어. 벤야민의 진술을 토대로 과학수사팀이 내린 결론은 살해범이 이미 범행을 저지르기 몇 시간 전에 주방의 좁은 수납장 안에 숨어 있었다는 거야. 내가 수납장 안에 들어가서 거기에 있으려고 해보니 문이 꽉 닫히지 않더라고. 문을 조금 열지 않고는 서 있을 수도 없고 숨도 쉴 수 없을 정도야. 더구나 욘 프란센의 덩치로는 수납장 안에 몸을 구겨 넣는다는 것 자체가 말이 안 된다고!"

"그런데 욘이 살해 직후에 현장에서 뭘 한 걸까?"

"글쎄, 릴리아나가 샐리의 죽음에 대해 뭔가 알고 있을까 두려워서 그녀의 뒤를 밟았던 걸까? 아니면 그 역시 릴리아나를 죽일 기회를 노렸던 걸 수도?"

"아니면 벤야민의 뒤를 밟았던 것일지도 몰라."

"그럴지도 모르지. 진실을 빨리 알아냈으면 좋겠어."

1분쯤 두 사람은 말이 없었다. 그러다 단이 다시 말을 꺼냈다. "좋아. 그러니까 욘 프란센이 릴리아나의 살해범은 아니라고 보지만 샐리를 죽인 범인이라는 건 거의 확실하겠군. 그래도 샐리가 왜 죽어야 했는지 도저히 이해가 안 되는걸."

"샐리는 바보가 아니었어. 그러니까 자신이 쿠르트 로스의 성매매업소 체인에 발을 들여놓기만 하면 거기서 도망치려고 시도한다는 게 얼마나 의미 없는 일인지 분명히 알고 있었던 거지. 악마 요니의 무자비한 폭력을 피하고 싶어도 마찬가지고. 조가 얘기한 대로라면 샐리는 도망치는 대신 쿠르트 로스와 거래를 했어. 올보르에 있는 건물에 불을 지르라고 제안받았지. 화재가 발생할 시간에 로스와 프란센은 다른 곳에 있었기에 의심받지 않고 보험금을 타낼 수 있었고. 그 대가로 샐리는 떠나도 좋다고 허락을 받은 거야. 샐리는 불을 내자마자 이리로 온 거지. 그녀는 크리스티안순에 보호 단체가 있다는 이야기를 이미 알고 있었던 게 분명해. 어디서 알았는지는 나도 잘 모르겠지만……."

"내 소식통에 의하면 그게 바로 로네 빌룸센이 단체에서 맡은 역할이야. 덴마크 전국에 로네가 그런 여성들을 도울 수 있다는 사실을 아는 사람들이 퍼져 있으니까. 사회복지사들, 노숙자 쉼터의 자원활동가들, 성매매 여성 보호시설들 말이지. 그들이 포주로부터 도망친 여자가 찾아오면 조심스럽게 로네에게 연락했겠지."

플레밍은 천천히 고개를 저었다. "정말 기가 막히는군. 도저히 믿기지 않아."

"내 소식통한테서 들은 것만 얘기하는 거야."

"좋아, 나중에 로네와 얘기해봐야겠어. 샐리도 3년 전에 이곳으로 이사했어. 처음엔 청소업체 수세미컴퍼니에서 일하다가 카페 클린트로 옮기면서 잘 지냈지. 그녀는 도움이 필요한 여성들이 이곳으로 올 수 있도록 돕는 일종의 대사 역할을 했어. 집창촌 여성들이 포주로부터 도망치는 걸 도와준 경우도 몇 번 있었던 게 분명해. 코펜하겐에 있는 집창촌의 경우 그녀가 도와줘도 아무 문제가 없었거든. 코펜하겐에는 아는 사람이 없었으니까." 플레밍은 커피를 새로 내렸다. "그런데 샐리가 대담해지면서 쿠르트 로스와 욘 프란센으로부터 도망치고 싶어 하는 여성들한테까지 손길을 뻗은 거야. 처음엔 자기 친구인 조를 도와서, 몇 개월 뒤 유틀란트에 있는 성매매업소에서 도망치게 해줬어. 시간이 지나면서 더 많은 나이지리아 출신 성매매 여성들을 도왔고. 내가 추리하는 건, 욘 프란센과 쿠르트 로스가 한 달쯤 전에 알아내지 않았나 싶어. 업소에서 무슨 일이 일어났는지, 그토록 많은 이들이 빠져나갈 수 있었던 배후에 누가 있었는지를 말이야. 그러니 샐리가 살해되는 건 시간문제였던 거지."

"그가 샐리를 유심히 관찰했겠군." 단이 말했다.

"무슨 말이야?"

"욘은 샐리가 어디 사는지 알고 있었어. 벤야민 말로는 욘 프란센이 10일 오후 릴리아나와 벤야민이 출근하는 길에 릴리아나를 붙잡고 물어봤대. 샐리가 어디에 있는지."

"그래서 릴리아나가 모른다고 대답했고, 프란센은 집 앞에서 샐리를 기다렸겠군. 샐리가 퇴근하고 집에 돌아올 때까지 거기에 있었겠지."

"샐리가 언제 퇴근했지?"

플레밍은 서류를 뒤적였다. "밤 10시 30분에."

"그리고 브루네 라우리츠가 사고 현장을 본 건 언제야?"

"유감스럽게도 브루네는 시계가 없었어. 그래서 사건 직후 현장에 나갔던 경찰한테 물어봤는데 밤 11시쯤에 사건이 일어났다는데."

"그럼 앞뒤가 안 맞는걸, 플레밍."

"왜?"

"만일 프란센이 예른바네가데에서 샐리를 기다렸다면 사건이 어떻게 요트 항구에서 일어나?"

플레밍은 눈썹을 찡그렸다. "샐리가 욘을 발견하고 그쪽으로 도망친 게 아닐까? 그래서 욘이 그녀를 쫓아갔고."

"자동차로?" 단은 고개를 저었다. "내 생각에는 욘이 자동차 안에서 샐리가 10시 반쯤 카페에서 나올 때까지 기다렸던 것 같아. 그녀가 집에 가는 길을 천천히 뒤따라가다가 한적한 곳에서 덮친 게 아닐까."

"그 말이 맞다면, 그럼……."

"그럼 누군가 욘에게 샐리가 일하는 곳이 어딘지 알려준 거야. 우린 이미, 누군가 욘에게 샐리가 어디 사는지 그리고 누구와 함께 사는지를 말해줬다는 건 확실히 알잖아." 단이 말했다. "광범위한 네트워크를 가진 누군가가 욘 프란센에게 정보를 찔러준 건데, 난 그 사람이 누구인지 알아내고 싶어 정말이지 미칠 지경이야!"

"그렇다면 우리 둘은 이미 한 팀이네." 플레밍은 기지개를 켰다. "그리고 너의 그 대단하고 놀라운 추리 이론으로 이끈 네트워크, 칙 서포트 글로벌, 그것도 진짜 어마어마한 얘기야." 그는 다시 의자에 등을 기댔다.

"그래, 진짜 기이하지." 단이 맞장구쳤다.

"크리스티안순 주민의 절반 가까이가 비밀 네트워크에 속해 있다는 말이 사실일까? 이 네트워크에 속한 사람들이 위험에 빠진 여성들을 도와주려는 취지를 가진 건지, 아니면 실제로 자신들의 이익을 위해 여성들을 이용하는 건지 판단할 수 있겠어?"

"글쎄, 어느 게 맞다고 내가 판단할 순 없어." 단이 대답했다. "잘 모르겠지만…… 대충 내가 생각하기로는, 그 조직 안에 양 날개가 존재하는 것 같아. 뭐라고 이름을 갖다 붙이든 말이야. 아마도 약간 순진하다고 할 성마른 몇몇 선동가들이 있겠지만, 노예 거래에 희생되는 여성들의 숫자가 불행히도 계속 늘어나는 데 정말 심각하게 조력하는 이들도 있을 거고." 그는 커피를 한 모금 마셨다. "어쩌면 처음 아이디어는 아주 우연히 생겨났는데, 어떤 명확한 계획 없이 회원들이 점점 늘어난 경우일지도 몰라."

"엘리사베트 룬이 거기 속해 있다는 건 확실해? 어제 내 앞에서는 부인하더라고."

"그건 확실해." 단은 종이 한 장을 집어 그녀의 이름을 적었다. "엘리사베트는 이 조직에서 아주 핵심적인 위치를 차지하고 있어. 이 네트워크를 처음 만들었을지도 몰라. 역할은 코디네이터야. 도움을 요청한 여성들이 누군가와 연결되도록 도와주는 거지. 거주할 집이나 직장 등을 얻을 수 있도록 말이야." 그는 엘리사베트의 이름에 동그라미를 치고는 거기서부터 선을 곧장 그어 그 아래에 또 다른 동그라미를 그렸다. "엘리사베트의 여동생 메레테 핀센이 이 게임에서 또 다른 중요한 역할을 하고 있어. 여성들에게 일자리와······."

"메레테 핀센은 그런 인류애 넘치는 인물이 절대 아니야." 플레밍이 끼어들었다. "물론 메레테가 자기 언니나 네트워크 안의 다른 사람들한테는 인도주의적인 동기로 네트워크에 동참한다고 말할지 모르지. 그녀가 처음 이 네트워크에 발을 들인 계기가 뭔지는 몰라도 지금은 자기 욕심을 채우려는 것밖에 없어. 메레테 핀센은 여성들의 마지막 피 한 방울까지 빨아먹고 있어. 스스로 통상적인 임금을 지불한다고 말하지만, 여성들이 병이 나거나 휴가를 쓸 때는 한 푼도 지불하지 않아. 게다가 집세도 비싸지. 이런 조건인 탓에 불법 체류 여성들은 돈을 벌어도 남는 게 별로 없어. 대부분 최저 생계비로 간신히 살고 있다고."

"만일 그 여성들이 일을 전혀 할 수 없다면 어떻게 될까?" 단이 물었다. "심각하게 아프거나 중대한 심리적 트라우마가 있다면?"

"나한테 묻지 마." 플레밍은 턱 근육에 통증을 느꼈다. 그는 턱을 위아래로 움직이며 긴장을 풀어보려 했다. "그 경우엔 자기들 안에서 서로 돌봐주겠지. 나한테 묻지 말고 그 초특급 비밀 소식통한테 물어보라고."

"자기 이름을 밝히고 싶지 않다는데 내가 어쩌겠어. 나도 머리가 깨질 지경이야."

"잠깐, 네 소식통 말이야." 플레밍이 눈을 찡그리며 단을 쳐다봤다. "혹시 의사 아니야? 여의사? 누군가 건강을 돌봐줄 사람이 있어야 할 거 아니야. 혹시 마리아네야?"

"아이고, 무슨 소리야. 마리아네는 절대 아니야." 단은 플레밍에게 등을 돌린 채 창가에 섰다.

"확실해? 마리아네는 그녀가 원하기만 한다면 여기에 딱 이상적인 의사잖아."

"그럼 네가 직접 물어봐." 단이 쏘아붙였다. "어쨌든 나보다 네가 더 많이 마리아네와 대화하니까."

갈피를 못 잡을 침묵이 흘렀다.

"미안해." 단이 입을 열었다. "내가 이 사건으로 좀 예민해졌어. 완전 엉망진창이야."

플레밍이 단에게 시선을 던졌다. "그래, 마리아네가 아니라면 그녀가 아는 누군가겠지."

"그만 좀 해."

"왜 그렇게 민감하게 받아들여? 아무래도 무슨 건수라도 만들어 클리닉을 조사 좀 해야겠는데?"

단은 왔다 갔다 하더니 플레밍의 눈을 바라보고 말했다. "그냥 좀 놔둬!"

"알았다니까!"

"나도 어쩔 수가 없어. 입 다물겠다고 약속했단 말이야……."

"진정해, 단. 가능한 한 익명의 제보로 놔둘 테니까. 혹시라도 그녀의 증언이 필요하게 되면 내가 다른 방법으로 접근해서 찾아낼 테니까 걱정하지 마."

단은 자리에 앉았다. "그래, 그건 당연하고 네가 결정할 일이야. 중요한 건 그 얘기가 나한테서 나가면 안 된다는 거야." 그는 볼펜과 두 사람의 이름이 적힌 종이를 집어 들었다. "자, 그러니까 엘리사베트가 코디네이터고 메레테 핀센은 일자리를 제공하는 역할을 맡았어."

"네가 이름을 밝히지 않는 익명의 여인이 의학적으로 돕는 역할이고."

"그리고 다음에 나오는 인물이 헨리에테 쿠르트야. 그녀는 탈출한 여성들이 거주하는 집을 소유하고 있어."

"공식적으로는 그 집이 칙 서포트 글로벌 소유야. 하지만 내 생각에는 헨리에테가 진짜 소유주 같아. 그녀의 재정 상황을 좀 더 자세히 알아볼 예정이야. 부동산중개업 교육을 받은 걸 아주 창의적으로 이용하고 있는 듯해. 그 건물 말고도 여러 채를 소유하고 있더라고."

"그런데 집을 어떻게 불법으로 임대하지? 그런 게 가능하기는 해? 법의 감시망을 피하기가 쉽지 않을 텐데."

"메레테와 비슷한 방식을 이용하겠지. 세입자 두 명 중 한 명은 정상적인 임대료를 지불하면서 몰래 불법 세입자를 받는 방식으로 하지 않겠어?"

"헨리에테가 이 네트워크에서 주택 소유자 역할만 했을까?" 단이 그녀의 이름 주위에 정교한 소용돌이 선을 그렸다.

"곧 밝혀지겠지. 그것 말고도……."

플레밍의 말이 끝나기 전에 단의 휴대전화가 울렸다. 벤야민이었다. 그가 전한 뉴스가 단의 의식에 있던 다른 생각들을 모조리 덮어버렸다.

"회복 가능할까요?" 단은 라우라의 어깨를 감싸고 있는 팔은 그대로 둔 채 자리에서 일어났다.

수의사가 처치실 문을 닫고 심각한 표정으로 말했다. "솔직히 말씀드리면 보호자한테 달려 있어요. 선생님 주머니 사정도 생각해보셔야 하고요……." 그녀는 진료 대기실 빈 의자에 앉아 말을 이었다. "루페의 아래턱이 여러 군데 부러졌어요. 이빨 네 개가 빠졌고 왼쪽 눈을 영원히 못 보게 될지도 모릅니다. 게다가 아주 심한 뇌진탕도 있고 관자놀이에 골절도 있어요. 상태가 호전될지 나빠질지 현재로서는 전혀 말씀드릴 수가 없습니다."

"그렇다고 루페가 죽는 건 아니잖아요?" 아무래도 단의 목소리가 라우라의 흐느끼는 소리에 묻히지 않기 위해 상당히 높아진 듯했다. "안 그래요?"

"맞습니다. 직접 사인은 아니죠. 하지만 치료 비용이 적게 드는 것도 아니고 그렇다고 통증이 사라지는 것도 아니거든요. 치료하는 동안 루페는 혼자 아무것도 먹을 수가 없어요. 먹을 수 없으니 액체로 영양 섭취를 해야 하고 집중 치료도 필요합니다. 수시로 상태를 관찰하면서 치료받아야 하거든요. 루페가 노견이기도 하고요……."

단은 자리에서 일어났다. "라우라, 밖에 나가서 벤야민한테 가 있을래?" 그는 울음을 멈추지 않는 라우라에게 말하며 병원 문을 열었다. 다행히 벤야민이 바로 문 앞에 있었고, 담배 한 갑을 기록적인 시간 안에 다 피운 참이었다. 그는 단이 말하지 않아도 무슨 생각인지 다 이해한 것처럼 라우라를 데리고 자동차로 갔다. 45분 전부터 자동차는 동물병원 앞에 주차되어 있었다.

단은 대기실로 들어갔다 "선생님이 키우는 개가 이런 상황이라면 어떻게 하시겠습니까?" 그가 물었다.

수의사는 직접 대답하지 않았다. "이리 와보세요." 그녀가 단에게 말했다. 그녀는 강렬한 빨간색 머리에 주근깨가 많았고 팔과 손이 큼지막한 근육질이었다. 루페가 어렸을 때부터 수의사 하네 벤트센이 돌봐줬기 때문에 단은 그녀의 판단력을 무조건 신뢰했다. 그녀는 루페가 누워 있는 곳으로 단을 데려갔다. 루페는 진정제와 진통제 주사를 맞고 안정되었는지 옆으로 누워 있었다. 피가 흥건해진 흰색 붕대가 입 주위에 감겨 있었다. 단이 다가가자 루페가 눈을 움찔하고 꼬리를 살짝 올려 몇 번 흔들었다. 왼쪽 눈은 퉁퉁 부어 있었다.

단은 목이 콱 막혀왔다. 그는 얼른 수의사를 뒤따라갔다. 하네는 엑스레이 사진이 걸린 곳에 멈춰 있었다. 기다란 조명을 밝혔다. 수의사가 루페의 치료 가능성에 대해 왜 그렇게 머뭇거렸는지 알아차리기는 어렵지 않았다. 루페의 아래턱 뼈는 극소수의 고수만 맞출 수 있는 고난이도 퍼즐처럼 산산조각 나 있었다.

"뼈에 이렇게 손상이 심하면 철심과 나사로 밖에서 고정해야 해요." 수의사가 엑스레이 사진을 보며 설명했다. "다시 말해 루페는 몇 주간 마취 상태로 있어야 하고 그 후에도 오랫동안 부드러운 음식이나 액체류만 먹을 수 있어요."

"다시 건강해질 수 있을까요?"

"약속드릴 수 없어요. 뇌가 얼마나 손상됐는지는 아직 모르거든요. 뇌 사진을 찍어보려면 코펜하겐에 있는 대학병원에 가야 합니다." 하네 벤트센은 루페가 누워 있는 바구니 앞에 쭈그리고 앉아 그녀의 커다랗고 붉은 손으로 루페의 가슴을 쓰다듬었다. 루페는 반응하지 않았다. "루페는 노견이에요. 11년 반 동안이나 건강하게 잘 살았어요."

"그런 결정을 혼자서는 도저히 할 수 없습니다." 단이 입을 열었다. "마리아네가 올 때까지 기다려야 합니다. 지금 오고 있어요."

그는 루페 옆에 쪼그리고 앉아 루페의 앞발을 잡았다. 새로 다듬은 발톱이 단의 손바닥 위에서 검은빛을 띠고 반짝였다. 이럴 줄 알았더라면 벤야민이 고생하지 않아도 됐을 텐데. 단은 생각했다. 그는 루페의 몸에 뺨을 대고 규칙적으로 들리는 심장 소리에 귀를 기울였다. 마리아네가 올 때까지 그러고 있을 작정이었다. 잠시 후 마리아네가 라우라를 데리고 들어왔다. 모두 함께 이별을 지켜보기 위해서였다.

30분쯤 지나자 모든 것이 끝났다. 일주일 뒤에 루페의 뼛가루를 가져갈 수 있다고 하네가 말했다. 그녀는 미안해하는 미소를 지으며 계산서를 접수데스크 위에 올려놓았다. 곱절의 금액이었다. 주말이었던 것이다.

단이 괴르틀레르가데에 주차한 뒤 그들은 차 안에 가만히 앉아 있었다. 조수석에는 마리아네가 앉아 있었다. 그녀의 눈이 퉁퉁 부어 있었다. 눈물이 계속해서 흘러내렸고 언젠가부터 닦을 생각도 하지 않았다. 그녀의 무릎 위에 루페의 목 밴드와 개 줄이 놓여 있었다. 줄 손잡이에는 뼈다귀 모양 이름표에 루페의 이름이 새겨져 있었다. 뒷자리에는 벤야민이 돌처럼 굳은 표정으로 앉아 라우라의 손을 잡고 있었다. 라우라는 눈물을 흘리지 않았다. 대신 그녀의 얼굴은 분노로 하얗게 질려 있었다.

"만일 내 머리가 부딪혀 그렇게 됐더라면 엄마 아빠가 날 그냥 잠들게 했을 것 같아요?" 라우라가 불쑥 말을 꺼냈다.

마리아네가 고개를 뒤로 휙 돌렸다. "넌 어떻게 그런 질문을 할 수 있니?"

"그렇게 했겠냐고요?"

그녀는 벤야민이 잡고 있던 손을 휙 잡아 빼 앞 좌석 사이에 갖다 댔다.

"두 가지 상황은 비교할 수가 없는 거야." 마리아네는 글러브 박스에서 휴지를 꺼내 코를 풀었다. "아이들 같은 경우는 당연히 치료하지. 앞으로 살아갈 인생이 많이 남아 있으니까. 70년, 80년이 넘도록. 하지만 루페는 앞으로 오래 살아야 1, 2년밖에 안 돼. 그리고 치료한다 해도 남은 인생을 한쪽 눈은 보이지도 않고 자기가 좋아하는 소뼈를 입에 대지도 못한 채 힘들게 살아가야 해. 게다가 뇌진탕 후유증이 생길 가능성이 아주 높아. 두통이나 경련 등 여러 가지가 있어. 그런 게 아니라 하더라도 사람을 영원히 잠들게 하는 건 금지되어 있어. 제아무리 고통이 심하다 해도 말이야."

"루페가 죽어야 할 이유가 없잖아요. 루페가 뭘 그렇게 잘못했다고 죽어야 하냐고요?"

"당연히 그럴 이유는 없지. 그래도 오랫동안 심한 통증으로 살아야 하고 그 이후에도 건강해진다는 보장이 없잖아. 죽는 것보다 아픈 몸으로 살아가는 게 더 힘들잖니." 단이 말했다.

라우라는 자동차 문을 열고 큰 소리로 훌쩍거리면서 집 안으로 사라졌다. 마리아네와 단은 시선을 교환했다. "라우라도 시간이 좀 필요해." 마리아네가 큰 소리를 길게 내며 코를 풀었다.

벤야민이 라우라를 뒤따라가려 하자 단이 그를 제지했다. "대체 무슨 일이 있었던 건지 다시 한 번 정확하게 얘기해주겠어? 솔직히 말해 아까 전화할 때 이해를 잘 못 했어. 마리아네는 아예 아무것도 모르고 있고. 자네 아버지가 루페를 때렸다는 거 말고는. 모든 게 다 제정신이 아닌 소리로 들렸어. 대체 무슨 일이 일어난 거야?"

"숲으로 산책 가서 이야기를 나누고 있었어요. 루페가 혼자 뛰어다니기에 줄을 풀어줬고요." 벤야민의 눈은 완전히 말라 있었다. 그의 얼굴에 있는 모든 근육이 몹시 긴장해 있었다. 사고가 난 이래 그는 단의 가족 중 누구의 눈도 똑바로 쳐다보지 못했다. "걸어가다 갑자기 길 왼편 나무 사이에서 아버지를 발견했어요. 언덕 꼭대기에서요. 높은 담장 안쪽을 바라보고 있더라고요."

"집이 어떻게 생겼는지 기억나?"

"그 동네에서 제일 큰 집 중 하나였어요. 흰색 저택인데 지붕은 반짝이는 검은색이었어요. 현관문도 검은색이었고 창문은 집에 비해 아주 작았고요. 그렇게 큰 집을 청소하려면 지옥 같을 거예요."

"세상에. 세바스티안 쿠르트 집이잖아." 단이 마리아네를 바라보았다. "그 사이코패스가 거기서 뭘 하려고 그랬지?"

벤야민은 고개를 저었다. "저도 모르겠어요."

"말을 걸어봤니?" 마리아네가 물었다.

"제가 미쳤나요? 아버지를 보자마자 라우라의 팔을 붙잡고 앞으로 못 가게 했어요." 그는 고개를 들었다. "그런데 라우라가 왜 그러냐고 그러는 거예요. 아주 큰 목소리로 소리를 지르더니 막 웃었어요. 아마 제가 장난치는 줄 알았나 봐요. 그 순간 그가 우리 쪽으로 뒤돌아봤어요. 우리…… 우리 아버지가요."

"너희들하고 얼마나 떨어져 있었어?" 단이 물었다.

"10에서 15미터 정도요. 루페가 앞서갔기 때문에 아버지가 뒤도는 순간 루페는 그를 못 봤어요." 벤야민은 흐느꼈다. "아버지가 저를 금방 알아보고, '마르크!'라고 큰 소리로 불렀어요. 시내에서 마주쳤던 그날처럼요. 저는 가까이 오지 말라고 오르후스로 가버리라고 소리쳤어요. 그더러 사이코패스라고 했죠. 그랬더니 저를 따라오는 거예요. 저는 그때 너무 정신이 없었어요. 라우라를 지켜야겠다는, 그리고 루페를 지켜야겠다는 책임감 때문에. 그러고서……." 그는 말을 잇지 못했다.

"그 사람이 너를 덮쳤니?"

"네." 벤야민은 재킷에서 한쪽 팔을 빼내 티셔츠를 걷어올렸다. "여기요." 눈처럼 하얀 팔 안쪽에 벌겋고 보랏빛이 도는 자국이 네 군데 나 있었다. 몇 시간이 지나면 검은빛을 띤 보라색으로 바뀌게 될 것이다. "그가 저를 꽉 붙잡고 바닥에 대고 누르고는 소리쳤어요. 너무 불공평하다고요. 그리고 기회를 얻지 못했다고 소리쳤어요. 아버지를 멀리하도록 어머니가 제 머릿속을 세뇌시켰다는 거예요." 벤야민은 재킷을 다시 입고 고개를 저었다. "저를 누르고 있던 아버지를 라우라가 때렸어요. 라우라는 그 사람이 누군지 알 턱이 없었죠. 그러자 그가 일어나 라우라를 때렸어요, 한쪽 발로 제 어깨를 누르면서요. 지금까지도 여기가 아파 죽겠어요. 그때 루페가 나타났어요." 벤야민은 미소 지었다. "순둥이 같은 루페가 그렇게 할 거라고는 상상도 못 했어요. 그 장면을 보셨어야 해요. 루페가 사냥개처럼 이빨을 으르렁거리며 아버지 손을 물었어요."

"루페가?" 마리아네가 믿기지 않는 듯 눈을 동그랗게 떴다. "루페가 물 줄도 안다고?"

"그 장면을 보셨어야 하는데." 벤야민은 말을 반복하며 처음으로 마리아네의 눈을 쳐다보았다. "굉장히 자랑스러워하셨을 거예요."

"우리 루페가 너희들을 보호해주려고 그랬구나." 마리아네가 말했다. 두 눈에서 다시 눈물이 주르르 뺨을 타고 흘렀다. "우리 착한 루페."

"네, 진짜 그랬어요. 루페의 작전이 성공했어요. 아버지가 루페 때문에 저를 놔버릴 수밖에 없었거든요. 루페가 아버지의 왼쪽 손을 꽉 물고 놔주지 않았어요. 루페의 싸움 실력이 그렇게 특별하지는 않지만 정말 최선을 다했어요. 아버지가 루페의 입에서 손을 빼려고 했는데 루페가 더 꽉 물어버려서 뺄 수 없게 만들었어요. 루페가 자기 이빨로 아버지 손을 깊이 물고 있는 게 눈에 보일 정도였어요. 피가 났어요. 아주 많이요. 그러자 아버지가 손을 빼려고 루페를 때리기 시작했어요. 머리를 정통으로 두 번 때리자 결국 루페가 떨어져 나갔어요. 우리는 소리치며 도망쳤어요. 처음엔 아버지가 우리를 뒤따라오더니 곧 멈춰 서더라고요. 손에서 피가 철철 흘렀거든요. 자동차로 돌아와서야 루페를 제대로 봤어요. 어찌나……." 그는 목소리를 잘 내지 못했다. "코가 완전히 나가버린 것 같았고, 온통 피투성이에다, 걸음이 취한 사람처럼 이상하게……." 그는 결국 말을 잇지 못했다.

차 안에 침묵이 흘렀다. 단과 마리아네는 벤야민에게 들은 이야기를 소화시킬 시간이 필요했다. 한참 뒤 단이 입을 열었다. "그래도 곧바로 동물병원으로 차를 몰고 간 건 참 잘했어. 라우라가 동물병원 건물 안에 수의사 집이 있다는 걸 알고 있었나?"

벤야민은 끄덕였다. 그는 다시 흐느꼈다. 그러다 갑자기 문을 열고 차에서 내려 아무 말도 하지 않고 걸어갔다. 보폭이 넓고 목표가 정해진 듯 보였다. 그는 알가데 모퉁이를 돌 때까지 뒤돌아보지 않았다. 단은 마리아네를 향해 몸을 돌렸다. "당신은 라우라한테 가봐. 라스모스에게도 전화해야지." 그는 마리아네에게 키스했다.

"당신은 어디 가게?"

"욘 프란센한테 가봐야겠어. 제기랄, 이게 다 그 자식 때문이야."

"단, 말도 안 돼." 마리아네의 눈이 반짝였다. "지금 뭐라고 했어? 그 사람은 당신보다 두 배는 더 큰데? 게다가 완전 사이코패스라는 거 잊었어?"

"다 방법이 있어. 게다가 내 뒤에는 경찰이 받쳐주고 있거든."

"제발 말도 안 되는 짓 그만두면 안 될까?"

"조심할게. 약속할 테니 걱정하지 마."

플레밍은 동물병원에 단을 내려주고 차를 몰아 곧바로 마리나 호텔 주차장으로 갔다. 파란색 마츠다는 어느 곳에도 보이지 않았다. 말도 안 된다고 그는 중얼거렸다. 주차장을 잠깐 살펴보는 게 뭐 그리 어려운 일이라고. 스벤 페데르센은 욘 프란센을 감시하는 책임을 맡았는데 욘이 자고 있을 거라고 했다. 주차장에 자동차가 없는데 어떻게 그런 결론을 내릴 수 있단 말인가? 플레밍은 유리문을 통과해 로비로 들어갔다. 스벤은 커피를 마시며 신문을 읽고 있었다. 아담 홀크는 후문을 지키고 있는 모양이었다.

"어떤가?" 플레밍이 말했다. "그가 아직도 위에 있나?"

스벤 페데르센이 고개를 끄덕였다. "지금까지는 그를 못 봤습니다. 커피 드시겠습니까?"

"프란센이 30분 전에 자기 방에 있었다고 확신할 수 있어?"

젊은 형사의 시선이 흔들렸다. "그런 줄로 알고 있는데요. 방 열쇠를 프런트데스크에 맡긴 적이 없어요." 플레밍의 표정을 보고 스벤은 긴장된 목소리로 답했다.

"그의 차가 주차장에 있는지 확인해봤어?"

"네, 가봤는데요."

"차를 봤나?"

스벤 페데르센은 고개를 젓고 시선을 자신의 튼튼한 갈색 운동화로 떨구었다.

"욘 페테르 프란센이 30분 전에 어디에 있었는지 알고 싶은가?" 플레밍 토르프가 물었다.

스벤은 고개를 끄덕였다.

"저 위 숲에서 노견을 죽도록 때렸어. 그것도 가족이 지켜보는 곳에서."

스벤 페데르센은 고개를 들고 못 믿겠다는 표정으로 바라보았다. "하지만……"

"살해 용의자를 자네가 어떻게 감시했는지 아주 위안이 되는군." 플레밍은 젊은 수사관의 안이한 일 처리와 판단력에 대한 자신의 우려와 분노를 노골적으로 드러내지 않으려고 최대한 애썼다. 지금은 혼내는 것보다 더 중요한 일이 많았다. 그는 방향을 돌려 프런트데스크로 향했다. 검은 머리의 젊은 여직원이 플레밍의 말을 듣고 신분증을 요구했다. 그녀는 한참 동안 신분증을 꼼꼼하게 확인하고 나서야 모든 방을 열 수 있는 키를 주었다.

"그런데 형사님, 이해가 안 되는 게 있어요." 그녀가 말했다. "욘 프란센 씨가 방 열쇠를 왜 들고 갔을까요? 정말 무거운데요." 그녀는 플레밍에게 방 열쇠를 보여주며 말했다. 골프공 정도 크기의 동그란

놋쇠 공에 방 번호가 음각으로 인쇄되어 있었다.

플레밍은 잠깐 손으로 집어 무게를 확인해보고는 어깨를 으쓱했다. "글쎄요, 열쇠를 왜 들고 갔는지는 모르겠네요. 그런데 프란센 씨에겐 차가 있어요. 열쇠를 그냥 조수석에 던져놨을지도 모르죠."

그는 욘 페테르 프란센의 방이 있는 3층으로 올라갔다. 스벤 페데르센이 그의 뒤를 따라갔다. 314호 방에 도착하자 아담 홀크도 뒤따라왔다. 플레밍은 혹시 안에 누가 있을 것을 대비해 문을 노크해봤다. 아무 반응도 없었다. 문을 열었다. 안으로 바로 들어가지 않고 복도에서 방 내부를 들여다보았다. 크기는 작았지만 아늑한 싱글룸이었다. 바닥에는 빨간색 카펫이 깔려 있었고 거미줄 모양의 하늘하늘한 리넨 소재 커튼과 베이지색 암막 커튼이 쳐져 있었다. 침대 위 침구는 정리된 상태가 아니었다. 두툼한 베개 가운데 부분이 푹 꺼져 있었다. 누군가 잠을 잔 흔적이었다. 접히는 스툴 위에 캐리어가 펼쳐져 있었다. 어두운 빛깔의 작은 나무 책상 위에 잡동사니가 흩어져 있었다. 좀 전에 주머니 안의 물건을 쏟아놓은 모습이었다.

플레밍은 뒤돌아보지 않은 채 스벤 페데르센에게 말했다. "자네가 무슨 일을 해야 하는지 말해줄까? 지금 빨리 사무실로 가서 오버올 좀 가져와. 마스크도 잊지 말고. 일회용 장갑은 나한테 있어. 과학수사팀에 연락해. 서둘러야 한다고 당부하고."

"그럼 저는 뭘 할까요?" 아담 홀크가 물었다.

"자네는 여기 문 앞에 서서 과학수사팀이 올 때까지 아무도 들어오지 못하게 지켜."

플레밍은 페데르센이 가져온 오버올을 입고 마스크와 헤어캡, 덧신을 신고 방으로 들어가 볼펜 끝으로 조명 스위치를 눌렀다. 그는 라텍스 장갑을 끼고 작업을 시작했다. 침대에는 관심이 없었다. 매트리스 밑에나 침대 쪽에는 특별한 게 있는 것 같지 않았다. 침대보와 베개 두 개, 이불 하나가 전부였다. 커버는 바닥에 떨어져 있었다. 침대 옆 사이드테이블에 책은 한 권도 없었고 크리스티안순 여행지도와 담배꽁초가 가득한 재떨이가 있었다. 프린스 담배. 독한 종류의 담배다. 서랍은 비어 있었다. 캐리어 안에는 지저분한 옷가지가 널브러져 있었고 셔츠 두 벌과 바지 세 벌은 깔끔하게 다림질까지되어 있었다. 뵈케르가데에 있는 세탁소 이름이 적힌 종이 띠도 제거하지 않은 상태였다. 욘 프란센이 크리스티안순에 꽤나 오랫동안 머물렀다는 의미였다. 지저분해진 빨래를 모아 세탁을 맡기는 모양이었다. 플레밍은 세탁소 이름을 메모했다. 당장에라도 그들과 얘기해봐야 할 것이다. 욘이 샐리를 살해하던 날, 피 묻은 옷을 세탁소에맡겼다면 세탁소 주인이 기억하고 있을지도 모른다. 물론 그가 자기 옷을 던져버리지 않았을 경우. 캐리어 안에 책이라든지 읽을 만한 것은 아무것도 없었다. 돈다발을 이 범주에 넣지 않는다면 말이다. 캐리어 지퍼 안에 흰색 봉투가 들어 있었는데, 대충 보더라도 5만 크로네는 될 듯싶었다. 플레밍은 고개를 저으며 봉투를 제자리에돌려놓았다. 캐리어를 올려놓은 스툴 옆에는 밝은 갈색 카우보이부츠가 한 켤레 있었다. 그렇다면 욘 프란센은 지금 검은색 작업용 부츠를 신고 있으리라 추측할 수 있다. 브루네가 진술했던 그 부츠. 루페가 병원에 가야만 했다는 게 당연하다!

플레밍은 작은 욕실로 고개를 들이밀었다. 세면대 선반 위에 전기면도기와 초록색 칫솔이 있었다. 칫솔이 얼마나 닳았는지 밤새 헤어 롤러라도 닦은 것처럼 마모되었다. 치약엔 새하얀 치아와 건강한 잇몸을 약속해준다고 적혀 있었다. 담배를 많이 피우는 욘에겐 더없이 유용할 치약이라고 플레밍은 생각했다. 변기 안을 들여다보니 짙은 갈색 줄이 세로로 두 개가 나 있었다. 적어도 이것만으로도 병리해부조사에서 욘의 DNA를 찾아낼 수 있을 것이다. 플레밍은 화장실 문을 닫고 방에 있는 책상 쪽으로 향했다. 주머니에서 나온 듯한 물건들을 살펴보았다. 1크로네, 2크로네짜리 동전 몇 개와 거의 바닥난 투명 플라스틱 라이터, 오랫동안 접힌 채 가지고 다녔는지 너덜너덜하고 모서리가 다 닳은 종이가 있었다. 플레밍은 종이를 가장자리만 건드려 조심스럽게 펼쳤다. 홈페이지 화면을 인쇄한 것이었다. 맨 위에 'Krak.dk, 1페이지 중 1페이지'라고 적혀 있었다. 그 아래에는 종이가 찢겨나가 지도 일부분만 나와 있었다. 플레밍은 안경을 쓰고 종이를 멀찍이 놓고 바라보았다. 지도 맨 위에 알파벳이 적혀 있었다. 도로명으로 보였다. 뭐라고 적힌 거지? 어렴풋이 쇠네르해안로라 적혀 있는 것 같았지만 확실치 않았다. 종이를 뒤집어보았다. 뒷장에 이름과 주소가 볼펜 글씨로 적혀 있었다. 플레밍이 전날 알게 된 이름과 주소였다. 헨리에테 쿠르트, 뵈게바켄 37번지. 대체 이 깡패 같은 인간이 광고대행사 사장 주소로 뭘 할 작정인가?

그는 종이를 집어넣고 조심스럽게 문을 닫았다. 그런 다음 보호복을 벗고 호텔 로비로 내려가 프런트데스크에 있는 직원에게 지금부터 경찰 이외에는 314호실에 절대 출입을 금지한다고 설명했다. 직원이 못 미더워하는 표정이었지만 그녀에게 구구절절이 설명할 시간이 없었다. 자동차로 가는 길에 그는 상사 하네고르에게 전화를 걸었다. 사건에 관해 보고하고 체포 영장을 발부해달라고 부탁했다.

"그런 것 때문에 토요일 오전에 나한테 전화한 건가?" 상사가 물었다. "자네가 나한테 이 정도로 보고하는 스타일은 아닌 줄로 알고 있는데."

"그렇긴 한데……." 플레밍은 목청을 가다듬었다. 원래 하고자 한 얘기는 보다 특수한 내용이라 말문을 열기가 조심스러웠다. "제가 소문을 들었는데 그 내용을 국장님도 아셔야 할 것 같아서요." 그가 말했다. "로네 빌룸센에 관한 얘깁니다."

"아, 자네도 벌써 들었나?" 하네고르가 플레밍의 말을 끊었다. "내가 알기론, 자네들 두 사람 사이에 좀 껄끄러운 일이 있었던 것 같은데. 그래도 좋은 소식은 빨리 퍼지는가 보군. 또 그래야 하는 게 맞지." 그는 껄껄 웃었다.

"확실히는 모르겠지만요……." 플레밍은 당황했다.

"아이고, 그만하게." 하네고르가 말했다. "로네가 그렇게 급하게 결정하리라고 자네는 절대 상상도 못 했을 거야. 사적인 일에서 로네는 어쩌면 열정의 희생자야. 그녀가 그런 걸 보여주는 건 아주 드문 경우니까." 뭐가 그리 즐거운지 그는 큰 소리로 껄껄 웃었다.

"죄송한데요." 플레밍은 조심스럽게 말했다. "무슨 말씀이신지 저한테 설명을 좀 해주셔야……."

"무슨 일인지 자네도 알 거 아닌가. 로네가 오늘 아침에 사직했어. 오늘 아침 사표를 들고 우리 집으로 와서는 휴일인데 미안하다고 하더군. 오늘 오후에 여행을 떠난다나."

"여행이라고요?"

"로스앤젤레스라던가, 라스베이거스라던가. 약혼자가 더 이상 기다릴 수 없다고 했대. 자네도 그런 건 이해하지?" 국장은 다시 한 번 껄껄 웃었다.

"미국이요? 약혼자라고요?"

이제야 하네고르는 부하직원 플레밍 토르프가 자기 상사의 말을 전혀 이해하지 못한다는 것을 깨달았다. "자네가 들은 말은 뭔가? 어서 말해보게."

플레밍은 상사에게 보고했고 국장은 경청했다. 국장은 껄껄 웃는 걸 멈췄다.

단은 오전에 드라마 같은 일이 벌어졌던 위치가 어디였는지 비교적 빨리 알아냈다. 숲에서 얼마나 떨어진 곳이었는지 벤야민에게 들었기 때문이다. 도착해보니 사건의 흔적이 길 위에 그대로 남아 있었다. 검은색으로 페인트칠한 담장에 다가가자 단은 자신의 예감이 맞았음을 확인했다. 담장 뒤에는 쿠르트 가족이 사는 흰색 대저택이 시커먼 하늘과 대조를 이루고 있었다. 단은 조심스럽게 담장을 따라가다 욘 프란센이 남긴 흔적을 발견했다. 숲 바닥에 움푹 파인 곳에 짓밟힌 담배꽁초 여섯 개와 빈 캔맥주 두 개가 있었다. 욘은 분명 이곳에서 라우라와 벤야민을 만나기 전까지 한두 시간을 기다렸을 것이다. 단은 주머니에서 검은색 강아지 배변봉투를 꺼내 프란센이 남긴 쓰레기를 안에 담았다. 그는 봉지 네 모퉁이에 각각 돌멩이를 얹어놓았다. 그래야 봉지가 바람에 날아가지 않을 테니까. 이렇게 해놓으면 비가 오더라도 증거 자료가 손상되지 않으리라고 단은 생각했다.

그는 다시 몸싸움이 벌어졌던 곳으로 돌아갔다. 이번에는 혈액의 흔적을 좀 더 자세히 살펴보았다. 물론 단도 어떤 것이 루페의 피인지 어떤 것이 프란센의 피인지 알아볼 수는 없었다. 찬찬히 살피며

숲 가장자리를 따라가던 그는 어느 시점에서 숲 쪽으로 흔적이 난 곳을 발견했다. 길을 따라 핏자국이 이어지다가 갑자기 사라졌다. 아마도 루페의 핏자국이었던 것 같다. 그 자리에 단의 아우디가 서 있었던 게 분명했다. 그는 사방을 살펴보았다. 이어진 길을 따라 조금 더 먼 곳에 파란색 마츠다가 서 있었다. 단은 깜짝 놀라 멈칫했다가 천천히 그곳으로 향했다. 차 앞에 다가가서야 차 안에 아무도 없다는 것을 알았다.

잠시 후 차 문이 잠겨 있다는 것을 알아냈다. 손잡이에 손을 대자 끈적한 검은색 액체가 손끝에 묻었다. 피였다. 그는 손가락을 바지에 쓱 문지르고 손을 이마에 대 차양을 만들고는 자동차 안을 들여다봤다. 조수석 위에 붕대 박스가 펼쳐져 있는 것이 보였다. 박스 덮개에는 피가 묻어 있었다. 그 옆에는 붕대 한 봉지가 있었다. 욘 프란센은 루페에게 손을 물린 다음 자동차로 가서 붕대를 감은 것이다. 그러고 난 뒤…… 아, 그가 뭘 했을까? 숲으로 다시 돌아갔을까? 단은 그럴 가능성이 거의 없다고 봤다. 숲에서 그가 뭘 하겠는가? 분명히 그는 세바스티안 쿠르트와 그 아내의 동정을 살필 계획이었을 것이다. 하지만 단이 확인한 대로 욘은 이미 감시 장소를 떠났다.

단은 천천히 길을 따라 세바스티안 쿠르트의 저택 앞에 세워놓은 자동차 쪽으로 갔다. 열쇠는 꽂아놓은 상태였다. 언제 어느 순간 사라져야 할지 모르니. 순간 단은 걸음을 멈췄다. 불현듯 머릿속에 떠올랐다. 혹시 욘 프란센이 쿠르트의 집 안으로 들어간 게 아닐까? 아이들을 납치할 계획이 있었던 건 아닐까? 아니면 헨리에테를? 단은 전화기를 꺼내 쿠르트 사장의 휴대전화 번호를 눌렀다. 곧바로 상대가 전화를 받았다.

"안녕, 단!"

"제 번호라는 걸 보셨어요?"

"당연하지, 그걸 모를까 봐?" 쿠르트의 목소리는 밝고 편안하게
들렸다.

유괴가 연상되는 종류의 목소리는 절대 아니었다.

"어디세요?"

"크누텐보르에 있는 사파리에 가는 길이야. 왜 그래?"

아, 왜 그러냐고? 단은 약간 바보가 된 기분이었다. "아, 그냥 해봤
어요. 궁금해서요." 그리고 머리를 굴리려 애썼다. "가족이 다 같이
가셨어요?"

"쌍둥이 애들하고 나만 가는데." 잠시 동안 아무 말도 오가지 않았
다. "단, 나한테 긴히 할 얘기라도 있나? 말해보게."

"월요일에 사장님을 뵈려고 전화 드렸어요."

"아, 그래, 좋아. 그럼 오전 10시에 회사로 와. 결론은 내렸나?"

"네, 그렇긴 한데 그 얘기는 직접 만나서 하려고요. 그럼 사모님은
동물원에 같이 안 가시는 거예요?"

"같이 안 왔어." 그가 약간 성가셔하는 듯했다. "나랑 아이들하고
만 왔다니까. 왜 그렇게 관심을 보이나?"

"나중에 말씀드릴게요. 그럼 사모님은 집에 계세요?"

"아니, 그게 자네하고 무슨 상관인지 도무지 모르겠군." 쿠르트가
대답했다. "아무튼 내가 아는 한 집에 있을 거야."

"알겠습니다." 단은 쿠르트가 캐물을까 봐 먼저 통화를 끝냈다. 곧
쿠르트가 전화했지만 단은 응답하지 않고 전화기를 매너 모드로 바

꿔놨다. 지금은 아무것도 해명하고 싶지 않았다.

대신 그는 플레밍에게 문자메시지를 보냈다. "어디야?"

"30분 뒤에 쿠르트 집에 도착해."

단은 멈칫거렸다. 그렇게 오랫동안 버틸 만한 정신력이나 인내심이 없었다. "서둘러. 욘의 차가 여기 있다고."

그는 자갈길로 돌아서 주차장 입구로 갔다. 소리를 죽이고 살금살금 잔디를 지나 천천히 계단으로 향했다. 문 앞에서 초인종 버튼에 손가락 끝을 대보려는데 액체 상태의 작은 얼룩이 검은색 문에 묻어 있는 것을 발견했다. 조심스럽게 버튼을 만져보았다. 역시 피였다. 자동차에 남아 있던 피처럼 이것도 얼마 되지 않은 것이었다. 욘 프란센이 루페에게 물리고 나서 이곳에 온 것이다. 어쩌면 아직도 집 안에 있을지 모른다. 단은 한쪽 귀를 문에 대보았지만 아무 소리도 들리지 않았다.

플레밍에게 전화해서 더 서둘러 오라고 얘기해야 하나? 욘이 아직 집에 있다면 단 혼자 집 안으로 들어가는 건 틀림없이 굉장히 위험한 일이다. 욘이 집창촌 여성들을 어떻게 폭행했는지 그리고 샐리를 어떻게 죽였는지 단은 잘 알았다. 샐리는 그의 구타로 엄청나게 고통스러워하며 서서히 죽어갔을 것이다. 그러나 다른 한편으로, 작고 연약한 헨리에테 쿠르트가 앞으로도 30분 동안이나 이 상황을 견뎌낼 수 있을지 의문이었다. 그냥 문 앞에 서서 끔찍한 일이 일어날지도 모르는 걸 뒷짐 진 채 가만히 기다리고 있어야 하나? 과연 앞으로 남은 인생 동안 이 생각을 안고 살아갈 수 있을까? 내가 그토록 형편없는 인간이란 말인가?

그는 코트 안에 입은 셔츠 등에 땀이 흥건해지는 걸 느꼈다. 그의 인생에서 처음으로 온몸에서 나는 두려움의 냄새를 인지했다. 그에게 애원하는 어떤 육체적 두려움의 냄새. 프란센은 헨리에테 쿠르트에게 자기가 원하는 짓을 저지를 것이다. 제기랄, 단은 헨리에테라는 여자를 평상시에도 견딜 수가 없었단 말이다! 대체 왜 그가 헨리에테를 위해 자기 목숨을 걸어야 하는가? 그런데도 두려움의 감정은 귀를 마비시키라고 계속 타일렀다. 그의 두 다리는 이미 집을 향하고 있었다. 그의 뇌에서 반란이 일어난 걸 인지하기도 전에.

단은 호흡을 일정한 리듬으로 유지하려고 무던히 애썼다. 집 주변에서 단은 끓어오르는 아드레날린 수치를 체계적으로 조절하는 데 집중하려고 노력했다. 생각을 분명하게 정리하려고 했다. 몇 분 뒤에 몸에 다시 평안이 찾아왔다. 사고가 명확해졌고 동작이 빨라졌으며 이성적인 상태가 되었다. 1층 창문은 너무 높아서 집 안을 들여다볼 수 없었다. 달리 생각하면 창문이 높기 때문에 안에서 그의 모습을 볼 수 없었다. 그것은 다행이었다. 쿠르트 집 동쪽 끝에는 테라스가 있었다. 바닥엔 티크목 바닥재와 알루미늄 접이식 의자들이 있었다. 그는 가능한 한 벽에 바짝 붙어서 지나갔다. 그러다 집 뒷면으로 이어지는 문을 지나가야 했다. 순간 불안감이 몰려왔다. 다행스럽게도 문의 윗부분 절반만 유리로 되어 있어 단은 고개를 푹 숙이고 조심조심 지나갔다. 잠시 후 집 모퉁이에서 남쪽으로 이어지는 정원이 보였다. 정원은 숲이 시작되는 곳에서 멈췄다. 정원 끝에는 검은색의 높은 나무 담장이 있었다. 그 담장 뒤편에서 프란센이 염탐하고 있었던 것이다. 정원은 굉장히 크고 잘 가꾸어져 있었다. 이런 추운 계절에도 잔디는 초록색을 유지했다. 정원 서쪽 끝에는 수영장이 있었다. 여름이 아니니 회색 방수포로 덮여 있었다. 흰색 페인트를 칠한 샤워실이 수영장 뒤편에 있었다. 주차장 절반은 비어 있었고 나머지 절반은 보트가 있었다. 주차장 앞에는 은회색 폭스바겐 골프가 서 있었다.

단은 집 뒤편을 따라가 목적지에 도착했다. 좁은 계단 끝에는 흰색으로 페인트칠한 지하실 문이 있었다. 목재로 된 지하실 문은 당연히 잠겨 있었지만 단은 열쇠가 어디 있는지 알고 있었다. 5, 6년 전에 세바스티안 쿠르트 사장과 단이 저녁에 고객과 미팅한 적이 있었다. 분위기가 아주 좋았고 이미 술을 거나하게 마셨는데도 세바스티안 쿠르트 사장이 36년 된 싱글몰트위스키를 단에게 맛보게 해주겠다면서 집으로 데려간 적이 있었다. 택시에서 내리자 쿠르트는 열쇠를 깜빡한 것을 알아차렸다. 그러나 초인종을 눌러 집 안에 있는 사람들을 전부 깨울 생각은 없었다. 그는 정원 조각상 뒤에 있는 돌 밑에서 비상용 열쇠를 집어 들고 문을 열었다. 지금도 열쇠는 그 자리에 있었다. 단은 아무 문제 없이 열쇠를 들고 지하실 문을 열었다. 몇 분 동안 그 자리에 서서 지하실 안에서 소리가 나는지 확인했다. 집 안은 아주 고요했다. 그래도 주변에 누군가 있는 게 분명하다고 단은 확신했다. 집에 사람이 없다면 누군가 문을 열었을 때 경보장치 알람이 울렸을 테니까.

그는 전등을 켜지 않고 천천히 지하실을 통과했다. 어두운 곳에서는 손으로 더듬어가며 걸었다. 그래서 계단이 나와도 부딪히지 않을 수 있었다. 혹시라도 계단에서 삐거덕 소리가 날까 봐 계단 끝쪽에만 발을 대고 살금살금 올라갔다. 맨 위 계단에 오르자 말로 표현할 수 없는 이상야릇한 느낌이 엄습했다. 집 안으로 통하는 문손잡이를 천천히 내려 문이 잠겼다는 사실을 알 때까지만 그 느낌이 유효했다. 젠장!

그는 다시 한쪽 귀를 문에 대고 소리가 나는지 귀 기울였다. 이번에는 목소리가 들려왔다. 여자 목소리였다. 여자가 혼잣말을 하는 것 같았다. 아주 차분하고 침착하게. 절대로 습격당하거나 유괴당한 사람의 목소리는 아니었다.

단은 갑자기 자신이 굉장히 멍청하다는 생각이 들었다. 한순간 그는 잠긴 문을 노크해볼까 하고 진지하게 생각해봤다. 그는 그 생각을 곧바로 접었다. 그는 헨리에테 쿠르트를 잘 알지 못한다. 그녀의 집에서 일하는 사람들 중에도 아는 사람이 없다. 만약 갑자기 지하실 계단에서 노크 소리가 들리면 그들이 어떻게 반응하겠는가?

단은 올라올 때랑 똑같이 계단을 천천히 내려갔다. 지하실을 통과해 정원으로 난 문을 향해 걸었다. 문에 거의 다다를 때쯤 갑자기 쇠가 부딪히는 것 같은 쿵 소리가 났다. 집 안으로 연결된 지하실 문소리였다. 연이어 빠르고 가벼운 발소리가 계단 아래로 내려왔다. 그는 헨리에테 쿠르트가 바로 자기 옆에 서 있는 느낌이 들었다. 그녀가 소리 내어 중얼거리는 것 같았다. "그래, 그게 분명히 여기 있을 거야." 단은 재빨리 옷장 쪽으로 몸을 숨겼다. 단은 구석에서 헨리에테 쿠르트가 지하실 벽에 둘둘 말려 있는 카펫을 꺼내려는 것을 지켜보았다. 그는 숨을 죽였다. 상황이 아주 기묘하게 흘러갔다. 그가 여기서 발각되어 헨리에테가 자기 남편한테 일러바치기라도 하면 어떻게 될 것인가. 쿠르트 사장이 월요일 점심 시간에 직원들에게 할 얘깃거리가 생기겠지. 그렇게 되면 단은 앞으로 회사 동료들 눈을 똑바로 쳐다볼 수 없을 것이다. 난감하고 민망하기 이를 데 없을 것이다! 그는 소리를 내지 않고 고개를 절레절레 저으며 어둠 속에서 몸을 더 움츠렸다.

낯선 여자와 이렇게 가까운 거리에 서 있으니 이상했다. 그녀가 중얼거리는 소리와 숨 쉬는 소리까지 들렸다. 그녀가 무거운 카펫을 들어 올릴 때 목에 불거진 힘줄도 보였다. "제기랄." 그녀는 계속 욕을 퍼부어댔다. "제기랄, 이런 썅……." 그녀는 카펫을 들어 올리는 작업을 포기했다. 무거운 페르시안 카펫을 혼자 들어 올리기엔 역부족이었다. 헨리에테는 천천히 호흡을 가다듬었다. 그러고 나서 공간을 다시 둘러보았다. 대체품을 찾으려는 것 같았지만 아무것도 발견하지 못했다. 그녀가 갑자기 단 쪽으로 반쯤 몸을 돌리는 바람에, 단의 눈에 그녀의 티셔츠가 들어왔다. 검붉은 얼룩이 그녀의 오른쪽 가슴 부분에 나 있었다. 커다란 손자국처럼 보였다. 더 크고 더 짙은 얼룩이 목에도 보였다. 얼룩이 피라는 것에 의심의 여지가 없었다. 그녀는 단이 있다는 것을 눈치채지 못했고 천천히 고개를 저으며 계속해서 중얼거렸다. "제기랄, 이런 썅……." 무슨 주문을 외우듯 이 말을 반복했다. 그러다 갑자기 몸을 돌려 계단으로 올라갔다. 문을 잠그는 소리는 나지 않았다.

단은 이제 어떻게 해야 할지 종잡을 수 없었다. 가장 이성적인 행동은 플레밍과 동료 경찰을 기다리는 것이다. 그래야 이 집에서 무슨 일이 일어났는지 알아볼 기회가 생길 것이다. 적어도 헨리에테 쿠르트가 다급한 위험을 느끼는 상황은 아닌 듯했다. 그러니 플레밍을 기다리지 못할 정도로 위급한 상황은 아니다. 그런데 희한하게도, 샐리를 구타해 죽이고 루페를 절반쯤 죽여놓은 장본인이 이 집에 있으니 그와 대면해야겠다는 생각을 무시할 수가 없었다. 그는 플레밍이 현장에 오기만 하면 자신이 사건의 중심에서 떠나야 한다는 것을 알고 있었다. 그는 벤치에 앉았다. 어떻게 할 것인가? 전화기를 확인해봤다. 여전히 매너 모드로 되어 있었다. 플레밍한테 문자메시지가 와 있었다. '어디야?'

단이 답을 보냈다. '쿠르트 사장 집이야. 여기 오는 길이야?'

플레밍: '안에 들어가지 마. 너무 위험해.'

단: '너무 늦었어. 이미 지하실에 와 있어.'

플레밍: '집에 누가 있어?'

단: '욘이 위에 있는 게 분명해. 헨리에테 행동이 좀 이상해.'

플레밍: '얼른 나가!'

단은 대답 없이 전화기를 주머니에 넣었다. 전화기가 여러 차례 허벅지 위에서 진동하는 느낌을 받았다. 플레밍이 그에게 연락하려는 것이겠지만 그는 이미 마음속에 확실하게 결정을 내렸다. 만일 그가 집 안에서 무슨 일이 일어나는지 밝혀낼 기회를 원한다면 이제 거래를 해야 했다.

좀 전에 헨리에테가 지하실 문을 잠그는 소리를 못 들었다는 그의 판단이 맞았다. 문은 잠겨 있지 않았다. 오히려 문틈이 약간 벌어져 있기까지 했다. 단은 잠깐 동안 그 자리에 서서 귀를 기울였다. 헨리에테가 중얼거리는 소리가 서랍과 옷장 여닫는 소리와 뒤섞여 들렸다. 옷장 문을 활짝 열어젖혔다가 다시 쾅 닫는 소리가 들렸다. 잠시 후 헨리에테가 2층으로 올라가는 소리가 들렸다.

그는 문을 살짝 밀어 텅 빈 공간으로 미끄러져 들어갔다. 문지방 위에 검은색 작업용 부츠가 한 켤레 보였다. 대충 사이즈가 48 정도 되어 보였다. 밑창은 단을 향해 있었다. 부츠 위로 청바지를 입은 다리가 보였다. 단이 다가갔다. 거실 앞에 욘 페테르 프란센이 등을 바닥에 대고 양팔은 옆으로 펼친 채 누워 있었다. 손바닥은 하늘을 향하고 있었다. 밝은 갈색 눈은 초점 없이 천장을 바라보고 있었고, 눈썹 사이 이마에 검붉은 원형 구멍이 나 있었다. 한 손은 선홍빛 피가 스며든 붕대로 감겨 있었다. 이마에서 나오는 피보다 루페에게 물린 손에서 나온 피가 더 많이 흐르는 것 같았다. 잘했어, 루페!

거실은 전에도 그랬지만 여전히 우아한 분위기였다. 낮은 유리테이블 주변으로 고급스러운 소파가 빙 둘러 있었다. 프랑스어판 패션 잡지 《보그》가 쌓여 있었고 맨 위에는 패션쇼에 대한 기사가 펼쳐져 있었다. 벽난로에 나무가 타고 있지는 않았지만 실내 온도는 따뜻했고 거실 전체가 잘 정돈되어 있었다. 바닥에 누워 있는 프란센과 무광 검은색 권총만 제외하고.

단은 바닥에 있는 프란센의 몸을 껑충 넘어갔다. 코트 소매로 손가락을 덮어 총을 집어 들었다. 이 총을 가지고 뭘 할지는 아무 계획이 없었다. 주머니에 총을 집어넣을 때 마음이 편하지 않았다. 총을 주머니에 넣는 일 말고 총으로 할 일이 뭐가 있겠는가? 어디에선가 헨리에테의 목소리가 들렸다. 그는 다시 현관 쪽으로 갔다. 위층으로 가는 계단 위에는 두꺼운 회색빛 카펫이 깔려 있었다. 소리를 내지 않고 2층으로 올라갈 수 있겠다는 생각이 들었다.

헨리에테 쿠르트는 서랍이나 옷장 문소리를 더 이상 내지 않았다. 단은 헨리에테가 위층에서 왔다 갔다 하는 소리를 들었다. 이동하면서 그녀는 계속 중얼댔다. 단은 2층으로 올라갔다. 길고 어두운 복도가 나왔다. 열린 문틈에서 나오는 조명 빛에 그녀의 그림자가 보였다. 그는 살금살금 다가가 복도 벽에 몸을 딱 붙였다. 방 안으로 시선을 던졌다가 원위치로 고개를 돌렸다. 짧은 순간이지만 그녀는 헨리에테 쿠르트가 창가에 서 있는 모습을 보았다. 그녀는 무선전화기를 귀에 대고 있었다.

"쿠르트?" 갑자기 그녀가 말했다. 몇 분간 알아들을 수 없는 소리를 중간 정도의 볼륨으로 중얼거리다가 돌연 목소리가 커져 단은 움찔했다. "나야. 이런 염병할, 어떻게 하다 이렇게 됐는지 나도 모르겠지만 아무튼 그 인간이 죽었어. 총에 맞았다고. 응, 맞아. 그런데…… 이제 날 흥분시키지 마, 쿠르트. 그러게 머리를 좀 잘 썼어야지. 이 고릴라 같은 인간을 제대로 다뤘다면 이런 일도 일어나지 않았을 거 아니야! 그 자식이 나를 갈취하고 위협했던 말이야. 그 자식이 어떤 짓을 했는데? 여자를 때려죽인 인간이란 말이야 젠장! 이제 어떻게 처리해야 하지? 여기 언제 올 수 있어? 더 일찍은 안 돼? 그건 도저히 안 돼. 쿠르트하고 애들이 3시쯤에 돌아올 거란 말이야. 그때까지는 요니의 흉측한 시신을 여기서 없애야 한다고! 그 인간 몸무게가 몇백 킬로그램은 나갈걸……. 거기서 지금 바로 출발하면 두 시간 안에는 여기 올 수 있잖아……. 당연히 그 안에 해결할 수 있지! ……그쪽 스케줄이 뭐가 됐건 나랑 아무 상관 없는 일이야. ……그래. ……더 이상 말하고 싶지 않아. 2시에 오는 걸로 알고 있을게." 그녀는 전화기가 부서질 정도로 세게 내려놓았다.

쿠르트가 집에 오기 전에 쿠르트가 와야 한다고? 단은 좀 전에 엿들은 통화 내용 때문에 혼란스러워져 그 순간 자신이 절대로 그 방에 들어가면 안 된다는 생각을 까맣게 잊어버렸다. 헨리에테가 갑자기 뒤를 돌아 단과 그녀가 서로 마주 보고 서게 되었다. 두 사람 다 소스라치게 놀랐다. 주인이 먼저 반응했다.

"여기서 대체 뭐 하는 거예요?" 그녀의 눈은 적개심으로 가늘어졌다. 볼에 하는 입맞춤 같은 남쪽나라식 인사는 이번에는 당연히 없었다. 그녀의 입은 메스로 그려진 것처럼 보였다. 단은 그녀를 가만히 바라보았다. 그녀는 피 묻은 티셔츠를 갈아입었고 숄을 어깨에 걸치고 있었다. 떨고 있는 것 같았다. "대답해요!" 그녀의 목소리가 날카로워졌다. "대체 어떻게 이런 방식으로 여기 들어올 수 있죠, 단?"

"집안일 해주는 직원들은 어디 있나요?"

"쉬고 있어요."

"어디 있냐고요?"

"자기 방에 있겠죠. 나도 몰라요. 난 다른 사람들이 뭐 하는지 살펴볼 만큼 할 일 없는 사람이 아니에요."

"정당방어를 하느라 프란센을 쏜 거예요?" 그는 헨리에테에게 구명튜브를 던졌지만 그녀는 잡지 않았다. "그게 당신이랑 무슨 상관이죠?" 그녀의 눈이 파르르 떨렸다. 그녀는 단 옆을 지나 복도로 나가려 했다.

"못 지나가요." 단은 그녀를 막아섰다. "경찰이 오는 중이에요. 언제라도 들이닥칠 수 있어요."

"원하는 게 뭐죠?"

"사실은 당신을 구조해주려고 온 거예요."

"요니로부터?"

그는 끄덕였다.

"당신도 보다시피 구조해줄 사람 따윈 필요 없어요."

"요니가 당신한테 원한 게 뭐예요?"

"뭐라고 생각해요? 날 협박했어요."

"뭐 때문에?"

"이제 그만 가보는 게 좋겠어요, 단."

자신이 무슨 행동을 하는지 생각해보지 않았지만 자기도 모르게 권총을 손에 들고 있었다. "지금 우리가 여기 같이 있잖아요. 경찰이 오는 중이니 기다리는 동안 당신하고 내가 뭔가 이성적인 얘기를 하면서 시간을 보낼 수 있을 거예요. 요니가 당신을 왜 협박하려 했죠?" 작은 권총 하나로 얼마나 위안이 되는지 놀랄 정도였다. "당신이 릴리아나를 죽였고 그가 그 장면을 목격해서?"

"꺼져요!"

"릴리아나가 왜 죽어야 했나요, 헨리에테?"

"그년도 당신처럼 똑같이 다그쳤어요. 어서 나가요!" 헨리에테는 어느 정도 긴장이 풀렸는지 어깨를 털썩 내렸고 두 팔도 축 늘어졌다. "이제 나가요." 그녀는 반복해 말했다.

"릴리아나를 왜 죽였죠?"

그녀는 아무 대답도 하지 않고 고개를 저었다. "샐리의 살인사건에 당신이 관여했어요?"

"단, 이제 가라고요."

"요니가 샐리를 죽이는 대가로 당신이 그 사람한테 돈을 줬어요?"

그녀는 한동안 창문에 등을 대고 가만히 서 있었다. 단은 어두운 실루엣만 보았고 그녀의 표정은 알아볼 수가 없었다. 갑자기 그녀가 180도 몸을 획 돌리더니 숄을 던져버리고 발코니 문으로 뛰쳐나갔다. 단이 어떤 대처도 하기 전에 그녀는 반원 발코니 난간으로 올라가 난간과 이어져 있는 코니스(벽 윗부분에 수평으로 두른 장식적 돌출부—옮긴이)로 뛰어올라 건물 외벽을 따라 뛰었다. 단은 추격을 포기해야 했다. 고소공포증 때문에 발코니 난간으로 내려다볼 수도 없었고 그녀의 팔을 잡기에도 너무 늦었다. 권총을 들고 그녀의 다리를 겨냥했지만 쏘지는 않았다. 만약에 그녀를 맞히면 코니스 위를 걷고 있는 그녀가 균형을 잃어버려 아래로 추락할 수도 있고 사망할 가능성도 있기 때문이었다. 단은 그런 일을 책임지고 싶지 않았다. 그는 권총을 다시 코트 주머니에 넣었다.

한동안 그는 자그마한 체구의 헨리에테가 집 서쪽을 향해 이동하는 걸 물끄러미 바라보았다. 불현듯 그는 그녀가 무슨 계획을 갖고 있는지 알아차렸다. 모퉁이까지 가면 비교적 쉽게 주차장 지붕으로 뛰어내릴 수 있고 비스듬한 기와지붕 아래로 내려와 은회색 자동차 위에 발을 디디고 땅으로 뛰어내릴 수 있을 것이다.

단은 몸을 돌려 계단으로 뛰어 내려갔다. 갑자기 밝은 갈색 작업복을 입은 아시아 여성이 방에서 나와 그를 보고 소리를 질렀다. 단은 예의를 갖춰야 한다는 생각이 들었지만 워낙 다급했기에 그녀를 살짝 옆으로 밀치고 뛰어갔다. 비명 소리가 그가 계단을 내려가는 동안 뒤에서 이어졌다. 그는 문지방 위에 있는 검은색 부츠를 지나 문을 활짝 열고, 헨리에테 쿠르트가 정원 문으로 나가 단의 자동차에 올라타 열쇠를 돌리는 모습을 보았다. 젠장. 대체 왜 자동차 열쇠를 꽂아놓고 나왔다는 말인가? 혹시라도 자신이 빨리 도망가야 하는 상황이 생길 가능성을 염두에 둔 것이었는데 다른 누군가가 포획물처럼 덥석 물고 가버릴 것이라고는 상상도 하지 못했다. 그는 헨리에테가 가는 길을 막아보려 했지만 그녀는 아랑곳하지 않고 끼익하고 타이어 굉음을 내면서 인도 위로 올라 가속페달을 밟았다. 단은 옆으로 점프해야 했고 아스팔트 위로 떨어졌다.

단 소메르달이 영웅과는 거리가 먼 자세로 바닥에 누워 신음하고 있는데 플레밍 토르프와 프랑크 얀센이 잠시 후 도착했다.

"아니, 여기서 뭐 해?" 플레밍이 소리쳤다. "헨리에테는 왜 네 차에 타고 있어?"

"빨리 따라가서 잡아야 해." 단이 말했다. "어서 당장. 나중에 설명해줄게."

프랑크 얀센이 무전기로 경찰에 헨리에테가 타고 있는 차량을 추격하라고 전달하고 직접 차를 몰고서 아우디가 떠난 방향으로 쫓아갔다. 플레밍은 현관에 서서 소리 지르고 있는 가사도우미를 진정시키려고 집으로 들어갔다. 그녀가 현관에서 욘 프란센의 시신을 봤을 테니 저렇게 큰 소리를 지르는 것도 무리는 아니라고 단은 생각했다. 아름다운 풍경은 결코 아니었으니.

그는 아무 말도 하지 않았다. 몸을 일으켜 주차장 입구에 서서 가만히 생각해보았다. 지난주 며칠 동안의 일을 하나하나 떠올려보았다. 근무 시간에 이름과 성으로 농담하던 피오나. 원래 이름이었는데 그것이 성으로 불린다는 이야기를 하면서 깔깔대던 광경. 페르닐레가 쿠르트 사장이 불륜을 저지른 것 같다고 했던 일. 엘리사베트가 정색하면서 쿠르트가 모델 같은 부인을 놔두고 어떻게 불륜을 저지르겠냐고 말했던 일. 샐리와 릴리아나가 살던 집 냉장고에 있던 샴페인은 자기가 준 것이 아니라고 부인했던 르네 홀게르센. 쿠르트 사장이 네트워크에서 몇몇 여성을 도와준 적이 있다고 주장했던 레기체. 쿠르트가 오기 전에 쿠르트가 와야 한다?

단은 쿠르트 사장에게 다시 전화를 걸었다.

"여보세요?" 이번에 세바스티안 쿠르트의 목소리는 조금도 다정하지 않았다. "뭔가?"

"세 가지 여쭤볼 게 있어요."

깊은 한숨 소리가 들렸다. 전화기 너머로 쌍둥이들이 장난치는 소리가 들렸다. "이번에도 우리 집사람이랑 관련된 건가?"

"네."

"대체 무슨 일이지?"

"제가 묻는 거에 대답해주시겠어요?"

"물어보게."

"헨리에테 결혼 전 성이 뭐였죠?"

"로스. L-O-O-S." 쿠르트는 비아냥거리는 목소리로 스펠링을 불렀다.

단은 숨이 턱 막혔다. 그가 예측했던 대로였다. "그럼 헨리에테의 오빠 이름이 쿠르트 로스인가요?"

"두 사람은 몇 년 동안 만나지도 않았어."

"그건 제 말이 맞았다는 거네요."

쿠르트는 아무 말도 하지 않았다.

"마지막 질문은……." 단이 말했다. "사장님, 혹시 샐리하고 불륜 관계였나요?"

전화가 끊어졌다.

단은 현관으로 갔다. 플레밍이 울고 있는 로사를 달래고 있었다. "문 안쪽에 조심해, 플레밍. 핏자국이 있어." 단은 코트 주머니에서 권총을 꺼내 플레밍에게 건넸다. "총에 내 지문이 있을 거야. 장갑을 낄 시간이 없었어. 미안해."

헨리에테 쿠르트를 추격하는 일은 오래 걸리지 않았다. 프랑크 얀센은 그녀를 뒤쫓아가면서 무전기로 계속 동료들과 도주 차량의 위치 정보를 공유했다. 시내에서 10킬로미터 정도 소뢰 방향 국도에서 무전을 받고 대기하고 있던 경찰차가 도로 한가운데를 막고 섰다. 헨리에테는 몇 초 안에 결정을 내려야 했다. 그녀가 가진 선택권은 세 가지였다. 차를 멈추고 그다음부터 경찰에 모든 걸 맡기든가, 아니면 경찰차 옆으로 전속력으로 달려가며 경찰이 죽을 수도 있다는 위험을 감수하든가, 그것도 아니면 도로 옆 좁은 배수로 위로 날아올라 밭으로 도망치는 방법이었다. 그녀는 마지막 방법으로 결정했지만 배수로의 넓이와 차의 속도와 무게를 잘못 계산했다. 아니, 운전 실력이 부족해서 그랬는지도 모른다. 아무튼 그녀가 탄 차량은 잠깐 우아하게 뛰어오르는 듯하다가 네 차례에 걸쳐 부딪히며 딱딱하고 울퉁불퉁한 땅 위에 뒤집어지고 말았다. 차가 정지된 뒤에는 지붕이 땅에 30센티미터나 박혀 있었다. 헨리에테도 전복되었다. 아우디 에어백이 정상적으로 작동했지만 안전벨트를 매지 않은 운전자에게는 아무런 도움이 되지 못했다. 헨리에테를 차 밑에서 끄집어내기까지 45분이 걸렸다. 헨리에테는 계속 의식이 없다가 구급대원들이 구급차 안으로 침대를 밀어 넣은 순간 잠시 깨어났다. 그녀는 눈을 뜨고 옆에 앉아 있는 구급대원을 바라보더니 "젠장"이라는 한마디를 내뱉었다. 그리고 다시 눈을 감고는 의식을 잃었다. 척추가 골절되었음이 나중에 판명됐다.

"여기서 대체 무슨 일이 있었는지 이제 좀 얘기해주지 않을래?" 플레밍이 단에게 재촉하며 식탁 의자에 앉았다. 쿠르트 사장의 집 인테리어는 굉장히 모던했고 고급스러웠다. 화강암과 스테인리스스틸과 마호가니가 조화롭게 섞여 있었다. 거실과 복도 계단, 침실은 출입이 통제되었다. 과학수사팀이 사건의 단서가 될 수 있는 것을 집중적으로 조사했다. 욘 프란센의 자동차는 경찰서 작업장에서 정밀 조사 중이었다.

기르싱 박사도 현장에 나왔다. 욘 프란센의 부검이 끝나면 그가 이미 추측하고 있는 내용이 검증될 것이다. 그는 욘이 독일제 권총 단 한 발을 가까운 곳에서 맞고 그 자리에서 즉사한 것으로 보았다. 단은 권총을 거실에서 발견했었다. 기르싱 박사는 욘의 오른손을 한참 들여다보며 생각에 잠겼다. 박사가 눈썹을 찡그리며 일에 몰두하고 있는 모습을 본 단은 오전에 일어났던 일을 간단하게 기르싱 박사에게 설명했다. 법의학자는 이제야 안심했다는 듯 고개를 끄덕였다. 박사는 상처를 보고 개한테 물린 것이라 추측했지만, 욘 프란센의 이마의 총상과 손의 상처가 비슷한 시기에 난 것으로 보였음에도 주변에 개가 없어 좀 혼란스러웠던 것이다.

"이제 우리한테 한 시간 조금 더 남았어." 단이 플레밍에게 말했다.

"그건 또 무슨 말이야?"

"지금이 1시 십오 분 전이니까……." 단이 손목시계를 보여주었다. "2시에 헨리에테의 오빠가 이리로 올 거야. 프란센의 시신을 옮기고 살해 흔적을 없애는 걸 도와달라고 헨리에테가 오빠에게 전화했거든. 경찰들이 그때까지 기다렸다가 쿠르트 로스를 맞이해주는 게 좋겠어. 그러려면 도로에 세워진 경찰차 두 대를 치워놔야겠지. 쿠르트 로스가 멀리서 보고 도망가버리면 안 될 테니까."

플레밍의 눈썹이 이마 꼭대기까지 올라갔다. "방금 헨리에테의 오빠라고 했나?"

"헨리에테는 쿠르트 로스의 여동생이야. 유틀란트의 성매매업소 체인 소유자 말이야. 그리고 한 시간 전까지 욘 프란센의 상사이기도 했고."

"헨리에테가 네덜란드 사람이었다고?" 플레밍은 혼란스러워했다.

"안타깝게도 그건 물어보지 못했어. 발음으로 봐서는 여기 덴마크에서 성장한 것 같아." 단은 플레밍과 마주 앉았다. "세바스티안 쿠르트의 말로는, 헨리에테가 오빠랑 지난 몇 년 동안 연락이 없었다고 하더군. 그런데 헨리에테가 남편한테 말하지 않은 몇 가지가 있었던 듯싶어. 그녀가 오빠와 통화할 때 누구 얘기를 하는지 어떤 문제를 말하는지 설명할 필요가 없을 정도로 서로 이미 정보를 공유하고 있는 것 같았거든."

"그런데 헨리에테의 남편은 대체 어디에 있는 거야? 아이들은?"

"아빠와 아이들이 나들이 갔어. 3시에 집에 올 거야. 아이들하고 쿠르트 사장도 누군가 맡아줘야 할 거야."

"어, 알았어. 그건 우리가 알아서 할게." 플레밍은 안경을 벗어 눈을 비볐다. "솔직히 말해 도무지 이해 안 가는 게 너무 많아."

"나한테 설명 가능한 추리가 있어." 단이 말했다

플레밍은 안경을 다시 쓰고 피곤한 눈으로 단을 바라보았다. "너의 추리를 우리랑 나눌 생각인가?"

단은 플레밍의 얼굴을 잠시 바라보고는 씩 웃었다. "조건이 하나 있어. 그것만 들어주면 공유하지."

"뭔데?"

"쿠르트 로스 심문현장에 나를 들여보내줘."

플레밍이 고개를 저었다. "그건 미안하지만 불가능한 얘기야."

"이런, 플레밍!"

"그게 무슨 도움이 된다고? 어차피 너는 수사에 전혀 개입할 수 없어."

"당연히 안 되는 건 알지."

"나중에 조사 결과를 문서로 읽어볼 수 있게 해주는 걸로 성에 안 차?"

단은 눈을 질끈 감았다.

"으이고, 그래." 플레밍은 협상했다. "그렇게 하지. 그런데 입 다물고 있어야 해!"

"당연하지. 걱정 마."

"자, 그럼 네가 추리한 내용을 얘기해봐."

"내 생각에 르네 홀게르센이 한 말은 백 퍼센트 진실이야. 그가 릴리아나에게 샴페인을 준 적이 없다고 한 거 말이야." 단은 일부러 말을 잠시 멈췄다.

"그게 네 추리야? 아주 도전적이군······."

단은 한숨을 쉬었다. "입 다물어." 그리고 말을 이었다. "우린 그동안 릴리아나한테만 유부남 애인이 있을 거라고 생각했잖아. 릴리아나 방에서 야한 잠옷과 콘돔도 찾아낸 데다, 르네 홀게르센 감독이 비교적 빨리 그녀와의 관계를 고백했고. 단지 그가 릴리아나에게 샴페인을 선물했으리란 예상만 빗나갔지. 그리고 너희들, 아니 우리의 퍼즐 조각이 그 부분에서 맞지 않았어도 우린 그저 르네가 거짓말을 했으리라고 생각했잖아." 단은 자리에서 일어나 커다란 유리잔에 물을 가득 따랐다. 그는 천천히 물을 마셨다. 그는 절반 정도 마시고서 말을 이었다. "그런데 샐리의 방에서도 똑같은 증거가 나왔는데 우리가 거기에 아무런 의미도 부여하지 않았던 게 기가 막히는 노릇이야. 만약 필요 없는 것이라면 샐리가 도대체 피임약을 왜 복용했겠어? 게다가 회사 창립 기념 샴페인을 샐리가 받은 게 아니라고 누가 얘기라도 해줬나?" 그는 유리잔에 물을 가득 채운 뒤 다시 플레밍의 맞은편에 앉았다.

"흠, 그 말 듣고 보니 그러네."

"그동안 몇 가지가 분명해졌어. 먼저 최근에 알아낸 건데, 안내데스크의 페르닐레 클라우센이 쿠르트 사장이 바람피우는 게 확실하다고 그랬어. 단, 그녀의 환상이 한 대상에만 너무 제한되어 있어 그녀가 믿는 게 사실이 아니라는 건 유감이지만 말이야. 페르닐레는 쿠르트 사장이 자기 비서와 불륜 관계라고 철석같이 믿고 있거든. 상대가 비서라는 말은 헛소문의 전형이긴 하지만, 이 세계에 20년 이상 몸담은 내 경험상 안내데스크 직원에게 어떤 예감이 들 때는 어느 정도 사실일 가능성이 높아. 그리고 어제 들은 얘긴데, 세바스티안 쿠르트도 이 네트워크의 여자들을 가끔 도와줬다는 거야. 내가 알고 있는 쿠르트 사장은 위험에 빠진 여자들을 구해주는 데 시간을 허비할 사람이 절대 아닌데도 말이지. 그래서 다시 곰곰이 생각해 봤는데, 샐리의 방에서 나온 콘돔과 개봉되지 않은 쿠르트&코 창립 기념 샴페인이 문득 떠오른 거야."

"그럼 네 생각엔 세바스티안 쿠르트가 샐리와 불륜 관계였다는 거야?"

"안 될 것도 없지. 샐리는 나오미 캠벨 젊었을 때 모습이랑 똑같잖아. 게다가 모델 같은 몸매에 아이큐도 괜찮다면 쿠르트 사장이 좋아하는 여성 타입일지도 모르지."

"그렇긴 하네." 플레밍은 인정했다.

"그래서 내가 쿠르트 사장한테 물어봤어."

"뭐래?"

"전화를 딱 끊어버리더군. 그 행동이 인정한다는 말 아니겠어? 쿠르트 사장이 집에 오면 너도 한번 물어보는 게 좋을 것 같아."

플레밍은 이마에 주름을 모으고 무슨 말인지 중얼거렸다.

"뭐라고 말하는 거야?" 단이 몸을 앞으로 숙였다.

플레밍이 고개를 들었다. "모든 게 그럴듯하게 들리기는 하지만 누가 살해했는지는 설명이 안 된다고 말했어. 지금 추리는 헨리에테 쿠르트가 샐리를 살해할 충분한 동기를 가졌다는 거잖아."

"맞아. 내 추리가 바로 거기서 나오는 거야." 단이 설명했다. "헨리에테는 자기 남편이 젊은 여자와, 그것도 자신이 돕고 있는 단체에 소속된 여자와 바람을 피웠다는 것을 알아내고서 미친 듯이 날뛰었겠지. 그리고 누구에게도 그 사실을 알리고 싶지 않았을 거야. 부부 상담을 시작하거나 이혼하는 거 말고, 나름대로 이성적인 행동을 하기로 결심한 거지. 즉, 복수만 하기로. 그녀는 가능하면 현재의 상태를 유지하면서 복수할 방법을 고민했을 거야. 자기가 살고 있는 집과 아이들, 집을 돌보는 가사도우미들, 그녀가 누리는 사회적 지위 따위를 포기하고 싶지 않았을 테니까. 그녀에게 의미가 있는 모든 것을 위험에 노출되지 않게 하면서, 남편과의 결혼생활에는 조금도 흠집 내지 않으면서, 쿠르트와 샐리의 관계만 끝낼 수 있는 그런 방법으로 복수하길 원했겠지."

"그럼 헨리에테가 청부살인을 의뢰한 거라고 생각해?"

"아니, 그 정도로 심하게 나가지는 않았어. 아무튼 의도적인 건 아니었을 거야. 헨리에테는 욘 프란센이 크리스티안순에 등장하기 전에는 그 사람의 존재도 몰랐을 거야. 내 생각에 헨리에테는 자기 오빠한테 전화를 걸었던 것 같아. 왜냐면 샐리가 오빠의 성매매 조직에 있었다는 걸 헨리에테도 알고 있었으니까. 그녀는 오빠한테 남편과 샐리의 관계는 전혀 얘기하지 않은 채 샐리가 오빠와의 협약을 깨고 오빠 조직에 속해 있는 다른 성매매 여성들을 여러 명 탈출하도록 도왔다는 얘기를 했을 거야. 그러면서 샐리의 주소를 줬겠지. 그녀가 어디서 일하는지도 얘기했을 테고. 오빠한테 샐리를 데려다 다시 성매매를 시키라고 했겠지. 동생 얘기를 듣고 쿠르트 로스가 '알려줘서 고마워' 뭐 이런 종류의 인사를 하지 않았겠어? 그런 다음 욘 프란센을 보냈겠지. 그다음은 너도 아는 얘기고."

"그럼 릴리아나는? 그녀도 네 추리 이론의 일부야?"

"릴리아나는 샐리와 쿠르트의 불륜 관계를 알고 있었을 거야. 샐리가 어느 날 갑자기 실종되자 릴리아나가 쿠르트 사장한테 갔겠지. 근무 시간에 회사로 전화를 걸었을 것 같아. 퇴근 이후라면 쿠르트 아내가 같이 있을까 봐 집으로 전화하지 않았을 것 같아. 그런데 릴리아나뿐만 아니라 다른 사람들한테도 우리 회사 사장과 통화하는 데엔 장벽이 너무 높아. 회사로 전화하면 세바스티안 쿠르트와 바로 연결되지 않고 직통번호도 따로 없고 내선번호로 자동으로 넘어가지도 않아. 사장과 통화하려면 비서를 통과해야 하고, 엘리사베트는 사장과 연결시킬 만한 사람만 통화하게 해줘."

"그럼 두 사람의 관계를 처음으로 눈치챈 사람이 엘리사베트겠네."

"내 생각에 엘리사베트는 쿠르트가 바람피운다는 사실을 알고 있었던 것 같아. 그러니 분명 갈등을 느꼈겠지. 자기 상사의 비밀을 지켜줘야 할지, 자신이 도움을 주고 있는 네트워크를 지켜야 할지 선택해야 했을 거야. 그녀는 두 가지를 다 지키기로 결정했던 것 같아. 릴리아나를 쿠르트 사장에게 연결해주지 않고 헨리에테에게 샐리가 실종됐다고 정보를 주었을 테지. 안타깝게도 하필이면 그날 전화기를 집에 두고 갔는지 아무튼 엘리사베트는 헨리에테에게 문자메시지를 보낼 수 없어서 이메일을 보냈지. 그리고 엘리사베트는 이메일이 완벽하게 지워지지 않는다는 사실을 몰랐던 거고. 아무리 조심해도 말이야. 메인시스템은 언제든지 복구할 수 있거든."

"그래서?" 플레밍은 시간이 얼마 없다는 걸 보여주려고 손을 빙글빙글 돌려댔다.

"엘리사베트가 다음 몇 주 동안 헨리에테에게 다시 연락했을지도 몰라. 그건 우리가 알 수 없지. 어쩌면 릴리아나가 헨리에테에게 직접 연락을 시도했을 수도 있고. 어떤 방법으로든 사실을 알게 된 헨리에테는 굉장히 압박감을 느꼈을 거야. 그러면서 골치 아픈 일을 해치워버리기로 결정한 거지. 헨리에테와 쿠르트 로스가 남매라는 사실이 네트워크에서 절대 알려지지 않기를 바랐을 거야. 광고대행사 사장님 안주인이자 불법 이주여성들을 위기에서 도와주는 파워를 가진 사람이, 인신매매와 폭력을 일삼는 악명 높은 깡패이자 성매매업소 소유자의 여동생이라는 사실 말이야. 그게 알려진다면 이 작은 도시에서 체면이 말이 아닐 테고 그녀가 속한 부유층 사교 모임에서도 이미지에 치명적이겠지. 어쩌면 헨리에테는 이 시점에서 샐리가 옛날 직업으로 되돌아가지 않고 구타로 사망했다는 사실을 알아냈을 수도 있어. 그렇다면 이 충격적인 뉴스가 릴리아나를 살해할 계획을 세우는 데 기여했다고도 볼 수 있고."

플레밍이 단을 가만히 바라보았다. "헨리에테에게 알리바이가 있다는 사실 몰라?"

"쿠르트 부부를 조사한 사람이 로네 빌룸센이라는 걸 알잖아. 안 그래?"

"오오."

"그래, 오오. 게다가 잘 생각해봐. 경찰이 쿠르트의 알리바이에 주력했지, 쿠르트 부인의 알리바이는 신경 안 썼잖아."

플레밍은 자기 신발로 시선을 떨어뜨리더니 고개를 천천히 저었다.

바로 그때 아담 홀크가 문을 열고 들어왔다. 그는 커다란 맥도날드 쇼핑백 네 개에 햄버거와 감자튀김, 음료를 가져왔다. 굶주린 경찰관들과 과학수사팀 직원들이 몰려들어 어수선했다. 배고팠던 그들은 정신없이 먹어댔고, 젊은 수사관 아담 홀크의 어깨도 덩달아 바빴다. 기특한 아이디어를 낸 젊은 수사관에게 고맙다고 다들 어깨를 툭툭 치고 지나가느라.

직원들이 햄버거를 먹는 동안 플레밍은 두 통의 전화를 받았다.

프랑크 얀센은 헨리에테의 교통사고에 대해 보고했다. 플레밍은 얀센에게 구급차를 따라가라고 지시했고 헨리에테 옆에 있다가 그녀가 의식이 돌아오면 곧바로 대화를 나누라고 지시했다.

"그럼 아우디는? 차는 어떻게 됐어?" 단이 물었다.

플레밍은 대답 대신 슬픈 표정으로 그를 바라보기만 했다.

"흠." 단은 한숨을 쉬었다. "그 차를 월요일에 반납해야 하는데."

두 번째 전화 발신자는 상사 하네고르였다. 그는 개인적으로 로네 빌룸센의 집으로 제복 경찰관을 동행해 체포 영장을 들고 갔다.

"빌룸센이 뭐라고 하던가요?" 플레밍이 물었다.

"우리가 전부 거짓말쟁이라며 고발하겠대."

"그랬겠죠. 절대 편안한 심문은 아니었을 텐데 고생하셨네요. 직접 거기까지 가주셔서 고맙습니다. 국장님."

"당연한 거 아닌가. 상사를 체포하라고 부하직원을 보낼 어리석은 사람이 어디 있겠나."

플레밍은 전화를 끊고 잠깐 아무 말 없이 앉아 있었다. 잠시 후 그는 고개를 들었다. "훌륭한 추리야, 단. 그래도 월요일 저녁에 로네 빌룸센이 뭘 했는지 조사해보고 싶어."

"난 빠질래."

쿠르트 로스가 15분 뒤에 뵈게바켄을 달릴 때 그는 기분이 굉장히 좋지 않았다. 잔뜩 흥분해 있었다. 잘난 척하는 거만한 여동생이 그의 가장 중요한 동업자를 살해했을 뿐 아니라 시신을 어떻게 처리할지 모르겠다며 여기까지 오라고 강요하다니. 게다가 동생과 다시 통화가 되지 않아 기분은 전혀 나아지지 않았다. 지난 30분 동안 여러 차례 동생에게 전화를 걸어봤지만 연락되지 않아 음성메시지를 남겨놓았다. 결국 그는 전화로 길을 물어보는 걸 포기했다. 할 수 없이 지나가는 사람들에게 물어봐야 했는데 이처럼 미친 짓이 없었다. 경찰이 알게 되기라도 하면 증인이 얼마나 많아지겠냔 말이다. 그들 중 단 한 사람이라도 제대로 그의 모습을 보았다면 경찰에 용의자의 외모를 진술할 테고 그렇게 되면 경찰은 곧바로 그를 찾아낼 것이다. 쿠르트 로스는 외모가 독특해서 쉽게 찾아낼 수 있기 때문이다. 이것이야말로 그가 자기 삶의 대부분을 원칙에 따라 행동하려는 이유 가운데 하나이다. 절대로 개인적으로 불법적인 거래에 관여하지 않는다는 원칙. 그런데 이 원칙을 여동생 헨리에테 때문에 깨야 했다. 이런 젠장.

쿠르트 로스는 서른일곱 살이고 자기 여동생과 키도 똑같고 마른 것도 똑같았다. 매끄러운 머리카락은 여전히 숱이 많아 머리가 좀 길어도 보기 싫지 않았다. 반짝이는 금발은 그가 자랑스럽게 여기는 상징이었다. 매일 아침 머리를 뒤로 빗어 넘기고 헤어스프레이로 세워 단단하게 고정시켰다. 이렇게 꾸민 머리가 그가 운영하는 성매매 업소에서 일하는 여자들 사이에서 '골디락스'라는 별명으로 불리는 것을 그는 알지 못했다. 만일 그 사실이 그의 귀에 들어갔다면 기분 좋게 넘기지는 않았겠지만 그래도 그 때문에 헤어스타일을 바꾸지는 않았을 것이다. 금발머리를 세우는 건 사람들이 그의 피부에 시선을 두지 않고 머리를 쳐다보게 만들려는 의도적인 것이었다. 쿠르트 로스는 백반증을 앓고 있어 피부 여기저기에 커다란 흰색 반점이 있다. 해가 갈수록 심해져서 온몸에 흰색 반점이 눈에 띄게 많아졌다. 가장 눈에 띄는 시기는 역시 여름이다. 피부색이 진해져서 흰색 반점이 더 두드러지니까. 젊었을 때는 흰색 반점을 덮으려고 색조 화장을 했었다. 하지만 결과는 그다지 만족스럽지 못했다. 지금은 화장을 포기하고 그냥 놔둔다. 단지 사람들이 그의 피부보다 헤어스타일에 더 관심 가지길 바랄 따름이다.

쿠르트 로스는 헨리에테 집 앞에 도착했다. 그는 여동생의 집을 처음 보았다. 너무 놀라지 않기 위해 감정을 억눌러야 할 정도였다. 헤르닝에 있는 자신의 집도 무시할 수 없을 정도로 좋은 편에 속하는데 멀리서 봐도 압도적인 이 집에 비하면 초라했다. 믿기지 않는다는 듯 그는 고개를 저으며 차에서 내렸다.

벨을 누르자 플레밍 토르프가 문을 열었다. 쿠르트는 순간 이 낯선 곳에서 마주친 사람이 누구인지, 여기서 무슨 일이 일어났는지 본능적으로 알아챘다. 그는 번개처럼 몸을 휙 돌렸다. 바로 그때 제복을 입은 경찰관 네 명이 총을 들고 그 앞에 나타났다.

경찰서 유치장으로 호송되기 전에 일단 주방으로 가서 첫 조사를 받기로 했다. 인신매매에 대한 특별수사가 곧 시작될 것이고 그가 소유한 성매매업소도 철저히 조사받을 것이다. 조와 과거에 같이 일했던 동료 몇 명이 쿠르트에 대해 진술해줄 것이다. 이제 조직의 우두머리 두 사람 힘이 없어졌으니 진실을 말해도 두렵지 않을 것이다. 안타깝게도 진술하고 난 뒤 그녀들은 고국으로 추방될 것이다. 법이 그렇다. 플레밍이나 덴마크 경찰 그 누구도 그녀들에게 다른 길을 만들어줄 수는 없다.

지금 이 순간 크리스티안순 경찰들은 쿠르트 로스의 국제 인신매매에 대해서는 관심이 없었다. 그들은 우선, 이 작고 평화로운 도시에서 벌어진 세 건의 살인사건에 집중했다. 지금 경찰이 기대하는 것은 헨리에테의 오빠가 그들이 찾지 못했던 작은 퍼즐 조각들을 맞추는 데 도움을 주는 것이었다.

쿠르트 로스가 자기 이름과 생년월일, 주소를 말하고 난 뒤 플레밍 토르프는 헨리에테에게 어떤 일이 일어났는지 그에게 설명했다. "일단 헨리에테의 생명에는 지장이 없어 보입니다. 앞으로 어떻게 진행될지는 아직 모릅니다. 최악의 경우 전신 마비가 올 수도 있고 운이 좋으면 걸을 수 있을지도 모릅니다."

"그러거나 말거나 마찬가지 아닌가요?" 쿠르트 로스가 말했다.

그는 담배에 불을 붙였다. 성냥개비를 재떨이에 놓는 그의 손이 떨렸다. "어찌 되었건 감옥에 가야 하잖아요. 안 그래요? 감옥 안에서 걸을 수 있는지 없는지 그게 뭔 상관이겠어요?"

"여동생과의 관계는 어땠나요?"

"거의 없었어요. 동생보다 내 수준이 한참 아래에 있으니까요."

"항상 그랬습니까?"

그는 씩 웃었다. "어렸을 때는 일심동체였어요. 그러다 동생이 부동산중개업자가 되었고 디에블뢰엔을 떠나 그 잘난 척하는 머저리와 결혼했지요. 난 동생 결혼식에 초대도 못 받았어요." 그는 담배 연기를 들이마시고 나서 캑캑댔다.

플레밍은 문서 몇 장을 들추었다. 프랑크 얀센이 급하게 마련한 자료였다. "혹시 당신이 초대받지 못한 이유가 그 당시 당신이 교도소에 있어서 그런 건 아닌가요? 밀수와 은닉, 문서 위조 등으로."

쿠르트 로스는 발작성 기침을 멈추지 못한 채 힘겹게 숨을 들이쉬며 어깨만 으쓱거렸다. 그는 요란스럽게 코를 풀고 자리에서 일어나 개수대로 가서 가래를 내뱉었다.

플레밍은 개의치 않고 질문을 계속했다. "헨리에테가 결혼하고 난 뒤에 그녀와 얘기해본 적은 있습니까?"

"네, 얘기한 적은 있죠." 그는 대답하자마자 다시 기침을 시작했다. "전화통화는 그래도 가끔 했어요……. 그런데 우리 업소에서 일하는 창녀가 어떤 식으로 왔는지 알게 된 뒤에는…… 그냥……."

"인신매매, 노예매매겠죠."

"형사님이 그렇게 부르고 싶으면 마음대로 부르세요. 만일 그년들이 우리 업소에서 일자리를 얻지 못했으면 자기 나라에서 굶어 죽었을 거예요." 그가 자리에서 일어났다. "자기들이 운이 좋았던 거지."

"로스 씨, 지금은 그런 얘기 할 시간이 없습니다. 그런 얘기는 경찰서 다른 부서와 하세요. 지금 우리가 관심 있는 건 당신하고 당신 여동생이 지난 몇 주 동안 뭘 했는가입니다."

쿠르트 로스는 담배를 다시 물고 연기를 들이마셨다. 이번에는 조금 더 조심해서. "내가 대가로 얻는 게 뭐죠?"

"무슨 뜻입니까?"

"내가 뭔가 얘기하면, 나도 얻는 게 있어야죠."

"그건 약속드릴 수 없습니다. 당신이 운영하는 성매매업소 고발 문제에 대해선 어떤 것도요. 우리는 당신이 이 도시에서 일어난 살인에 직접 가담했는지, 아니면 아무 관계가 없는지에 대해서만 말씀드릴 수 있습니다."

쿠르트 로스는 담배를 비벼 끄고 창가를 바라보았다.

"저기 머저리가 오시는군." 그는 주차장 입구를 보며 고갯짓을 했다. 세바스티안 쿠르트가 BMW를 세우고, 길을 막고 선 쿠르트 로스의 차를 어이없이 바라보고 있었다. 플레밍은 클라우스 보세와 피아 바게를 밖으로 보냈다. 아이들을 할머니 집에 보내고 세바스티안 쿠르트에게 헨리에테가 있는 병원에 가보라고 전달하는 게 그들의 임무였다.

단은 창가에 서서 주차장에서 벌어지는 광경을 바라보았다. 쌍둥이 아이들은 큰 소리로 울어댔고 쿠르트 사장은 경찰이 집에 못 들어가게 하자 길길이 날뛰었다. 경찰은 물러서지 않았다. 현관에서 아직 욘 프란센의 시신을 치우지 않은 상태였고 천으로 덮어놨다 해도 일곱 살짜리 여자아이들이 집에 들어가자마자 보게 해서는 안 될 광경이었다.

플레밍은 다시 식탁 의자에 앉아 자그마한 체구의 금발 남자를 바라보았다. "자, 우리를 도와주실 겁니까, 아닙니까?" 그가 물었다. "도와줄 생각이 없다면 이제 바로 경찰서로 같이 가셔야 합니다. 그렇게 되면 당신이 막 뽑아낸 에스프레소를 마실 순간이 올 때까지 시간이 아주 오래 걸릴 텐데요. 뭐 그래도 그 시간을 즐기면 되니까 상관은 없습니다만. 당신이 여기서 말을 많이 하면 할수록 여기 머물 수 있는 시간이 길어집니다."

"하, 하, 하." 쿠르트 로스는 1분 동안 담뱃갑을 만지작거렸다. 그러고 나서 쳐다보더니 어깨를 털썩 내렸다. "물어보시죠." 그는 플레밍에게 재촉했다.

"당신이 어떤 일에 손대고 있는지 헨리에테가 알게 된 게 언제입니까?"

"대략 3년쯤 된 것 같아요. 샐리가 여기로 왔을 때니까요. 그년이 주둥이를 나불거리다 이름을 말해준 게 분명해요."

"헨리에테가 어떻게 반응했죠?"

"나한테 전화해서 욕을 퍼부었어요. 저랑 다시는 말하지 않겠다고 하더라고요. 그러거나 말거나 저는 아무 상관도 없었죠."

"헨리에테가 그 말대로 하던가요?"

"네, 한 달 전까지는요."

"그녀가 전화한 겁니까?" 로스는 끄덕이며 담배에 불을 붙였. "뭐라고 하던가요?"

"저더러 샐리를 유틀란트에 다시 데려가라고 했어요."

"그런데……."

"그런데 샐리는 보스랑 합의되어 있었던 거예요." 그는 엄지로 자기 가슴을 툭툭 쳤다. "그리고 저는 합의한 내용은 꼭 지키거든요. 하다못해 닭들하고도요. 그러니 내가 하는 일에 대해 창녀 노예라고 부르지 말라고요."

"그런 얘기는 안 해도 될 텐데요. 우연히 알게 되었는데 당신이 샐리와 이미 협의를 했더라고요. 선한 마음에서 나온 일은 아닌 게 틀림없고, 올보르 경찰이 화재의 진실을 파악하게 되면 아주 기뻐하겠는데요."

쿠르트 로스는 눈을 질끈 감고 담배 연기를 플레밍 머리 위로 내뿜었다. "참 나, 내가 헨리에테한테 말했죠. 그냥 내 똥구멍이나 핥아라. 난 샐리를 어디에서도 데려오지 않을 거다. ……그랬더니 헨리에테가 별안간 대성통곡을 하는 거예요. 내 동생이 말이죠. 그렇게 큰 소리로 우는 걸 지금까지 본 적이 없었어요. 아주 어렸을 때 말고는. 저는 장난삼아 물어봤어요. 혹시 샐리가 네 남편하고 자기라도 했냐고. 그러자 동생이 고래고래 소리 지르고 난리가 났어요. 말도 안 되는 소리라고 주장했죠. 그러다 곧 인정하더라고요. 방금 전에 그 얘기를 남편 비서한테 들었다고요. 저는 정말 난감했어요. 아무 생각 없이 진짜 농담으로 한 말이었거든요. 그 머저리가 흑인 여자를 만나리라고는 진짜 상상도 못 했죠."

"헨리에테가 그래서 당신한테 샐리를 유틀란트로 데려가라고 부탁했나요? 샐리를 죽여달라고 부탁한 게 아니고요?"

"아니라니까요, 젠장!" 쿠르트 로스는 깜짝 놀란 것 같았다. "난 청부살인업자 센터 같은 거 운영하는 사람이 아니라고요! 헨리에테는 샐리를 데려가라는 부탁만 했어요. 그러다 제 민감한 지점을 건드린 거죠. 샐리가 우리 업소 소속 아가씨들이 탈출하는 걸 도와줬다는 거예요. 그 얘기에 제가 완전히 뚜껑이 열려 맹수가 되어버렸죠. 샐리한테 화가 났다는 말입니다." 그는 다시 발작성 기침으로 몸을 떨고는 개수대로 향했다. "그래서 요니와 얘기했죠."

"요니? 욘 페테르 프란센 말인가요?"

"네, 젠장!" 로스는 참을성 없이 으르렁거렸다. "그년들을 담당하는 건 요니거든요. 태도 같은 걸 바로잡아요. 그년들을 조련하는 것도 그의 몫이지요."

단은 하마터면 이 역겨운 남자의 따귀를 날릴 뻔했다. 그는 문에 기대서서 바지 주머니 안에서 주먹을 쥐었다.

"요니 입장에서는 내가 샐리를 내보냈던 걸 계속 못마땅해하고 있었어요. 샐리는 우리 업소 아가씨들 가운데 가장 예쁜 애들에 속했거든요. 샐리 덕분에 그 당시 돈을 엄청 벌었죠. 그러니 요니는 당장에라도 그년을 데려올 준비가 되어 있었죠."

"요니가 여기 언제 왔나요?"

"8일 전후일 거예요 아마. 처음 며칠 동안은 지켜보다가 11일 밤으로 날을 잡았어요."

로스는 잠깐 말을 멈추고 고개를 숙인 다음 식탁을 바라보았다.

"요니가 샐리를 어떻게 했는지 알았습니까?"

쿠르트 로스는 고개를 저었다. 시선을 위로 향했다. "처음에는 몰랐어요. 그냥 샐리를 두들겨 패줬다고 말했고 난 그 말을 그대로 믿었지요. 그가 샐리를 성폭행한 건 분명해요. 샐리는 안 데려오고 요니 혼자 돌아왔더라고요." 그는 플레밍을 바라보았다. "제가 꼬치꼬치 캐물으니까 결국 일이 그렇게 돼버렸다고 고백하더라고요."

"그가 샐리를 죽였다고 말하던가요?"

"직접 말한 건 아니에요. 그런 식으로 일이 터졌다는 걸 느낌으로 알았죠. 게다가 솔직히 말해서 자세히 알고 싶지도 않았어요. 그때까지 시체도 나오지 않았었고."

"프란센이 다시 크리스티안순으로 간 게 언제였죠?"

"대략 2주쯤 뒤에요. 제가 요니에게 명령했어요. 헨리에테가 계속 어떤 여자 얘기를 하더라고요. 그 여자가 샐리에 대해서 계속 물어본다면서요. 샐리랑 같이 살았던 여자일 수도 있고요. 친구겠죠. 요니한테 그 여자 입을 좀 막아달라는 거예요. 그래서 요니가 그 여자를 지켜본 거죠. 샐리를 지켜봤던 것처럼 그렇게요. 원래 의도한 건 입을 다물라고 협박해달라는 거였어요. 죽이는 게 아니라!" 쿠르트 로스는 아주 중요한 일이라는 듯 플레밍을 진지하게 바라보았다. 세상을 떠난 요니가 자신이 하지 않은 일로 의심받으면 안 된다는 메시지를 전달하고 싶어 하는 눈빛이었다. "그런데 다른 사람이 그 여자를 살해하는 장면을 요니가 실제로 본 거예요."

"누가 그랬는지 요니가 말하던가요?"

"요니는 그때까지 헨리에테를 몰랐어요. 그런데 요니한테서 상황 설명을 들으니 곧바로 그가 누구 얘기를 하고 있는지 알아차리겠더라고요. 내 사랑하는 여동생이더군요. 그런데 내가 요니한테 그 얘기를 한 건 진짜 바보짓이었어요." 그는 담뱃갑에서 마지막 남은 담배를 꺼내고 빈 담뱃갑을 구겨 재떨이에 버렸다. 그는 천천히 담배에 불을 붙이고 성냥불도 조심스럽게 껐다. "그때부터 일이 꼬이기 시작했어요. 요니하고 말이죠. 저는 그 작자가 떠드는 말의 절반도 이해를 못 하겠더라고요. 뭐, 자기 아들을 찾았다는 둥, 어떤 대머리 남자가 자기를 뒤쫓는다는 둥…… 헛소리를 하더니 샐리의 시신이 발견되고서 언젠가부터 전화를 안 하더라고요. 그래서 솔직히 말하면 좀 걱정됐어요. 그러다 그저께 헨리에테한테 얘기를 들었죠. 요니가 돈을 뜯어내려고 한다는 거예요. 헨리에테를 위협하면서." 로스는 또다시 심하게 캑캑거렸다. 그는 이야기를 멈추고 숨을 들이마셔야 했다. "혹시 맥주 하나 주시겠어요? 커피 갖고는 성이 차지 않아서."

플레밍은 요청을 무시했다. "헨리에테가 릴리아나를 죽였다고 당신한테 얘기하던가요?"

"네, 그랬다고 하더군요. 오늘 아침에……."

"무슨 일이었죠?"

"맥주 안 주실 건가요?"

플레밍은 냉장고 앞에 기대서 있던 아담 홀크를 향해 고갯짓을 했다. 잠시 후 캔맥주 하나가 쿠르트 로스 앞에 있는 식탁 위에 올라갔다.

그는 맥주 한 모금을 마시고 말을 이었다. "헨리에테가 전화를 했는데 완전히 발악하는 거예요. 요니가 입을 다물어주는 대가로 돈을 요구했다네요. 목구멍이 턱 막혀오더라고요. 내 동생한테 돈을 요구하다니 뭔가 올 것이 왔구나 생각했어요!" 그는 담배 연기를 빨아들이고 다시 내뿜었다. "그런데 그녀를 제일 경악하게 만든 건 오늘 아침에 갑자기 요니가 담장 너머로 집 안을 힐끗힐끗 들여다보더라는 거예요. 약속을 했는데도 말이에요. 동생이 패닉에 빠져 남편하고 아이들을 밖으로 내보냈대요. 무슨 일인지 가족들이 알면 큰일 나니까. 그런 다음 가사도우미들에게도 무조건 방 안에만 있으라고 명령했대요. 헨리에테는 정말로 요니를 두려워했어요. 요니가 샐리를 때려죽였다는 말도 헨리에테 귀까지 들어갔을 테고요. 저한테 신신당

부하더라고요. 제발 요니에게 전화해서 꺼져버리라고 얘기해달라고. 안 그러면 자기가 요니를 죽여버리겠다고 했어요. 그 얘기를 계속 반복하더라고요. 솔직히 말해 웃음밖에 안 나왔다니까요. 제가 마지막으로 봤을 때도 어린아이 같았던 헨리에테가 집채만 한 요니를 죽이겠다니? 그런데 뜬금없이 저한테 전화해서 요니를 치워버려야 한다고 말하더라고요. 그래서 제가 여러 번 요니 휴대폰으로 전화를 걸었는데 받지 않더군요." 로스는 담배 연기를 마지막으로 빨아들이고 꽁초를 재떨이에 비벼 껐다. "일을 내고서 아마 30분에서 45분쯤 지나서였을 거예요. 저한테 전화한 게."

"헨리에테가 전화해 뭐라고 말하던가요?"

"요니를 권총으로 쐈다는 거예요. 사랑하는 우리 아버지가 물려주신 글록 권총. 저는 헨리에테가 그 권총을 소지하고 있는 줄도 몰랐어요." 쿠르트 로스가 의자에 등을 기댔다. "그리고 제가 이렇게 온거죠." 그는 웃으려고 해봤지만 어정쩡한 찡그림이 되어버렸다.

"네가 뭘 발견했는지 보여주겠다고 했지?" 플레밍의 목소리가 너무 가까워 단은 움찔했다.

그는 뒤돌아 고개를 끄덕였다. 뭔가 말하려다 그만뒀다. 분노가 그의 마음속에 여전히 남아 있었다. 감정이 북받치면서 혼미해진 느낌이 계속됐다. 집중할 수 없었다. 껄끄러운 뭔가가 남아 마음에 걸렸다. 아주 작은 퍼즐 조각 하나를 아직도 찾지 못한 듯했다.

플레밍은 과학수사팀원 한 명을 불렀다. 단과 플레밍, 과학수사팀원 이렇게 세 사람은 숲으로 향했다. 단은 가는 길에 그들에게 사건이 벌어졌던 장소를 보여줬다. 과학수사팀원은 몸싸움이 있었던 곳을 표시하고 그 주변을 빨간색과 흰색 폴리스라인으로 차단했다. 이어서 단은 욘의 담배꽁초와 맥주 캔을 담아둔 봉투가 있는 장소로 안내했다. 과학수사팀원이 결정적인 증거물을 세심하게 보호했다고 단을 인정하면서 등을 두드렸다. 플레밍은 아무 말도 하지 않고 고개만 끄덕였다.

"직원한테 얘기해서 너를 집으로 데려다주라고 할게." 플레밍이 말했다. "너 오늘 이미 충분히 겪어낸 얼굴이야."

단은 씩 웃었다. "괜찮아. 고맙지만 집까지 걸어갈 생각이야. 내 몸 안에 태워버려야 할 아드레날린이 아직 남아 있거든. 너는 어떻게 할 거야?"

"여기 일이 끝나면 사무실로 들어갈 거야. 내가 직접 심문해야 할 부하직원이 있거든."

"그래……. 잘 끝내."

두 사람은 헤어졌다. 플레밍은 다시 쿠르트의 집으로 들어갔다. 클라우스 보세가 가사도우미 로사의 심문을 막 끝낸 참이었다.

"과장님, 별거 없을 줄 알았는데 그게 아닌데요." 보세가 말했다. "로사가 고용주인 헨리에테를 그다지 좋아하지 않았던 건 분명해요. 앞으로 헨리에테 쿠르트와는 당분간 상종할 일이 없을 거라는 걸 확신하자마자 폭포수처럼 말을 쏟아내던데요."

"무슨 얘기를?"

"로사는 살인사건에 대해서는 전혀 모르고 있고 오늘 이곳에서 벌어진 일도 살인사건과 연관되어 있다는 걸 몰라요. 신문도 안 보고 TV도 드라마만 본대요. 하지만 헨리에테 쿠르트의 알리바이에 대해서는 질문할 수 있었어요. 로사가 사건에 대한 배경 지식이 없는 상태였기 때문에 질문의 의미를 파악하지 못한 채 답했고요. 다행입니다. 안 그랬더라면 로사가 자기 고용주의 알리바이를 고의로 터뜨린 게 아닌지 확인하는 데 몇 시간은 매달려야 했을 겁니다. 그정도로 증오에 가득 차 있더라고요."

"가사도우미가 헨리에테의 알리바이를 터뜨렸다고?" 플레밍의 귀가 쫑긋했다. 지금까지의 피로가 순식간에 달아났다.

"월요일 밤에 무슨 일이 일어났는지 기억할 수 있겠냐고 로사한테 물어봤어요. 기억난다고 하더라고요. 우선 쿠르트와 헨리에테가 진술한 내용을 그대로 확인해줬어요. 그날 저녁 헨리에테의 어머니가 집에 왔고 다 같이 저녁 식사를 한 뒤 아이들을 재우고 영화를 봤다고. 그런데 지금까지 아무도 신경 쓰지 않았고 우리에게 말해주지 않았던 아주 결정적인 디테일이 있더라고요. 늦은 오후부터 대략 자정까지 집 안에서 헨리에테를 본 사람이 아무도 없다는 거예요. 다들 그녀가 집에 있겠거니 하고 그냥 믿었던 겁니다."

플레밍은 이마를 찌푸렸다. "어떻게 그게 가능하지?"

"헨리에테는 심한 편두통이 있대요. 편두통이 시작되면 침실 문을 잠그고 커튼을 내려 깜깜하게 해놓고 누워 있는대요. 편두통 발작이 시작되면 아무도, 문자 그대로 아무도 그녀를 방해하면 안 된다는군요. 철통같은 규칙이라 어린 딸들도 무조건 지켜준답니다."

"그걸 왜 이제야 알게 된 거야?"

"제 생각에 설명은 간단합니다. 처음부터 광고대행사 쿠르트&코 직원들 위주로 조사했지, 그들의 배우자까지 조사한 건 아니잖아요. 그리고 세바스티안 쿠르트가 진술하기를, 자기 아내와 장모, 아이들하고 집에 있었다고 했고요. 그러면 그것을 백 퍼센트 진실이라고 생각할밖에요. 쿠르트는 정말로 자기 아내가 집에 있었다고 믿었어요. 그녀가 밖으로 나가는 걸 본 사람이 아무도 없으니까요."

플레밍은 그 자리에 가만히 서 있었다. "헨리에테가 월요일 오전에 남편 사무실에 갔었어. 남편이 뭔가 두고 가서 그걸 가져다주느라고. 그 기회를 노려 테라스 문을 열어놓은 게 틀림없어. 오후에 다시 회사에 들어와 수납장에 숨어 있을 수 있도록 말이야." 그는 잠시 생각에 잠겼다. "자네 말이 맞아."

"뭐가요?" 클라우스 보세가 물었다.

"헨리에테의 가족들이 정말로 그녀가 집에 있다고 믿었다는 것 말이야. 헨리에테 쿠르트는 침실에서 곧바로 밖으로 나가는 방법을 알고 있어. 계단을 이용하지 않고." 플레밍은 고개를 저었다. "단 말로는 그녀가 발코니를 넘어가 밖으로 나가는 동안 단 한 번도 머뭇거리지 않았대. 즉, 그전에 이미 그걸 해본 적이 있었다는 거지."

"잘 가, 알리바이."

플레밍은 씩 웃고 집을 나섰다.

플레밍이 경찰서에 도착하자 경비가 두툼한 노란색 봉투를 그에게 건넸다. 파란색 마츠다 차량을 경찰서 차고로 끌고 온 스벤 페데르센이 맡기고 간 봉투였다. 욘 프란센의 차량은 앞으로 며칠간 범행 단서가 남아 있는지 조사할 예정이었다. 봉투에는 이렇게 적혀 있었다. '플레밍 토르프 과장님께. 과장님이 예상하신 대로 두 가지 다 앞 좌석 밑에 떨어져 있었습니다. 지문은 채취했으니 신경 쓰지 않으셔도 돼요. 스벤 페데르센.'

봉투 안에 뭐가 들었을지 짐작이 갔다. 플레밍은 그 자리에서 봉투를 열고 314라는 번호가 새겨진 묵직한 놋쇠 열쇠를 꺼내 경비에게 건넸다. "이 열쇠를 마리나 호텔에 갖다주라고 누구한테 부탁 좀 해주겠어요? 과학수사팀이 조사를 마치면 그 방에 다시 투숙객을 받아도 된다는 말도 전하라고 하세요."

봉투에 들어 있는 다른 한 가지는 좀 더 주의를 요하는 것이었다. 플레밍은 사무실로 가자마자 봉투에서 꺼낸 너덜너덜한 종잇장을 펴놓고 그가 욘 프란센의 호텔방에서 발견한 찢어진 종잇조각을 옆에 갖다 붙였다. 찢어진 부분이 서로 딱 들어맞았다. 쇠네르 해안로의 지도 조각이 제짝을 찾은 것이었다. 지도에는 샐리의 시신이 발견된 오메루프 해변의 주변 지역이 상세하게 나와 있었다. 누군가가 지도에 어설픈 네모 두 개를 나란히 그려 넣고 그 옆에 볼펜으로 '보트 창고'와 '보트'를 적어놓은 것이 보였다. 그 지역을 잘 아는 누군가가 욘 프란센에게 외진 보트 창고가 어디에 있는지 가르쳐주느라 표시했든지, 그 스스로 샐리를 살해하기 전 며칠간 이 지역을 살펴보면서 적어놓았든지 둘 중 하나일 것이다. 그 말은 샐리가 계획된 범행으로 살해되었다는 의미다. 추정상, 프란센은 지도에 표시된 보트를 타고 샐리의 시신을 바다에 유기했을 것이다. 어쨌든 한 가지는 확실했다. 두 시간 거리인 그곳에 어두워지기 전에 도착하려면 당장 서둘러야 했다. 로네는 조금 더 기다리게 둘 수밖에 없었다.

아담 홀크가 같이 가겠다고 따라나섰다. 두 사람은 몇백 미터쯤 떨어진 곳에 차를 세우고, 쓰러져가는 보트 창고에 거의 다다랐을 즈음에 오버올과 마스크를 착용했다. 문을 통해 얼핏 보이는 모습만으로도 이곳이 범행 장소였음을 분명히 알 수 있었다. 붉은색으로 칠한 보트 창고의 문은 부서져 열려 있었고, 안에는 벽과 시멘트

바닥, 하나밖에 없는 창문 아래의 야전침대까지 사방이 흑갈색 얼룩으로 뒤덮여 있었다. 보나마나 말라붙은 핏자국이 틀림없었다. 창고 옆에 소형 보트 한 대가 거꾸로 엎어져 있었다. 둘이서 보트를 똑바로 뒤집어보자, 흰색 보트 바닥에 역시나 거무스름한 얼룩이 남아 있는 게 보였다. 갑자기 비가 내려 단서가 씻겨 내려가지 않도록 그들은 보트를 다시 엎어놓았다.

"홀크 형사, 내가 차를 가지고 가겠네." 플레밍이 말했다. "자네는 여기 남아 있게. 내가 바로 과학수사팀을 부를 테니."

플레밍의 전화를 받은 과학수사팀원의 반응이 왠지 떨떠름했다. "팀원들이 지금 뵈게바켄의 마리나 호텔과 숲에 나가 있어요. 다들 바빠서 정신이 하나도 없는데, 오메루프로 또 사람을 보내라는 겁니까? 오늘이 토요일인 거 모르세요, 토르프 과장님?"

"잘 알지. 그런데 비가 올 거 같아서 말이야. 미안하지만 자네들이 좀……."

"국장님에게 청구서를 보내겠습니다. 초과근무수당을 청구하면 대단히 기뻐하시겠죠. 과장님 책임입니다." 그리고 전화가 뚝 끊어졌다. 플레밍은 휴대전화를 계속 귀에 대고 한참을 멍하니 있다가 전화기를 집어넣었다.

사무실에 돌아와보니 피아 바게가 대기하고 있었다. 플레밍은 그녀에게 로네 빌룸센을 데려오도록 지시하고 곧바로 취조실로 향했다. 잠시 후 제복 입은 경찰이 커피포트와 잔 세 개를 가지고 들어왔다.

피아는 로네 빌룸센을 앞장세워 취조실 안으로 들어왔다. 전직 수사계장은 밤새 잠을 설친 기색이 역력했다. 눈 밑에 검게 그늘이 드리워진 것을 보고 일순간 플레밍은 그녀가 가여운 마음이 들려고 했다. 하지만 금방 지나갔다.

그는 두 사람이 자리에 앉자마자 녹음기를 켰다. 형식적인 절차를 거친 다음 그는 본격적인 심문에 들어갔다. "로네, 어쩌다가 칙 서포트 글로벌에 들어가게 되었나?"

그녀는 그가 동료로서 존중하는 뜻으로 성을 부르지 않고 이름을 불러 말을 건 지 오래임을 알아챈 내색을 하지 않았다. 그녀의 얼굴은 늘 그랬듯 내향적이고 퉁명스러워 보였다. "제가 언제부터 불법 체류 여성들의 도피 생활을 도왔냐는 건가요? 아니면 언제부터 엘리사베트와 헨리에테와 함께 일했냐는 건가요?"

"둘 다 말해주면 고맙겠네만."

그녀는 피아가 커피를 따르려고 잔을 가져가자, 뇌물은 사양하겠다는 뜻을 나타내기라도 하듯 단호하게 고개를 저었다. "과장님도 아시겠지만, 저는 크리스티안순으로 오기 전에 코펜하겐에서 풍기 문란 단속반으로 몇 년간 근무했었어요." 로네는 두 손을 무릎 위에 포개고 다리를 가지런히 모은 자세로 가만히 앉아 있었다. "사실 성매매 여성들을 상대하는 게 나쁘지 않았어요. 그래서 저와 좋은 관계를 유지하는 여성들도 많았어요. 그런 연유로 다른 경찰들이 쉽게 얻지 못할 정보들을 자주 입수하곤 했죠. 그쪽 계통에선 워낙 소문이 잘 돌아서 최근 사정을 어느 정도 알고 있기만 하면, 경찰 개입이 요구되는 사건이 일어났을 때 상당히 많은 시간을 아낄 수 있어요."

피아 바게는 꼼짝 않고 빌룸센을 응시하고 있었다. 바게 형사에게는 이 상황이 받아들이기 쉽지 않겠군. 플레밍은 그녀의 시선을 보고 안타까운 생각이 들었다. 상관인 로네 빌룸센을 얼마나 존경하고 또 옹호했던가! 그런데 그 사람이 이 자리에 증인으로 앉아 심문받고 있다니!

"어느 날 싸움에 말려든 성매매 여성 몇 명 때문에 문제가 생겼어요. 제 기억으로는 마약과 관련된 문제였던 것 같아요." 그녀가 헛기침을 했다. "그 직후 라트비아 출신의 아주 어린 여성을 증인 심문하다가 몇 달 전에 그녀를 만난 적이 있다는 사실을 깨달았어요. 그 몇 달 전엔 전혀 다른 이름에 머리 색도 달랐지만 동일 인물이라는 데 의심의 여지가 없었어요. 그녀를 처음 만났을 당시에, 우리가 중개인을 통해 포주에게 팔려갈 처지였던 그녀와 다른 여성들 몇 명을 구해준 적이 있었거든요. 꽤 오랜 설득 끝에 그녀가 자신을 사고판 남자들에 대해 증언하기로 결심했었는데, 그때 그녀의 나이가 본인의 진술에 의하면 열다섯 살밖에 안 되었을 때였어요. 그녀가 없었더라면 우리는 배후조종자들을 잡아넣지 못했을 거예요. 그래서 우리는 그 당시 결정적인 도움을 준 그녀에게 무척 고마워했었죠. 재판이 끝나고 나자 그녀와 연락이 끊겼고요. 그런데 라트비아에 있는 가족에게 돌아갔으리라 여겼던 그녀가 그곳에 다시 앉아 있는 걸 보게 된 거예요. 슬쩍 그녀를 떠보자, 솔직히 이야기를 털어놓더군요. 실제로 라트비아로 돌려보내진 건 맞는데, 기쁨을 누릴 새도 없이 그녀가 도착한 이튿날, 바로 몇 달 전 그녀를 덴마크 집창촌에 팔아넘긴 남자가 찾아와 다시 끌고 갔다는 거예요. 며칠에 걸쳐 보복으로 매를 맞아 생긴 흉터를 보여주었는데 정말 끔찍했어요." 로네 빌룸센이 말을 멈추고 잠시 자신의 손을 내려다보았다.

"그래서 어떻게 되었나?"

로네는 고개를 들었다. "그녀를 다시 집으로 돌려보내도록 내버려 둘 수는 없었어요." 플레밍은 놀랍게도 로네의 눈에 눈물이 맺힌 것을 보았다. "도저히 모른 척할 수가 없더라고요, 토르프 과장님. 일단 그녀를 우리 집에 데리고 와 손님방에서 지내게 했는데, 코펜하겐을 벗어난 지역에서 그녀에게 집과 직장을 마련해줄 친절한 사람들을 알게 되었죠."

"크리스티안순에서?"

그녀가 고개를 끄덕였다. "이곳이야말로 그런 여성들이 도움받을 수 있는 유일한 도시 아닌가요. 사회가 아무것도 하지 않을 때 기꺼이 나서서 도와주는 사람들이 많잖아요."

"그럼 칙 서포트 글로벌에 대해선 어떻게 알게 되었지?"

"성매매에 반대하는 개인 단체에서 일하는 사회복지사를 통해 알게 되었어요. 제가 불법 체류 여성 몇 명을 크리스티안순에 보내서 긍정적인 결과만 얻어내자, 단체 임원들과 만날 기회가 생겼어요. 3, 4년 전에 엘리사베트가 전화를 걸어와서 어느 날 같이 차 한잔하기로 했죠. 그녀는 저처럼 이 일에 열성적이었고 또 진지했어요. 그녀와 제가 네트워크에서 금전적 이익을 추구하지 않는 유일한 멤버였을 거예요."

"그러니까 헨리에테 쿠르트와 메레테 핀센의 동기가 결코 순수하지 않았다는 것을 알고 있었다는 건가?"

"물론이죠. 저는 헨리에테 쿠르트 같은 여자가 불쌍한 여성들이 처한 절망적인 상황을 이용해서 돈을 번다는 사실이 못마땅했지만, 어쩔 도리가 없었어요. 그녀가 집을 대주고 메레테가 일자리를 마련해줬으니까요."

"오늘 아침에 사직서는 왜 냈나?"

그녀가 그를 쳐다보았다. "그건 형식적인 질문인가요?"

"아니, 특히나 이 시점에 어떤 이유로 그런 결심을 하게 되었는지 알고 싶어서."

"이 사건을 수사할 때 처음부터 마음이 불편했어요. 과장님도 눈치를 채셨을 텐데요." 그가 고개를 끄덕였다. "한 명은 실종되고, 한 명은 죽었는데, 둘 다 칙 서포트 글로벌의 도움을 받았었죠. 네트워크의 존재가 드러나는 건 시간문제라는 것을 한순간도 믿어 의심치 않았어요." 그녀는 아랫입술을 깨물었다. "이러나저러나 직장을 잃게 될 건 뻔했어요. 그래서……." 그녀는 말을 잇지 못했다.

"릴리아나를 누가 살해했는지 알고 있었나?"

로네 빌룸센은 고개를 저었다. "쿠르트 로스의 부하들 중 하나가 샐리를 때려 죽게 만들었다는 건 확신하고 있었어요. 다른 여성들이 도망가도록 샐리가 도와주고 있었기 때문에 오래전부터 쿠르트 로스가 벼르고 있었거든요. 사실 그가 그녀를 찾아내는 건 시간문제였어요. 아까도 말했다시피 그쪽 계통에선 워낙 소문이 잘 돌아서요." 그녀는 잠시 말이 없었다. "샐리가 실종되기 전에 몸집이 거대한 한 사내가 그녀에 대해 묻고 다닌다는 이야기를 들었어요."

"그 이야기는 어디서 들었지?"

"샐리가 전화했었어요. 경찰의 신변 보호를 받고 싶다고."

"그런데 왜 우리가 샐리를 도와주지 않은 거지?"

"이런저런 이유로 공식적인 사건이 될 수 없었기 때문이죠. 그래서 그녀에게 며칠 잠수를 타라고 조언해줬어요."

"릴리아나도 그 사내가 살해했다고 생각하나?"

"그건 아닌 거 같아요." 로네의 눈에 생기가 돌았다. 그녀는 잠시 수사팀의 일원으로 돌아간 기분을 느끼는 듯했다. "전 릴리아나를 잘 몰라요. 샐리와 같이 살지 않았다면 그녀의 존재에 대해 아예 몰랐을 거예요. 처음엔 릴리아나도 그놈이 죽었을 거라고 짐작했지만, 법의학자들 말을 들어보면 동일범이 아니라잖아요. 그런데 릴리아나의 애인한테는 혐의가 없나요? 그는 알리바이가 조금도 입증되지 않잖아요."

"헨리에테 쿠르트가 릴리아나를 교살한 범인이라고 말한다면 믿겠나?"

그녀는 비명이 새어 나오지 않도록 손으로 입을 막았다. 충격에 빠진 그녀의 두 눈이 플레밍을 응시했다. 그러더니 손을 내리며 믿기지 않는다는 목소리로 말했다. "지금 절 놀리시는 거죠?"

"천만에." 플레밍은 잠시 뜸을 들였다가 그날 있었던 이야기를 풀어놓기 시작했다. 로네의 표정이 점점 절망적으로 변해갔다.

"제가 너무 한심하네요." 이야기를 다 듣고 나자, 그녀가 중얼거렸다. "세상에서 가장 순진한 바보였네요, 제가." 두 동료 형사는 그 말에 아무 대꾸도 하지 않았다.

마지막 퍼즐 조각, 이름 없는 여자들

마리아네는 아침 일찍 일어났다. 라우라가 깨기 전에 계획했던 일을 해내려면 마음의 안정이 필요했다. 아주 천천히 집 안 구석구석을 돌아다니면서 루페가 남긴 물건을 수집했다. 장난감 뼈, 절반쯤 성한 축구공, 루페가 좋아했던 동물 인형, 물그릇, 사료그릇, 방석, 개 줄, 자동으로 감기는 줄, 귀에 넣는 약, 사료, 간식, 목 밴드……. 그저 평범한 가족의 구성원이었던 강아지가 남긴 물건이 이렇게 많을 줄은 몰랐다. 마리아네는 사료와 약, 망가진 장난감을 버리고 나머지 물건은 루페가 살았던 바구니 안에 담아 다락 안의 이삿짐용 상자에 넣었다. 이곳이라면 가족 구성원 중 누구도 우연히 지나가다가 마주칠 일은 없을 것 같았다.

그녀는 다락방 문을 닫고 사다리로 내려와 오랫동안 코를 풀었다. 늙은 강아지가 죽었다고 이렇게 슬퍼하는 게 누군가의 눈에는 우습게 보일지 몰라도 그녀는 정말로 슬펐다. 그녀뿐 아니라 다른 가족들도 똑같이 슬퍼했다. 어제저녁에야 라스무스에게 연락이 닿았다. 그는 스톡홀름의 카페에 앉아 있었다. 그가 방문했던 영화제 이야기를 하느라 목소리가 무척 밝고 들떠 있었다. 그러다 루페가 죽었다는 말을 듣자 라스무스의 목소리가 확 바뀌었다. 그 이후 대화가 자꾸 끊겼고 그는 몇 번이나 말을 끝맺지 못했다. 그러다 결국 갑자기 전화를 끊어버렸다. 이런 것도 우스운가? 아니, 정말 감정이 메마른 사람이 아니고서야 그렇게 말할 순 없겠지.

루페는 살아 있는 동안 마리아네 가족에게 아주 중요하고 사랑스러운 가족 구성원이었다. 루페를 입양해왔을 때 라우라는 유치원생이었고 라스무스는 아홉 살이었다. 그때 라스무스는 한창 공룡을 모으는 데 열심이었다. 마리아네에게 루페를 잃었다는 상실감은 단과 그녀가 아이들과 함께했던 그 시기와의 이별을 의미했다. 받아들이기 힘든 이별이었다. 마리아네는 자신이 과연 주위의 다른 모든 이들에게 하는 것 이상으로 자기 가족들을 충분히 소중하게 대했는지 스스로 질문했다. 그렇게 하지 못한 게 아닐까……. 아니, 그 정도면 됐다. 그녀는 다시 한 번 코를 세게 풀었다. 찬물로 얼굴을 씻고 얼마나 세게 문질렀는지 두 뺨이 벌게지고 머리카락이 삐쭉 솟을 정도였다. 그녀는 젖은 손으로 머리를 빗고 욕실에서 나왔다. 이제 커다란 잔으로 진한 커피를 마셔야 했다.

"난 아직도 못 믿겠어."

세바스티안 쿠르트의 얼굴은 탈진으로 거의 잿빛에 가까웠다. "헨리에테가 여기 누워 있다는 사실만으로도 끔찍한데 그간 일어났던

일까지……. 그녀가 듣는지 못 듣는지도 모르겠군. 그런데 병원에서는 그녀와 얘기해야 한다는 거야. 노래도 불러주라나." 그는 쓴웃음을 지었다. "경찰이 주장하는 말이 맞는지 틀리는지조차 물어볼 수가 없네. 정말 그녀가 릴리아나를 살해했는지 말이야……."

중환자실 대기실 의자는 새로 교체된 지 얼마 안 된 것 같았다. 보기엔 멋있지만 그렇게 편안하지는 않다고 단은 생각했다. 그는 끊임없이 자신을 괴롭히는 마지막 작은 퍼즐 조각을 확인하기 위해 병원에 왔다. 하지만 충격에 사로잡힌 쿠르트 사장을 마주 보고 있자니 그에게 질문을 던져 괴롭힐 엄두가 나지 않았다. 두 사람은 그렇게 어정쩡하게 마주 보고 앉아 있었다. 단은 용기를 내서 말을 꺼낼 기회를 노렸다.

"헨리에테가 릴리아나를 살해했다는 경찰 주장을 자네가 믿고 있다는 건 나도 알아." 쿠르트가 먼저 말을 꺼냈다. "그런데 맨 처음 살해된 그 여자한테 헨리에테가 정말로 갱스터를 사주해 협박했다는 것도 믿는가?"

단은 사장의 얼굴을 바라보았다. "샐리를 말씀하시는 건가요?"

"나를 왜 그런 눈으로 바라보나?"

"뭐가요?"

"아주 못 미더운 시선으로 보잖아. 내가 뭐라고 했다고?"

"샐리를 모른다는 말을 곧이곧대로 받아들일 만큼 제가 그렇게 바보로 보이나요?"

"대체 그게 다 뭔 말이야? 자네 어제도 전화에 대고 그런 말 했잖아. 대체 어째서 내가 샐리와 바람을 피웠다고 확신하는 거지?"

"아, 그만하시죠. 여러 가지 정황이 있는데요. 인정하시는 게 좋으실걸요."

세바스티안 쿠르트의 입술이 얇아졌다. "명백한 거짓말을 나보고 인정하라니 미안하지만 거부하겠네."

"그럼 바람피운 적이 없다는 말씀이신가요?"

"적어도 샐리랑은 아니야."

아하, 이제 알겠군. 단은 속으로 말하면서 따뜻한 미소를 지었다. "그럼 누구랑이죠?"

"자네랑 상관없는 일이야."

"네, 어쩌면 상관이 없겠죠. 저한테 더 이상 말씀하실 필요도 없고요. 사장님과 샐리가 불륜 관계라는 말을 헨리에테가 누구한테 들었는지 사장님 처남이 어제 다 얘기했는걸요."

세바스티안 쿠르트는 단을 빤히 바라보고 아무 말 없이 기다렸다.

"페르닐레 클라우센 말이 옳았어요. 안내데스크 직원 말은 대부분 맞지요. 사장님 비서하고 잠자리를 가졌군요." 단이 말하며 자리에서 일어났다. "엘리사베트가 사장님 부인에게 던진 작은 거짓말이 어떤 결과를 가져오게 되리라는 걸 미리 알지는 못했을 거예요. 적어도 저는 그렇게 믿겠습니다."

쿠르트는 시선을 떨구었다.

단은 말을 이었다. "샐리는 영리했어요. 지나치게 영리했죠. 그녀는 사장님과 비서의 관계를 눈치채고 엘리사베트의 영향력 있는 자리를 이용하기로 결심했겠죠. 잘 운영되고 있는 후원 네트워크의 핵심인물인 데다가 광고대행사 사장의 연인이고, 사장님 부인의 신임까지 얻고 있었으니까요. 꽤 괜찮은 아이디어죠, 안 그래요?" 단은 잠시 밖을 내다보았다. 그러다 뒤돌아 쿠르트의 눈을 똑바로 바라보았다. "제 생각에 샐리는 엘리사베트를 협박했던 것 같아요. 헨리에 테에게 모두 불어버리겠다고요. 그렇게 되면 물론 사장님의 관계도 끝장나겠지만, 엘리사베트에겐 더 치명적일 거예요. 칙 서포트 글로 벌과도 끝나게 될 테니까요."

"샐리가 뭐하러 그러겠어?"

"당연히 돈 때문이죠. 샐리는 자신이 여러 분야에서 능력이 있음을 증명해왔어요. 예를 들어 집창촌에서 빠져나오려고 불을 크게 지른 적도 있거든요."

"난 샐리를 거의 알지도 못해." 쿠르트가 반복했다. "난 어떤 것도 책임질 수 없다고……."

"제 얘기 더 들어보세요." 단은 다시 의자에 앉았다. "샐리는 엘리 사베트에게 다 알고 있다고 얘기했겠죠. 그래서 엘리사베트는 일단 샐리를 떼어놓으려고 고급 샴페인을 선물했을 테고요."

"증명할 수 있어?"

"게다가 현금을 쥐여주며 이번이 마지막이라고 말했을 거예요."

"다 추측일 뿐이야."

"샐리가 다시 협박을 시작하자 엘리사베트는 머리를 굴려 다른 방법으로 해결하기로 결심했죠. 그녀는 헨리에테에게 사장님이 샐리와 바람을 피운다고 말한 다음 가만히 기다렸던 거예요. 엘리사베트는 헨리에테가 그런 경우 어떻게 반응하리라는 것을 너무도 잘 알았던 거죠."

"자네 말을 한마디도 못 믿겠군."

"그리고 헨리에테는 엘리사베트가 바라던 바대로 반응한 거죠."

쿠르트는 고개를 저었다. "자네 정말 미쳤군."

"제가 얘기한 것 중에서 이 부분은 정확해요, 쿠르트 사장님. 처남 되시는 분이 얘기해줬거든요." 단은 등을 뒤로 기대 두 손을 목 뒤로 깍지 꼈다. "나머지는 99퍼센트만 확실하고요. 저는 아까 말한 것처럼 엘리사베트가 자신의 거짓말이 얼마나 심각한 결과를 가져오게 될지 예견하지는 못했으리라고 기꺼이 믿겠습니다."

"자네 꿈꾸고 있나, 단? 이 허무맹랑한 이야기는 어떻게도 증명할 수 없을 거네."

"제 말이 맞다면……." 단은 마치 그 자리에 쿠르트가 없는 것처럼 무시하고 말을 이었다. "목요일에 엘리사베트는 충격을 받았을 겁니다. 샐리가 죽었다는 걸 알았으니까요. 샐리가 실종되었다고만 들었을 때도 헨리에테와 엘리사베트는 샐리가 다시 유틀란트 반도 사창가로 끌려갔으리라고 확신했겠죠. 그래도 걱정거린 있었을 겁니다. 릴리아나가 계속해서 두 사람을 다그치며 귀찮게 했을 테니까요. 헨리에테는 이 문제를 해결한 거죠."

쿠르트는 자리에서 일어났다. "더 이상 아무 얘기도 듣고 싶지 않아. 우리 집사람한테 가봐야 해." 그는 문을 향해 걸어가다 멈춰 섰다. "내일 만나기로 한 약속, 우리 회사에서 자네가 앞으로 어떻게 할 것인가 의논하려고 했던 건 날아가버렸네, 단. 우편으로 해고통지서를 받게 될 거야."

단은 쿠르트의 발걸음을 멈추게 했다. "잠깐만 기다리세요."

쿠르트는 한 걸음 뒤로 물러나 몸을 돌렸다.

"사장님 말이 맞아요. 엘리사베트가 이 사건 뒤에서 배후조종을 했다는 이론은 제가 증명할 수 없어요."

쿠르트는 말없이 기다렸다.

"제가 그 문제로 경찰을 설득할 수 있을지조차 모르겠어요. 게다가 헨리에테가 의식이 돌아오지 않는 한 누구한테도 물어볼 수가 없죠. 엘리사베트 말고는요. 그런데 엘리사베트가 뭐라고 얘기할지 예상하기는 어렵지 않아요."

"얘기 끝났나?" 쿠르트의 목소리는 나지막했지만 분명했다.

"그게 다예요. 저는 사장님이 사랑에 빠진 여자가 얼마나 위험한 사람인지 사장님도 알게 되시기를 바랐을 뿐입니다."

플레밍은 점심 식사에 초대받았다. 식탁에는 단과 마리아네, 라우라, 플레밍, 벤야민, 앨리스가 앉아 있었다. 벤야민과 앨리스는 오후에 자기들의 집으로 들어갈 예정이었다. 일종의 환송회였다. 테이블 위에는 청어와 토마토, 연어가 놓여 있었다. 크리스마스를 기다리는 대림절 초가 불타고 있었다. 이제 12월이 되어 크리스마스 날짜를 헤아리기 시작했다. 플레밍과 단은 지난주에 있었던 사건 얘기를 전했다.

"솔직히 말하면 난 약간 자존심이 상해." 마리아네가 갑자기 말을 꺼냈다. "그 네트워크가 당신들이 말하는 대로 정말 그렇게 널리 퍼져 있다면 우리 동료나 지인도 많이 참가하고 있을 텐데 왜 아무도 단하고 나한테 거기 가입하라고 이야기해준 사람이 없었지? 내가 그렇게 감정도 없는 무심한 사람으로 보였나? 함께하자고 우리를 믿고 초대할 사람이 정말 아무도 없었나?"

단과 플레밍은 시선을 교환했다. "내 생각에 그 답은 아주 간단한데." 단이 말했다. "우리랑 제일 친한 친구가 누구지?"

"플레밍!" 마리아네가 즉각 대답을 내놨다.

"그럼 플레밍이 하루 종일 하는 일이 뭐지?"

그녀는 잠시 플레밍을 바라보더니 곧바로 답을 이해했다. "아, 그러네. 당연하지. 게다가 여긴 아주 작은 도시인걸."

한동안 포크와 나이프가 접시에 부딪히는 소리만 들렸다. 갑자기 단이 나이프와 포크를 내려놓고 의자에 등을 기댔다. "참, 마리아네. 당신한테 물어볼 게 있었는데 계속 잊어버렸어."

"음?" 그의 아내는 입안이 청어로 꽉 차 있었다.

"쿠르트 사장하고 헨리에테가 우리 집에서 저녁 식사를 했던 날 기억나? 내가 입사하고 얼마 안 지나 우리 집에 초대했었잖아?"

마리아네가 끄덕이며 맥주를 한 모금 마셨다.

"그날 당신하고 헨리에테가 싸웠잖아."

마리아네는 크리스마스 냅킨으로 입을 닦았다. "아, 그거…… 진짜 싸움은 아니었지. 그냥 의견이 달랐던 거지."

"그래도 의견 차이가 좀 심했던 건 사실이잖아. 목소리 톤도 약간 높아졌고. 그래서 당신이 그 사람들을 다시는 안 만나겠다고 한 원인을 제공했던 자리였고."

"그래, 맞아."

"그냥 궁금해서. 그때 정말로 뭣 때문에 그랬던 건지."

"헨리에테라는 사람 정말 악질이야."

"구체적인 원인이 있었을 거 아니야?"

마리아네가 한숨을 쉬었다. "곤란한 얘긴데. 게다가 그건 불법 관련 얘기라." 그녀는 플레밍에게 시선을 던졌다. 그는 흥미로운 눈으로 지켜보고 있었다.

"글쎄, 불법이라 해도 너하고는 상관없는 일 아닌가, 플레밍?"

그는 대답하지 않고 상관없다는 표정을 지으며 담배 연기를 후 내뿜었다.

마리아네는 미소 지었다. "좋아. 얘기해줄게. 그때 마침 우리 아이들을 봐주던 사람이 그만둔 직후였어."

"마야." 라우라가 행복한 표정을 지으며 이름을 기억해냈다. "세상에, 그렇게 보고 싶어 했는데 까마득히 잊고 있었네."

"맞아. 마야는 정말 보석 같은 존재였지." 마리아네가 고개를 끄덕였다. "그런데 마야도 새로운 교육을 받으려고 노르웨이로 돌아가야 했어. 그때 너는 아홉 살인가 열 살쯤 됐을 거야. 엄마가 막 여기 크리스티안순에서 일을 시작했거든. 하루 종일 집안일을 돌봐줄 사람까지는 필요 없었어. 그래도 청소를 도와줄 사람은 있어야 했지. 맞벌이 부부가 강아지와 아이들을 돌보고 집안일까지 하기에는 벅찼으니까. 일주일에 몇 번 집에 와서 청소도 해주고 다림질과 다른 일을 챙겨줄 사람이 필요했던 거야. 문제는 믿을 만한 사람을 찾기가 너무 힘들었다는 거지. 몇 번 안 좋은 경험을 겪고 나니까, 그냥 사람을 쓰지 않고 직접 청소하게 됐어……." 그녀는 마지막 남은 맥주를 한 모금 들이켰다. "그날 저녁 단 입사를 축하하는 식사 자리에서 내가 그 얘기를 헨리에테한테 했어. 그랬더니 그녀가 곧바로 문제를 해결해줄 수 있다는 거야. 내가 결정만 하면 그녀가 알아서 정기적으로 청소하는 사람을 보내줄 수 있다고 하더라고. 난 당연히 고맙게 생각하고 그렇게 하겠다 했지. 그런데 헨리에테가 내가 청소도우미를 만나려면 자기 집으로 와야 한다는 거야. 그래서 내가 말했지. 여기 우리 집에서 만나는 게 낫지 않겠냐고. 그래야 청소하는 사람도 어디에서 일하게 될지 알게 되는 거 아니냐고. 그랬더니 헨리에테는 그게 좋은 방법이 아니라네. 그러면서 나한테 '선택권'이 있다고 말하더라. 선택권이라는 단어를 썼어. 자기네 집에 청소도우미 몇 명이 거주하고 있다나. 전부 필리핀에서 왔다면서. 그들이 해야 할 일은 갓 태어난 쌍둥이들을 돌보고 빨래도 하고 요리하고 큰 집을 깨끗하게 청소하는 것이었지. 이 업무를 다 감당하기에 네 명은 그렇게 많은 것도 아니었어. 네 사람이 모두 한 방에 살면서 각각 매달 2천5백 크로네를 받고 숙식을 제공받는 거야. 네 명을 합치면 1만 크로네지. 굉장히 적게 받는다는 느낌이 들었는데도 헨리에테는 그 돈을 전부 지불하기 싫었던 거야. 그래서 네 명을 쓰면서 절반만 지불할 시스템을 생각해냈더라고."

"그건 또 무슨 말이야?" 플레밍이 이마를 찡그렸다.

"내가 말한 그대로야." 마리아네는 고개를 저었다. "교대시스템을 적용해서 네 사람이 헨리에테의 집안일을 그대로 하면서 네 사람 각각 주중에 세 번 오전에 추가로 다른 집에 가서 청소하는 거야. 그렇게 해서 청소로 벌어들이는 돈이 4백 크로네야. 그 나머지는 직접 계산해봐. 네 명의 청소 도우미가 세 번씩 청소하면 열두 번. 12 곱하기 4백 크로네는 4천8백 크로네가 되지. 다시 말해 네 명의 청소도우미가 1만 9천2백 크로네를 월간 벌어들이는 거야."

"그런데 청소도우미들이 자기가 벌어들인 걸 직접 받지는 못하는 거고?"

"당연히 못 받지. 그게 바로 트릭인데." 마리아네는 화가 나서 얼굴이 벌게졌다. "청소도우미들이 일하는 다른 집에서는 청소 비용을 전부 헨리에테에게 지불해. 그녀는 매달 5천2백 크로네를 받는 거지. 다른 말로 하면 청소도우미에게 이걸 다 주지 않고 절반 이상을 본인 주머니에 넣는 거야. 청소도우미들은 각각 1천5백 크로네를 고정 월급에 추가로 받고. 그래서 고국에 있는 가족에게 더 많은 돈을 보낼 수 있게 되지. 대부분은 마닐라에 가족과 아이들이 있거든."

"어이없군. 아주 악질이네요." 벤야민이 말했다.

"그래. 정말 못됐지?"

"그런데 왜 그렇게 하도록 도우미들이 놔둔대요?"

"아주 간단해. 우리 생각에는 청소도우미들이 이용만 당한다고 생각하지만 그 사람들 관점에서는 꼭 그렇지만도 않거든. 자기 나라에서보다 훨씬 더 돈을 많이 벌고 그것으로 가족을 부양할 수 있으니까." 마리아네는 다른 맥주병에 맥주가 남아 있는지 확인했다. "헨리에테도 나한테 똑같이 말했어. 그녀의 병든 뇌로 정말 자신이 청소도우미들에게 굉장히 좋은 일을 하고 있다고 믿고 있어. 실제로는 그렇게 잔인하게 이용하면서 말이야. 헨리에테는 자신과 쿠르트가 필리핀의 여러 가족을 돌봐주고 있다고 말하더라고. 정말 그때 따귀라도 한 대 때려주고 싶었다니까."

플레밍은 생각에 잠긴 표정이었다. "어쩌면 그렇게 해서 네트워크를 만들겠다는 아이디어가 시작되었는지도 몰라. 그런 시스템이 칙서포트 글로벌의 총체적인 원칙을 담고 있잖아. 몇몇 잘사는 여자들이 불쌍한 사람을 돕겠다고 결심하면서 말이야. 남을 도와주면서 동시에 자신들에게도 돈벌이가 되면 마다할 이유가 없는 거지."

"이제 헨리에테는 깨어났나?" 마리아네가 물었다.

"오늘 아침에 병원에서 쿠르트 사장을 만났어. 그때만 해도 아직 의식을 되찾지 못했더라고." 단이 말했다.

"담당 의사와 얘기해봤는데 목부터 전신이 마비되었을 가능성이

아주 높다는군." 플레밍이 말했다. "늦어도 재판 전까지는 깨어났으
면 좋겠는데."

"그렇긴 해." 마리아네가 자리에서 일어나 맥주를 몇 병 더 가져왔
다. 그녀는 플레밍에게 한 병을 건넸다. 그는 고개를 저었다.

"아니, 고맙지만 안 돼." 그가 말했다. "한 시간 안에 사무실에 들어
가야 해."

"일요일 오후에?"

"이렇게 많은 사람들이 개입된 사건은 빨리 처리하는 게 중요해.
샐리 친구인 조와 얘기도 길게 나눠봐야 하고. 예른바네가데에 있는
쿠르트 로스 소유의 성매매업소 체인에 소속된 여성들이 누구인지
도 조한테 물어봐야지. 그녀들이 다른 곳으로 가기 전에 우리가 증
인을 많이 확보해놓을수록 좋은 거니까."

"만일 그녀들이 전부 집으로 돌아가면 청소도우미 한 명 찾기도
얼마나 어려워지는지 생각해봤어?"

"섹스와 청소용이라니……." 라우라가 입을 열었다.

"뭐라고 했니?"

"이곳 사람들이 외국 여성들을 필요로 하는 게, 섹스할 때랑 청소
할 때인 것 같아서……. 그 두 가지 일을 하는 데 서양 여자들은
의욕이 없나 봐요."

"누구한테나 적용되는 건 아니야." 마리아네가 웃었다. "우리들 다
수가 청소에 이골이 난 거지."

"그 여성들이 진술하면 어떻게 되나요?"

갑자기 앨리스가 물었다. 다들 깜짝 놀란 눈으로 그녀를 쳐다보
았다. 지난 며칠 동안 질문에 답한 것 빼고 그녀가 입을 연 건 처음

이었다. 욘이 영원히 사라져서, 지금까지 계속되어왔던 두려움 없이 살 수 있게 되었다는 안도감이 서서히 그녀에게 인식되고 있는 듯했다. "그 여성들이 어떤 형태로든 도움을 받겠지요, 아닌가요?"

"흠." 플레밍이 머뭇거리며 입을 열었다.

마리아네가 말을 잘랐다. "심리치료 지원과 사회복지사 면담 말고는 어떤 종류의 도움도 받지 못해요, 앨리스. 백 일이 지나면 자기 나라로 돌아가야 해요. 아무리 경찰에 도움이 되는 진술을 했더라도 어쩔 수 없어요. 법이 그렇게 되어 있거든요."

"정말 불공평한데요."

마리아네는 어깨를 으쓱했다. "대부분의 문명국가에서 그렇게 해요. 정부는 법대로 하는 거죠." 마리아네는 맥주를 한 모금 마시고 말을 이었다. "끔찍한 건 사람들이 전부 다, 진짜 정치인들까지도 그 불쌍한 여성들이 집으로 끌려가 어떻게 되는지 알고 있다는 거죠."

"그게 무슨 말이죠?"

"그 여성들은 덴마크의 사창가로 노예 계약을 맺고 와서 절대 부자가 되지는 않아요. 다시 고국에 돌아가면 새로운 일자리나 살 집을 찾을 때 그 이전에 알고 지내던 사람들과 연락하게 되는데, 그러다 보면 대부분의 경우 이들을 전에 한 번 팔아넘겼던 사람들이 이 여성들이 고국에 왔다는 소식을 곧바로 알아내어 다시 다른 나라 사창가로 보낸다는 거예요."

"가족이 있으면요? 그럼 가족과 살아도 되는 거 아닌가요?" 벤야민이 마리아네를 못 미더운 표정으로 바라보았다.

"대부분의 나라에서는, 예를 들어 샐리와 조가 살았던 나이지리아 같은 곳에서는 자기 가족마저도 받아들이지 않고 쫓아내버린대. 이 경우 그쪽 관청으로 넘겨지는데 그렇게 되면 굉장히 심한 처벌을 받게 되나 봐. 자기 고국에 가서도 추락한 여자로 받아들여지는 거지."

"너무해요!" 벤야민이 씩씩거렸다.

"완전히 정신 나간 이야기야. 그런 사례가 수도 없이 많아." 플레밍이 말했다. "조한테 들은 얘긴데, 혼외 관계로 아이를 갖게 된 여자를 사람들이 돌로 때려죽이는 모습을 본 적이 있대. 돌로 때려죽인 사람들에게는 그녀가 성폭행을 당했는지 아닌지 하는 문제가 아무런 상관이 없는 거야."

"맞아요. 그런 기사를 여러 번 본 적이 있어요. 그런 여성들은 자기 가족에게 도움을 청하는 것보다 차라리 인신매매로 다른 곳으로 넘겨지는 게 살아남을 기회가 더 많다는군요." 마리아네가 말했다.

"그럼 그런 여자들 중 한 명이 덴마크 남자와 결혼하면요?" 벤야민이 물었다.

"그럼 그 여자는 체류 허가증을 받을걸." 플레밍이 말했다. "아마 스물네 살까지는 그럴 거야. 나도 그 분야의 전문가가 아니라서 정확히는 몰라."

"만약 조가 결혼하고 싶어 한다면 제가 그렇게 해줄 수 있어요."

"진심으로 하는 말이니?"

"당연하죠." 벤야민은 냅킨을 만지작거렸다. "조는 가장 중요한 증인이잖아요. 아닌가요? 아무튼 가장 중요한 증인 중의 한 명인 건 맞지요. 그게 아니라 해도 이번 일로 다시 추방되거나 도망 다니는 신세가 될 텐데요. 그런 게 얼마나 힘든지 저도 알아요. 제가 도와줄 수만 있다면 당연히 그런 일을 해야죠."

"와, 멋진걸!" 라우라가 소리쳤다. 라우라는 감탄의 눈초리로 벤야민을 바라보았다.

벤야민은 자리에서 일어났다. 단은 벤야민의 뺨이 불그스름해지는 걸 알아챘다.

"청어나 연어 더 먹을 사람 있어요?" 마리아네가 물었다. "원하는 사람 없으면 생선 접시 치우고 고기 올려놓으려고요."

"고기가 나온다고요? 에이, 듣기만 해도 난 싫은데." 라우라가 투정을 부렸다. "야채는 없어요?"

"브로콜리하고 샐러드 있지." 마리아네가 말했다.

그다음부터는 마리아네가 차린 음식을 즐기는 분위기로 전환되어 프리카델러, 간 파테, 닭다리 살에 모든 주의가 쏠렸다. 한참 뒤에 단이 다시 주제를 바꿨다.

"그런데 말이야, '추락한 여자'라는 말은 있는데 '추락한 남자'라는 말은 들어본 적이 없지 않아?"

"그런 것 같기도 하고." 플레밍이 미소 지었다.

"그래서 말인데 내가 회사를 차리면 회사 이름을 '추락한 남자'라고 지어볼까 해. 멋진 말 아니야, 어때?"

마리아네가 깔깔대고 웃었다. "추락한 남자가 만든 광고? 그런데 당신이 어디서 추락했다는 거야?"

"경제생활의 정점에서 추락했다는 거야. 높이 날아가는 공일수록 깊이 추락하잖아. 이제 진짜 진지하게 말하는데. 세바스티안 쿠르트 사장과 얘기했고 내가 회사를 그만두는 쪽으로 우리 둘 다 합의했어."

"결정 잘했어. 축하해." 플레밍이 말했다.

"그럼 우리 이제 가난해지는 거예요?" 라우라가 물었다. 마리아네가 방울 토마토를 라우라에게 건넸다. "엄마가 하루 종일 뭘 한다고 생각하나요, 둔보 아가씨? 매일 항구에 앉아서 맥주 마시면서 줄담배나 피우나요?"

"아니, 그게 아니고요."

"많이는 아니어도 돈은 좀 벌 거야, 라우라." 단이 라우라를 안심시켰다. "이 아빠를 가능한 한 비싸게 판매해볼 생각이야."

혼잣말

나는 얕은 잠이 들었다……. 어딘가 저 위쪽 수면 위로 가는 길이
다……. 내가 이미 깨어 있던 건가? 그런데 깨어 있다면 왜 눈을 뜰 수 없
는 거지? 손은 또 왜 못 움직이는 거야? 그리고 다리는? 아마 계속 잠들
어 있나 봐……. 어쩌면 지금 이곳이 꿈속일지도 모른다……. 내 옆에 누
군가 서서 말을 한다. 잘 모르는 여자 목소리다. "지금 상태는 안정적이지
만……. 여전히 불안한 면도……. 생명에 지장은 없는 것 같지만……. 시
간이 지나봐야……." 남자 목소리가 대답한다. 내가 아는 목소리다. 쿠르
트. 내 남편이다. 내 사랑……. 눈을 떠야겠다. 남편을 향해 손을 뻗으려
하는데 손에 감각이 없다. 그리고 눈꺼풀이 마음대로 움직이지 않는다. 눈
꺼풀이 전처럼 깜빡이지 않는다. 내가 저 바깥세상에서 다른 사람들하고
함께 살았을 때, 그때처럼 안 된다……. 눈꺼풀 근육이 사라졌다. 눈꺼풀
이 죽은 피부처럼 눈 위에 그냥 얹어져 있을 따름이다. 그러니 내가 지금

볼 수 없는 거다……. 아무것도 볼 수 없다……. 들리기만 한다……. 이제 다시 쿠르트의 목소리가 들린다. "우리가 하는 소리를 들을 수 있을까요? ……뇌사인가요? ……전에 이런 사례가……?" 쿠르트가 묻는다. 남편이 바로 내 옆에 있는데도 굉장히 멀게 느껴진다. 그가 말했다. "상태를 지켜보고 있는데……. 시간을 질질 끄는 건 의미 없어……. 애들은 절대……." 제3의 목소리가 갑자기 끼어들었다. 내가 아는 목소리다. 엘리사베트다. "그래도 잠을 좀 주무셔야……. 누구도 요구할 수는 없어요……. 제가 이제……." 쿠르트가 대답한다. "……가 없었으면 내가 어떻게 했겠어. 나와 아이들에게 그렇게 잘해주니…… 내가 얼마나 고맙게 생각하는지……." 그러다 그들이 사라졌다. 나는 추락한다. 어둠 속으로. 잠 속으로. 어쩌면 다음번에는 제대로 깨어날 수 있을 것이다. 눈을 떠서 다른 사람들한테 내가 살아 있다는 걸, 나의 뇌가 절대 죽지 않았다는 걸 보여줄 수 있을 것이다. 나는 추락한다. 완전히 혼자서…….

〈끝〉

여러 의미에서 오스카 수상소감과도 같은

다른 허구의 이야기들과 마찬가지로, 이 소설도 수많은 사람들에게서 받은 영감을 기반으로 탄생했다. 그들 중 대부분은 자신이 중요한 역할을 했다는 사실을 알지 못한다. 그들 모두에게 일일이 감사를 전할 수는 없겠지만 그래도 몇몇 사람은 꼭 언급할 필요가 있을 듯하다.

사랑하는 남편 예스페르 크리스텐센에게 감사드린다. "글을 쓰고 싶으면 써봐!"라고 조금도 고민하지 않고 말해주었다.

아들 루네 다비드 그루에에게도 고맙다는 말을 전한다. 시간을 내서 내 글을 읽고 분석하고 적절한 질문들을 던져주었다. 정말 대단하단 말밖에!

며느리 하나 비데만 그루에도 세 가지 색깔 펜으로 꼼꼼하게 교정을 봐주었고 적잖은 용기를 주었다.

출판사 편집장이자 내가 제일 좋아하는 편집자 샤를로테 바이스에게 감사드린다. 유머와 끝없는 열광으로 늘 작가의 무드를 유지하게 해준 인물이다.

왜인지는 모르겠지만 여전히 산타클로스와 아나 그루에를 믿는 에이전트 트리네 리히트에게 감사드린다.

《폴리티켄》에서 부드러운 코멘트로 내게 올바른 방향을 제시해준 방송 · 책 · 영화 비평가 헨리크 팔레에게도 감사드린다.

www.krimiside.dk의 범죄 전문가 나나 뢰르담 크누센에게도 감사의 말을 전한다. 단이 세상에 태어나기도 전 배아 상태일 때부터 그의 존재를 알았고 줄곧 나와 논의를 이어갔다.

내가 뭘 썼는지 기억할 수 없을 때 머리를 식히게 해준 저널리스트 아나 루이세 스테운호이에게도 감사드린다.

단 소메르달(그리고 나)에게 범죄 현장에서 어떻게 행동해야 하는지 필사적으로 가르쳐준《엑스트라블라데트》범죄 전문 기자 스티네 볼테르에게도 큰 도움을 받았다.

내 실수와 오류를 여러 차례 잡아낸 의사—작사 · 작곡가 페테르 클라우스로도 알려진— 클라우스 브레겐고르에게도 감사드린다.

수의사 리세로테 오르쇠는 루페, 푸테 같은 개들이 이 책에 나올 수 있도록 큰 도움을 주었다. 개 이야기의 상당 부분을 두 번째 퇴고 과정에서 생략했는데, 조언자의 말을 듣고 결정한 일이었다. ("이 세상에는 개한테 아무 관심도 없는 사람들이 있습니다"라는 그 말을 나는 지금도 정말로 믿지 않지만, 이 작품에 나온 개들이 그 절충안이다!)

코펜하겐에 있는 갤러리와 니스에 있는 그림 같은 집의 친절한 주인 **톰과 로네 크리스토페르센**에게도 감사드린다. 그들이 공간과 더불어 휴식을 안겨준 것에 아무리 감사해도 부족할 것이다.

나의 마지막 —그러나 정말로 중요한— 감사 인사는 수많은 익명의 독자들에게 돌아갈 것이다. 그들은 www.annagrue.dk에서 내 요청에 따라 청소용역 분야의 불법 노동에 대해 엄청난 사실들을 알게 해줬다. 그리고 어떻게 장부가 조작되는지도……

이름 없는 여자들

초판 1쇄 인쇄 2020년 3월 9일
초판 1쇄 발행 2020년 3월 16일

지은이 아나 그루에
옮긴이 송경은
펴낸이 신경렬

편집장 김지연
마케팅 장현기 · 정우연 · 정혜민
디자인 이승욱
경영기획 김정숙 · 김태희 · 조수진
제작 유수경
편집 박은경

펴낸곳 ㈜더난콘텐츠그룹
출판등록 2011년 6월 2일 제2011-000158호
주소 04043 서울시 마포구 양화로 12길 16, 7층(서교동, 더난빌딩)
전화 (02)325-2525 | **팩스** (02)325-9007
이메일 book@thenanbiz.com | **홈페이지** www.thenanbiz.com

ISBN 979-11-5879-131-5 03850